한백림 新무협 판타지 소설

천잠비룡포

Fantastic Oriental Heroes

天蠶飛龍袍

천잠비룡포 21

한백림 新무협 판타지 소설

초판 1쇄 찍은 날 § 2025년 9월 19일
초판 1쇄 펴낸 날 § 2025년 9월 26일

지은이 § 한백림
펴낸이 § 서경석

편집책임 § 황창선
편집 § 박현성

펴낸곳 § 도서출판 청어람
등록번호 § 제387-1999-000006호
등록일자 § 1999. 5. 31
어람번호 § 제2-2932호

주소 § 경기도 부천시 부일로 483번길 40 서경B/D 3F (우) 14640
전화 § 032-656-4452 팩스 § 032-656-4453
E-mail § chungeorambook@daum.net

ⓒ 한백림, 2006

ISBN 979-11-04-92539-9 04810
ISBN 978-89-251-0108-8 (세트)

청어람

한백림 新무협 판타지 소설

천잠비룡포

天蠶飛龍袍

Fantastic Oriental Heroes

21

단운룡(段雲龍)

목차

제59장 신마대전 三
(神魔大戰)

신마맹은 경이로운 괴력과 전략으로 정도 무림을 도탄에 빠뜨렸다.

전란은 중원 전역을 휩쓸었으며 수많은 무파들이 속수무책으로 크나큰 피해를 입었다.

사도와 정도를 막론하고, 가면이 지닌 마력에 굴복하여 자신을 버리는 무인들까지 생겨났다. 그렇게 신마의 가면은 공포의 상징이 되었다.

분연히 일어난 의협의 문파가 있었다.

지나간 시대의 유업을 짊어지고 비룡기를 높이 올려 공포의 횡행에 저항했다. 그들의 싸움이 전국 격전의 판도를 바꾸었다.

문파의 이름을 의협비룡회라 하였다.

…중략….

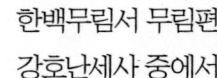

한백무림서 무림편
강호난세사 중에서

"**숫**자는?"

장익이 나직하게 물었다.

야음이 깊었으나 야조(夜鳥)의 울음소리는 없었다.

밤공기가 아직 찼다. 미물들이 깨어나기 전이었다. 고요만 이 어둠을 채웠다.

"숲 사면에만 백 이상으로 예상합니다. 신마맹 외에도 근역 의 사도방파와 옥에서 탈주한 마두(魔頭) 무리들이 여럿 가담해 있는 것으로 보입니다."

여의각 요원이 여의각 요원답게 답했다.

포공사를 에워싼 적들의 수는 오백이 넘었다.

확실히 병력이 늘었다.

혹독한 겨울을 지나는 동안, 신마맹은 거대한 대맹회가 되어 있었다. 포공사에 눌려 있던 사파들이 먼저 신마맹의 산하로 들어갔다. 이어 그들을 주축으로 한 타격대가 일곱 도성의 관아를 습격, 무공이 금제된 채 감금되어 있던 악인들을 탈출시켰다.

수많은 흉악범들이 백주로 나와 일부는 신마맹에 붙고, 일부는 다시 악행을 일삼았다. 안휘는 순식간에 무법천지가 되었다.

포공사는 황산파와 손잡고 대란(大亂)을 제압해 보려 했으나, 가능할 리 만무했다. 신마맹은 소림, 아미, 청성을 침묵시킨 초강자였다.

세간에서 천왕(天王) 또는 마왕(魔王)이라 불리기 시작한 전설적 천신요마의 가면이 직접 나타나지 않았음에도, 포공사와 황산파는 산하 세력마저 온전하게 감당하지 못했다.

당연했어야 할 몇 번의 승리와 치욕적인 몇몇 패배를 겪은 끝에, 포공사는 결국 본파까지 후퇴해야만 했다. 황산파도 황산(黃山) 기슭까지 물러날 수밖에 없었다.

그렇게 지금이다.

포공사는 포위당했고, 농성(籠城)의 전황은 밝지 않았다.

관아는 신마맹 산하 세력이 저지른 분탕질을 수습하는 것만으로도 급급했다.

포공사는 본디 추관(推官)의 검찰관과 순검을 여럿 배출한 유력 무파로, 상황에 따라 관군의 지원까지 받을 수 있는 친관(親官) 문파에 해당했다. 포공사의 무력은 관군 동원이라는 조건하에 명문대파의 수준까지도 이를 수 있었으나, 전국적 대란으로 관병의 개입이 최소화된 현재, 그들의 전력은 중견급 무파를 겨우 넘어설 정도에 불과했다.

즉, 함락이 머지않았다는 이야기였다.

"이색(異色)의 가면은 몇이나 되지?"

장익이 다시 물었다.

"확인된 것만 여섯입니다. 둘은 마군급에 이른 것으로 보입니다."

"왜 그렇게 많아?"

복속된 사파 악적들만 성가신 것이 아니었다.

백면뢰의 수도 늘었다.

광증(狂症)을 일으켜 살육을 일삼는 가면들의 출현이 심심찮게 보고되었다. 적성자를 가려내지 않은 채, 가면을 뿌린다는 의미였다.

문제는 또 있었다.

백면뢰 가면들 사이에서, 괴이한 가면들이 나타나기 시작했다.

자색(紫色), 갈색(褐色), 녹색(綠色) 등, 식별된 적이 없거나 여러 색이 섞여 있는 가면들이 그것이었다.

이에 무림인들은 등급을 말했다.

신마(神魔), 왕(王), 군(君), 귀(鬼), 백면(白面)이라 하여, 간소하게나마 급을 따져서 가면들을 분류했다.

그중에서도 괴이한 이색(異色)의 가면들은 예외 없이 백면뢰를 크게 상회하는 무력을 지녔으며, 개체에 따라서는 천군(天君) 또는 마군(魔君)급에 준하는 무공을 보유한 것으로 알려졌다.

이름 있는 가면들에 대응할 수 있는 적들이 저 숲에만 최소 둘이란 이야기다. 아예 여섯, 또는 그 이상이라 상정하는 것이 옳을 터였다.

"돌입할까요?"

여의각 요원이 물었다.

"기다리자."

오히려 장익이 신중했다.

장익은 저 숲이 마음에 들지 않았다. 끝까지 돌파하지 못하면 움푹 들어간 곳에 갇혀 난전을 벌여야 하는 지형이었다.

호 일족에 맞서 싸우며 삼림전 경험이 풍부한 발도각 무인들이 필요했다. 뒤에 선 무인들이 그들이었으면 주저치 않고 들어갔을 것이다.

그러나 그의 뒤에는 의협비룡회 창술무인들밖에 없었다. 그것도 벽력창을 익힌 녀석들이 대부분이었다.

숲의 나무들이 너무 빽빽했다.

그가 통천벽력창을 익혔기에 더 잘 알았다. 벽력창에는 나무를 쪼개면서 싸울 수 있는 패력의 구결이 있었지만, 내력 소모가 지나치게 컸다. 창격 발출 시의 폭음도 문제다. 적들은 포공사 서쪽 사면뿐 아니라, 북쪽 후방에도 백 단위가 포진하고 있었다. 자칫 적 전력이 집중되기라도 하면, 그들이 포위당할 가능성이 높았다. 그러면 죽는 자가 나온다. 장익의 무공이 아무리 강해졌어도, 전장 전체를 아우를 수는 없는 일이었다. 장익은 이 싸움에서 한 사람도 잃고 싶지 않았다. 그게 문제였다.

'과한 욕심이지.'

장익이 고개를 들고 동쪽의 구릉 쪽을 보았다.

뭔가 꼬였다.

진즉에 관승이 저 위치로 뚫고 왔어야 했다. 어디선가 막힌 것이다. 구릉 뒤엔 제법 높은 언덕이 있고, 그 뒤편으로는 완만히 이어지는 산지였다.

늦어도 너무 늦었다.

그 관승이.

시간을 앞당겨도 이상하지 않을 관승이 저 동쪽 어딘가에 묶여 있었다.

함부로 돌입할 마음이 일어나지 않았다.

장익은 감이 아니라 계산에 입각한 불길함에 사로잡혔다.

화륵!

좀처럼 들지 않는 초조함까지 스멀스멀 마음을 건들 때였다.

동쪽 구릉 저편에서 화시(火矢)가 올라왔다.

"관 각주께서 오셨습니다!"

'왔다고?'

화살 깃의 색깔도, 불꽃이 꼬리를 끄는 형태도, 의협비룡회 호시(號矢)가 분명했다. 하지만 장익은 조금도 반가움을 느끼지 못했다.

초조함은 삽시간에 불길함으로 변했다.

장익이 소리쳤다.

"후퇴! 남하(南下)!"

본능적인 판단이었다.

여의각 요원과 의협비룡회 팔십 무인들은 즉각 장익의 명에 따라 땅을 박찼다.

사사사삭! 파사사삭!

아직 나뭇잎도 올라오지 않았다. 앙상한 나뭇가지들이 세차게 흔들렸다. 침엽 수목들만 녹색 바람을 일으켰다.

"후방 좌측! 적습입니다!"

장익이 먼저 감지했다.

그는 이미 몸을 날리고 있었다. 그의 손에서 통천벽력창이 터져 나왔다.

꽈아앙!

폭음이 뒤따랐다.

피 보라와 함께 백면뢰 조각들이 후두둑 떨어져 내렸다.

"비혹주!"

신마맹은 나날이 강해지고 있었다.

기척을 감추는 주술이 더 견고해지고 강력해졌다. 장익 정도의 고수마저도 이목이 흐려질 정도였다. 굵은 눈썹 치뜬 눈에 황록색을 띤 가면이 비쳐들었다.

놈은 이십여 백면뢰 중간에서 이쪽을 노려보고 있었다.

백면뢰처럼 코와 입이 없으면서 두 눈만 뻥 뚫렸다.

가면의 이마에는 녹색의 원 하나가 세 번째 눈처럼 떠올라 있었다. 전신에서 느껴지는 기세도 상당했다.

"가! 여긴 내가 막는다!"

장익이 호통처럼 말했다.

꽈앙!

백면뢰 셋이 무모하게 뛰어들었다. 사모가 강렬한 횡선을 그었다. 첫 번째 백면뢰의 목이 우두둑하고 꺾였다. 이어 송곳처럼 질러나간 사모가 두 번째 백면뢰의 가슴을 꿰뚫었다. 세 번째는 기다리지 않았다. 장익이 앞으로 혹 뛰어나가 사모를 내려쳤다. 백면뢰의 머리가 부서졌다.

피바람을 일으키며 장익이 돌진했다.

막는다 했지만, 방어가 아니다.

적의 기세가 단숨에 바닥을 쳤다. 적 기습을 한순간에 무위로 돌린 셈이었다. 하지만 장익은 방심하지 않았다.

'속전속결!'

이만큼 접근할 때까지 몰랐다.

기습, 암습, 복병은 이놈들 하나만이 아닐 게다.

장익의 진각이 더 호쾌해졌다. 순식간에 백면뢰들의 벽을 허물었다.

황록녹안(黃綠綠眼) 가면이 뛰쳐나왔다.

장익의 사모가 놈의 중단으로 짓쳐 나갔다.

따아앙!

놈은 장권(掌拳)을 구사했다. 손의 색깔이 은은한 녹색이었다. 통천벽력창 사모를 일장으로 비껴내고 반격까지 시도해 왔다.

'이것은……!'

본 적이 있다.

녹수장공(綠手掌功), 회남산문의 절기다. 장익이 내력을 일부 회수하고 창봉을 휘둘러 놈의 반격을 걷어냈다.

파팡!

장익은 곧바로 상대를 죽이지 않았다. 속전속결보다 이 상황을 이해하는 것이 먼저였다.

충창으로 위압하고, 어깨로 밀어 쳤다.

텅!

놈의 몸이 덜컥 튕겨 나갔다.

보법을 봤다.

회남산문 녹상보가 맞다. 신발 안쪽의 발에도 은은한 녹기(綠氣)가 서렸을 것이다. 이놈들은 각술도 제법 찬다. 예상대로 회축에 이어 각법이 들어왔다. 창봉을 올려쳐 발바닥을 막았다.

쩌엉!

'오래 연마한 공부!'

손까지 전해 오는 충격이 제법이었다.

가면으로 얻은 힘이 아니다.

단련과 실전을 거듭한 진짜 무공이었다.

회남 지역 산문(山門)들은 주로 금력(金力), 이권(利權)에 따라 움직이는 정사지간의 중도 문파들이 대부분이었다. 무공은 약초를 써서 피부색이 변하는 불균형한 사공(邪功)을 익히지만, 상황에 따라 협행과 악행을 오가는 애매한 행태를 보여 왔다. 애초부터 그들 문파가 신마맹의 주구였을 가능성도 없지 않다. 허나, 장익은 아니라고 보았다.

무공은 오래 익힌 무공이지만, 가면은 오래 쓴 것 같지 않았다. 이젠 보기만 해도 어느 정도 구별할 수 있었다. 가면에 동화된 놈들은 이보다 훨씬 요사스러웠다. 말을 이상하게 하거나, 행동이 정상이 아닌 경우가 허다했다. 그러나 이놈에겐 그와 같은 파행이 없었다.

정련된 무예를 지녔다.

그 상태로 가면을 썼다. 높은 확률로 백면(白面)일 것이다. 잠재력이 발현되었다. 가면의 색이 변하고 무공 경지가 높아졌다.

장익은 이 상황을 그렇게 해석했다.

꽈앙!

결론과 함께 다시 공력을 쏟아부었다.

합공해 오던 백면뢰 둘의 몸이 한꺼번에 날아갔다.

황록 가면이 움찔 뒤로 물러났다. 장익은 곧장 따라붙었다. 빨리 죽이고 무인들에게로 돌아가야 했다.

쩌어엉!

일격을 내치려는데, 사나운 기운이 밀려들었다. 충격과 함께 사모가 흔들렸다. 황록 가면이 장공과 보법을 다급하게 펼치면서 통천벽력창의 경력을 어렵사리 흘려냈다. 측면에서 다시 한번 공격이 들어왔다.

쩌정!

장팔사모에서 불꽃이 튀었다.

그 불꽃이 장익의 두 눈으로 옮겨붙었다. 그의 눈이 노화로 타올랐다.

검은색 반점이 불길하게 얼룩진 가면 하나가 불타는 시선 안에 들어왔다. 놈은 철가시가 돋은 낭아봉을 들고 있었다. 덩치가 크고 기운이 거칠었다. 가면 없이도 강호에서 마두(魔頭)라 불릴 놈이다. 흑반(黑斑) 가면과 황록색 가면이 동시에 쳐들어왔다.

꽈앙! 터엉!

장익의 거구는 한 발도 물러나지 않았다.

두 가면이 일격에 밀려났다.

좋지 않았다.

죽일 생각으로 휘둘렀는데, 피 한 방울 못 봤다.

게다가 또 있다.

쐐애액!

이번엔 검이다.

채애애앵!

음험하게 배후를 노려온다. 사모가 방패처럼 그의 몸을 휘돌며 날카로운 검격을 튕겨냈다.

장익이 고개만 돌려 암습한 놈을 보았다.

가지가지 한다. 다홍색 가면에 적선(赤線) 한 줄이 뚜렷했다. 저 문양이 나오는 데 무슨 법칙이라도 있는 것인지 모르겠다.

삼 대 일, 이색의 가면들이 어우러져 장익을 공격했다.

"적습! 우측에 매복이 있습니다!"

언덕 아래 멀지 않은 곳이다.

여의각 요원의 다급한 목소리가 귓전을 파고들었다.

꼬인 데다 엉켰다.

적의 무공을 살피겠다고 여유 부릴 때가 아니었다. 속전속결을 결심했으면 그대로 밀고 나갔어야 했다.

'어째서?'

뭔가가 잘못됐다.

자신도 실수했지만, 무의야말로 그 녀석답지 않았다.

이곳은 이렇게 진입하면 안 되는 전장이었다. 적들의 숫자, 적들의 수준, 모두 다 무의가 말해준 것과 달랐다.

함정에 들어왔다는 생각이 들었다.

무의는 그와 관승을 믿었다. 믿어서 이만한 적과 싸우도록 했다.

아니다. 이 상황은 믿음을 넘어섰다.

전략 자체가 틀렸다.

양무의가, 오판했다.

"크합!"

책략의 오류를 바로잡을 수 있는 것은, 압도적인 무용(武勇)밖에 없다.

통천벽력창에 무시무시한 기운이 담겼다.

꽈아앙! 퍼버벅!

장익이 던지듯 사모를 내쳤다.

낭아봉이 그대로 조각조각 부서졌다. 파편이 흑반 가면의 손을 짓이겼다.

스각!

홍색적선의 가면은 통천벽력창 강맹한 일격으로 생겨난 틈을 놓치지 않았다. 장익의 어깨에서 얇은 핏줄기가 솟았다. 더불어 황록 가면 녹색의 장권이 중단으로 쳐들어왔다.

빠악! 우지끈!

통천벽력창의 막강한 기운은 창날에만 머물지 않았다.

창봉을 비틀어 쳐올렸다. 녹색의 주먹을 으스러졌다.

그대로 몸을 휘돌려 홍색적선 가면의 몸에다가 창날을 꽂았다.

째앵! 퍼억!

검날이 부러져 나갔다. 창날이 흉골을 부수고 등뼈를 박살냈다. 놈의 가슴 한가운데 주먹만 한 구멍이 생겨났다. 즉사였다.

손목을 쥐고 물러나는 황록 가면에게 연환창이 날아들었다.

콰직! 콰드득!

황록 가면은 삼 합도 채 버텨내지 못했다. 창날이 허벅지를 가르고 창봉이 뼈를 분질렀다.

넘어져 땅을 기는 황록 가면을 아래 두고, 뱀처럼 휘어진 사모 창날이 가면과 머리를 한꺼번에 조각냈다.

뚝, 뚝.

어깨에서 솟아난 선혈이 팔을 타고 내려와 팔꿈치에서 땅으로 방울져서 떨어졌다. 다쳤던 어깨다. 얕게 베인 피륙의 상처에 불과했지만, 후유증을 핑계 대기에는 꽤나 깔끔하게 들어왔다.

부상 탓이 아니라 제대로 틈을 보였다는 뜻이다.

삼 대 일을 넘어 사 대 일, 오 대 일이었으면, 두세 군데 더 상처를 입었을 것이다. 그보다 더 많은 수의 합공이면 치명상을 입었다 해도 이상하지 않았다.

부정적인 상념을 뒤로하고 빠르게 땅을 박찼다.

지혈은 뛰면서 했다.

이런 놈들이 더 있으면 위험하다.

아니나 다를까.

피 흘리고 쓰러진 비룡각 무인이 보였다.

출혈이 심했다. 기식이 엄엄했다.

살릴 수 없다.

이 정도 상처면 열 호흡 안에 죽는다. 옆에 다른 무인도 없었다.

내버려 둔 채, 이를 악물고 몸을 날렸다.

저 앞에 혈전이 한창이다.

썩은 나무 같은 회갈색 가면이 보였다. 칼을 들었는데 도법이 아주 매섭다. 그 뒤로는 다시 검은 얼룩이다. 흑반 가면은 피 묻은 수부(手釜)를 들었다.

"물러나! 내게 맡겨라!!"

장익이 소리쳤다.

비룡각 창술무인들은 용감하게 싸웠다. 도법과 수부의 고수들은 비룡각 무인들보다 몇 수 위다. 장익이 달려가는 사이에 또 한 명이 쓰러졌다.

"이얍!"

기합성과 함께 통천벽력창이 바람을 터뜨렸다.

꽈릉! 하는 소리와 함께, 회갈색 가면의 도가 부러질 듯 튕겨 나갔다.

"전방! 또 적습입니다!"

'뭐?'

분노로 들끓던 장익의 눈빛이 도리어 가라앉았다.

삼면에서 공격을 당한다.

완전히 읽혔다.

장익이 다시 사모를 내쳤다.

회갈색 가면은 이 일격에도 죽지 않았다. 죽기는커녕, 순식간에 자세를 바로잡으며 흑반 가면의 옆에 섰다.

백면뢰들이 쏟아지듯, 장익에게로 달려들었다. 회갈색 가면과 흑반 가면이 그 뒤에서 짓쳐들어왔다. 텁석부리 수염이 입매와 함께 굳어졌다.

합격이 아주 거세다.

이렇게 되면 일시적으로 장익의 무용이 봉쇄당한다.

읽혔을 뿐 아니라, 속수무책으로 당하겠다.

사모를 고쳐 잡았다.

위기였다.

콰아아앙!

"진격! 진격!"

관승이 소리쳤다.

완전히 틀어졌다.

그가 청룡언월도를 무서운 속도로 휘둘렀다.

콰직! 퍼어어억!

백면뢰 하나가 허리부터 동강 나서 언덕 아래로 굴러떨어졌다. 관승은 피 칠갑을 하고 선두에서 길을 열었다.

"각주! 호전(號箭)이 또 올라갔습니다! 이번에도 식별 색이 우리 부대입니다!"

뒤따르던 비룡각 무인이 큰소리로 알려왔다.

신호 화살이 올라가면 안 된다.

포공사 동쪽 평지까지 적들을 다 돌파하여 위협이 사라졌을 때 쏘기로 되어 있었다.

근처에도 못 왔다.

적들은 함정과 매복에 지형지물까지 바꿔 놨다. 길목마다 나타나는 적들의 전력은 모두 다 여의각 요원들의 계산을 훌쩍 넘어서 있었다.

죽은 자가 벌써 일곱이다. 부상자는 셀 수 없었다.

목표 지점은 보이지도 않는데, 호시(號矢)가 두 번이나 올라갔다.

호궁(號弓)을 장비한 여의각 요원들은 모두 다 후방에 있었다. 죽거나 부상당할 것을 대비해 셋을 배치했다. 셋 모두 호시를 올린 적이 없다.

이쪽에서 쏘지 않았으니, 적들이 쏜 거다.

심각한 문제였다.

화시(火矢)의 불꽃과 화살 깃의 색깔은 전투 때마다 새롭게 약조되었다. 화살촉까지 매번 다른 모양으로 만들었다.

보안 때문이다.

전쟁 수준의 집단전이 빈번하게 발생하는 대난세다. 군사작전을 방불케 하는 전투들이 심심찮게 벌어졌다.

군령(軍令)을 주고받는 신호체계의 중요성은 말할 필요조차 없다.

호전을 똑같이 만들 수 있으면, 허위 정보를 전달하는 게 가능해진다. 공격 시점을 바꿀 수도, 목표를 다른 곳으로 지정할 수도 있다.

승기를 잡은 적을 퇴각시키거나, 사지(死地)로 끌어들일 수 있게 된다.

보안이 핵심인 이유다.

헌데 그게 샜다.

아직도 산 하나를 넘어야 한다. 벌써 한 시진은 전에 넘었어야 할 산이었다.

관승 부대가 포공사 동쪽 평지에 당도하면, 장익 부대가 포공사로 진입하게 되어 있었다.

헌데 호시가 먼저 올라갔다. 장익 부대는 포공사 측면으로의 돌입 준비를 하고 있을 것이다. 적들과 격렬한 교전이 뒤따를 터이지만, 장익의 선제공격에 관승이 동쪽을 흔들고 포공사가 내측에서 동조하면 적들을 충분히 분쇄할 수 있다.

그것이 본래 계획이었다.

'기다려라.'

관승은 생각했다.

장익은 훌륭한 무인이었다. 고대의 괴력장수 같은 외형과 달리 지모도 출중했다.

어쩌면 속지 않을 수도 있다.

그들은 기(氣)를 읽는다.

군기(軍氣)도 없이 올라온 호전에 경망되이 반응하지 않을 것이다.

다만, 장익이 올바른 판단을 내리더라도, 호전의 보안이 뚫렸다는 문제가 남는다.

세작이 있을 수 있다.

그게 최악이다.

여의각에 배신자가 있다면, 그리하여 모든 정보를 조작하였다면, 이 전투엔 흉(凶)만이 가득할 것이다. 게다가 그 길(吉) 없는 흉(凶)은 이미 현실이 되고 있었다.

쩌정! 채애앵!

거침없이 나아가던 관승의 청룡언월도가 장창 두 자루에 막혔다.

두 가면은 이색(異色)이면서 문양이 똑같았다.

하얀 백면에 두꺼운 청색 줄이 떠올라 있다. 체격은 조금 달랐지만, 두 자루 장창은 같은 길이였다.

꽝! 쩌어엉!

관승이 창 두 자루를 연이어 쳐냈다.

두 청선(靑線)의 가면들이 덜컥덜컥 뒤쪽으로 밀려났다.

백면뢰들이 한쪽 수풀에서 무더기로 튀어나왔다.

"죽여라!"

"모조리 뼈를 발라버려!"

"끼요오오옷!"

이어 후측 면에서는 아예 가면도 안 쓴 사파 무리들이 흉악한 몰골로 괴성을 지르며 산비탈을 뛰어올랐다.

"전면에 적! 각주님 뒤를 받쳐라!!"

관승이 지시를 내리기도 전에 의협비룡회 무인들이 먼저 움직였다.

그들이 관승의 뒤에 붙어 용맹하게 창을 내쳤다.

하나하나가 관승처럼 힘이 넘쳤다.

쩌정! 콰직! 꽈광!

"막아라!"

"뒤쪽에 또 온다!"

관승이 이끄는 부대의 숫자는 칠십여 명이었다.

산비탈 소로(小路)를 따라 길게 들어선 무인들 뒤로, 신마맹 가면들 한 무리가 더 따라붙었다.

관승이 청룡언월도에 힘을 더했다.

전장이 틀어지고 있음에 불안감이 꿈틀거렸지만, 거기에 흔들릴 수는 없었다.

강력한 진각으로 땅을 박차고, 위에서 아래로 청룡언월도를 내리꽂았다.

콰직!

청선 가면의 창 한 자루가 속절없이 동강 났다.

쒜액!

다른 한 놈의 창끝이 몹시도 날카로웠다. 뒤로 몸을 젖혀 피하는데, 수염이 한 움큼 잘려 나갔다.

그 뒤로 백면뢰들이 사방에서 관승에게 짓쳐들어왔다.

관승의 눈이 번쩍 빛났다.

꽈릉!

청룡굉화창이 불을 뿜었다. 폭음에 가까운 파공음과 함께, 두꺼운 언월도 칼날이 백면뢰들의 몸을 사선으로 갈라냈다.

퍼버벅! 푸화아아아악!

선혈의 비가 내렸다.

무참히 박살 난 백면뢰들의 몸뚱이가 화탄에 휩쓸리듯 사방으로 흩어졌다.

관승이 핏물을 뚫고, 언월도를 내리찍었다.

퍼억!

두 동강 난 창대를 움켜쥔 청선 가면의 머리가 그대로 박살났다.

그때였다.

쐐액! 푸욱!

순식간에 다섯 가면의 목숨을 빼앗았지만, 한 자루 창날에 틈을 보였다. 창날이 관승의 전포를 뚫고, 등허리에 박혔다.

"흡!"

관승이 숨을 들이켰다.

관승의 몸이 부풀어 오르듯, 전포가 팽팽해졌다.

청선 가면이 박힌 창날을 회수하려는데, 근육에 잡혀 뽑히질 않았다. 가면의 창수가 짧은 순간 당황했다. 청룡언월도가 가면과 몸을 쪼개기엔 충분한 시간이었다.

꽈릉! 콰드드득!

철벅! 하고, 양단된 몸이 비탈진 돌밭을 나뒹굴었다.

관승의 몸에 박힌 창이 그때서야 땅 위로 떨어져 내렸다. 출혈은 거의 없었다. 깊이 박히지도 않았다.

하지만 간과할 수 없었다.

관승의 몸에 생긴 상처는 이것 하나가 아니었다.

목덜미에도 얇은 검상이 있었고, 가슴팍에도 베인 상처가 보였다.

적들이 그만큼 강해졌다는 뜻이다.

그리고 그것은, 고스란히 전황으로 이어졌다.

"물러나서 지혈해!"

"뒤로 옮겨라!"

"방어를 굳혀!"

후방에서 다급한 경호성이 연이어 들려왔다.

부상자가 속출하고 있었다.

그쪽에도 이색의 가면이 있다는 뜻이었다. 관승이 즉각 몸을 날렸다. 적들의 괴성이 귓전을 스쳤다.

"세 명만 죽여라!"

"셋이면 가면을 받는다!!"

핏발이 선 눈으로 사납게 달려드는 사파 무리들도 만만치는 않았다. 하나하나의 무공이 높지는 않았지만, 잔인하고 치졸했다.

고수의 칼이든, 하수의 칼이든, 잘못 맞으면 죽는 것은 매한가지였다.

난전에 익숙하고 살육에 중독된 그들은 기세만으로도 아주 위협적이었다.

죽고 죽이는 싸움에, 무슨 법도란 것이 있겠냐만은, 사마외도의 무리들은 명문정파 무인들과 기질적으로 달랐다. 허점을 노리길 주저하지 않는 정도가 아니라 허점만을 노렸다. 부상 입은 문도들이 주 목표가 되었다.

싸움이 격렬해졌다.

기량 자체는 의협비룡회 무인들이 훨씬 더 높았다.

사마외도의 악인들이 다섯 명 죽는 동안, 의협비룡회 무인 하나가 검 끝에 찍혔다. 악인들이 열 죽을 때, 무인 하나는 칼을 맞았다. 그러다 보면 의협비룡회 무인들 사이에서도 치명상을 입는 이가 나왔다.

죽자고 달려드는 놈들을 아무 손해 없이 제압하는 것은 쉬운 일이 아니었다. 대가를 치러야 했고, 쌓여갔다.

관승은 그들을 지나칠 수밖에 없었다. 지금 여기보다 후방이 더 문제였다. 저 뒤쪽에 주황빛 가면 하나가 보였다. 기운이 대단했다. 지금껏 본 이색의 가면들 중에서도 가장 강한 것 같았다.

"부상자를 앞으로!"

"굉화창 방진을 짜라!"

비룡각 무인들은 잘 대응했다. 그래도 어렵다. 쓰러져 움직이지 못하는 문도가 셋이나 보였다.

관승이 무인들의 머리 위를 뛰어넘어, 바위를 박찼다.

"물러나라!"

관승의 고함이 산야를 울렸다.

하늘에서부터 청룡의 굉화가 쏟아졌다.

비룡각 무인들이 다급하게 물러섰다. 언월도 무지막지한 참격이 주황색 가면의 머리 위로 내리꽂혔다.

쩌어어엉!

언월도와 비슷하게 생긴 미첨도(眉尖刀)가 관승의 일격을 정면으로 막아냈다. 주황색 가면의 발밑이 움푹 들어갔다.

치리리링! 쐐애애액!

주황 가면은 곧바로 반격까지 했다.

쩌저정!

주황 가면의 미첨도는 장병인데도 엄청나게 빨랐다.

관승이 땅에 착지하기도 전에 세 번이나 연환격을 몰아쳤다. 관승은 공중에서도 청룡굉화창을 묵직하게 휘둘러 세차게 들어오는 첨도격을 완벽하게 끊어냈다.

터엉!

관승이 땅에 내려섰다.

"장료도(張遼刀)?"

관승이 큰 눈을 치뜨며 물었다.

"견식이 훌륭하오."

놀랍게도 대답이 있었다. 명료한 목소리였다.

"강후문(剛侯門)마저 신마맹에 가담한 것인가?"

"나 혼자요. 무공 욕심이 과했소. 후후후."

가면 밑으로 자조 섞인 웃음소리까지 흘러나왔다.

관승의 입매가 굳어졌다.

그래. 이런 놈들도 있을 수 있다.

원래 강호인이란 더 뛰어난 무공을 얻기 위해 무슨 일이든지 저지를 수 있는 족속이었다. 합비 도성에서 천 년 넘게 장료의 신당을 모시며 구겸도, 언월도, 미첨도 등의 참마도술(斬馬刀術)을 연마해 온 명예로운 무파에서도 이와 같은 이단이 나왔다.

관승이 말했다.

"잘못된 선택이었다."

"느끼고 있소. 하지만, 유혹이 만만치 않더이다."

주황 가면이 미첨도를 치켜올렸다.

더 나눌 대화가 없다.

관승이 땅을 박찼다. 주황 가면이 뒤로 한 발 물러났다가 미첨도를 종횡으로 휘둘러왔다. 변초가 몹시 화려했다.

쩌저저정!

단숨에 접전에 들어갔다.

주위의 나무들 창격 경파에 부러져 나갔다. 의협비룡회 무인들은 더 물러섰다. 정신 나간 백면뢰 두 놈이 관승의 뒤를 노린다며 뛰어들다가, 둘 중 누구의 공력인지도 모를 창공에 그대로 갈려 나갔다.

사방에 핏물이 뿌려졌다.

촤앙! 촤아악!

주황 가면의 어깨에서도 피가 솟았다.

관승은 강했다.

삼국전설에서도 관운장은 장문원보다 뛰어났고, 이곳에 신화처럼 강림한 언월도는 요마가면에 기댄 장료도보다 훨씬 더 뛰어났다.

주황 가면은 청룡굉화창을 삼십 합 넘게 받아냈다.

카캉! 쩡!

관승은 자비롭지 않았다.

미첨도 장도(長刀)가 동강 났다.

관승이 다시 한번 위아래로 청룡언월도를 휘둘렀다. 단호했다.

쩌억!

주황 가면의 상체가 쫙 갈라졌다. 모든 게 쏟아져 내렸다. 그릇된 열망도 함께였다.

털썩.

"진정한 무공과 겨뤄볼 수 있어서 영광……."

주황 가면의 목소리가 흐려졌다.

관승은 그런 말을 듣고 싶지 않았다.

쓰러진 자의 숨이 끊겼다. 얼굴에서 가면이 떨어져 나와 피에 젖은 흙밭을 나뒹굴었다.

관승은 그가 누구인지 확인하지 않았다.

콰직!

언월도 창봉을 내리찍어 가면만 박살을 냈다.

불길함이 짙어졌다.

이런 자가 앞으로 얼마나 생겨날 것인가.

세상이 어지러워지는 만큼, 무공에 대한 욕심도 넘쳐날 것이다.

관승이 재빨리 발길을 돌렸다.

상념에 빠져 있을 때가 아니었다.

"호시(號矢)가 한 발 올라왔습니다. 이번에는 장 각주 부대 쪽입니다."

"상황은?"

"기습으로 교전 중이라는 신호입니다. 하지만……."

여의각 요원이 말끝을 흐렸다.

관승과 같은 생각이다.

이젠 호전을 믿을 수 없다.

장익은 아직 대기 중일 수도 있고, 화살이 올라온 위치에 없을 수도 있다.

괜찮다.

어느 쪽이든 결론은 같다.

관승은 고민하지 않았다.

"계속 전진한다."

그의 말에 여의각 요원이 물었다.

"목적지는 어디로 잡습니까?"

"포공사."

관승이 대답했다.

죽지 말아야 할 문도가 많이 죽었다.

계획은 이미 틀어졌지만, 그들에겐 분명한 목표가 있었다.

포공사를 구한다.

그거면 된다.

그들은 신마맹의 횡포에 맞서 포공사의 멸문을 막고, 안휘에 드리워진 암운 앞에 협의(俠義)의 의기를 되살릴 것이다.

관승은 호시탐탐 기회를 노리는 불길함을 물리치고, 언월도처럼 굳건한 의지를 세웠다.

관승이 다시 땅을 박차고 선두로 나섰다.

적들은 곳곳에서 나타나 그들을 막아섰다. 산을 넘는 동안, 그들은 이십을 더 잃었고, 이백을 죽였다. 이색의 가면은 셋을 부쉈다. 관승의 몸에도 부상이 하나 더 생겼다.

언덕 너머 포공사가 보이기 시작했다.

포공사 전각군의 한쪽은 이미 불길에 휩싸여 있었다.

"진격. 전속력이다."

관승이 명했다.

모두가 명에 따랐다. 끝없이 용맹했다.

*　　　　　*　　　　　*

"멈춰! 적 매복에 대비하라!"

장익이 우렁찬 목소리로 지시했다.

적들을 돌파하고 또 돌파했다.

기어코 포공사 남문 앞까지 왔다. 포공사 전면에는 해자처럼 작은 하천이 흘렀다. 피가 섞여 물이 붉었다. 못이 깊지 않고 겨우내 물이 줄어 방어선 역할을 전혀 하지 못했다.

남문으로 이어지는 작은 월교 앞엔 피 흘려 쓰러진 자들이 많았다. 더운 피를 흘리며 고통스럽게 푸르륵거리는 기마들이 여럿 보였다. 말을 달려 도적들을 쫓아 벌한다는 포공사 청곤대 무인들이 죽어 있고, 죽어가고 있었다.

'타격대는 전멸 수준⋯⋯.'

숲길 따라 격전을 치르며 포공사 기마 무인들의 시신을 수도 없이 봤다. 저쪽 풀밭 너머에도 주인 잃은 말들이 허둥대며 우왕좌왕하고 있었다.

가차 없는 전략이다.

기동력이 우수한 무인들을 먼저 잡았다.

청곤대는 그 자체로 뛰어난 공격대며 정찰대였다. 위급 시 동맹 문파에 원군 요청을 할 수 있는 속도도 충분했다.

'몰아서 가둔 거다.'

포공사는 철저히 고립되었다.

합비 반대편에 위치한 강후문 영역에서도 신마맹 무인들이 무력시위를 하고 있다. 이대로면 오늘 밤새 멸문도 가능하다. 포공사의 상황은 그야말로 최악이었다.

'우리까지도.'

문제는 장익 부대까지 가둬졌다는 사실이었다.

적들의 기습은 매 길목마다 절묘하게 이어졌다. 동선을 유도하기라도 하듯, 첫 집결지부터 미친 듯 싸우다 보니, 포공사 남문 앞이다.

우연이 아니다.

유도된 것이다.

적들의 살기가 사방에서 넘실댔다. 특히나 포공사 안쪽은 더했다. 이미 포공사 높은 담 저 멀리에서는 병장기 소리와 호통 소리가 한창이었다. 격전이 벌어지고 있음을 들어가 보지 않아도 알 수 있었다.

"포공사 부상자들의 상태를 살펴라! 살릴 수 있는 생존자를 우선하고, 돌입 전력을 선발한다."

장익이 소리치며 손바닥으로 왼쪽 얼굴을 훑었다.

왼쪽 눈썹 위를 길게 베였다.

출혈이 많은 부위라 눈까지 피가 들어갔다. 뺨과 수염이 온통 끈적거렸다. 눈까지 꾹꾹 눌러 피를 닦아내자 시야가 조금 밝아졌다. 비룡각 무인들이 튀어나가 즐비한 시신들 사이를 누비는 것이 보였다.

"각주, 이곳은 위험합니다."

여의각 요원이 말했다.

그의 말이 맞다.

그들이 있는 초지(草地) 공터는 탁 트여 있어서 언제든 공격

받을 수 있는 지형이었다. 장익이 고개를 끄덕이며 대답했다.

"그래, 이동하자."

장익은 꽤 많이 지쳐 있었다. 주저앉아 운기라도 하고 싶었다.

정신없이 쫓겨 온 기분이었다. 실제로도 추격전과 같은 전투 양상이었다.

"공격은 여기서 막는다."

해자 위, 다리 한가운데서 말했다.

그의 모습은 그야말로 장판파 다리 위에 선 장비 같았다.

장팔사모 창봉 끝을 땅에 그어 가면 쓴 시체들을 다리 밑으로 떨구었다. 비룡각 무인들이 장익을 따라 적들의 시체를 하천 쪽으로 집어 던졌다. 물줄기가 얇았다. 찰박거리는 물소리보다 퍽퍽 땅에 떨어지는 소리가 더 컸다.

월교의 길이는 오 장 남짓으로, 마차 세 대가 넉넉히 오갈 만한 너비를 지녔다. 다리 위에서 싸우면 적어도 양옆은 걱정을 덜 해도 될 것이다. 하천이 깊지 않아 고수들은 얼마든지 밑에서도 올라올 수 있었지만, 그래도 수비 지형으로는 나쁘지 않았다. 아니, 이 근처에서는 유일했다.

월교와 주변에서 포공사 무인들이 하나둘 실려 왔다. 살릴 수 있는 무인은 열 손가락에도 채 꼽지 못했다.

"돌입조는 이십을 뽑았습니다. 나머지는 모두 남아야 합니다."

포공사만 챙길 것이 아니었다.

그들도 상황은 좋지 않았다.

팔십 공격대 중, 스물넷이 죽었다. 열한 명은 전투 불능의 부상이다. 그중 둘은 앞으로도 재기가 가능할지 모를 만큼 다쳤다.

너무나도 뼈아픈 손실이었다. 죽은 녀석들, 다친 녀석들, 장익은 하나하나 이름을 다 알았다.

스무 명 돌입조를 돌아보았다. 튼튼한 놈들이었다. 남아서 부상자들을 지킬 스물다섯도 든든하긴 매한가지였다.

장익은 더 지체하지 않았다.

"들어가자."

"네!"

비룡각 무인들이 이구동성으로 대답했다.

그들이 월교를 지나 포공사 남문으로 달렸다. 남문은 벌써 부서져 지키는 이 하나 없었다. 장익과 무인들이 문을 넘었다. 포공사는 정원과 외원의 폭만 백 장이 넘는 대장원이었다. 보이는 모든 곳에 시신들이 있었다. 복장도 각양각색에 피범벅이라 들춰보기 전엔 적아조차 판별하기 어려워 보였다.

"이쪽이다."

채앵! 채채챙!

멀리서 병장기 소리가 났다. 장익은 움직임을 빨리했다. 죽은 자가 너무 많았다. 외원 담을 넘어 내원에 들어서자, 동쪽

전각들 사이에서 불길이 치솟고 있었다. 일렁이는 불그림자 사이로 빠르게 좌충우돌하는 인영들이 눈에 비쳤다.

'북쪽, 북동, 동남, 셋.'

달리면서 감지했다.

싸움이 벌어지고 있는 곳은 세 군데였다.

다행이라 생각했다.

무인이 어느 정도 있어야 싸움도 되는 법이다. 적어도 세 지역에 전장이 형성될 만큼, 남은 전력이 충분하다. 멸문은 면할 수도 있겠다.

"정면! 내가 선두에서 뚫는다. 양 측면에서 받쳐!"

"이 열 산개!"

장익을 필두로 스무 명 무인들이 양쪽으로 갈라졌다.

객방과 정원길을 지나 패문 하나를 넘었다. 가면 쓴 자들과 쓰지 않은 자들 수십 명이 시야에 들어왔다.

장팔사모 통천일격과 이십 자루 벽력창이 쐐기처럼 적진에 박혀 들었다.

콰직! 콰드드드득!

"그대로 뚫자!"

"측면 버텨라!"

"뒤처지지 마!"

통천벽력창이 적들을 쪼갰다. 밀려 넘어지는 적들 위로 창날이 번뜩였다.

장익과 돌입조가 적진을 관통했다.

타오르는 전각 앞으로 난전이 벌어지고 있었다.

"적습인가?"

"아니다! 원군이다!"

"원군이 왔다!"

반겨 소리치는 음성이 들렸다.

전황의 유불리가 명백했다. 수많은 가면들이 사파 무리와 함께 한 무리의 검사들을 밀어붙이고 있었다.

죽립을 쓴 이들이 여럿 보였다. 그들은 검기(劍技) 경지가 높아 보이지 않았다. 맨얼굴로 청강검을 휘두르는 검사들 중엔 특히나 몸놀림이 예사롭지 않은 이들이 눈에 띄었다. 그들이 싸움을 가능케 했다. 대부분의 무인들이 적들의 살초 하나 막는 것을 버거워했다.

장익은 곧바로 손을 썼다.

사모가 무서운 기세로 뻗어 나가 적들을 도륙했다.

맹장(猛將)의 기세였다. 그 주위만 호쾌한 전쟁터가 된 것 같았다.

"의협비룡회가 왔소이다!"

장익이 소리치며 통천벽력창을 내려쳤다.

적 중심에 흑반의 가면 하나가 보였다. 악적들 사이에서도 기량이 월등했다.

장익은 혈로를 뚫으며 흑반 가면에게 짓쳐 들었다.

쩌정! 쩡! 콰직!

세 합 만에 가슴을 짓이겼다.

기세를 탄 장익은 아무도 막을 수가 없었다.

꽈광!

폭음과 함께 적진 일부가 허물어졌다.

적들의 살기가 순식간에 깎여 나갔다. 그만큼, 포공사 검사들의 기세가 올라갔다. 포공사 문도들을 보호하며 어렵사리 버티던 청강검 검사들이 한 발 한 발 앞으로 나섰다. 비룡각 창술무인들이 호응하여 사기를 높였다. 기백에 이르던 적의 공세가 단숨에 무너져 내렸다.

"후퇴!"

"퇴각하라!"

신마맹과 사파 무리들은 교전을 고집하지 않았다.

장익은 그게 더 불안했다.

예전의 백면뢰들이 그저 소모적인 전투만을 소모하는 꼭두각시들 같았다면, 지금의 백면뢰들은 전술적 능력까지 갖춘 군병(軍兵)들처럼 보였다. 목소리를 내 지시하는 가면들이 있었고, 움직임이 아주 일사불란했다. 사파 무리들과도 잘 연계했다. 변화하는 전투 상황에 따른 지침이 모두 다 갖춰져 있는 느낌이었다.

"적들이 물러갑니다!"

포공사 무인들이 환호성처럼 소리쳤다.

신마맹과 사도 무인들이 장원의 곳곳으로 흩어졌다.

결코 끝난 것이 아니었다.

장익은 적의 살기가 완전히 사라지지 않았음을 간과하지 않았다. 외원까지 물러났지만, 외벽은 넘지 않았다. 후퇴한 적들은 아직 포공사 영내에 있었다.

"방심하지 마라!"

다행히 포공사에도 상황을 제대로 읽고 있는 무인들이 있었다. 검사 하나가 문도들을 다그치며 진용을 정비했다.

"나는 포공사 조화홍이라 하오!"

그는 대표로 나선 것처럼, 검사들 중에서도 기세가 으뜸이었다. 장익은 그의 걸음걸이와 몸가짐에서, 엽단평의 그림자를 보았다.

"놀라운 무공이오! 구명지은에 감사하오!"

그가 장익 앞으로 다가와 검자루를 쥔 채 포권하며 감사를 표했다. 그러자 포공사 무인들 모두가 그를 따라 포권하고, 일제히 우렁차게 소리쳤다.

"구명지은에 감사를 올립니다!!"

혹독하게 훈련된 군병들이 말하는 것처럼 절도가 넘쳤다.

"천만의 말씀이오."

장익이 마주 포권을 취하며 간략히 답했다.

통성명할 여유가 없다. 장익이 곧바로 이어 물었다.

"안쪽 전황이 어떻게 되오?"

"아주 좋지 않소. 북동쪽 노방원에는 정검과 판관검에 오른 검사가 여럿이라 곧바로 밀리지는 않을 게요. 다만 북쪽 백옥당 대전각 쪽은… 위급하오. 승부는 거기서 갈릴 게요."

장익은 조화홍이 말을 멈춘 그 구간에서 심상치 않은 사연을 감지했다. 장익이 바로 말했다.

"그럼 북쪽부터 갑시다."

"아, 아니오. 노방원이 먼저요."

장익의 눈썹이 올라갔다. 베인 상처가 구겨지면서 날카로운 통증이 밀려들었다.

이자는 애써 숨기고 있지만, 명백히 당황하고 있었다.

그럴 자가 아니다. 아주 검기(劍氣)가 곧은 자다. 말 못 할 무언가가 있는 것이 분명했다.

"북쪽이 급한 것 아니오?"

"노방원의 안전을 확보하고 넘어가는 게 옳겠소. 백옥당은, 아마도, 지키지 못할 거외다."

조화홍이 힘주어 말했다. 마치 결심한 듯한 어투였다.

장익은 계산과 더불어 직감 또한 중시하는 남자였다.

이건 잘못되었다.

장익이 말했다.

"그렇다면, 조 대협이 북동으로 가시오. 내가 대전각으로 넘어가겠소."

바로 사모를 고쳐 쥐었다.

조화홍의 눈동자가 흔들렸다. 그가 다급히 말했다.

"그러지 마시오! 노방원으로 함께 갑시다!"

실랑이를 할 때가 아니었다.

대전각이 전황의 핵이다.

직감이 확신이 되었다.

"먼저 가겠소."

장익이 몸을 돌렸다. 조화홍은 겁까지 들었다.

"알았소이다! 그럼, 우리가 백옥당으로 올라가겠소! 대협들은 그래도 객 아니오! 집안의 치부를 보여주고 싶지 않소. 의협비룡회에서 노방원 문도들을 도와주시오!"

조화홍의 얼굴에 결연함이 감돌았다.

장익은 도저히 내키지 않았다. 하지만, 포공사 주(主)가 이리 부탁하는데 말마따나 객(客)이 마음대로 할 수는 없는 일이었다.

"조속히 해치우고 가겠소."

"협의(俠義)는 고맙소만 오지 않아도 되오."

완곡하게 말했다.

오지 말라는 이야기다.

장익은 거기까지 들어줄 마음은 없었다.

"빠르게 치고 간다."

장익이 나직하게 말하고, 땅을 박찼다. 비룡각 무인들이 즉각 그의 뒤를 따랐다.

장익의 거구, 드넓은 뒷모습을 보는 조화홍이 짧고 진한 한숨을 내쉬었다.

"검을 들어라! 백옥당으로 가자!"

조화홍이 앞장섰다.

오십여 명 포공사 검사들이 절도 있게 대답하며 몸을 날렸다.

공기가 무거웠다. 도처에 죽음만이 가득했다.

*   *   *

장익은 빠르게 이동했다.

백면뢰 하나가 장익의 눈앞에 불쑥 나타났다.

사모로 배를 뚫었다. 박친 채로 창봉을 휘둘러 담벼락에 내던졌다. 담장에 처박힌 백면뢰가 벽을 따라 미끄러져 땅바닥을 나뒹굴었다. 하얀 벽재에 붉은 핏자국이 남았다.

쫘앙! 퍼억!

또 다른 놈이 측면을 치고 들어왔다.

장익의 사모가 가면의 어깨를 터뜨렸다.

튕겨 나간 놈을 그대로 지나쳤다. 뒤따르는 비룡각 무인이 적의 목숨을 끊었다.

그렇듯 백면뢰는 장익의 상대가 되지 못했다. 하나둘씩 달려들어 봤자, 장팔사모의 먹이가 될 뿐이었다.

그럼에도, 적들은 계속 달려들었다.

게다가 예측이 되지 않았다.

쐐액! 콰직!

지금 놈도 그랬다.

바로 앞에서 달려들기 전까지 기척을 제대로 느끼지 못했다. 기감(氣感)이 무뎌져 있다. 기(氣)를 느끼는 시야에 안개라도 낀 것 같았다.

지쳐서가 아니었다.

육체는 피를 흘려도 강건했고, 정신은 그 어느 때보다도 날카로웠다.

'술법, 또는 진식(陳式)!'

포공사 내원에 들어오면서 더 심해졌다.

적들의 위치나 숫자가 잘 읽히지 않았다. 장익은 고수였다. 전투에 임해 이만큼 날이 서 있는 장익은 건물 세 개 뒤에 몇 명이 은신해 있는지까지 다 감지할 수 있어야 정상이었다. 지금은 바로 근처 정원수(庭園樹)에서 뛰어내리는 백면뢰마저 잡아내지 못했다.

쩡!

베어오는 칼을 밀쳐내고 보니, 백면뢰가 아니었다. 하얀 부분이 있지만, 회색빛 사선이 그어져 있다. 실력도 높다. 장익은 여섯 합을 내쳐서야 놈의 목을 날릴 수가 있었다. 그래, 이 정도면 기척을 못 잡은 것도 납득 못 할 바는 아니다.

"뒤에 적습!"

"크윽!"

상대의 무공이 높다고 안심할 때는 더더욱 아니었다.

그가 회색 사선의 가면과 싸우는 사이에, 비룡각 후방이 습격을 받았다. 역시나 이색의 가면이다. 하늘빛 같은 비색(翡色)이었다. 창술 무인 하나가 피를 흘리며 쓰러지고 있었다.

분노한 장익이 몸을 날려 뒤쪽으로 달려갔다.

비색 가면은 청강검을 들고 있었다.

창술무인들과 어우러져 검법을 펼치는데 검세가 몹시 단호하고 예리했다. 장익이 담벼락을 박차고 비색 가면 앞으로 뛰어들었다. 비룡각 무인들이 재빠르게 길을 텄다.

피슛!

비색 가면은 기민했다.

물러나는 비룡각 무인의 어깨에 검상을 입혔다. 장익이 무서운 기세로 치고 들어가자 검을 곧게 찍어 일합을 비껴내더니, 반탄력을 이용하여 담벼락 너머로 사라지고 말았다. 장익은 상대를 쫓지 못했다. 한순간 겨룸에서 세 가지 사실을 깨달았기 때문이었다.

"가망이 없습니다."

비룡각 문도의 목소리를 들었다.

그가 애써 누르는 동료의 가슴팍에서 선혈이 울컥울컥 솟구치고 있었다. 일격에 심장 어림을 꿰뚫렸다. 장익이 이를 악물었다.

"눕혀 줘. 위치를 기억해 둬라. 싸움이 끝나고 수습한다."

차마 시신이란 말은 하지 못했다.

세 호흡 만에 숨이 끊어졌다. 용감했던 문도의 죽음을 보며 장익은 빠르게 생각을 정리했다.

첫째.

장익이 이탈하면 비룡각 무인이 더 죽을 수 있다. 비룡각 돌입조는 용맹하고 강했지만, 각자의 기량이 이색의 가면들과 비교하여 열세에 있는 것이 자명했다. 그런 놈이 몇이나 있는지 알 수가 없었다. 장익이 없는 사이에 여러 놈이 달려들면, 희생이 더 나올 것이다. 장익은 무조건 비룡각 무인들과 함께 움직여야 했다.

둘째.

비색 가면은 이색의 가면들 중에서도 특히 뛰어났다. 무공만이 아니다. 일합 만에 불리를 확신하고 바로 퇴각했다. 그게 다른 가면들과 다른 점이다. 지금껏 상대한 이색의 가면들은 어느 정도의 전술적 역량을 보이긴 했어도, 목숨을 중히 여기진 않는 것 같았다. 고강해진 무공에 대한 자신감이든 무슨 이유에서든 끝까지 덤볐고, 죽었다.

셋째.

비색 가면의 무공 자체가 가장 문제다. 장익은 청강검과 그 검법이 익숙했다. 착각이 아니었다. 장익은 엽단평을 오래 봤

다. 착각할 리 만무했다. 확신에 가까운 의심이 들었다. 여의
각에서는 그와 같은 보고가 전혀 올라오지 않았다. 그러니,
이 전투가 이토록 고된 것이다. 적에 대해 제대로 알지 못한
채 싸우고 있었다.

"빨리 해치우고 함께 나가자."

죽은 동료 포함이다.

장익은 목표를 바꿨다.

호쾌한 승리는 이미 없다. 죽은 문도들을 생각하면, 그들은
이미 졌다. 그러니 이젠 생존이 목표가 된다. 살아남는 것이
최우선이다.

장익이 다시 선두에 섰다.

채챙! 채채채채챙!

기감(氣感)은 흐릿해도, 소리까지 지워지지는 않았다.

병장기의 충돌음을 따라 방향을 조금 틀었다. 내원과 외원
이 이어지는 연무장 겸 정원이 나타났다. 노방원이다. 아주 넓
었다. 연병장이라고 해도 좋을 만한 면적이었다. 역사가 오랜,
대문파다운 규모였다. 그 드넓은 땅에 지옥도가 펼쳐져 있었
다.

"막아라! 뒤처지지 마라!"

"도적들! 감히 여기가 어디라고!!"

기백에 이르는 포공사 문도들이 호통을 치며 사나운 적들
과 혈전을 치르는 중이었다. 널린 시체의 수를 셀 수가 없을

정도였다. 백 단위의 무인들이 모두가 피 칠갑을 했다. 그야말로 아수라장 전쟁터가 따로 없었다.

"이쪽에서부터 함께 밀자!"

장익은 어렵게 명령하지 않았다.

전술이고 대형이고 없는 파국의 난전이었다. 맞으면 때리고 찌르면 베는 원초적인 힘겨루기였다. 장익은 그대로 적진에 뛰어들었다. 비룡각 무인들도 그렇게 했다.

콰직! 꽈광!

창술무인들이 적을 부쉈다. 가면 쓴 놈들은 모조리 적이었다. 가면을 쓰지 않은 놈이라도 포공사 무인들과는 확연히 구분되었다. 기질 자체가 달랐다.

장익은 난전 중심으로 파고들지 않고, 외곽에서부터 적 전력을 깎아냈다. 포공사 쪽에서 바로 호응이 왔다.

"아군이다!"

"조금만 더 버텨라!!"

전세가 요동쳤다.

포공사 무인들의 사기가 크게 올랐다. 그들은 군병처럼 소리쳤다.

장익 포함 고작 이십 명에 불과했지만, 그들에겐 숫자 이상의 무력이 있었다.

장익 앞에 수부(手斧)를 든 흑반 가면이 섰다. 장익은 만부부당의 벽력창을 유감없이 선보이며 이색의 가면을 박살 냈다. 적진 한쪽이 허물어졌다.

그때였다.

적들 후방에서 엄청난 검기(劍氣)가 일었다. 아주 사납고, 음울했다. 전장 밖에서는 그리도 탁하던 기감(氣感)이 불현듯 선명하게 살아났다.

고개를 들어 적진 뒤를 보았다. 기둥처럼 높이 선 검의 환상이 장익의 두 눈에 비쳐들었다. 검에는 녹이 슬어 있었고, 서늘한 원한이 혈흔처럼 배어 나왔다.

눈을 한 번 감았다 뜨자, 환상이 사라졌다.

대신, 터져 나오는 핏물이 먼 전장을 채웠다.

"강적 출현!"

"온다! 대비하라!!"

포공사 무인들이 경호성을 내질렀다.

"으악!"

"고수다!"

"전방 괴멸! 너무 강합니다!"

비명성과 경악성이 난무했다.

장익도 동의했다.

전장에 새로이 나타난 적은, 틀림없이 엄청난 무력을 지녔다. 백전을 겪어온 장익조차 등줄기가 저릿해졌을 정도의 고수였다.

쩡! 쩌정!

포공사 청강검이 뚝뚝 부러져 날아가는 것을 보았다.

검날을 부수는 것은 또한 검날이었다.

장익은 먼저 검존(劍尊)이란 두 글자를 떠올렸다.

"저쪽은 내가 간다! 물러나서 방어 태세로 싸워! 이색 가면이 오면 먼저 창을 뻗지 마! 끌어들여서 합공으로 죽인다!"

"알겠습니다!"

명령을 내리는 사이에 포공사 무인 하나가 죽는 모습을 보았다.

일검에 허리가 갈라졌다.

조화홍에 준하는 검사였다. 경이로운 검공(劍功)이었다.

장익이 땅을 박찼다.

가면들을 부수며 전장을 일직선으로 돌파했다.

눈앞이 열렸다.

검사(劍士)가 보였다.

'뭐?'

장익은 두 눈을 의심했다.

적은 혈혈단신이었다.

가면도 없었다.

얼굴이 앳되었다. 약관이나 되었을까 싶었다.

이목구비는 뚜렷했지만 무인보다는 문인처럼 생겼다. 눈매가 날카롭고 눈동자가 짙었다. 허무와 정기가 공존하는 눈빛을 지니고 있었다.

쐐액! 촤아아아악!

포공사 전조검법은 상대가 되지 않았다.

검날을 마주치지도 않고 비껴낸 후, 그대로 상체를 쪼갰다. 판관검이라 했다. 조화홍만큼은 아니지만 충분히 숙련된 검사(劍士)가 일검에 죽었다.

'나까지 죽을 수도 있겠구나.'

이걸로 확실해졌다.

여의각 첩보에도 걸려들지 않은, 약관의 고수가 나타났다.

포공사는 사지였다.

그것도 절대사지다. 이런 적이 이 어린 놈 하나라는 법도 없다.

그렇다고 도망칠 수는 없는 일이었다.

목숨을 걸고 몸을 날렸다.

채앵! 치리리리링!

첫 일격은 정면으로 받지 않고 비껴서 흘렸다.

상대의 검이 예사롭지 않았다. 황금 장식이 두드러져 보이는 검은, 기묘하게도 관군검(官軍劍) 형태였다. 검날의 주조 형식은 군용검이 분명했지만 검병과 검두의 금장은 제식용이라도 되는 것처럼 화려했다.

더 모르겠다.

이런 검을 드는 자에 대해 들어본 바가 없었다.

검격이 빠르게 꺾여 들어왔다. 움직임이 우아했다. 녹슨 검의 환영(幻影)과 어울리지 않았다. 혈흔처럼 번졌던 살기(殺氣)가 무색한 정공(正攻)이었다.

쩌어어엉!

정면으로 부딪쳤다.

통천벽력창이 뒤로 밀렸다. 장익의 몸도 덜컥 밀려났다.

'무슨 내공이⋯⋯!'

검의 형태만 이상한 것이 아니었다.

검의 검력도 이상했다.

묵직하기가 천근 바위와 같았다. 약관 청년의 내력이라기엔 지나치게 심후했다.

반로환동을 의심했다. 의심과 동시에 등줄기가 서늘해졌다.

검이 사라졌다.

검로를 완전히 놓쳐버렸다.

피슛!

불에 덴 것 같은 통증이 등허리를 스쳤다.

놀라운 쾌검이다. 창왕진기와 통천벽력창 방어투로가 전혀 반응하지 못했을 만큼 빨랐다.

장익은 거구의 근육을 단단히 조이고 사모 창대를 짧게 잡았다.

쩌저저저정!

사모와 검날이 무서운 속도로 연달아 부딪쳤다.

투로를 작게 가져가며 통천의 호쾌함을 잃었다. 판단은 옳

았다. 그러지 않고서는 검속(劍速)을 따라갈 수 없다. 섬광이
번뜩인다 싶으면, 불꽃이 튀었다. 수없이 연마한 초식에 더하
여 본능적인 반응으로 검격을 막았다. 막고 나서야 막았구나
싶은 일합이 반복되었다.

치리링! 처정!

'반로환동은 아니야.'

노회한 종사(宗師)였으면 벌써 죽었다.

고강한 무공에 비해, 살검(殺劍)의 경험이 부족했다.

또한 그것은 그것대로 무서운 일이었다.

상대는 천재다.

저 나이가 외견 그대로라면, 조금만 더 성장해도 희대의 무
인이 될 것이다.

쩡!

두 남자의 신형이 떨어졌다.

어느새 둘 주면에는 공터가 생겨나 있었다.

포공사 무인들은 경악으로 둘의 격전을 보았다. 장익은 목
숨이 몇 번이나 날아갈 뻔했고, 상대는 여유로웠다. 정검과 판
관검 검사들만 우열을 눈치챘다. 나머지는 접전으로만 알았
다.

장익이 물었다.

"이름이 뭐냐."

"제극(齊剋)."

약관 검사가 짧게 답했다.

역시 들어본 적 없는 이름이었다.

"나는 의협비룡회 장익이다. 너는 어디서 왔는가."

"단심."

몇 번이나 놀라는지 모르겠다.

제극은 아무렇지 않게 단심이라는 이름을 말했다.

전혀 예상치 못했다.

단심맹이란 협잡과 모략으로 이름난 맹회였다. 신분을 감춘 비밀 결사란 인식이 강했다. 맹회 자체 소속 고수는 알려진 전례가 드물었고, 전대 마두들을 영입하거나 문파에 심어 둔 세작을 이용하는 등, 주로 외인(外人) 무력에 의한 혈사(血事)들을 일으켜 왔다.

헌데, 이 제극이라는 검사는 출신 내력을 밝히고도 지극히 태연했다.

예외적인 자, 예외적인 상황이었다.

"더 물을 게 있나?"

이번엔 제극이 물었다.

표정이 나른했다. 모든 것이 귀찮아 보였다.

물을 것?

많다. 너무 많아서 고르지 못할 정도다.

제극은 기다려 주지 않았다.

"없나 보군."

제극이 다가왔다.

검날이 사모에 먼저 닿았다.

쩡!

손바닥이 울렸다. 팔도 함께 울렸다.

흔들리는 사모를 휘어잡고, 반격을 시도했다.

쩌정!

사모가 속절없이 튕겨 나갔다. 통천벽력창 괴력의 창격이 얇은 군검(軍劍)에 완전히 밀렸다.

'이러다 죽는다.'

궁금한 것이 문제가 아니었다.

장익은 다시금 오늘의 싸움 끝에 승리가 있기 어려움을 실감했다.

살아남는 것만 생각했다.

통천도 벽력도 버렸다.

장비 익덕은 자신의 무를 과신하여 지혜롭지 못한 싸움을 했기에 비참한 최후를 맞았다.

그는 그러지 않을 것이다. 사모를 방패 삼아 막고 또 막았다.

그리고 기다렸다.

쩌저엉! 쿠궁!

장익의 몸이 또 한 번 덜컥 밀려났다. 족적이 깊게도 새겨졌다.

피슉!

목덜미에서 피가 솟았다. 조금만 더 들어갔어도 죽었다.

꽈아아아아아앙!

폭음이 들려왔다.

와아아아! 함성 소리가 아련하게 뒤따랐다.

"일찍 좀 오시지요."

피투성이가 된 장익이 이를 갈며 말했다.

쩌어어엉!

머리를 쪼갤 듯 떨어지던 검날이 굉음과 함께 튕겨 나갔다.

"내가 늦었다."

청룡언월도였다.

적습을 뚫고 산을 넘었다.

마침내, 관승이 이곳에 당도한 것이다.

＊　　　　　＊　　　　　＊

쩡! 쩌쩡!

청룡언월도와 장팔사모가 조화롭게 이어졌다.

제극의 검이 두 중병 사이를 자유롭게 누볐다. 커다란 언월
도 날과 휘어진 사모 날 사이에서도 부드럽게 진퇴를 거듭하
며 얽매이지 않는 검로(劍路)를 만들었다.

쩡!

청룡언월도가 밀려났다.

장팔사모가 꽈릉 하고 짓쳐 들었다.

제극은 자못 다급하게 몸을 젖혀 피했으나, 날카로운 반격을 잊지 않았다. 뻗어나간 사모 끝에서 번쩍 하고 검광이 치솟았다. 장익은 또 한 번 목이 날아갈 뻔했다.

어렵사리 물러나 피하자 연환검이 따라붙었다.

장익은 창봉을 축 삼아서 몸을 낮춰야 했다. 그래도 공간이 생기지 않았다. 검 끝이 위협적으로 치고 들어갔다. 관승의 굉화창이 때마침 비집고 들어와 제극의 검을 튕겨냈다.

"훗."

짧은 웃음소리가 들렸다.

장익은 귀를 의심했다.

제극에겐 아직도 여유가 있는 것이다.

그가 물러나 검을 비껴들었다. 웃음은 허세가 아니라 진짜였다.

무방비하게 서 있는 것 같았지만, 관승은 뛰어들지 못했다. 장익도 마찬가지였다. 검격 안에 들어가면 위험하다. 오래된 검의 환영이 다시금 눈앞을 스쳤다.

"안 들어오네. 그게 경험인가?"

건방지기 짝이 없는 말투였다.

관승과 장익은 비슷한 언어를 알았다.

태생적으로 귀한 신분을 지닌 데다 넘치는 재능까지 타고

났다. 그런 자가 하는 언사다. 이를테면 그들의 문주 같은 사람이 그러했다.

제극에게도 그런 것이 있다.

얼굴에서 귀티가 흐른다.

문주 단운룡보다 더하다. 단운룡에겐 조금 더 거칠고 폭력적인 인상이 있다. 어릴 때부터 남방의 전쟁터를 겪었기 때문일 것이다. 그에 비해 제극은 조금 더 곱게 자란 느낌이 있었다. 고생을 했더라도 아예 피가 튀는 전장에서는 아니다. 음모와 암투가 더 가까워 보였다.

"그럼, 내가 가지."

확실히 흡사했다.

단운룡도 저렇게 말한다.

무공은 사람이 펼치는 것이다. 그러므로 출수는 사람됨을 드러내기 마련이다.

그러므로 다음 수를 예상할 수 있다.

첫 일격은 끊어 칠 것이다.

단순한 일격으로 무공의 깊이를 증명한다. 검날이 단운룡의 극광추처럼 간결하게 뻗어 나왔다.

쩡!!

사모보다 먼저 청룡언월도가 검날을 가로막았다.

이럴 줄 알았다.

그가 읽은 것을 관승이 놓칠 리 없다.

바로 뒤에서 통천벽력창이 공간을 뚫었다.

쩌정! 치리리링!

제극의 검이 휘어지듯 움직여 통천벽력창의 예봉을 차단했다. 검날을 빠르게 긁어내리며 사모 끝을 어깨 뒤로 비껴냈다.

이번엔 제법 위험했다. 입으로는 내뱉지 않았지만 하고 싶은 말이 제극의 얼굴에 고스란히 드러났다.

어려서다.

인생의 궤적도 지금 이 순간의 심경도 잘 갈무리하지 못하는 나이였다. 당장보다 미래가 더 무서운 놈이라는 뜻이었다.

"합!"

관승이 두 손에 힘을 더했다.

청룡언월도가 무서운 기세로 내리꽂혔다.

죽이고자 하는 의지가 담겼다.

제극의 눈에서 기광이 번뜩였다.

쩌어엉!

충격파가 일어났다.

검날이 두 개, 세 개, 네 개로 늘어나는 것 같았다. 마치 숨어 있던 대군(大軍)이 모습을 드러내듯, 검력이 장쾌하고 장중했다.

훌륭했다.

관승의 청룡굉화창 경력이 기병 돌격에 무너지듯 힘을 잃었다.

장익이 나섰다.

방어 태세를 완전히 하며 통천벽력창의 용력을 있는 대로 뽑아냈다.

지금 죽여야 했다.

우아하고 정교한 세검(細劍)과 강력하고 단단한 패검(覇劍)을 자유자재로 구사한다.

검법 자체가 초일류의 공부다. 저런 재능이 그런 무공을 연마하여 성장하면 감당 못 할 괴물이 된다.

마치 그들 문주처럼.

잠시라도 내버려 두었다가는 시간과 경험을 아득히 초월하여 다른 영역에 발을 딛고 말 것이다.

쫘과과광!

장익의 사모 끝에서 폭음이 이어졌다.

부풀어 오른팔 근육이 부들부들 떨렸다.

그러므로 장익은 또한 알았다.

관승과 장익은 제극을 죽일 수 없다. 이 정도 재능의 축복을 받은 이는 이렇게 죽지 않는다. 장익은 천명을 생각했다.

"정신 차려라."

관승의 나직한 목소리가 장익의 귓전을 파고들었다.

관승은 장익처럼 생각하지 않는다.

그의 청룡광화창이 다시 한번 괴력의 불길을 터뜨렸다.

쫘광!

대군(大軍) 같던 제극의 검이 부러질 듯 튕겨 나갔다.

무인에게 절대는 없다.

관승이 한 발 한 발 앞으로 나아갔다. 그도 장익과 같은 것을 느꼈을 것이다. 하지만 그는, 관성대제의 재림이라 불리는 이였다. 염라대왕에게 죽고도 다시 살아온 남자였다.

꽝! 쩌어엉!

내달리던 기병 병력이 흩어졌다. 제극의 검속(劍速)이 줄었다.

장익은 그 순간 깨달았다.

그는 자신의 한계를 너무 일찍 정해버렸다. 희대의 천재라는 양무의를 만나고, 문주를 비롯한 젊은 재능들을 보면서, 일군을 이끄는 장수 신분에 만족해 버렸다.

장비는 많은 흠결을 지니고도, 온 중원이 역사로 아는 전신(戰神)이 되었다. 장익은 덕이 부족한 장익덕을 보았을 뿐, 진정 추앙받는 무력(武力) 또한 그 완벽하지 않은 사람됨의 매력에서 비롯되었음을 간과하고 말았다.

장익 또한 명백히도 완전하지 않은 남자였다. 그렇다고 쉽게 휘두를 수 있는 두툼한 창 한 자루에 스스로의 존재를 가두는 것은, 진실로 부덕(不德)한 일이었다.

장익이 사모를 틀어쥐었다.

관승의 옆으로 번쩍 치고 나갔다.

어깨를 나란히 하고 통천벽력창을 내쳤다. 제극의 검이 한 번 더 튕겨 나갔다.

쩌저정!

언월도와 사모가 하나처럼 움직였다. 관승과 장익의 창은 하나의 신창(神槍)에게서 나왔다.

제극의 검이 어떤 고수에게서 태어난 공부든, 구주창왕의 비기는 하늘 아래 모든 무공과도 견줄 수 있었다.

쩌어어어엉!

꿍음과 함께 제극의 투로가 처음으로 흔들렸다.

장익의 일격이었다.

사모가 제극의 어깨를 스쳤다. 회색 무복이 쫙 갈라져, 근육이 드러났다. 얇게 핏줄기가 솟았다.

제극은 놀랐다.

그가 검날을 거세게 휘둘러 거리를 벌렸다. 공간이 생겼다.

"이런 싸움에 목숨까지 걸어야 하나?"

제극이 말했다.

관승이 답했다.

"목숨은 항상 걸어야 하는 법이다. 미숙하다, 소년."

제극의 표정이 굳어졌다.

삿된 도발이 아니었다.

관승은 진지했다.

제극이 검을 들었다.

핏방울이 뚝 하고, 땅 바닥에 떨어졌다.

검 끝이 미세하게 흔들렸다.

이내, 제극이 다시 입을 열었다.

"당신 말이 맞다. 내가 미숙했다."

그가 검을 거두었다.

"더 날을 세워 오마. 다음엔 목숨을 걸겠다."

제극이 등 뒤에서 검집을 돌려 검을 꽂았다.

등줄기가 오싹했다.

다음번을 원치 않았다.

장익은 사모를 뻗을 틈을 찾았다. 하지만 검을 넣는 동작 하나하나에 한 치의 허점조차 없었다.

교전을 재개하지 못했다. 대신 장익은 검집에 새겨진 황제의 직인을 보았다. 황제에게 하사받은 검이었다. 현 황제가 아니다. 건문제의 표식이었다.

기가 찼다.

단심은 또 다른 의미에서의 괴이(怪異)다.

건문제는 연호마저 박탈당한, 잊힌 황제였다. 망황(忘皇)의 군검(軍劍)을 저리 당당하게 들고 다니는 것은 역모 중에서도 대역(大逆)에 해당하는 일이었다.

"도망칠 셈인가?"

장익이 물었다.

관승의 말이 있는 그대로의 고언(苦言)과 같았다면, 장익의 그 질문은 도발이 맞았다.

여러 의미에서 그냥 보내줄 수 없었다.

단심맹의 실체를 파헤치기 위해서라도 잡아야 한다. 제극의 검은 그 자체로 지금껏 그 어떤 것보다 뚜렷이 드러난 물질적 실마리였다.

그러나 제극은 말려들지 않았다.

"병법이다. 전략적 후퇴라고 해 두지."

제극은 끝까지 여유를 부렸다.

그가 훌쩍 물러났다.

관승과 장익은 그를 쫓을 수 없었다. 장익이 비색의 가면 검사를 추격하지 못한 것과 같은 이유에서였다.

제극의 신형이 멀어져 하나의 점이 되었다. 아예 외원까지 넘어가 외벽 너머로 사라졌다. 완전한 이탈이었다.

갑작스런 출현부터 가벼운 퇴장까지, 조우한 시간은 짧았으나 남긴 인상은 강렬했다. 일교 오황 중원 대란의 불길에 기름을 끼얹을 존재라는 사실을 직감했다. 앞으로 이런 자들이 얼마나 더 있을지 알 수 없었다.

"나중 일이다. 눈앞의 불부터 끄자."

관승은 장익의 마음을 읽기라도 한 것 같았다.

장익이 고개를 끄덕였다.

관승도 상태가 썩 좋아 보이지 않았다. 적아(敵我)의 피가 한데 엉겨 붙어, 전포가 온통 붉은색으로 얼룩져 있었다.

제극이 사라지기 전부터, 이미 전세는 충분히 유리해진 상태였다.

장익 부대에 이어, 합류한 관승 부대가 양동으로 적 측면을 제압했다. 중앙에서 밀고 나간 포공사 검사들이 이색 가면 셋과, 백면뢰 대다수를 죽였다. 사도 무리들의 시체도 백 넘게 더해졌다.

대승이라 하기엔, 포공사 사망자가 너무 많았다.

쓰러진 적들 사이사이에 포공사 무복들이 보였다. 그들 대부분은 다시 일어나지 못했다.

"고맙습니다!"

"장혜양, 구명지은을 입었습니다."

짧은 인사와 사양이 이어졌다. 눈빛이 형형한 검사, 장혜양이 무인들을 추렸다. 정예 검사 삼십여 명을 골라낸 그가 심각한 목소리로 명했다.

"백옥당으로 간다."

그들은 검집에 검을 넣지도 않은 채, 몸을 돌렸다.

장익이 말했다.

"우리도 가겠소."

장혜양이 망설였다. 처음처럼 곤란해하는 기색이 역력했다.

"그곳에 방금 그자와 같은 적이 또 있으면, 결국 겨우 방어한 이곳까지 위험해질 것이오."

장익의 말이 옳았다.

그가 결국 고개를 끄덕였다.

"알겠소. 함께 갑시다."

장익이 땅을 박찼다. 관승도, 비룡각 무인들도 함께였다.

그들은 거침없이 백옥당 쪽으로 달렸다.

포공사가 제 집인 것처럼 튀어 나온 적들은 그들은 잠시도 멈춰 세울 수 없었다.

관승과 장익, 비룡각 문도 오십여 명에 포공사 정예 검사들까지 함께였다. 백면뢰들이나 이색 가면 한둘이서 막을 수 있는 전력이 아니었다.

백옥당 대전각 앞에 이르기까지는 촌각의 시간도 걸리지 않았다.

막 선문(扇門)을 열고 들어가려 할 때였다.

쫘앙! 우지끈!

요란한 소리와 함께 하나의 인영이 문을 부수고 나와 땅바닥을 굴렀다. 장익의 미간에 내천자가 그려졌다. 울컥 입에서 피를 토하며 몸을 일으키는 남자는 놀랍게도 조화홍이었다.

"조 사형! 어찌 된 일이오!"

장혜양이 대경하여 조화홍을 부축했다. 조화홍은 가슴팍의 옷이 다 찢어져 피투성이였고, 가슴 한복판엔 손톱자국 같은 구멍 네 개가 가지런히 뚫려 있었다.

"악적이……."

가슴에 찍힌 상처는 출혈이 심하긴 해도 폐장까지 이르진 않은 것 같았다. 외상 자체는 치명상이 아니라는 말이다. 문제는 내상이다. 얼굴이 창백해진 채로 계속하여 피를 토했다. 상세가 심상치 않아 보였다.

장혜양이 급히 혈도를 점하여 지혈을 시도했다. 피가 좀처럼 멈추지 않았다. 주화입마에 이르면서 기혈이 들끓고 있었기 때문이었다.

"…혈운마녀(血雲魔女)가 왔다."

조화홍이 힘겹게 말을 이었다.

"그럴 리가요? 그 마녀가 어찌?!"

"어떻게 되살아났는지가 중요한 것이 아니다. 사제."

"사형, 저희가 막겠습니다."

장혜양이 막 일어나려는데, 조화홍이 장혜양의 손목을 덜컥 잡았다. 회광반조처럼 조화홍의 눈빛이 강렬해졌다.

"내 말 들어라. 모두 도주하여 후일을 도모하라."

"사형."

장혜양이 조화홍의 손을 잡았다. 그의 눈도 조화홍처럼 형형했다.

"그럴 수는 없습니다. 임전에 앞서 도주라니요. 문규가 그러하지 않습니다. 하물며 혈운마녀입니다."

"이제 와서 문규가 중요하더냐."

조화홍은 장혜양의 손목을 놓지 않았다. 장혜양이 답했다.

"저는 정검을 이룬 포공사 검사입니다."

"정검을 넘어 협검을 이루고 칠검(七劍)을 연성한 이 사형이 지금 어찌 되었는지 잊었느냐? 판관원 조 사숙과, 묘 사형은 무엇을 했느냐. 너라도 올바른 판단을 내리거라. 판관검(判官劍)을 넘어선 지도 벌써 삼 년이지 않더냐."

"그러니, 맞서 싸워야지요."

"그러지 마라! 내 이리 부탁하마."

조화홍의 손마디가 하얘졌다. 하지만 장혜양은 손목의 움직임에 아무런 저항을 느끼지 못했다. 장혜양은 그토록 간절한 조화홍의 악력이 범인(凡人)에 불과해졌다는 사실에 비통함을 느꼈다.

"사형, 저희가 포공사의 명예를 지키겠습니다."

장혜양이 가볍게 조화홍의 손을 뿌리쳤다.

"막내 사제야, 네가 조 사형을 돌보거라."

"네."

조화홍이 다시 한번 피를 토했다. 그가 몸을 숙이고 손을 쭉 뻗었다. 그 손이 장익의 바짓단에 닿았다.

"대협, 사제를 말려주시오."

조화홍은 장익의 바지를 붙들고, 엎드려 빌듯 말했다.

조금도 비굴해 보이지 않았다.

"사형! 이러지 마십시오!"

장혜양이 버럭 목소리를 높였다. 그보다 막내 사제라는 젊은이가 먼저 조화홍을 붙잡아 말렸다. 조화홍의 손이 장익의 바지에서 힘없이 떨어졌다.

장익이 말했다.

"조 대협, 말리는 것은 어렵겠소."

조화홍은 벌써 몸을 돌려 백옥당 부서진 선문을 넘어가고 있었다. 장익이 이어 말했다.

"대신, 우리가 도와주리다."

장익이 성큼, 백옥당으로 들어갔다.

혈운마녀에 대해 들어본 적이 있다. 전대, 전전대에 걸친 오래된 이름이었다. 사해에 악명이 높았다고 하였다.

관승이 장익과 함께 걸으며 청룡 언월도를 비껴들었다.

신성(新星) 제극에 이어 전대 마녀다.

포공사에도 단심맹이 침투했구나, 확신했다.

들어서기 무섭게 백면뢰들이 달려들었다.

장혜양이 앞에서 백면뢰 둘을 베어 넘겼다. 백옥당 편액 위로 거대한 대전각이 보였다.

송대 전설적인 판관 포증의 신당이었다.

그리고 그들 앞에 예상치 못한 광경이 펼쳐졌다.

포공사와 포공사가 싸우고 있었다.

조화홍이 보여주고 싶지 않았던 것이 바로 이것이었다.

판관원 검사들이 남협당 검사들을 죽였다. 금모각 무인이 번강원 무인을 쓰러뜨렸다.

가면을 쓴 검사와 그렇지 않은 검사들이 있었다.

가면색은 대부분이 비색이었다. 심지어 포공사 무복에 백면마저 보였다.

그 한가운데.

붉은 옷을 입은 마녀가 검기(劍技)가 특출난 검사 다섯을 농락하듯 밀어붙이고 있었다.

마지막으로. 저 멀리.

관승과 장익은 너무나도 낯익은 얼굴을 보았다.

죽립을 벗고, 눈만 가렸다.

그가 비색 가면의 검사들 일곱을 한꺼번에 상대하는 중이었다.

엽단평이 거기에 있었다.

*　　　　*　　　　*

콰직! 퍼어억!

관승은 즉각 달려들며 청룡언월도를 내뻗었다.

백면뢰 하나가 피를 뿌리며 날아가 전각 난간에 처박혔다.

나아가면서 전황을 보았다.

상황은 좋지 않았다. 방어하는 쪽이 훨씬 더 불리했다.

지금 막 참전한 장혜양도 그랬다.

비색 가면의 검사와 정면으로 마주쳐 검을 내치는데, 투로에 망설임이 묻어났다.

이유는 명백했다.

장혜영은 비색 가면을 쓴 검사들에게 좀처럼 살검(殺劍)을 전개하지 못했다.

이 전장의 모두가 그러했다.

포공사가 포공사와 싸웠다. 동문들끼리 혈전을 벌이고 있었다.

물론, 위급할 때는 살초를 택해야 했고, 그렇게 했다. 상대가 죽자고 달려드는데 목 내밀고 맞아줄 수는 없는 노릇이었다.

그러나 포공사는 정문이자 명문이었다.

동료에게 살심(殺心)을 품기가 쉽지 않았다. 가면만 벗기면 제정신으로 돌아올 것 같은 기대가 싸움을 더욱 어렵게 만들었다.

그러면서 검에 베이고, 목숨이 날아갔다. 판관검을 이루어 냉철하기가 얼음 같던 검사들도 만면에 충격과 피로가 가득했다.

장혜양의 뒤를 받치며 백면뢰 하나를 더 물리쳤다.

비색 가면 하나가 더 나타나 장혜양의 측면을 노렸다. 관승이 끼어들었다. 장혜양은 상황에 즉각 적응하지 못했다. 이대 일만으로도 목숨이 위험해 보였다.

쩌엉!

관승이 언월도로 날아드는 비색 가면의 청강검을 튕겨냈다.

검에 담긴 공력이 상당했다. 곧바로 반격하는 검기(劍技)도 우수했다.

'훌륭한 검기(劍技)!'

포공사 정문 무공에 가면의 힘이 더해졌다. 결과물이 몹시 뛰어났다.

엽단평의 기량이 새삼 놀라웠다. 이런 검을 일곱 자루나 상대하려면, 검의 경지가 어느 정도여야 하는지 쉽게 가늠이 되질 않았다.

쩌정!

언월도로 청강검을 비껴 쳤다. 검 끝이 밀려 나갔다가 가볍고 현묘하게 의외의 방향으로 휘어 들어왔다. 아주 절묘한 무공이었다.

창봉을 끌어당겨 검날을 막았다.

조금 더 들어왔으면 팔뚝이 베어졌겠다.

그러니, 일곱 자루면 모른다. 관승 자신이 전력을 다해도 만만치 않을 것이다.

다만 차이가 있다면, 엽단평이 저들의 검로(劍路)를 훤히 알고 있다는 사실이었다. 그러니 저렇게 싸울 수 있는 거다. 경지보다 이해의 영역이다. 칠검 합공이 거셌지만 당장 위험하지는 않을 것 같았다.

쩌어어엉!

힘을 끌어 올려 언월도를 강하게 올려쳤다. 청룡굉화창 구결이 막강한 청격 경파를 만들었다. 청백색 청강검 검날이 중간부터 뚝 부러져 나갔다. 그대로 손목을 돌려 언월도를 밀어냈다.

"죽이면 안 됩니다!"

장익의 목소리가 귓전을 파고들었다.

"안다."

일부러 머리를 노렸다. 비색 가면의 검사가 다급히 몸을 숙였다. 피할 수 있는 공간을 줬다. 오직 아래쪽뿐이었다.

빠악! 콰직!

관승은 거구를 지녔다. 땅을 박차고 무릎을 훅 올려치는데, 각법 상단의 높이가 나왔다. 무릎에 찍힌 가면이 박살 나 흩어졌다. 가면 잃은 검사가 콧대가 무너진 채 땅을 굴렀다. 코와 입에서 선혈이 울컥울컥 흘러나왔다. 죽어도 이상하지 않을 일격이었다.

"아는 것 맞습니까."

장익이 그리 말하며 사모를 휘어잡고 앞으로 나섰다.

쩡!

비색 가면 하나가 더 뛰어들었다. 장익은 어렵지 않게 대응했다. 이미 한 번 오면서 싸워 본 덕분이다. 이들은 포공사 전조검법을 기반으로, 사술과 같은 내력 증폭을 통해 완성형 검공을 선보였다.

쫘아앙!

폭음과 함께 비색 가면이 뒤쪽으로 밀려나갔다. 장익은 그대로 밀어붙였다.

꽈광!

가면의 무릎이 단숨에 꺾였다.

공간을 주면 안 된다. 힘으로 눌렀다. 장익의 사모가 비색 가면의 머리 위로 떨어졌다.

쩌엉!

청강검이 뚝 부러졌다.

장익은 다급히 공력을 회수했다. 비색 가면들 중에서도 약한 놈이다. 뛰어난 검공에 비해 육체 능력이 부족했다. 이 일격에 검날이 날아갈 줄 몰랐다.

빠악!

사모 날이 어깨를 가르지 못하도록 손을 더 밀었다. 창봉이 놈의 어깨를 때렸다.

관승에게 뭐라 할 것이 아니었다. 그가 더 아슬아슬했다.

힘 조절 없이 내려쳤으면 휘어진 사모 날이 어깨를 쪼개고 심장을 갈랐을 것이다. 놈이 어깨를 감싸 쥐고 나뒹굴었다. 창미(槍尾)로 가면을 쳐 깨뜨렸다. 머리를 흔든 충격에 놈이 정신을 잃었다.

이게 어렵다.

가면을 쓰고 있는 만큼, 신마맹의 주구가 되었다 봐도 무방했지만, 포공사 검사들까지 그 생각에 동의할지는 미지수였다. 죽이면 포공사 무인을 죽인 셈이 된다. 여러모로 까다로운 상황이었다.

채채챙!

바로 옆에서 날카로운 검음이 울려왔다.

장혜양은 아직도 비색 가면을 제압하지 못했다. 아니, 되레 밀리고 있었다.

비장하게 쳐들어와서도 막상 살기를 일으키지 못하는 장혜양의 모습을 보니, 심란함이 더해졌다.

엽단평이 저 멀리서 분전하고 있는 이유도 그래서다.

엽단평은 그 막강한 청천검 횡참(橫斬)을 제대로 내치지 못했다. 청천검이든 마천검이든, 살상력이 과했다. 엽단평은 시원시원한 청천검법 대신, 정교하고 민활한 검기(劍技)를 꺼내 들었다.

그는 포공사가 가르친 전조검법으로 옛 동문을 상대했다. 그나마 사보검이 제 몫을 했다. 제대로 검을 내치면 청강검의 날이 깨지고 이가 빠졌다. 이 잠깐 동안 비색 가면 한 놈의 검이 부러져 물러나는 것을 보았다. 전권에서 튕겨 나온 놈이 땅바닥에 나뒹구는 청강검을 주워 들고 다시 엽단평에게로 몸을 날렸다.

답답한 싸움이었다.

지붕 위의 마녀도 있다.

혈운마녀라 했다. 무위가 몹시 고강했다. 유령이 하늘을 부유하는 듯한 신법에, 뾰족한 손톱과 날카로운 손날을 쓰는 수공(手功)을 구사했다.

그녀는 제극처럼 여유를 부렸다.

포공사 다섯 검사들 사이를 누비며 간간히 장권과 수도를 전개했다. 죽일 수 있는 상황에서도 죽이지 않고 상처를 입혔다. 전면을 방어하는 검사들은 온몸이 피투성이였다. 선두의 중년 검사가 특히 심했다. 두 다리가 피로 물들어 진각조차 제대로 밟지 못하는데도 살수를 쓰지 않았다.

농락이었다.

이겨서 죽이기 위한 싸움이 아니라, 수치를 주기 위한 싸움 같았다. 그녀를 둘러싼 포공사 검사들은 뛰어난 검술만큼 하나같이 연배가 있어 보였고, 하나같이 치욕스러운 표정을 짓고 있었다.

"포중을 숭상한다면서, 이리도 수준이 낮아서야."

혈운마녀는 마치 혼인식의 신부마냥 붉은 면사로 얼굴을 가리고 있었다.

그녀가 말했다. 목소리를 따라 면사가 흔들렸다. 음색이 깊었다. 사람을 홀리는 염기가 깃들어 있었다.

"그 혀를 함부로 놀리지 마라! 마녀!"

머리카락이 반백인 검사가 호통을 치며 검을 내쳤다. 청강 검은 일반 검사의 것보다 조금 더 두터웠고, 검첨에 협(俠) 한 글자가 푸른색으로 새겨져 있었다.

"마녀라니! 유취미간(乳臭未干) 애송이가."

쉬익! 촤악!

혈운마녀는 가볍게 몸을 돌리며 반백 검사의 협검(俠劍)을 피해냈다.

붉은 음영이 번뜩였다.

반백 검사의 등에서 네 줄기 핏줄기가 솟구쳤다. 엄청나게 빠르고 날카로웠다. 진정 고수였다.

"조롱하지 말고, 죽이려면 어서 죽여라."

반백의 검사가 일그러진 얼굴로 소리쳤다. 흔들리지 않을 정검(正劍)에 이른 것이 이십 년이요, 협검을 든 지도 십 년이다. 그러므로 그는, 포공사 최고수 중 하나였다. 헌데, 이렇게 당하고만 있다. 사선(死線)을 잡힌 것만 십수 번째다. 일부러 죽이지 않음을 알았다. 평정심을 잃지 않을 도리가 없었다.

"내가 조소(嘲笑)하고 있는 것처럼 보이느냐?"

그녀가 되물었다. 말투가 어딘지 고풍스러웠다.

똑같이 협검을 연성한 늙은 동료가 그녀의 배후로 검을 날렸다. 그녀는 아무렇지 않게 비껴 섰다. 검날이 속절없이 허공을 갈랐다. 그녀가 벌레를 쫓듯 손을 휘둘렀다. 협검 노검사의 어깨에서 피가 튀었다.

"이 무슨 악심이란 말인가! 이토록 수치를 줄 바엔 죽음을 달라!"

"어째서 내게 그것을 부탁하는지 모르겠구나. 치욕이 과하다 여기면 스스로 죽으면 되는 것을!"

혈운마녀가 노검사의 말을 일축했다.

노검사의 눈에서 노화가 끓어올랐다. 스스로 목이라도 칠 것 같은 기세였다.

"대악(大惡)은 천벌을 피할 수 없다, 혈운마녀! 우리가 너를 징치하지 못하여도, 하늘이 너를 가만두지 않을 것이다!"

노검사는 자신의 목을 가르는 대신 다시 한번 혈운마녀에게로 뛰어들었다.

혈운마녀가 부드럽게 움직였다. 붉은 잔영이 남았다.

펴어엉!

노검사의 가슴에서 폭음이 터졌다.

피를 토하며 날아가 지붕 끝에 걸렸다. 갈기갈기 찢어진 앞섬에는 조화홍이 입었던 것과 똑같은 상처가 남아 있었다.

"그렇게 부르지 말라 했지? 내 이름은 혈운이 아니라 채운이란다."

"마녀. 하늘이 뒤바뀌어도 네 이름에서 피가 지워질 일은 없을 것이다."

"하늘, 하늘, 하늘. 백무요뢰(百無腰賴)로다. 너희 포중의 무리들은 의지 없는 하늘이 지겹지도 않느냐."

혈운마녀가 다시 움직였다.

중년 검사가 검을 들어 올렸다. 이미 두 다리를 다쳐 검력이 온전치 않았다.

펴억!

혈운마녀의 손이 가볍게 검날을 걷어내고 검사의 가슴팍

을 쳤다. 핏물이 튀었다. 검사의 몸이 지붕 밑으로 굴러떨어
졌다.

공력 진탕에 의식이 날아간 검사는 몸을 가눌 수가 없었
다. 지붕은 높았다. 내공의 보호 없이 머리부터 땅에 처박히
면 무사할 리 만무했다.

타다다닥! 투웅!

다행히도 장익이 그것을 보았다.

그가 재빨리 몸을 날려 한 손으로 검사의 몸을 받아냈다.

가슴이 피투성이였다. 손톱자국만으로는 그만한 피가 날
리 없었다. 피부가 온통 터져 가슴근육이 드러나 있었다. 마
녀의 수공(手功)이 그와 같은 특질을 지닌 것 같았다.

혈도를 짚으며 땅에 내려놓았다. 눈이 맑은 포공사 젊은 검
사가 다급하게 달려왔다.

"마 사숙!"

주위에 적이 있든 없든, 젊은 검사가 사숙의 중완혈에 손을
올렸다. 자신의 안위를 돌보지 않고 무작정 운기요상 공력을
일으켰다. 융통성이 없는 것인지 넘치는 것인지 알 수 없었다.

"호법을 서줘."

장익이 뒤따라온 비룡각 무인들에게 지시했다.

그리고 관승과 눈빛을 한 번 교환한 후, 지붕 위로 땅을 박
찼다.

정신 잃은 노검사가 망와 위에 엎어진 채 걸쳐 있었다. 당

장 미끄러져 떨어질듯 위태로웠다. 장익이 처마 밑으로 고개를 내밀고 밑을 보았다. 눈 마주친 비룡각 무인이 고개를 끄덕였다. 장익이 노검사를 아래로 집어 던졌다. 비룡각 무인이 신법을 전개하며 충격 없이 노검사를 받아 들었다.

장익이 사모를 쥐고, 기왓장을 밟았다.

앞에서는 세 검사의 공격이 한참이었다.

"또 요사한 신법을!"

"피하지 말고 본색을 드러내라!"

포공사 검사들은 연신 호통을 쳤다. 신법이 고절한 상대를 자극하여 접전을 유도하기 위한 심리전이라기엔 기량 차이가 너무 심했다.

"본색은 이미 보여주고 있거늘."

그녀가 태연히 말했다.

게다가 접근전 직격에서도 그들은 그녀의 상대가 되지 못했다. 또 다른 중년 검사가 청백색 협검을 내려쳤다.

쩡!

협검 검날을 받아낸 것은 그녀의 손바닥이었다. 곱고 흰 손바닥에는 혈선(血腺)이 그어지지 않았다. 쇳소리만 났다.

"마, 마녀!!"

쩡!

손바닥을 끌어당기며 반대편 수도로 협검을 동강냈다.

"나를 마녀로 만든 것은 내가 아니라 너희들이다. 나는 진정 마녀인 적이 없었다. 채운 낭자라 부르거라."

그녀는 모순의 마성을 지니고 있었다.

맨손으로 포공사 협검 고수의 검을 분지르며, 스스로를 마녀가 아니라 말했다.

그리고 그녀의 손이 중년 검사의 옆구리를 훑었다.

촤아아아악!

피가 쏟아졌다. 도상(刀傷)처럼 깊고 길게 베였다.

곧바로 뛰어든 장익의 사모가 미처 막을 수 없었을 정도로 빠른 한 수였다. 기왓장을 박차고 내친 장팔사모 끝에서 강렬한 충돌음이 터졌다.

콰앙! 쩌어어어엉!

혈운마녀가 한 발도 물러나지 않았다.

붉은색 면사가 찢어질 듯 펄럭였다.

장익은 올라갔다 내려앉은 면사 사이로 그녀의 얼굴을 보았다. 미색이 대단했다. 가리고 다니는 이유를 알겠다. 마녀라 불린 이유가 무공에서뿐 아니라 얼굴에도 있음을 깨달았다.

"채운 낭자라 했소?"

쿠웅!

기왓장 위에 내려서며 말했다. 사모 끝을 그녀의 수도가 가로막고 있었다.

치링!

사모 날이 스치는데, 그녀의 손날에서 불꽃이 일어났다. 보도(寶刀)처럼 엄청난 예기였다. 그렇게 사모와 손이 마주한 상태로 그녀가 입을 열었다.

"이제야 내 이름을 제대로 불러주는 이가 나타났구나. 호탕한 젊은이로다."

확실히 그녀는 오랜 고어(古語)를 썼다.

나이가 그만큼이라기엔 얼굴이 너무 앳되었다. 산 시대가 다른 것 같았다.

"당신도 단심맹이오?"

장익은 먼저 내쳤던 장팔사모처럼 거두절미로 물었다.

붉은 면사가 흔들렸다.

웃는 것 같았다.

"재미있는 아이다. 그래, 내 이름을 제대로 불러주었으니, 대답해 주지. 나는 단심맹에 힘을 빌려주고 있다. 허나……."

"허나?"

"날 깨운 것은 흑림이란다."

역시, 적벽 때와 같다.

이젠 적들이 하나가 아니다.

신마, 단심, 흑림.

이젠 공공연히 연합전선을 만든다. 그러니 무림 정기가 위협받는 것이다.

"그렇다면, 말보다 사모가 빠르겠소."

채앵!

그녀가 사선으로 손을 떨쳤다.

사모 날이 튕겨 나갔다. 장익은 아무렇지 않게 손목을 휘둘러 창봉을 고쳐 잡았다.

그녀가 면사를 위로 올렸다.

고혹적인 얼굴이 드러났다. 그녀는 배시시 웃고 있었다.

"너는 이들과 달리 아주 시원시원한 성정을 지녔구나. 나는 네가 마음에 든다."

새빨간 아랫입술 위로 뾰족하고 하얀 것 두 개가 엿보였다.

송곳니였다.

"그러니, 네 피는 내가 가져가마."

그녀가 말했다. 장익이 그녀의 눈을 보았다. 눈동자가 뱀 같았다.

우우우웅!

파공음이 생겨났다.

그녀의 손이 무시무시한 속도로 다가왔다.

모든 것이 느려 보이는 상승의 영역에서, 장익의 통천벽력창이 그녀의 손목을 휘갈겼다.

쩌어어어어엉!

충돌음이 길게 늘어졌다.

분명히 손목을 쳤건만, 같은 두께 철봉에 부딪친 것처럼 묵직했다.

다른 손이 기운도 없이 솟아나 장팔사모 창봉을 휘어잡았다.

잡아당겨 뽑으려는데, 바위 사이에 끼인 것처럼 끌려오질
않았다.

괴력이었다.

"흡!"

호흡와 함께 공력을 있는 대로 끌어 올리며 창봉을 비틀었
다. 그때서야 겨우 그녀의 몸이 딸려왔다.

쩌어엉!

보다 못한 관승이 언월도를 휘둘러 그녀의 측면을 휩쓸었
다. 그녀가 손날을 휘둘러 언월도를 막았다.

그녀의 손아귀에서 사모가 풀려나왔다.

"내가 틀렸군."

장익이 두 눈썹을 치켜올리며 말했다

"당신의 이름은 채운이 아니라 혈운이 맞는 것 같소."

이번엔 그녀의 고운 아미가 치켜올라 갔다.

봉목은 아름다워서 요사스러웠다.

"모처럼 마음에 들었더니만."

"엽각주에게 가십시오. 이 낭자는 내가 맡겠습니다."

장익은 대꾸하지 않고, 관승에게 말했다.

관승이 대춧빛 얼굴을 굳힌 채 혈운마녀를 보았다. 그녀는
몹시 강력한 고수였다. 관승은 장익의 투지를 존중했다.

"정리하고 오겠다."

"그러시든지요."

관승은 단호히 몸을 돌려 지붕 밑으로 몸을 날렸다.

그녀가 흥미롭다는 눈으로 관승의 뒷모습을 보았다.

"끈끈하여 보기 좋다. 풍비박산 난 포중의 무리와는 한참 달라. 너는 누구를 모시는 자이더냐?"

"그게 중요하오? 내 이름은 장익이오. 다 필요 없고, 한판 어울려 봅시다."

장익이 드넓은 가슴을 쫙 펴고, 한 손에 장팔 사모를 비껴 들었다.

거대한 만큼, 그녀의 가녀린 몸이 더욱더 작아 보였다.

그러나 체구의 차이에도 불구하고, 그녀가 허약해 보이진 않았다. 그녀의 몸에서 강렬한 기운이 새어 나왔다. 아주 오래 된 기운이었다.

쩌어어엉!

내리찍는 사모와 그녀의 수도가 충돌했다. 주위의 기왓장이 퍼석 하고 산산조각 나 흩날렸다.

*   *   *

지붕에서 내려간 관승은 곧바로 대전각 측면 공터를 향해 몸을 날렸다.

엽단평이 싸우고 있는 곳이었다.

막 접전지로 뛰어들려는데, 날카로운 검력이 등 뒤로 짓쳐

들었다. 관승이 빠르게 몸을 돌리며 검날을 막았다.

채애앵!

언월도 칼날이 부르르 떨렸다.

상대의 공력이 상당했다.

땅을 찍어 밟고 상대를 보았다. 전신에서 날카로운 기파를 뿜어내는 중년 검사가 거기 서 있었다. 수십 자루 검날을 치켜세운 것처럼 기세가 남달랐다.

"본문의 행사에 이처럼 허락도 없이 관여하다니, 참으로 무도하고 무례합니다."

가면이 없었다.

중년 검사는 청수하여 불혹을 겨우 넘어 보였지만, 실제 연배는 관승과 비슷하거나 위인 것 같았다. 그런데도, 공대를 넘어 과할 정도의 경어를 썼다.

입고 있는 검은 장포는 관복과 비슷한 형태였다. 당송 시절의 판관 의복을 간소화한 무복이었다.

포공사 최고위 신분이었다. 포공사 삼공만 이런 옷을 입었다.

포공사의 장문은 근 두 세대에 걸쳐 명예직으로 유지되고 있었다. 장문영패는 조사전에 모셔 있을 뿐이요, 위지휘사에게 명검이지만 가품(假品)인 전조검을 진상하여 장문인으로 대우하였다. 허나, 실질적으로 지휘사의 명령을 온전히 받는 것은 아니었으며 포공사가 관아의 판관을 숭상하여 설립된 만큼, 아문의 권위를 상좌에 두겠다는 상징적 의미가 강했다.

따라서 실제로, 포공사는 문하에서의 삼공(三公), 세간에서 삼협(三俠)이라 불리는 세 명의 대장로에 의해 다스려졌다.

이 자가 그중 하나다.

들고 있는 검은 검첨이 뾰족하지 않고 네모졌다. 날도 한쪽에 더 서 있어 마치 도(刀)처럼 보였다. 즉결권한의 작두를 상징하는 참검(斬劍)이었다.

"삼협 중 누구시오?"

관승이 물었다.

그 정도 관록은 있다. 여의각의 보고를 다 읽지 않아도 포공사에 삼공이 있다는 사실 정도는 알고 있었다.

"판관원주를 맡고 있지요."

"안휘일검."

"그래요. 제가 구양적입니다."

포공사 판관원주 안휘일검 구양적이 미소를 지었다. 알 만한 사람들은 다 알았다. 범법자를 죽일 때 짓는 살소(殺笑)였다.

"이게 어찌 된 일이오?"

"정말로? 대화를 하자는 겁니까?"

구양적이 되물었다. 살소가 더 짙어졌다.

각진 검 끝에서 살벌함 검기(劍氣)가 번져 나왔다.

"문내의 분규만으로는 보이지 않아서 말이오."

관승이 고갯짓으로 구양적의 어깨 너머를 가리켰다.

"아아, 사제와는 약간의 의견 다툼이 있었답니다."

약간이라 하였다.

구양적의 뒤편에는 한 남자가 쓰러져 있었다. 장익처럼 텁석부리 수염이 뻗쳐 있고, 체구 또한 그처럼 컸다. 땅바닥에 피가 흥건했다.

"낯이 익소만."

"아, 사제가 중원에서 제법 무명(武名)이 높았지요. 찬천대협이라고 들어보셨습니까?"

"노철성!"

이름만 들어본 것이 아니다.

우연한 자리에서 술도 함께했다. 까마득히 오래된 일이다. 오기룡도 만나기 전, 마두를 쫓아 싸우며 안면을 텄고, 의기투합하여 좋은 인연으로 기억했다. 그 뒤로는 만난 적이 없다. 기식이 엄엄한 상태로 이렇게 보게 될 줄은 꿈에도 몰랐다.

"사제의 손속이 과하여 저 역시 자제할 수 없었습니다. 본문에 더 개입하면 죽이겠습니다. 피차간에 피를 볼 필요가 없다 한다면, 이만, 끌고 오신 병력을 데리고 곱게 물러나 주심이 어떻겠습니까?"

구양적이 부드럽게 말했다.

진심으로 들리지 않았다. 아니, 제정신인가 싶었다.

포공사라는 본디 오래전부터 협의지도로 유명한 문파였다.

그 의협의 역사는 송대까지 거슬러 오른다.

헌데, 이 구양적은 마인(魔人)처럼 말한다. 날 선 경어가 소름끼쳤다.

이 자가 곧 이 혼돈의 주재자란 이야기다.

단심맹의 주구냐 묻지 않아도, 뭔가 잘못되어 있다는 것은 넘치도록 알 수 있었다.

"전통의 명문에서 이런 혈사를 일으키다니. 보내 줄 마음도 없으면서 허례를 차리지 마시오."

언월도를 짧게 잡아 앞으로 겨눴다. 온몸에서 강력한 기파가 솟아났다.

구양적은 웃음을 지우지 않았다.

"숨이 막혀 질식하기 직전의 문파였습니다. 전통이 아니라 고루란 말이지요. 판관원을 맡아보니 병폐가 더 확연히 보이더군요. 개혁이 필요했습니다."

마도의 합리화는 언제나 궤변으로 귀결된다.

구양적의 검 끝이 관승에게로 향했다.

안휘일검이라 했다.

일검(一劍)이란 칭호는 아무에게나 붙지 않는다. 하물며 안휘는 중원의 한복판이다. 검의 경지가 달랐다. 포공사 검사(劍士)들 중 가장 강하다. 비색 가면을 쓴 검사들도 가면 없는 이 자의 상대가 될 수 없었다.

관승이 공력을 끌어올려 청룡언월도를 내치려고 할 때였다.

"관 대협."

맑은 목소리가 그를 불렀다.

"그분은 내가 상대하겠습니다."

엽단평이었다.

그는 아직도 일곱 명 비색 가면들에 둘러싸여 있었다.

즉, 관승에게 그쪽을 맡아달라는 이야기였다.

관승은 이야기의 결착이 무엇인지 아는 남자였다. 노철성과
의 지난 인연이 있기는 하지만, 엽단평의 사연이 더 오래고 깊
었다.

텅!

관승이 땅을 박찼다.

정면이 아니라 후방을 향해서였다.

구양적은 가만히 있지 않았다. 관승을 따라 붙으며 일검을
날려 왔다. 기세가 아주 바르고 곧았다. 쾌와 중의 묘미가 함
께 담겨 있었다.

동문의 피를 머금고서 어찌 이런 정검(正劍)을 펼칠 수 있는
지 알 수 없었다.

쩌어엉!

언월도로 검날을 튕겨내고, 반탄력으로 몸을 날려 일곱 비
색 가면들의 한복판에 떨어져 내렸다.

쩌저정!

청룡굉화창이 작렬했다. 아슬아슬하던 균형이 단 일합으로

깨졌다.

비색 가면 하나가 검을 놓쳤다.

연쇄가 시작되었다.

엽단평의 검이 비색 가면들의 검 두 자루를 단숨에 깨뜨렸다. 이어 미염을 휘날리는 관승의 언월도가 또 하나 비색 가면의 검을 동강 냈다.

텅!

엽단평이 땅을 박찼다. 급격하게 몸을 틀어, 관승과 위치를 바꾸었다.

검이 나아갔다.

구양적을 향해서다. 엽단평의 검과 구양적의 검이 허공에서 만났다.

째애애앵!

유리가 깨지는 것 같은 날카로운 소리가 사방을 울렸다.

구양적의 얼굴에서 미소가 지워졌다.

그는 경험 많은 고수였다. 일합으로 알았다.

가볍게 누를 수 없다. 관승을 상대하며 보여줬던 온유한 얼굴이 온데간데없어졌다. 서릿발 같은 냉기가 만면에 서렸다.

"파문을 시켜놨더니, 잡검을 얻었군요."

엽단평은 기억한다.

만인에게 동등한 경어(敬語)는, 예전과 똑같았다.

파문제자에게도 격식을 갖춰 말한다. 구양적은 가장 무서운 태사숙이었다. 그렇게 부드러운 말투로 수련이 게으른 제자에겐 가차 없이 태형을 명했었다.

"동문을 해하는 검은 아닙니다."

엽단평이 말했다.

구양적이 검을 비껴들었다. 구양적의 동문 살해를 겨냥한 말임에도, 검 끝은 전혀 흔들리지 않았다.

사선을 잡고, 목을 노려올 뿐이다.

판관원은 불의와 타협하지 않는다 했다. 그때나 지금이나 여지없다. 살기가 진득했다.

"아주 건방져졌습니다. 아직도 암검(暗劍)을 수련하면서 정검(正劍)을 들지도 못하는 주제에 나 판관원주의 검행을 판단합니까?"

"그릇된 살기는 눈을 감아도 뚜렷이 보이는 법입니다."

엽단평은 물러서지 않았다.

한 자 한 자 똑똑히 대답했다.

그러자, 구양적이 즉각 입을 열었다. 일장 연설과도 같은 긴 훈계가 이어졌다.

"판관검(判官劍)에 이르지 못한 자, 판단할 권리가 없습니다. 왜였습니까? 오판이 잦아서입니다. 적벽에서 판관원의 체포를 거부했을 때, 무슨 일이 있었는지 기억할 겁니다. 사람들이 올라 선 망루를 손괴하여 민간 피해가 날 뻔한 사실을 묵과하고 개처럼 도망친 것이 누구였습니까? 듣자하니, 그런 가증스런 짓을 감행한 도적을 상전으로 모시면서, 수치도 모르는 더러운 문파에 투신했다 하더군요. 보고를 받고도 목숨을 부지하게 놔줬습니다. 그래요. 추적은 내가 중지시켰습니다. 협(俠)의 진정한 가치를 잊은 제자가 너무 많아요. 판관원에서 평가한 성정을 볼 때, 언제고 다시 찾아올 것이라 생각했지요. 뭘 잘못했는지도 모른 채, 다시 기어들어 올 거라 여겼습니다. 그때 죽일 생각이었습니다. 본보기로요."

엽단평은, 구양적을 존경했었다.

그의 검을, 그의 강직한 성품을, 그의 공명정대한 판단력을 본받고 싶었다.

헌데 다시 만난 구양적은 전혀 다른 검을 들고 있었다.

가장 기이한 것은 구양적의 두 눈에 정기(正氣)가 가득하다는 점이었다. 살심을 품었지만, 그것은 죄를 증오하는 살기가 분명했다. 구양적은 옳은 일을 하고 있다. 적어도 본인은 진실로 그렇게 믿고 있는 것이 틀림없었다.

"어쩌다 이렇게 되신 겁니까? 마 사백과 노 장로께 검을 꽂은 것이 원주께서 말하는 협입니까?"

장로 노철성뿐이 아니었다.

저 뒤편 대전각 후원에는 남협당주 마은(馬恩)이 구양적의 검에 맞아 쓰러져 있었다.

생사가 불투명한 그는, 포공사 삼공 중 하나였다.

본디 엽단평은 포공사 급파가 결정되었을 때, 장익과 관승

보다 뒤에 당도할 것이라 예상했었다. 헌데 계산이 틀어지고
말았다. 도착할 시간이 지나도 장익과 관승은 나타나지 않았
다.

엽단평은 포공사의 파문제자였으며 동시에 의협비룡회의
핵심인사였다. 신마맹과 포공사의 무력분쟁은 계절이 오기 전
부터 중요한 안건으로 취급되고 있었다. 다만, 엽단평이 직접
전투에 개입하는 부분에 대해서는 고민할 사안이 여럿 존재
했다.

청천각 검사들을 대동하지 않은 그는, 장익과 관승을 기다
리려고 했다. 파문제자 엽단평이란 단독 신분보다는, 의협비룡
회 원군이라는 명분을 들고 오는 것이 훨씬 더 모양새가 좋았
다.

구양적이 마은을 암습할 줄은 몰랐다.

그 직후 동쪽 전각에 불길이 치솟았다. 노방원에 수라장이
벌어지고, 백옥당이 싸움터로 변했다.

어쩔 수 없이 모습을 드러냈다.

살검(殺劍)을 들지 못하고, 손발이 묶인 채 싸웠다.

그 사이에 구양적은 노철성 장로까지 쓰러뜨렸다.

관승과 장익은 나름 절묘한 때에 왔다. 비색 가면 일곱에
구양적까지 가세했으면, 엽단평은 죽은 목숨이었다.

그 사실을 구양적의 말을 통해 명명백백 확인했다.

구양적이 협을 말했다.

"협이란, 포공사 문도가 반드시 지켜야 할 법도입니다. 그리고 포공사의 법은 판관원의 판결에 의해 정해집니다. 그 사실을 여태 몰랐다니 믿어지지가 않는군요."

"그렇다면, 지금 피 흘리는 문도들이 저지른 죄가 대체 무엇입니까?"

엽단평은 물을 수밖에 없었다.

파문당했어도 이곳은 그의 뿌리였다. 엉거주춤 처음으로 마보(馬步)를 딛고, 가슴에 손을 모아 처음으로 검자루를 쥐었던, 무(武)의 요람이었다.

그의 검은 여기서 태어나, 푸른 하늘로 뻗었다.

그 추억을 짓이기기라도 하듯, 구양적이 말했다.

"포공이 따른 협은 법이며, 법이란 나라의 근간입니다. 포공의 후예인 우리가 추구해야 할 궁극의 도(道) 역시 국가에 대한 충의(忠義)가 분명합니다. 충성을 바칠 대한족(大漢族)의 위대한 황국(皇國)은 저 미개한 이민족을 몰아낸 명황조일 따름이며, 홍무제께서 택하신 적자 건문제께서 비운에 가셨으므로, 유일무이한 황제는 홍무제 한 분뿐입니다. 황권이 찬탈당하고 역천이 벌어졌음에도 누구 하나 검을 들지 못하는 포공사의 수치스런 굴욕에, 땅에 잠드신 포공께서는 비탄에 눈을 감지 못하실 겁니다. 따라서 포공의 검사들은 충의의 대의 아래 나를 포함하여 모두가 단죄받아 마땅합니다."

구양적은 언어에는 진심과 충효가 넘쳐흘렀다.

엽단평은 천으로 가린 눈을 한 번 더 감았다.

'씨발, 저 개소리를 계속 듣고 있을 셈이냐?'

막야흔의 목소리가 귓전에 울리는 것 같았다.

사문에 오래도록 죄를 짓고 산다 생각했다.

그래서 눈을 감고 살았다.

세상의 빛을 함부로 보고 살기에 사문이 준 것을 버리고 뛰쳐나온 선택에 책임을 지려고 했었다.

이제 와, 옛 사문의 위기를 보고 기꺼이 달려왔다 한들, 반겨주는 품을 기대하진 않았다. 그럴 자격도 없었기 때문이었다.

그래도 이건 아니다.

그의 사문은 이보다는 안온한 곳이었다.

정의을 지키고, 악적을 벌하며, 약자를 지켰다.

독단이 과하여 광기가 되어 버린 충의의 배덕자에게 이토록 유린당할 요람이 결코 아니어야 했다.

엽단평이 손을 들어 눈을 가린 천을 풀었다.

그가 눈을 떴다.

적어도 저 구양적 앞에서는 사문의 죄인이 아니었다.

암검, 지검, 판관검, 정검을 지나 협검에 이른다.

엽단평은 암검을 풀고, 모든 검을 뛰어넘어, 자신만의 협을 들었다.

누구나 잘못을 범한다.

다소의 실수가 있고, 그릇된 선택을 했더라도, 다시금 옳은 일을 하기 위해 검을 쥔다.

그는 누가 정해놓은 협이 아니라, 함께 걸어 성장하는 협을 믿었다.

그 협에 비추어, 구양적의 판결은 틀렸다.

'샌님아. 그렇게 거창한 거 없고, 그냥 씹새끼다.'

막야혼이 옆에 있었다면 틀림없이 그렇게 말했겠지.

또한 그것은 그의 마음이기도 할 것이다.

비로소 크게 뜨인 그의 눈에 진정한 판관, 청천의 푸르름이 깃들었다.

엽단평이 사보검을 들었다.

오래된 사문의 검 대신 새로 얻은 검이었다. 전조검법으로 판관원주를 베고 싶지 않았다.

그가 하늘로 올린 검은 구양적이 말한 것처럼, 결코 잡검이 아니었다.

사보검에서 모래알 같은 기운이 새어 나왔다. 그 기운은 수미산 모래밭의 누런빛이 아니라, 드높아 맑은 하늘의 푸른빛이었다.

"개진."

사보검이 내려쳐졌다.

후욱!

구양적은 사보검을 몰랐다.

그는 전조검법 방어초로 엽단평의 검을 막으려 했다. 그래도 될 줄 알았다. 상대는 암검(暗劍) 수련을 아직도 못 버린 미숙련자였다.

꽈아아아아아앙!

전혀 다른 검이었다.

나라와 사람을 동일시하는 개인은 종종 현실을 제대로 짚지 못하는 우(遇)를 범하기 마련이다. 그저 오래 익힌 무공이 그를 살렸다.

충돌 순간, 무언가 잘못되었음을 알았다.

그리고 한 팔을 잃었다.

촤아아아아악!

피가 뿜어졌다.

구양적은 불신의 눈으로 자신의 왼팔을 보았다.

검을 마주치지 않고 뺀 것만으로도 수치스러운 일이었다. 숙련된 검사(劍士)의 감각으로 있는 힘껏 회피까지 하였으나, 왼팔이 팔꿈치부터 사라져버렸다.

왼팔뿐이 아니었다.

왼쪽 발도 절반이 없었다.

잘 다져진 돌바닥에 한 자 너비, 반 자 깊이의 고랑이 균일하게 파였다. 그것은 땅에 새긴 검흔(劍痕)이라 하기엔 그 크기가 지나쳤다.

일장이었다.

구양적의 팔과 발을 사선으로 뭉개 없애고, 그의 등 뒤까지 길게 이어진 검력의 파쇄흔은, 종단 길이가 일장에 이르렀다.

거대한 작두를 내려친 것 같았다.

구양적이 여전한 불신의 눈으로 발밑을 내려다보았다. 깨끗하게 짓눌려 잘린 절단면으로부터 선연한 피가 흘러내렸다.

신발과 발가락 셋, 족골들이 뭉개진 채 터져 있었다. 그 위로 피가 번졌다. 각이 져서 파인 모서리를 따라 핏물이 길게 흘러가는 광경은 믿어지지 않는 상황만큼이나 비현실적이었다.

"내 일찍이 협검에 이르렀으니……."

독선으로 점철된 그의 사고가 결과를 부인했다.

정신의 부조화가 드러났다.

제아무리 충의(忠義)를 이상으로 삼았다 하더라도, 동문을 베어 죽이는 것은 편한 일이 될 수 없었다.

"이런 사술 따위 요행에 불과합니다."

구양적이 팔뚝의 혈도를 짚어 지혈하고, 우수로 참검을 내쳐왔다.

엽단평은 청천검법으로 구양적의 검을 받아냈다.

구양적의 검이 속절없이 튕겨 나갔다.

진각과 보법이 온전치 않았고, 좌수의 부재로 인해 검로의 균형이 깨져 있었다. 엽단평은 전조검법을 속속들이 알았고, 그 기초를 토대로 더 강력한 검공을 연마했다. 게다가 일대

일 승부라면 무림의 누구 못지않게 경험이 풍부했다.

온전한 전조검법으로도 우위를 점하기 힘들었을 터인데, 신체 손상으로 투로의 파탄까지 드러났다.

상대가 될 리 만무했다.

쩌어엉!

구양적의 참검이 다시 한번 뒤쪽으로 튕겨 나갔다.

"이럴 수가!"

스스로 사법(司法)의 역할을 수행해 왔던 포공사는, 국가와 민간의 경계에서 외줄타기와 같은 길을 걷고 있었다. 애초에 관아를 부정하지도 않고, 심지어 관의 권위를 우위에 두는 문파가 그런 방식으로 명맥을 이어오기 위해서는 정대하고 명징한 판결이 담보되어야만 했다.

포공사는 잘해 왔다.

국가가 다 해결 못 하는 강호 통제의 공백에 개입하여 지방 관아와의 공조와 묵인하에 살인마를 압송하고 처단했다.

그런 포공사에서도 집법의 업을 맡는 것이 판관원이다.

관아에서도 법 집행을 감독하는 감찰 기관은 가장 엄격하고 공정한 판단력이 필요했다. 그러므로 판관원주는 정명함의 상징이자 궁극의 집행자여야만 했다.

"천도가 내 편에 있거늘!"

그런 그가 오판의 끝을 달렸다.

아니, 어쩌면, 그에게 주어진 포공사 판관원주라는 지위가 그를 극단의 충의로까지 몰아갔는지도 모를 일이다. 다만, 무공에 있어서는 사상과 별개로 판단했어야 한다.

이미 눈이 먼 그는 그것조차 못 했다.

쩡! 피슉! 촤아악!

참검을 가볍게 비껴낸 사보검이 구양적의 어깨를 스쳤다.

선혈이 솟구쳤다.

구양적이 공력을 끌어 올리며 전조검법 절초들을 풀어냈다. 흐르는 선혈에 보보(步步)마다 핏빛 발자국이 생겼다.

쩌어어엉! 채채챙! 채앵!

그래도 고수는 고수였다.

더운 피를 흩뿌리면서도 청천신검의 대력횡참을 막아냈다. 이어 연환검으로 반격까지 시도했다. 합이 이어졌다. 엽단평은 묵직하게 선 채로 사보검을 휘둘러, 현란하고 날카롭게 들어오는 검날을 하나하나 완벽하게 걷어냈다.

"어찌하여!"

쩌엉!

절규하듯 일갈하며 참검을 내려쳤다.

사보검이 참검을 가로막았다. 묵묵히 검을 전개하던 엽단평이 마침내 입을 열었다.

"원주."

치이이잉!

엽단평의 사보검이 구양적의 참검을 긁어내렸다. 불꽃이 튀었다. 사보검을 그어 내리는 대로 참검 검날에 격검흔이 남았다.

공력이 심후한 검사는 저잣거리 철검을 들어도 신검(神劍)의 강도를 구현할 수 있었다. 검날이 망가진다는 것은 그만큼의 기량 차이를 의미했다.

지속된 출혈과 공력의 손실이 그만큼이다. 구양적은 첫 일격을 완전히 피하지 못했을 때 이미 진 것이다.

"그만하시지요."

엽단평이 권유하듯 말했다.

그 안에는 여러 의미가 담겨 있었다.

구양적은 듣지 않았다. 그가 창백한 얼굴로 하늘을 올려보며 소리쳤다.

"하늘이여! 어찌하여 신(臣)의 충심을 이리도 외면하십니까! 황좌에 눈에 먼 악적이 적법한 황위를 빼앗았다니! 그처럼 천도에 어긋나는 악도를 내리셨으면, 징벌하여 바로잡을 영웅을 내리셔야 하지 않겠습니까?"

엽단평의 눈에 슬픔이 깃들었다.

"그 영웅이 원주는 아닌 것 같습니다."

구양적이 눈을 내려 엽단평을 보았다. 그의 눈은 이제 완연한 광기로 물들어 있었다.

"그럼, 그게 너란 말이냐!!"

경어마저 사라졌다.

모순에 스스로 함몰되어 버린 구양적은 자기 자신을 잃고 있었다.

"저 또한 아니겠지요."

엽단평이 그에게 사보검을 겨누었다.

지혈을 한다고 했지만, 구양적의 팔에서는 핏물이 가느다란 물줄기처럼 계속 쏟아지고 중이었다. 발도 마찬가지였다. 입술 색이 파랗게 질려 있었다.

"그럼, 누가 있단 말인가! 포공사가 아니라면 누가 저 찬탈자의 횡포에 저항할 수 있겠느냐!"

망가져 가는 지성을 목도하는 것은, 피바다가 된 포공사를 보는 것만큼이나 괴로운 일이었다. 그렇기에 엽단평은, 쉽사리 사보검을 내려치지 못했다. 사보검 첫 검격을 가할 때의 심경과 또 달랐다. 그때는 예리한 무인의 감각으로 일격에 죽지 않으리라는 것을 알았다.

이번엔 아니다.

구양적은 이미 죽어가고 있었다. 사보검 개진이 아니더라도, 일검에 죽을 것이다.

그때였다.

"사제."

힘없는 목소리가 구양적의 등 뒤에서 들려왔다.

음성의 주인은 부서진 대전각 문에서 나왔다. 수염이 길었고 얼굴이 인자했다. 가슴 한복판이 피로 얼룩져 하얗게 질린 안색이 구양적 못지않았다.

절규하며 광인 같던 구양적의 얼굴이 찰나 간에 평소처럼 돌아왔다.

"아직 안 가셨습니까?"

구양적이 태연히 돌아섰다.

사보검이 겨눠져 언제든 목숨을 날릴 수 있음에도, 의식조차 못 하는 것 같았다.

"사제, 이 모든 것을 멈추거라."

구양적을 사제라 불렀다.

그가 인검 공손평이었다.

의검 위에 일검이, 일검 위에 인검(仁劍)이 있다 하였다.

의검이 남협당주 마은이요, 일검이 판관원주 구양적이다.

인검(仁劍) 백옥당주 공손평은 대전각 포중위패를 가장 가까이서 모셨다.

그렇게 삼공이다.

공손평이 가장 먼저 당했다. 대전각 포중전은 목욕재계하고 참배하는 귀중한 성지였다. 그 안에서 구양적의 검에 맞아, 변고를 아는 이가 없었다.

위라고는 했으나, 인의(仁義)에서 덕망이 높았을 뿐, 공손평의 무예는 기실 삼공 중에서도 가장 아래였다. 비틀거리며 건물 벽을 짚는 걸음걸이가, 한쪽 발 절반이 날아간 구양적보다도 위태로워 보였다.

"이제 와 멈출 것이라면 일을 벌였겠습니까?"

"사제가 품은 충의는 익히 알고 있었다. 나 또한 건문의 연호가 지워진 것을 안타깝게 여겼다. 허나, 꼭 이렇게 동문이 서로 상잔토록 해야 했었느냐?"

"진정 충의가 없는 포공사 문도는 문도가 아닙니다. 그저 무공이나 훔쳐 배우는 객에 불과하지요. 사형이 일을 이토록 키웠습니다. 제가 누누이 말씀드렸듯, 역도의 거병 때 포공사도 봉기를 했어야 옳았습니다. 때를 놓쳤다면, 그 이후에라도 싸웠어야 했습니다. 거병의 기회는 한두 번이 아니었습니다. 다른 누구도 아닌 사형이 막았습니다. 그게 인의(仁義)입니까? 이 지옥도는 사형이 불러온 일입니다!"

"막지 않았다면, 우리 모두가 이미 죽어 있었을 것이다."

"적어도 충신으로 죽었겠지요."

"천의가 연왕과 함께하고 있었다."

"헛소리! 사형이 우리를 불충의 무리로 만들었습니다! 사형이야말로 악의 원흉입니다!"

구양적이 버럭 고함을 내질렀다.

그가 땅바닥에 피를 튀기며 땅을 박찼다.

쐐애애액!

참검이 공손평의 머리 위로 떨어져 내렸다.

포공인의, 공손평도 삼공이었다. 그 역시 참검을 지녔다. 네모진 검날이 치켜올라 와 구양적의 검을 막았다.

채애애앵!

날카로운 금속성이 엽단평의 가슴을 찢었다.

엽단평은 이 광경을 더 이상 보고 싶지 않았다.

포공사는 신마맹과 싸워야 했다. 거기에 한 손 거드는 것이라면 파문당한 한을 조금이나마 풀 수 있을 줄 알았다.

삼공끼리 살검(殺劍)을 드는 것은, 있을 수도 없고, 있어서도 안 되는 일이었다.

구양적은 거칠고 사나운 검을 들고 있었다.

기혈이 엉키고, 심력이 무너졌다.

공손평은 더했다.

살아 움직이는 게 용한 상태다. 공손평은 구양적의 검을 제대로 막지 못했다.

채앵! 스각!

구양적의 검이 공손평의 허벅지를 훑었다. 공손평의 몸이 덜컥 기울어졌다.

일검이면 끝이다.

엽단평이 소리쳤다.

"구양적!"

목소리가 쩌렁 울려 파란 하늘에 친 벼락과 같았다.

까마득한 제자다.

이름자를 고스란히 들었다. 구양적이 발을 멈추고, 고개를 돌렸다. 두 눈은 충혈되어 광기로 번들거렸고, 얼굴은 창백하여 귀신 같았다.

"불충도 모자라 사문의 존장마저 능멸하는 것이냐?"

"나는 파문제자지만, 마음속의 하나 된 사문은 언제나 이곳이었다. 관관원 집법전 제일항이다. 제자들은 다투지 아니하며, 서로를 아끼고 포용한다고 하였다. 하물며, 검을 휘둘러 해치는 자는 나의 존장이 아니다! 구양적, 너는 사문을 도탄에 빠뜨린 악적이다!"

"이 내가, 악적이라?"

구양적이 엽단평에게로 몸을 돌렸다.

피 칠갑을 한 그는, 악적보다는 악귀처럼 보였다.

"그렇다. 나는 의협비룡회 청천각주 엽단평이다. 지금부터 포공사에 혈사를 일으킨 배신자를 참하겠다."

엽단평이 사보검을 들었다.

구양적이 이 빠진 참검을 들고 엽단평에게로 달려들었다.

사보검이 빛났다.

후웅! 번쩍!

대력횡검이 푸른 반월을 그렸다.

개진 없는, 참격이었다.

송대의 명판관 포증은 하늘마저 외면한 범법자들에게 작두로 허리를 가르는, 무시무시한 형벌을 내렸다.

엽단평의 일검이 중죄인에 가해지는 요참형이 되었다.

구양적의 허리가 쪼개졌다. 달려오던 기세 그대로 상체만

떨어져 엽단평의 발치에 나뒹굴었다.

"참으로… 가혹한 하늘이로다."

다른 것은 몰라도, 이 말엔 동감한다.

엽단평이 고개를 들어 하늘을 보았다.

때는 밤이었다. 푸르지 않았다. 구름 가득한 까만 하늘에는 별조차 보이지 않았다.

구양적은 암천마저 보지 못했다.

왼팔은 날아갔고, 출혈로 기력이 다했다. 그는 상체를 뒤집을 수 없었다. 마지막으로 볼 수 있었던 것은 하늘 대신 흙바닥뿐이었다. 피로 얼룩져 더러웠다.

그렇게.

안휘일검이 죽었다.

"자네는……!"

"강호 후학 엽단평이 인검, 공손 선배를 뵙습니다."

엽단평은 검을 가슴에 모으는 흉검지례를 하지 않았다.

포공사가 아닌 다른 강호인들처럼 포권하며 예의를 담아 고개를 숙였다.

그는 그렇게 진정, 포공사와의 구연에서 벗어나기로 마음먹었다. 심지가 깊어 온유한 군자(君子)였던 공손평은 그 한마디로 엽단평의 의중을 알아주었다.

"포공사 백옥당주 공손평이, 사문의, 나의 위기에 의협으로 나서준 그대에게 깊은 감사를 표하네."

공손평이 두 손 모아 참검을 가슴에 들었다.

그가 고개를 숙였다.

말투만 경어였던 구양적보다, 훨씬 더 겸손했다. 진심 어린 존중이 있었다.

"보중하시지요. 싸움은 아직입니다."

엽단평이 말했다.

그가 사보검을 고쳐 쥐었다.

구양적은 죽었지만, 전투는 계속되고 있었다. 관승은 아직도 비색 가면 둘과 합을 가르는 중이었다.

죽이지 않으며 제압하려 했기 때문이었다. 나뒹구는 비색 가면 모두는 숨이 멀쩡하게 붙어 있었다. 관승의 무위가, 엽단평을 배려한 의지가 놀라웠다.

그것이 그들이 믿는 협이었다.

엽단평이 몸을 날렸다.

이 싸움을 끝내야 했다.

*　　　*　　　*

꽈광!

장익의 사모가 허공을 가르고 기왓장을 부쉈다.

대전각 지붕은 반파 상태가 되어 있었다.

터엉! 퍼어엉!

혈운마녀의 신영이 장익을 스치고 지나갔다. 장익의 두꺼운 가슴팍에서 폭음이 터졌다. 장익의 몸이 튕겨 나가 지붕 한쪽에 처박혔다. 팔작지붕 모서리 한쪽이 와르르 무너져 내렸다.

"흡!"

장익은 곧바로 일어났다.

혈운마녀의 무공은 대단했다. 특히 초식의 운용이 놀라웠다. 그에 비해 충타로 들어오는 공력은 강력하지 않았다.

방금도 직격으로 맞았으나, 침투하여 내공을 진탕시키는 힘이 부족했다. 바로 다시 일어났다는 것이 그 사실을 입증했다.

지체 없이 몸을 돌려 사모를 휘둘렀다. 짓쳐들어오던 혈운마녀가 양손을 마주쳐 왔다.

치잉! 쩌엉!

손날로 사모 날을 마주쳐 비껴내고, 장공으로 창봉을 때렸다. 장팔사모가 순식간에 뒤로 밀려났다.

단단했다. 단단하기가 금강석(金剛石)과 같았다.

묵직함도 천근 같았다.

혈운마녀는 괴력을 지니고 있었다. 여인이라는 사실을 지우고, 한 명의 강력한 무인임을 인정하며 있는 힘껏 휘둘렀다. 고수의 육신도 일격에 박살 낼 수 있는, 통천벽력창의 구결까지 실려 있었다.

그녀는 그것을 맨손으로 가볍게 막아냈다. 막아낼 뿐 아니라 밀어내서 반격할 공간까지 만들었다.

"큭!"

헛바람이 절로 나왔다.

왼손을 다급히 끌어당겨 창봉 후미로 그녀의 일수를 방어했다.

까앙!

중병끼리 부딪친 것 같은 충돌음이 고막을 짓눌렀다. 그녀의 후속타는 상상 이상으로 빨랐다. 막을 수가 없다. 그녀의 일장이 옆구리에 작렬했다.

퍼어엉!

쇠망치에 맞은 것처럼, 숨이 턱 막혔다.

헌데, 기혈을 타고 들어오는 충격은 크지 않았다.

실허(實虛)다.

쇠망치는 두텁고 큰 쇠망치가 맞는데, 속이 비어 있는 느낌이었다.

'외공⋯⋯?'

가슴에 허용한 일장도 그러하지만, 이런 일격이라면 적지 않은 내상을 입어야 이치에 맞았다. 헌데, 기혈 손상이 거의 없다. 외부 타격이 주라는 이야기였다.

오래전에는 내공만 극단으로, 또는 외공만 극단으로 익힌 고수가 흔했다고 들었다. 그러나 작금에 이르러서는 내외의 조화가 무공 완성의 아주 중요한 핵심 요소가 되어 있었다.

현 강호무림 무공연마의 기조가 그러했고, 실제 무공산타로도 일찍이 증명된 이론이었다.

혈운마녀는 초식이 빼어났고 일격의 위력도 날카로웠지만, 내부까지 휘젓는 충타 경파의 묘리는 확실히 부족했다. 장익이 목숨을 부지한 이유였다. 가슴에 제대로 침경(浸勁)을 맞으면 심장이 멎어야 했다. 옆구리에 당하면 내장이 파열될 수 있었다.

그런데도 살았다. 살았을 뿐 아니라 즉각 무공전개까지 가능했다.

혈운마녀의 내공침투가 초식투로만큼이나 뛰어났다면 벌써 끝난 싸움이었다. 장익은 이 두 번의 공격으로 이미 전투불능이 되었을 터였다.

꽈릉!

장익의 장팔사모가 위에서 아래로 쏟아져 내렸다. 파공음이 천둥처럼 터졌다. 혈운마녀는 피하지 않았다. 터지는 풍압으로 면사 아래 매혹적인 얼굴을 드러내며, 가녀린 팔뚝으로 사모 창봉을 받아냈다.

쩌어엉!

기이했다.

혈운마녀의 팔은 사모의 철봉보다 조금 굵은 정도에 불과했다. 장익의 사모는 무게만 열 근이 넘는다. 내공을 익히지 않은 범인의 뼈는 열 근이 아니라 한 근 철봉만 휘둘러 쳐도 간단히 분지를 수 있었다.

혈운마녀는 밀리지도 않고 맨몸으로 사모창봉을 막았다. 내공 고수의 육신을 지닌 것이 분명했다.

거기서부터 괴리가 생겼다. 공력이 있는 것이 분명한데, 공력이 없는 무인처럼 운용한다. 장익은 좀처럼 혈운마녀의 무공 공부를 이해할 수가 없었다.

채챙!

창봉을 짧게 잡고 끌어당겼다. 장도(長刀)처럼 휘둘러 혈운마녀의 수도를 막아냈다. 연환격이 왔다. 요란한 금속성이 이어졌다.

채채채챙!

싸우면 싸울수록 확실해졌다.

사람 아닌 무언가와 싸우는 느낌이었다. 그렇다고 요괴와 싸우는 것과는 또 달랐다. 말할 때는 생동감이 있었지만, 막상 합을 교환하자 영혼이 없는 것처럼 출수했고, 생기도 없는 것처럼 여겨졌다. 무공을 전개하도록 만들어진 강철 인형이라도 되는 것 같았다.

"철중쟁쟁이라. 튼튼하게 잘 익힌 무공이로다."

꽝!

혈운마녀가 일장을 뿜어냈다. 장익의 몸이 뒤로 확 밀렸다.

"허나, 그리도 잡념이 많아서야 되겠느냐?"

혈운마녀가 짓쳐 들었다.

그녀의 손날이 장익의 어깨로 날아들었다.

막아내려 창봉을 휘어잡는데, 벌써 궤도를 바꿔 타격선에 다 들어왔다.

초식 전환이 눈부실 지경이었다. 급히 몸을 낮췄다. 더운 피가 뿌려졌다.

촤아악!

핏방울과 피부 조각이 뺨에 튀는 것을 느꼈다. 한 끗 차이다. 어깨가 통째로 뜯겨 나갈 뻔했다.

혈운마녀의 손가락 마디마디에 장익의 피가 묻어 있었다.

그녀가 손을 입으로 가져갔다.

분홍빛 혀가 새빨간 입술 사이를 비집고 나왔다. 혀끝이 완만하게 휘어지며 섬섬옥수 붉은 피를 핥았다. 그녀의 입가가 매력적인 곡선을 그렸다.

"생(生)과 정(精)이 담뿍 담겼다. 참으로 맛있구나."

면사가 다시금 걷어졌다. 눈동자에 붉은 기운이 감돌았다. 그 기운에 탐욕이 함께했다.

"마녀."

장익이 사모를 고쳐 쥐었다.

손아귀에 불끈 힘이 들어갔다.

인간은 자연을 두려워하고, 야생을 경계했다. 태초부터 내려온 경고의 감각이 장익의 두꺼운 등줄기를 타고 올랐다.

"낭자라니까."

그녀가 타이르듯 말하며, 다시 한번 손가락을 핥았다. 두 눈에 담긴 붉은 기가 짙어졌다. 기(氣)는 한 글자지만, 공력만이 아니라 온갖 것을 표현하는 데 쓸 수 있듯, 요(妖) 또한 하나의 개념으로 고정되어 있지 않았다.

그녀의 눈에 담긴 것은 요기(妖氣)가 분명했지만, 그가 보아온 요(妖)와는 또 달랐다. 사람이 아닌 것이 영성을 얻어 사람처럼 행동하는 요사(妖邪)가 아니었다. 그녀는 인간이다. 아니, 인간이었다. 지금은 다른 무언가였다.

조자홍과 장혜양은 그녀를 두고 되살아났다는 말을 했다.

그냥 넘길 수 없는 말이었다. 그녀는 고어(古語)를 쓰고, 옛 무공을 쓴다. 외공 경지가 경이로우며, 초식은 백 년의 숙련도를 지녔다. 그리고 생동감이 넘치는 무인을 맛있는 먹잇감처럼 보고 있다.

혈운마녀는 그런 존재다.

장익은 식견이 얕아 정체는 모르지만, 누군가는 알 만한 무언가였다.

장익은 이런 존재가 활보하게 된 세상에, 환란의 도래를 새로이 자각했다.

"사람의 피를 먹으며 노파처럼 말하지 마시오. 낭자란 호칭은 취소요."

쫭!

장익이 진각과 함께 달려들었다.

거구의 발밑에서 기왓장이 깨져나갔다. 지붕 전체가 우르릉 흔들렸다. 통천벽력창이 기세 좋게 뻗어 나갔다.

쩡!

장익의 선공은 호쾌했다. 혈운마녀는 이번에도 피하지 않았다.

괴이(怪異)의 힘을 지닌 마녀가 수도로 벽력창 창끝을 쳐냈다. 그녀의 손이 부드럽게 호선을 그렸다. 마치 투로를 미리 알고 받아내는 것처럼 너무나도 여유로웠다.

쩌정! 쩡!

거구가 짓쳐 든 기세가 있는데도, 그녀는 한없이 자유로웠다.

장익은 순간, 단운룡의 움직임을 떠올렸다.

단운룡은 막야흔의 무공만 봐준 것이 아니었다. 단운룡은 장익과의 비무도 기꺼이 응해주었다. 비무 동안의 단운룡은 종종, 장익의 다음 공격을 알고 있는 것처럼 보였다. 투로를 미리 밟아 선점했고 홀로만 넉넉한 시간 속에서 최적의 대응을 선택했다.

예지능이다.

장익 자신도 집중력이 최고조에 이르면, 상대방의 다음 수가 훤히 보이는 것처럼 느껴질 때가 있었다. 단운룡은 그 이상이다. 무공의 차이를 넘어 이능(異能) 수준의 예측력으로 초식 전개를 곤란케 했다.

그걸 지금도 느낀다.

혈운마녀의 손이 다가왔다.

보고도 막을 수가 없다. 타격점은 심장 어림이다. 아무리 충타가 없어도, 심장 직격은 안 된다. 어깨를 들이밀고, 공력을 한껏 집중했다. 내공방패로 버틴다. 지금까지와 같다면 치명상은 면할 것이다.

쫘아아아앙!

몸과 함께 심혼이 흔들렸다.

퍼석! 콰광!

장익의 몸은 멀리 튕겨 나가지 않았다. 발이 기왓장을 깨고 보토와 적심까지 부쉈다. 두 발이 개판에 닿았다. 그것까지 쪼개졌으면 지붕 밑으로 떨어지는 것이다. 깨진 기왓장이 발목에 걸렸다.

'뭐가 달라진 거지?'

의문과 함께, 목을 타고 울컥 올라오는 것이 있었다.

쿨럭!

입에서 피거품이 쏟아졌다. 내상이다. 실허(實虛)가 실실(實實)이 되었다.

침경이 제대로 들어왔다. 아니, 타고 들어온 기(氣)는 전처럼 미약했지만, 가느다란 기가 날카로운 송곳처럼 기혈을 공격했다. 창왕진기 혈맥의 흐름마저 완전하게 노출된 느낌이었다. 마치 그의 몸에 있는 기공 도해를 훤히 보고 찌른 것 같았다.

쩌정!

생각을 이어갈 수 없었다.

지금도 그렇다.

혈운마녀의 출수는 더욱더 까다로워졌다. 통천벽력창의 초식 틈새로 예리하게 쳐들어와 창왕진기가 흐르는 요혈을 노렸다. 마녀는 갑작스레 두 수 위, 세 수 위의 고수가 되었다. 벽력창의 발경이 뚝뚝 끊어졌다. 연환초는 이어가기도 전에 차단당했다.

꽈광! 스각!

일장에 등허리를 얻어맞고, 수도에 팔뚝을 베였다.

그녀가 다시 손에 묻은 피를 먹었다. 새빨간 입술 사이로 뾰족한 송곳니가 보였다. 그녀의 눈동자가 더 붉게 변했다.

'설마……?'

피를 통해 흡정(吸精)을 한다는 요괴는 민간의 귀신 이야기에서도 쉽게 접할 수 있었다. 이야기가 그저 이야기가 아닌 시대에, 그녀가 부리는 기이한 술수는 흡혈 요괴의 전설들을 절로 연상케 했다.

장익은 통천벽력창을 수세로 전환하여 단단한 철탑이 되었다.

진 싸움이라고는 생각하지 않았다.

포기하지 않고, 기회를 보았다.

쩡! 퍼석! 꽈광!

부딪치고 깨지고 찢어지면서 장익은 잘 버텼다. 짙은 눈썹 아래 눈빛은 변함없이 형형했고, 텁석부리 강인한 턱을 앙다문 채 굳은 의지를 드러냈다.

"보면 볼수록 탐이 난다."

혈운마녀가 칭찬했다. 그녀의 얼굴에 고혹적인 생기가 돌았다.

장익은 기다렸다.

홀로 이기지 못함을 알았다.

혼자가 안 된다면 함께 싸우면 된다는 것도 알았다.

그는 한 명의 무인이 아니라, 문파로 여기에 왔다. 그렇기에 투지만을 앞세워 목숨을 초개처럼 버리겠다는 우를 범하지 않았다.

"내 너를 사역……."

후웅! 꽈과과광!

혈운마녀가 서 있던 지붕 상단이 번쩍이는 검광과 함께 쪼개졌다. 부서진 기왓장과 잘린 목재가 거세게 무너져 내렸다.

몸을 띄운 그녀가 고개를 돌렸다. 그녀의 눈동자에 흥미의 기광이 스쳤다.

후웅!

참격의 검기가 그녀의 전면을 휩쓸었다.

엽단평이었다.

그가 정대하고 강렬한 검격으로 혈운마녀를 몰아쳤다. 그녀는 다시 인형처럼 변했다. 장익과 처음 싸울 때처럼 생기 없이, 그러나 빠르고 정교하게 검공을 받았다.

까아앙!

사보검과 그녀의 손이 부딪쳤다.

강렬한 금속성이 일어났다.

"오래된 신검(神劍)을!"

얼굴 가렸던 면사는 아예 걷혀져 있었다. 그녀가 어여쁜 아미를 가볍게 찌푸렸다. 표정이 안 좋아졌음에도 얼굴은 더 고왔다. 고혹적이고 성숙해 보였던 얼굴이 지금은 어딘가 어리고 앳되어 보였다.

쩌정!

그녀의 수도와 사보검이 다시 한번 충돌했다.

핏방울이 떨어졌다.

그녀의 손에서였다. 표정이 또 한 번 변했다. 붉게 빛나던 눈동자가 포악해졌다. 얼굴은 선녀 같았지만, 몸에서 일어난 기운은 그렇지 않았다.

그녀가 무섭게 짓쳐들어와 엽단평을 압박했다. 청천신검 검격의 기세가 차츰차츰 깎여 나갔다. 장권 타격과 수도 참격의 초식들이 화려하게 난무했다. 그녀는 안으로 깊이 들어가지 않았다. 검격 반경 바깥에서 진퇴를 거듭하며 얕고 빠른 공격을 가했다.

장익은 그녀의 노림수를 대번에 알아챘다.

혈운마녀는 엽단평에게 치명타를 가할 생각이 없었다. 가벼운 상처면 충분했다. 그녀는 엽단평의 피를 노렸다.

장익은 선불리 쳐들어가 합공하지 않았다.

천천히 반보씩 전진했다. 방어태세를 풀지 않고, 신중하게 접근했다.

쩌엉! 쩌정!

혈운마녀는 기세를 탔다. 한 발 물러나서 보니 확실히 알겠다. 혈운마녀는 장익보다 뛰어난 무공을 지녔다. 정정당당 일대일 승부는 이기지 못했을 것이다. 피를 먹고 요술을 부리지 않아도 그 결과는 변치 않는다.

이것이 비무였다면 깨끗이 패배를 인정하고 그녀의 처분을 기다렸을 것이다. 남아로 태어나 무공을 익혔다. 연마의 부족에는 변명이 필요 없었다.

다만, 지금은 누구의 무공이 더 높은가 자존을 획득하는 겨룸이 아니었다.

장익은 다시 멈춰 섰다.

엽단평과 혈운마녀가 일대일 대결 중이라서가 아니라, 이기기 위해 기다렸다. 혈운마녀가 기와 모서리를 박차고 방향을 꺾었다. 깃털처럼 가벼웠다. 깨져서 기울어진 기왓장이 미동도 하지 않았다.

그녀가 엽단평의 사각으로 짓쳐들어왔다.

일장으로 받아낸다.

그 다음은 수도다. 손날이 엽단평의 어깨를 스칠 것이다.

장익은 그렇게 당했다.

예지하지 않았다. 예상했다.

'지금!'

철저하게 계산했다.

그동안 방어하며 응축한 힘으로 일점만을 노렸다.

꽈릉! 꽈광!

팔작지붕 용마루 사면을 꿰뚫고 그녀가 찰나 간에 이를 곳을 향하여 장팔사모를 내뻗었다.

퍼억!

피가 튀었다. 검고 진득했다.

뱀처럼 휘어진 사모 첨극이 혈운마녀의 옆구리에 박혔다.

"⋯⋯!!"

그녀는 봉목을 크게 뜨고 아래를 내려다보았다.

사모 날이 왼쪽 옆구리를 비스듬히 뚫고, 복부까지 튀어나와 있었다.

그녀는 방심했다.

그것 때문이다. 다른 이유는 중요하지 않았다.

그녀 시대에는 무인들이 조금 더 체면을 중시했다. 싸우는 틈을 타 여인의 몸에 창날을 박는 일이 흔한 시절은 아니었다. 장익에게서는 그 시절 무인들의 냄새가 났다. 아주 남자다운 피 냄새였다.

그래도 피를 핥으며 싸우고 있었거늘.

그녀가 목표를 일순간 바꿨다 해도, 장익이 그녀를 노리지 말라는 법은 없었다.

지나치게 마음에 든 것이 문제다.

그녀가 고개를 들었다.

"이런……!"

짧은 한 마디, 짧지 않은 상념은 두 번째 실수가 되었다.

장익이 그토록 어렵사리 버텨낸 일전은 허무하리만큼 간단히 결론지어졌다.

엽단평은, 청천의 화신이었다.

세인들은 달리 포공을 일컬어 포청천이라 불렀다. 죄지은 자에 대한 판결만큼은, 누구나 고개 올려 볼 수 있는 푸르른 하늘처럼 공명정대하게 해주기를 염원했고, 그렇게 한평생 지켜 온 신념을 칭송하며 하늘의 이름을 붙였다.

마녀가 포공사에 쳐들어와 사람들의 피를 탐했다.

단죄를 말함에 있어, 연유를 대는 것이 구차했다.

엽단평의 일검은 가차 없었다.

후웅! 콰직!

청천의 검이 하늘에서 내리꽂혔다.

검날이 그녀의 몸에 박혔다. 우측 어깨 중간부터 늑골과 폐장을 수직으로 가르고 복부까지 내려왔다.

챙!

사보검이 먼저 박혀 있는 사모 날에 부딪쳐 멈췄다.

촤아아아악!

피가 쏟아졌다. 뿜어 나오는 선혈이 있고, 진득하게 흐르는 흑혈이 있었다.

무인이라면, 더 움직일 수 없는 치명상이었다.

우측 폐장이 수직으로 쪼개졌고, 더 내려온 검날에 간장까지 토막 났다. 복부를 뚫고 나온 사모는 내장까지 조각냈다.

즉사도 이상하지 않다.

사람이라면, 확실히 그러했다.

하지만, 그녀는 손을 휘둘렀다.

담긴 경력이 여전히 강력하고 날카로웠다.

푸확! 쩌엉!

엽단평은 순식간에 사보검 대검을 그녀의 몸에서 뽑아 들고, 회수하는 검날로 그녀의 손을 막았다. 그리고 그대로 밀어 치며 짓눌렀다.

콰직! 콰직! 콰콰콰광! 우지끈!!!

그것은 우연이었을까.

반파되고 또 더 부서져 위태위태하던 기와지붕이 굉음과 함께 무너져 내렸다.

엽단평과 장익이 버텨 섰던 기왓장을 박차고 뛰어올랐다. 세로로 갈라져 벌어진 혈운마녀의 몸은 아래로 떨어져 쏟아지는 잔해와 함께 매몰되었다.

*   *   *

상대가 지난했던 적측 고수들을 물리쳤다.

전황은 급격히 호전되었다.

사파 무리들의 선택지는 둘뿐이었다. 시체가 되어 눕거나, 살아서 도망치거나, 그게 다였다. 분노한 검사들은 살수를 주저치 않았다. 승부의 추가 기울었음을 민감하게 감지한 마두들이 뿔뿔이 흩어져 도주를 감행했다.

이어, 비색의 가면들이 하나하나 제압당했다.

절대 맨몸으로 끊지 못한다는 포공사 철심 포승줄이 가면 쓴 문도들을 구속했다. 구파 산중의 고수들도 풀기가 어렵다 알려진 포승이었다. 점혈로 혈도를 봉하고 운공까지 막았다. 가면을 벗은 그들은, 그저 평범한 포공사 문도들일 뿐이었다. 포박된 그들은 순순히 저항을 포기했다. 포공사 내공금제와 포박술에 당하면 제아무리 강력한 마두들이라도 벗어날 수 없었다. 그 사실을 그들 스스로 더 잘 알았다.

빼앗은 가면은 비색에서 백색이 되었다. 일견 백면뢰의 일반 가면과 차이가 없어 보였다. 가면들은 즉각 방문좌도의 물건이나 귀신 들린 도구들을 봉인하는 포공철궤에 넣어졌다. 절대 손대지 말라는 지엄한 엄금령이 내려졌다.

공손평이 뒤처리를 맡았다.

그는 조사전에서 피 흘리며 들고 나온 장문영패를 쥐고, 거동조차 힘든 몸으로 냉철하게 문도들을 지휘했다.

가장 먼저 공표한 것은 가면을 지닌 자를 타협 없는 반도로 규정함이었다.

문도들은 예외 없이 서로가 서로의 몸을 수색하도록 했다. 백옥당 장내에서만도 머뭇거리는 문도 하나와, 다급히 몸을 날리는 문도가 하나가 나왔다. 짧은 드잡이질과 침울한 활극 끝에 두 명이 붙잡혔다. 가면 두 개가 더 회수되었다.

수색조와 타격조를 꾸렸다.

그들이 백옥당에서 나와 포공사 전 경내를 훑었다. 엽단평과 관숭, 장익도 가세했다. 반도들이 하나둘 잡혀왔다. 그 와중에 죽은 이가 셋이요, 다친 이들만도 열 명이 더 늘었다.

삼대 작두가 놓여 있는 대전각 내원에, 포공사 제자들이 포승에 묶여 무릎을 꿇었다. 즐비하게 늘어앉은 죄인들의 숫자만 삼십이 명에 이르렀다.

문도들의 표정은 망연자실에 가까웠다.

반도들의 수가 너무 많았다. 산 채로 제압한 자들만 그만큼이다. 가면을 쓴 채 끝까지 살초를 전개하여 죽일 수밖에 없었던 이들도 십여 명에 달했다.

숫자 산출이 어려웠다.

이미 이탈하여 없어진 자들을 더하면 반도들의 수가 얼마가 될지 알 수 없었다. 게다가 구양적처럼 극단적 사상에 변절한 문도들은 단시간 내 색출이 불가능했다. 들키지 않은 자들을 생각하면 절로 정신이 아찔해졌다. 지금 그들 곁에 선 동료가 언제 내 등에 검을 찌를지 모르는 반역의 무리일 수 있었다. 그 불안감이 모두를 심려케 했다.

"이리도 통탄할 일이……."

공손평은 어떠한 순간에도 문도들에게 싫은 소리 한 번 안 하던 군자였다. 항상 인자했던 그의 얼굴이 고통으로 일그러져 있었다. 그가 말을 똑바로 맺지 못하고 끝을 흐렸다. 그 또한 흔한 일이 아니었다.

"귀공들께 크나큰 감사의 뜻을 전하오."

파리하게 지쳐 있는 공손평 대신, 키가 크고 얼굴이 각진 중년 검사가 나서서 포권을 취했다. 그는 가슴에 검을 모으는 흉검지례 대신 일반적인 강호의 예법대로 인사했다.

무복 곳곳에 선혈이 튀어 있었고, 팔과 다리에도 급히 감아 놓은 지혈대가 보였다.

전투는 세 군데 격전지에서만 벌어진 것이 아니었다.

동남쪽 장평각 쪽에서 적습에 분투하다가, 큰 싸움이 정리되면서 백옥당까지 올라온 이였다. 전신에서 흘러나오는 검기(劍氣)가 아주 강인했다.

"의협비룡회의 도움이 없었다면, 본문은 멸문지화를 면치 못했을 것이오."

그는 한 사람만을 보았다.

엽단평이었다.

엽단평을 똑바로 보면서 의협비룡회라는 문파 이름을 말했다.

의미하는 바가 작지 않았다.

그의 이름은 서관화였다. 강호 군웅들에게서 천산대협이라는 무명을 얻었으며, 호광 지역 외당 장로직을 맡고 있었다. 또한 그는, 엽단평이 암무회전에서 매검(賣劍)으로 돈을 번 죄목에 대하여 노철성과 함께 압송과 문책의 특명을 받고 단운룡과 엽단평 일행을 추격했던 책임자 중 하나이기도 했다.

"신마맹과 여러 포악한 맹회들의 궐기로 온 강호가 고통받고 있습니다. 포공사의 기상은 안휘 중원의 빛이었습니다. 협의를 숭상하는 문파로 당연히 해야 할 도리를 했을 뿐입니다."

엽단평이 또박또박 힘주어 말했다.

그는 선명한 목소리와 함께 담백하여 흔들림 없는 언어를 지니고 있었다.

서관화의 눈동자가 크게 흔들렸다. 표정 또한 복잡해졌다.

"의협비룡회 청천각주라 하였소?"

"엽단평입니다."

"부디 첫 사문을 잊지 말아주시오."

"그래서 온 것이 아니겠습니까."

"내 충분히 알겠소. 협검지재를 알아보지 못함이 아깝고, 고맙다오. 오래전 사문의 처사에 행여 원망하는 마음이 있었더라도, 부디 잊어주면 좋겠소."

"판관원의 법도는 포공사를 세우는 기둥입니다. 처벌을 달게 받지 않고 도망쳤음에 도리어 제 죄가 더 큽니다. 용서를 바라야 할 것도 저입니다."

"늙은 내가 새로이 배움을 얻소."

서관화는 한순간도 하대하지 않았다.

진심이 묻어났다.

엽단평이 담담하게 한 번 더 포권을 했다. 긴 세월 지고 있던 마음의 빛이 사라져 가는 순간이다. 격동이 있을 만도 하건만, 엽단평은 그 심동을 얼굴에 드러내지 않았다.

그는 평온했다.

요란한 소리가 들려온 것은 그때였다.

콰직! 우지끈! 콰광!

뼈대만 버티고 있던 대전각 지붕이 마저 내려앉았다. 부러진 골조가 기둥들 부수고, 건물 벽을 흔들었다. 붕괴 조짐은 아까부터 있었다. 기어코 건물 전체가 주저앉기 시작했다.

"피해라!"

"대전각이 무너진다!"

예상했던 일이었음에도, 가까이 서 있는 제자들이 있었다. 경호성이 어지럽게 울렸다.

콰과과광! 콰광!

땅바닥이 꽈릉하고 흔들렸다. 나뭇조각이 비산하고 돌먼지가 치솟았다.

이내, 토운(土雲)이 걷히고 폐허가 모습을 드러냈다.

무너진 건물 한가운데에, 우뚝 솟은 형체가 있었다.

판관 포증의 목상(木像)이었다.

어스름히 밝아오는 동녘의 하늘빛이 목상에 드리워졌다. 건물이 통째로 주저앉았건만, 목상 하나가 멀쩡히 서 있었다. 번쩍이는 금동상이 아니라, 소박하게 깎아 세운 포청천의 목상은 준엄하면서도 자상한 얼굴을 하고 있었다.

누가 먼저라고 할 것도 없었다.

포공사 제자들이 가슴에 검을 들고 손을 모아 조사(祖師)와 같은 포증의 신상에 정갈히 예를 올렸다. 엽단평도 사보검을 가슴에 올렸다.

별도 없던 하늘에 구름이 걷혔다.

인검, 공손평이 말했다.

"봉문을 생각했도다. 허나, 포공께서 이토록 어리석은 나를 꾸짖으시는구나. 역도는 자수하여 죄를 고하라! 반도들은 기필코 색원하여 문풍을 정갈히 하고, 정의를 바로 세워 청천에 이르리라!"

창백한 공손평이 허리를 곧게 폈다. 문도들 모두가 검을 들고 의지를 다졌다.

포공사의 일전이 끝났다.

승리가 아니었다. 승리라고 할 수 없었다.

판관원주가 황실에 대한 역천을 말하고, 수십 문도가 가면을 썼다.

　사상자가 백 단위에 포공사 본산이 짓밟혀 시산혈해의 지옥도가 그려졌고, 장문영패와 더불어 조사 신상과 위패를 모신 대전각이 무너지기에 이르렀다.

　그저.

　전멸을 면했을 뿐이다.

　그렇게. 신마맹을 상대로.

　정도 문파는 또 한 번 패배의 전적을 썼다.

＊　　　　＊　　　　＊

　기왓장과 나무 기둥, 부토와 상판이 산산조각으로 내려앉은 어둠 속에서, 붉은색 눈동자가 빛났다.

　곤두박질쳐서 바닥에 처박혔다.

　쏟아진 잔해가 온몸을 짓이겼다.

　고개를 들지 않았다.

　채운이 아는 하늘은 청천의 편인 적이 없었다.

　물론 그녀의 편도 아니었다. 원래 하늘은 공평했다. 그녀가 느끼는 하늘은 언제나 치우침이 없었다.

　떨어져 깔려 있는 이곳도 그러했다.

　장문영패가 있었던 조사전 회랑 바닥엔 핏물이 가득했다.

그녀의 피가 아니었다.

누군가 검에 맞아 흘린 피였다. 그 피의 본 주인은 인검, 공손평이었다.

이미 진득하게 굳어져서 생령과 정기가 거의 다 날아가 버렸지만, 그래도 사람의 피는 사람의 피였다. 그것도 정심한 내가 고수의 보혈이었다.

그녀가 땅바닥을 핥았다.

흙과 돌가루가 혓바닥에 같이 묻었지만 개의치 않았다.

벌레들이 그녀의 육신을 갉아 먹은 적도 있었다. 셀 수 없는 세월을 썩어가는 흙 속에서 비참하게 감내했다. 이 정도는 아무것도 아니었다.

고운 얼굴이 진득한 갈색 피로 더러워졌다. 한참을 그렇게 땅을 기며 흙과 피를 먹었다.

기운이 조금 돌아온 그녀가 고개를 돌렸다. 아까부터 코끝에 또 다른 피 냄새가 감돌고 있었다. 죽어가나 숨이 붙어 있는 생혈(生血)이었다.

콰득!

기둥 사이에서 팔을 뽑았다. 신체가 그 정도까지 손상을 입으면 모든 근골의 강도가 급격하게 하락한다. 돌판과 기둥 사이에서 억지로 잡아 뽑는 서슬에 팔뚝의 근육 일부가 뭉텅이로 뜯겨 나갔다.

악 소리가 절로 날 통증이 머리를 뒤흔들었다. 부유하고 있는 영혼마냥 외부의 시선으로 육체를 인식했다. 고통이 의식 밖으로 밀려났다.

그녀가 깔려 있는 몸을 억지로 잡아 뽑았다. 상체가 거의 반 토막 나다시피 하여 오른쪽 팔에 힘이 들어가지 않았다. 재생을 기다렸다. 거의 굳어져 정을 뽑아낼 수 없는 핏물이라도 손에 묻혀 입에 넣었다.

차차 갈라진 어깨가 붙었다. 너무 크게 벌어진 몸 안에 온갖 이물질이 박혔다. 나중에 한번 갈라서 파내야 할 모양이었다. 힘줘 하체를 뽑다가 아예 척추까지 분리될 뻔했다. 복부에도 상처가 깊었다. 세로뿐 아니라 가로로도 거의 절반을 잘라났다. 장팔사모 일격은 몹시 대찼다.

뿌득! 뿌득! 우지직!

기어갈 수 있을 만큼 몸을 뽑았다. 왼쪽 발목이 허전했다. 정혈기(精血氣)가 끊겨서인지, 저잣거리 아낙만큼이나 육체가 물렀다. 쪼개진 기둥 모서리에 찍히면서 정강이가 토막 나 버린 것이다.

발 한 쪽쯤이야 당장 없어도 그만이었다.

피 냄새가 선연한 곳으로 기어갔다.

포공사 젊은 제자 하나가 금이 간 벽 아래에 몸을 기대고 있었다. 가슴에 뚫린 검상에서 생명이 새어 나왔다. 누구에게 언제 어떻게 검을 맞았는지는 알 수 없었다. 바닥에 남은 혈흔을 보자면 다른 곳에서 검을 맞고 여기까지 기어들어 온 것 같기도 했다.

제자는 얼굴이 반반했다. 콧날이 날카로워 높았고, 눈매가 뾰족했다.

채운은 젊은 시절, 그가 생각났다.

그녀가 젊은 제자의 품으로 파고들었다. 지속된 출혈로 이미 흐릿해진 제자의 눈은 그녀의 모습과 감촉을 꿈으로 인식했다. 그녀의 손이 그의 목덜미를 스쳤다.

피슛!

피가 줄줄 흘러내렸다. 치솟지 않았다. 이미 제자의 심장은 멈춰가는 중이었다.

그녀가 목덜미에 송곳니를 박고 핏물을 삼켰다.

제자의 기억이 밀려들었다.

제자는 대전각 조사전의 출입 관리와 장문영패의 소재를 지키는 호위검사였다. 젊은 문도 중에서도 특히 품행이 단정하고 외모가 출중한 이가 맡아 온 일이었다. 나이 이상의 검예도 중요했다. 명예로운 직책이었다.

힘없는 제자의 몸이 가냘픈 그녀의 무게를 이기지 못하고 한쪽으로 기울어졌다. 땅에 널브러진 그의 몸 위에서, 그녀가 머리를 그의 목에 박고 마지막 생명을 흡입했다.

흐릿한 기억의 편린들이 생령과 함께 흘러들었다.

마지막 순간은 선명했다. 깍듯이 고개 숙여 인사드렸던 판관원주가 그의 가슴에 검을 박았다. 눈앞이 깜깜해졌다. 조사

전 쪽에서 또 한 번 검음(劍音)을 들었다. 누군가 피 흘려 쓰러지는 소리가 생생했다. 조사전 쪽에는 삼공 인검 어르신만 계셨다. 도우러 가야 했다. 그러다가 의식을 잃었다. 용케 죽지 않고 눈을 떴을 때엔, 이미 아무 기척이 없었다. 그쪽으로 기어갔다. 흥건한 피 웅덩이를 보았다. 조사전 쪽에는 밖으로 나가는 입구가 하나 더 있었다. 피 묻은 발자국은 그쪽으로 이어졌다. 인검 어르신은 보이지 않았다.

조사라도 뵙고 싶었다. 거둬주셔서 감사했노라, 조사께 마지막 읍은 드리고 죽어야 했다.

꿈틀대며 경직되는 젊은 검사의 육신을 밑에 두고, 그녀는 시야 한편에서 우뚝 솟은 검은 형체를 보았다.

머리를 들고 고개를 돌렸다.

검은 그림자는 포증의 목상이었다. 이 젊은 제자가 죽어가며 보고 싶어 했던, 바로 그 얼굴이 거기 있었다. 그녀에게도 첫 죽음을 선물해 주었던 명판관이었다.

원망하지 않았다.

죽음 앞에서도 충만하게 흠모를 받는 신상을 보니 감회가 남달랐다.

실물과 많이 닮지 않았다. 그래도 표정은 꽤 비슷했다. 도리어 순화한 얼굴이었다. 무공도 높지 않은 인간이 호통을 칠 때면 그녀조차도 오금이 저렸다.

그녀가 상체를 세웠다.

그를 닮은 포공의 어린 후예는 이미 숨이 끊어져 있었다. 올라타 앉은 자세가 묘했다. 제아무리 그를 떠올리게 하는 얼굴이라 해도 죽은 남성의 육신에 음심(淫心)이 동하진 않았다. 인외(人外)의 존재가 되어 버렸다지만, 그 정도로 뒤틀리긴 과했다.

소리 없이 몸을 일으켰다.

우지끈!

지붕의 지지대 하나가 부러지며 한쪽 벽에 선명한 균열이 생겼다. 곧 무너질 기세였다. 덕분에 무인이 들어오지 않았다. 누군가는 하늘이 도왔다고 할 것이다. 그녀는 아니라고 생각했다. 아직 몸에 힘이 다 돌아오지 않았다. 내, 외부에 걸쳐 신체 손상이 너무 심각했다. 옷도 너덜너덜했다. 가슴이 다 드러났다. 여인으로 육신의 귀중함이 무의미해진 지도 오래였지만, 습관처럼 앞섶을 여몄다. 처음 떨어졌던 잔해 쪽으로 넘어가 피 냄새를 맡았다. 발목부터 으깨진 발을 주워 들었다.

천장이 뻥 뚫려 있었다. 거대한 전각에 별빛 없는 하늘은 새까맣고 무심했다. 그녀는 아직 명륜(明錀)의 능을 얻지 못했다. 날이 밝으려면 얼마 남지도 않았다. 지금 사라져야 했다.

하늘은 누구 편인지 모르겠지만, 밤은 그녀의 편이었다.

기(氣)를 읽는 내가 고수들이 우글거려도 몸 하나 빼는 것은 어려운 일이 아니었다. 그녀가 야음(夜陰)에 섞여 들었다. 공교롭게도 엽단평, 관승, 장익은 비색 가면의 수색조에 힘을 보태 포공사 남서쪽 모서리를 훑고 있었다. 그녀는 어떤 누구의 감각에도 걸려들지 않은 채 사라질 수 있었다.

한 시진 후, 대전각이 무너졌다.

그녀는, 뭐가 어찌 되어도 상관없었다.

*   *   *

포공사의 혈사는 이내, 비슷한 많은 일들 중 하나가 되었다.

여러 문파에서 대동소이한 일이 벌어졌다.

참마도를 비롯, 중병 창술로 유명한 강후문도 신마맹의 공격에 크나큰 피해를 입었다. 관승이 만났던 강후문의 주황 가면은 변절자가 자신 하나인 줄 알았지만, 실상은 달랐다. 강후문 총단 내원에서 주황 가면 십여 명이 호응하여 일어나 백여 명에 달하는 인명 피해를 냈다. 단심맹으로 짐작되는 전대 기인도 출현했다.

엽단평을 비롯한 의협비룡회 무인들은 강후문의 전투에도 개입했고, 고전했다. 비룡각 무인을 세 명 잃었다. 부상도 아니고 사망이다. 숫자에 관계없이 되돌릴 수 없는 희생이었다.

강후문 전투가 끝나고, 엽단평은 강후문 내전각 후원에서 기억 속에 뚜렷한 얼굴을 보았다. 옥조, 불행했던 그의 친우. 그 옥조의 누이였던 섭소민이었다. 여전히 곱고 아름다웠다.

엽단평은 그녀를 보고도 놀라지 않았다.

이미 이곳에 있다는 것을 알고 있었기 때문이었다.

죽립을 눌러썼다.

섭소민은 표정이 밝지 않았다.

그럴 수밖에 없었다. 그녀는 전투가 벌어지는 동안 강후문 내전각 지하의 대피실 안에 숨어 있었다. 하루하고도 반나절 넘게 두려움에 떨었다. 전화(戰禍)가 휩쓸고 간 장내는 보기에도 험했다. 피비린내까지 이따금씩 바람을 타고 담장을 넘어오고 있었다. 살아났어도 웃을 수 없었다.

"큰 은덕을 입었소이다."

강후문 장문, 장원은 중년의 거한이었다.

곤두선 눈썹과 불같은 눈빛이 인상적이었다. 삼국의 고대 장수, 장료의 혈맥이라 했다. 과장 없는 사실 같았다.

"본문을 대표하여 의협비룡회의 고인들께 더없는 감사를 표하오."

그가 포권을 취하고 덧붙여 말했다.

의협비룡회 다섯 글자를 들은 직후였다.

섭소민이 그들 쪽을 바라보았다. 그녀가 미간을 좁혔다. 얼굴에 잠시 화색이 돌았지만, 장부들의 대화에 끼어들지는 못했다. 그녀는 멀리에 서 있었고, 주위에 늘어선 무인들은 아직 경계태세를 풀지 못하고 있었다.

"아직 저들의 기세가 여전하외다. 방비를 튼튼히 하십시오. 곧, 포공사에서도 기별이 올 겁니다."

관승이 마주 포권을 취하며 말했다.

그는 시뻘건 얼굴에 붉은 피를 뒤집어쓰고 있었다. 아직 적들의 피를 닦지도 못했다. 전멸은 면했으나, 승전은 아니었다. 안심은 일렀다. 주요 문파들이 연이어 습격당하고 있었다. 후속 공격이 이어질 가능성이 상존했다.

"포공사! 그쪽은 어떠하오?"

"피해가 막심하지요."

관승은 굵고 짧게 답했다. 장원은 알아들었다.

"서둘러 연합전선을 구축하겠소."

그가 그렇게 대답했을 때였다.

외원으로부터 한 무인이 빠른 발로 달려와 장원 앞에 부복하며 고했다.

"장문인을 뵙습니다! 비보입니다! 황산파 본산이 기어코 무너졌다 합니다!"

장원의 얼굴뿐 아니라, 관승과 장익의 표정도 함께 굳어졌다. 죽립 밑의 엽단평의 보이지 않는 얼굴도 똑같았다.

"아직 여력이 있는 줄 알았건만……."

장익이 말끝을 흐렸다.

황산파는 튼튼한 문파였다. 너무 빨리 당했다.

단순한 감이 아니라, 여의각의 평가가 그랬다.

그러니, 이것도 마찬가지다.

여의각의 판단이 또 빗나갔다. 포공사, 강후문, 황산파, 다 틀렸다. 세 문파 모두 이보다는 선전할 줄 알았고, 의협비룡회까지 가세하면 무난하게 승리할 것으로 예상했었다.

아니었다.

관승의 얼굴에 묻은 피가, 장익의 몸에 새겨진 상처들이 말한다.

신마맹의 대전략이 우위에 있다. 그 사실이 명백해지는 순간이었다.

"장문."

아연실색해 있는 장원을 향해 관승이 입을 열었다.

"여력이 되신다면 황산파 생존자들을 규합하여 후일을 도모케 하시지요."

침중한 목소리엔 무거워진 마음이 그대로 담겨 있었다. 장원이 정신을 차리고 대답했다.

"그래, 그리하겠소."

장원의 말에 관승이 고개를 끄덕이고, 말했다.

"갈 길이 멉니다. 무운을."

"동도들에게 더할 나위 없는 무운을 바라겠소."

장원이 다시 한번 고개를 숙였다.

엽단평은 한 마디도 하지 않았다.

무심히 몸을 돌렸다. 움직이는 눈길에 섭소민의 얼굴이 스쳐갔다.

보지 않아도 되었을 것을.

포공사에서 풀었던 안대를 다시 감지 않았다. 괜히 눈을 뜨고 있었다.

섭소민의 옆에는 헌앙한 젊은이가 함께 서 있었다. 그녀가 내전각에서 사뿐사뿐 걸어 나왔을 때부터 줄곧 그랬다.

젊은이, 장온(長穩)은 강후문에서도 유명한 인재(人才)였다.

다만, 그의 재능은 무재(武才)가 아니라 상재(商材)에 있었다. 그는 창술보다 산법(算法)에 밝았다. 남아(男兒) 되어 미약한 힘이라도 전장에 나서야 옳았지만, 숙부이자 장문인인 장원은 윤허하지 않았다. 장온은 섭소민처럼 규수들, 노인들과 함께 지하로의 대피를 강요받았다.

엽단평은 이미 다 알고 있었다.

벌써 구 년 전의 일이다.

엽단평은 암무회전 우승으로 선금 이천을 포함, 일만 냥이 넘는 거금을 섭소민에게 보내줬었다. 그러나 금전이라 함은 중원 각지를 활보하는 요괴들보다 더 요악한 요물이었다. 부채(負債)는 그야말로 시시각각 커지는 괴물과 같았다. 은 팔천에 달했던 섭가의 빚은 엽단평이 약속받았던 잔금이 황학상회를 통하여 섭소민에 전달되었을 때, 그 두 배가 되어 있었다. 엽단평이 아니었으면 진즉에 신세를 망쳤거나 자결을 택했을 것이다. 병사한 오라버니, 섭옥조가 남긴 돈이라 알았던 거금을 동원하여 겨우겨우 독촉을 틀어막았다. 그리고 그녀는 스스로 상인 가문이었던 섭가의 어린 상주 대리가 되어 분투했다. 그 와중에 만난 것이 장온이었다.

장온은 재기발랄한 젊은 상인이었다. 장온은 그녀를 보고 한눈에 연정을 품었다. 본디 장료 일가의 성은 섭가였다며, 혈육처럼 생각하라는 뻔한 전략으로 섭소민에게 다가갔다. 그녀는 장온이 싫지 않았다.

섭소민은 장온과 가까워지는 와중에도, 장온에게 금전적인 조력을 구하지 않았다. 암암리에 장온의 지원이 없지는 않았으나, 그녀는 거의 온전히 자신만의 힘으로 섭씨 곡상을 전락의 늪에서 구해냈다. 장온도 그녀의 의지를 오롯이 존중했으므로 의지하라 종용하지 않았다. 인맥과 자리를 통해 소소한 도움을 줄 때에도 선을 지켜 공을 내세우지 않았다.

사람됨에 정을 쌓았다. 남녀는 그렇게 이어졌다.

그녀의 안위는 양무의가 먼저 알려줬다. 엽단평은 일찍이 많은 것을 보고 받았다.

친우였던 섭옥조와의 약속과 암무회전 출전은 그의 일생에 가장 중대한 사건이었다.

이 모든 이야기의 시작이기도 했다.

엽단평은 섭소민의 행복을 지켜달라고 했던 친우의 부탁을 한순간도 잊지 않았다.

엽단평은 섭소민과 장온이 만나 가까워지고 있다는 이야기를 들었을 때, 이미 만족했다. 좋은 사람을 만나, 좋은 미래를 그린다고 하였다. 강후문이 무파(武派)라는 것에는 다소의 우려가 있었으나, 정도의 명문이 분명했고 무력도 상당했다.

그녀 손으로 창칼을 들지 않음이 어디냐 생각해야 했다. 도산검림을 맨몸으로 걸어 다니는 것만 아니라면 무파의 그늘 아래서 상도(商道)를 걷는 것도 나쁘지는 않았다. 아니, 험한 세상에서는 오히려 더할 나위 없었다.

문제는 세상이 전보다 훨씬 더 험해졌다는 사실이었다.

강후문도 안전치 않았다. 내원에서 실려 나가는 시체들이 현실을 되새기게 하였다.

엽단평은 뒤를 돌아보지 않았다.

스쳐가는 눈길로 기(氣)만 새겼다.

그녀의 기가 머뭇거리고 있었다. 앞으로 나서려다가 멈추는 것도 알았다.

뒤늦게 엽단평을 알아본 것일 수도 있었다.

그녀는 그에게 특별한 사람이었다.

사모하는 마음으로 그리워했던 것은 아니었다. 더 성숙해진 고운 얼굴을 봤을 때는, 가슴을 쿡 찌르는 묘한 기분을 느꼈다. 마음이 복잡했다. 여러 감정이 섞여 있었다.

한 가지는 확실했다.

그녀는 그를 모르는 편이 좋았다. 그가 그녀에게 돈을 보냈다는 것도, 그 일로 인해 파문당했다는 것도, 지금 이렇게 이곳에 와서 검을 들었다는 것도, 몰라야 했다.

그는, 그녀에게 어떤 마음의 빚도 지우고 싶지 않았다.

그래서 엽단평은 하늘을 보았다.

새벽부터 싸워 밝아진 하늘은 피비린내가 무색하게도 청명하기만 했다. 푸른 하늘에서 그녀 대신 친구를 찾았다.

옥조야. 거기 있느냐.

얼굴은 오래되어 잘 기억나지 않았다.

긴 세월의 암검 수련 때문일까.

밝은 웃음소리만 귓전에 생생했다.

미안하다만, 부탁을 다 지키지 못했다.

어쩌면 친우는 섭소민과 엽단평이 함께하는 훗날을 기대했을지 모를 일이나, 엽단평은 이대로도 괜찮았다. 진심이었다.

다만, 강후문의 전투에 그들이 늦었다면, 그 결과는 참혹했을 것이다.

그것은 안 된다. 용납할 수 없었다.

때때로 소식을 확인하는 정도로도 충분했다.

전까지는. 신마맹이 일어나기 전까지는.

마음속 복잡한 감정들 중, 하나의 정체를 알았다.

그것은 분노였다.

창백하여 불안해하는 그녀의 얼굴을 보는 순간, 금석과도 같았던 옥조와의 약속이 흔들렸음을 깨달았다.

그녀 삶의 평화가 깨져선 안 된다.

문주의 뜻에 따라, 대의로 함께했던 신마맹과의 싸움이었다.

이 싸움은 이제 엽단평에게도 개인적인 일이 되었다.

그의 검은 약속을 지킬 것이다.

그녀를 지킬 것이다.

사보검 짊어지고, 옛 인연을 뒤로했다. 눈에 밟혔다. 암검(暗劍) 수련을 다시 해야 할 모양이었다.

*　　　　　*　　　　　*

"씨발, 그래서 말 한마디 안 하고 왔다고?"

"……."

"내가 그때, 누구 때문에 그 고생을 했는데?"

막야흔은 그렇게 말했다.

많은 욕을 들었다.

괜찮았다. 대신 검을 들었다.

수미신검 사보검과 당가철문 황천적룡도가 부딪쳤다.

전력으로 검을 휘두르다가 개진으로 막야흔을 죽일 뻔했다.

막야흔은 한 마디 욕으로 넘어가 줬다.

새로 사귄 친우는 옥조와 달랐다. 많이 달랐다.

좋은지는 잘 모르겠다. 언행이 엉망진창이었다. 사고도 종종 쳤다. 막야흔에게 누이가 없는 것은 다행이었다. 그에게도 다행이며 누이에게도 다행인 일이었다.

옥조와 같은 것도 없지 않았다.

엽단평은 친우 때문에 목숨을 걸었다. 옥조도 그를 위해 그랬을 것이다.

인정하긴 싫지만, 엽단평은 새 친우를 위해서도 목숨을 걸 수 있었다.

그러면 된 거다. 엽단평은 생각했다.

아마, 막야혼도 그럴 것이다. 흔쾌히 엽단평을 위해 목숨을 바칠 수 있음을 확신했다. 나쁘지 않았다.

서둘러 온 것도 그렇다.

막야혼의 몸에는 채 아물지 않은 도상(刀傷)이 세 가닥이나 있었다. 눈에 보이는 것만 세 줄이니 더 많을 수도 있었다.

포공사와 강후문의 소식을 듣고 한달음에 달려왔던 막야혼은 완성된 보도(寶刀)만 받아서 다시 팽가로 향했다.

길을 떠나며 중차대한 사건에 불러주지 않은 것으로도 끝끝내 욕을 했다.

없어도 됐다.

몇몇 순간에는 옆에 있는 것 같기도 했다. 그렇다고 정말 있었기를 바라진 않았다. 막야혼을 향한 그의 감정은 항상 신뢰감과 의구심 그 중간 어디쯤에 있었다. 그래도 다시 볼 때는 좀 더 전자에 가까워 있기를 바라마지 않았다.

*　　　　*　　　　*

"진 겁니다."

포공사 전투도, 강후문 전투도, 최종평은 그러했다.

양무의는 싸움의 결과를 패배로 규정했다.

단운룡도 같은 생각이었다.

너무 많이 죽었다.

안휘에 산재한 적 병력의 첩보에는 큰 오차가 없었다.

숫자는 그러했다. 문제는 위치였다.

병력 운용의 기동성이 압도적으로 빠른 것도 아니었다. 다만, 너무나 적재적소에 완벽한 요지를 미리 선점했고, 그것이 뒤이어 숫자의 차이까지 불렀다.

집산과 분리, 전진과 후퇴가 완벽했다.

포공사 전투가 특히 그랬다.

관승과 장익이 이끌었던 비룡각 병력은 필두의 무력을 중심으로 일점돌파가 특히 강력한 돌격부대였다. 적들은 길이 좁은 소로(小路)로 병대를 유인하여 전장을 길게 가져가고 후미와 전방을 동시에 타격했다.

기어코 살아 나오긴 했으나, 인명피해를 감안하면 패전(敗戰)이다.

무공으로 간주하면 초식을 파훼당한 셈이다.

그러면서, 관승과 장익은 포공사 진입의 적기를 놓치고 말았다. 악재는 또 있었다. 단심맹이라는 변수를 예측하지 못했다. 포공사 내부에서 가면에 잠식당한 반도들이 나온 것도 의외였다. 이른바, 여의각의 실책이었다.

실패와 실패가 겹쳤다.

그 결과, 포공사는 예전의 위용을 완전히 잃어버리고 말았다.

역모에 대한 동창의 감사가 예정되었다는 소문도 있었다. 관민협조의 표상과도 같았던, 정도 문파의 위상이 무참히도 꺾여 버렸다. 삼공의 하나는 죽었고, 하나는 중상을 입었으며, 하나는 지금도 병상에 누워 생사가 불투명했다. 명예와 무력 둘 다 잃었다. 멸문보다 어쩌면 더 나쁜 결과였다.

강후문은 그나마 괜찮았으나 애초에 강후문은 명문이기는 해도, 규모와 무력 자체가 아주 강성한 문파가 아니었다. 그러니 신마맹의 습격 전력 역시도 강력하지 않았다. 힘을 쏟아붓지 않은 적을 상대하면서도 큰 피해를 입었다. 신마맹의 공세를 막아내지 못해 내전각까지 침범 당했다. 다시 쳐들어오면 막을 방도가 없다고 여겨졌다. 포공사와 강후문은 긴급히 공조하여 협조 체계를 단단히 했으나, 일견 풍전등화처럼 보였다. 강호인들은 두려워했다. 황산파 본산이 불타 스러진 소식이 우려의 불길에 부채질을 했다.

"구화의 개방 분타가 몰살의 변을 겪었습니다. 명광의 군소 문파 둘이 불탔고, 안경, 동릉, 회남에서는 저자에 가면 쓴 자들이 활보합니다. 안휘 동북부와 서남부의 정도 문파들은 초토화에 가깝습니다."

무림이 지고 있었다.

신마맹에. 일교 오황에. 드러나지 않은 팔황에.

"서남부면 강서 접경인데, 남궁가는?"

"검왕이 직접 나섰습니다만, 강서 국한입니다. 안휘까지 넘어올 여력이 없습니다."

전란은 전국을 아우르고 있었다.

많은 영웅들이 일어나, 사람들을 구했다.

그러나, 죽지 않아야 할 많은 사람을 살렸을 뿐, 몰아치는 적습을 온전한 승리로 이끌지는 못했다.

의협비룡회가 포공사와 강후문의 멸문을 막은 것은, 안휘 무림에 작은 희망을 알렸지만, 그것이 역전의 불씨가 되지는 못했다. 의협비룡회는 거대 문파가 아니었고, 가용 병력이 대문파 수준이라 하더라도, 타 지역의 군소문파들이 받는 습격까지 일일이 막아내는 것은 불가능한 일이었다.

무림맹이 열려야 했다.

많은 문파들이 모여 지략를 나누고 대규모 전략을 수립해야 할 때였다. 그러나, 어떤 문파도 여유가 없었다. 소림이 봉문 한 이래, 구심점이 되었어야 할 문파들이 자기 영역의 전란조차 제대로 제압하지 못했다.

바야흐로 전 무림의 위기였다.

"무언가 잘못되었어."

단운룡이 말했다.

양무의가 고개를 끄덕였다.

신마맹의 무위가 실로 심상치 않았다. 일교 오황 다른 세력들도 위협적이긴 매한가지였지만, 신마맹은 지극히 효율적으로 지역과 천하의 기둥이 되는 문파들을 내외에서 망가뜨렸다. 그들은 그렇게 전국적인 공포가 되어갔다.

누군가가 마도천하, 무림제패를 말했다.

허황된 일이, 현실이 되어가고 있었다.

그리고, 염라마신이 나타났다.

바로 단운룡이 언급했던, 남궁가에서.

강림한 신마맹의 악신(惡神)이 남궁세가 본가의 절반을 지옥도로 만들었다.

검왕(劍王). 남궁가주.

남궁력이 사망했다.

大蠱飛龍袍

제60장 단운룡(段澐龍)一

단운룡(段澐龍).

서패왕 입정의협살문 문주, 협제 소연신에게 사사했다.

운남 백족 출신으로, 대리국(大理國) 왕족 후예인 대리 단씨로 알려졌다.

초절정고수로 강호에 유례없는 순속의 비기를 지녔다. 진정한 고수들 사이에서는 그의 무공을 단순한 쾌공(快功)의 범주로 보지 않는 견해가 존재한다. 불가사의한 이적을 수차례 행했다.

의협비룡회 초대 회주.

출도초기, 소신풍이라는 별호를 지녔으나, 훗날 비룡제로 불리게 되었다.

신국(神國)의 천제옥황(天帝玉皇)과 대비하여 남국(南國)의 천잠비룡황이라 불리기도 했지만 추후 황명에 의해 금기어가 된다.

천잠비룡제, 통칭 비룡제라는 호칭이 가장 널리 쓰인다.

제천회의 일익이다.

무적의 갑주로 일컬어지는 천잠무신갑, 천잠비룡포의 주인이다.

처(妻) 강설영은 광동강씨금상의 가주로, 천잠비룡포를 비롯한 천잠보의들의 제작자이다. 수많은 전장의 판도를 바꾼 것으로 알려졌다. 혹자는 그녀를 통해 무림사의 흐름 자체가 달라졌다 평하기도 한다.

대무후회전, 신마대전, 신화대전, 옥황대전 등, 무림이 황폐해졌던 기나긴 전란의 세월에서 경이로운 활약을 했다. 신마맹이 일으킨 대란과 관련된 여러 문건을 보면 종식자(終熄者)라는 수사(修辭)가 붙어 있음을 알 수 있다.

　　활동 영역은 전 중원을 아울렀으나, 근거지는 운남으로 간주한다.

　　현재, 호사가들이 주도(主都)로 지명했던 오원에는 의협비룡회의 흔적이 남아 있지 않다. 회주로 있는 의협비룡회의 총단은 대리(大理)에 있으며, 적벽, 성도, 광주 지부가 유명하다.

　　…중략….

한백무림서 인물편 제십장
의협비룡회 중에서

"후퇴! 후퇴하라!!"

왕호저의 목소리가 밤을 울렸다.

야전(夜戰)이 길어졌다.

사방이 적이었다.

가면 무인들만 달려드는 것이 아니었다. 협봉검을 든 흑의
인들이 요지마다 기습을 가해왔다. 성혈교 묵신단 호교무인
들이었다.

"집결지까지 전속력으로 뛴다!"

왕호저가 비룡각 무인들을 이끌고 강서 신여현의 산야를
질주했다. 적습이 잇따랐다.

꽈앙! 좌아아악!

왕호저의 포효호심창 창격에 백면뢰 세 명이 한꺼번에 피를 뿜었다.

오십이 명 비룡각 무인들은 몰골이 엉망진창이었다.

강서는 안휘와 마찬가지로 대혼란에 빠져 있었다.

남궁세가는 덕망 있는 명문이었다.

미증유의 대혈사(大血事)에 주변 지역 수많은 정도 문파들이 남궁가를 돕겠다며 협의의 기치를 올렸다. 사천당문 때와는 또 달랐다. 당문 역시 육대 세가의 하나였지만, 그들은 본디 독보천하 당씨 중심의 선민의식이 있는 것으로 여겨졌다.

그렇기에 받아들여지는 충격 자체가 달랐다.

천수마안과 검왕의 차이다. 강호인들이 지어주는 별호에는, 그들을 향한 시선이 담긴다. 남궁세가엔 검성(劍聖)이 있다. 선망과 신봉이 담긴 칭호였다.

남궁세가의 은덕을 입은 문파가 하나둘이 아니었다. 철기맹이 일으킨 전란 때도, 성혈교의 참전으로 철혈련 대란이 일어났을 때에도, 남궁세가는 지역 내 정도문파들의 고전을 좌시하지 않았다.

이제 도움받은 이들이 보답할 때라며 분연히 나섰지만, 일교 오황의 전력은 군소문파들이 감당할 수 있는 수준이 아니었다. 더욱이 일교 오황과 그들을 따르는 사파 무리들은, 전략적으로 대단히 정교하게 움직였다.

요혈을 노리고, 숨통을 끊는다.

무공을 전개하듯 적재적소에 대응 병력을 배치했다.

높은 곳에서 훤히 보고 싸우는 것 같은 느낌이었다. 왕호저는 양무의가 함께할 때 그런 느낌을 받았었지만, 이번엔 역으로 밀리기만 했다. 양무의를 적으로 두면 이렇겠구나 싶었다.

삼 일 밤낮을 어렵게 돌파했다.

"아직입니다! 후방에 적 출현!"

지친 상태로 산등성이를 넘었다.

혈전에 혈전을 거듭했다.

집결지에 이르려면 능선을 한 번 더 내려가야 했다. 거기까지만 가면 된다. 진입로가 좁고, 천연의 방벽이 있어 입구만 틀어막으면 완벽하게 방어가 가능할 지형이었다. 모두가 휴식이 절실했다. 내공이 고갈되어 당장 운기가 급한 문도들도 여럿이었다.

꽈과광!

뒤쪽에서 들려온 폭음에 왕호저의 눈이 번쩍 뜨였다.

큰 눈 호안(虎眼)에 담긴 것은 긴장이 아니라 안도였다. 익숙한 기파가 일행의 후방을 받치며 적들을 밀어내고 있었다.

"내가 왔다! 밀어내! 절벽으로 떨구어라!"

호탕한 고함 소리와 함께 장팔사모가 난무했다.

그들은 여름 내내 싸웠다.

이런 싸움을 대체 몇 번을 치렀는지 모르겠다.

매번 이런 식이었다. 장익의 전장에 왕호저가 난입했고, 왕호저의 전장에 관승이 힘을 보탰다. 이번엔 장익이 왕호저를 도우러 왔다.

전우(戰友)로의 끈끈함이야 더할 나위 없었지만, 따지고 보면 좋은 일은 아니었다. 도움이 필요하다는 말은 곧, 싸울 때마다 압도하지 못했다는 뜻이기 때문이었다.

수월한 싸움이 없었다.

충분히 이길 수 있을 거라 확신하고 덤벼든 전투에서 매번 예측 못 한 변수가 튀어나왔다. 승기를 잡았다가도 빼앗기기가 다반사였으며, 몰아쳐 부수는 것보다 쫓겨 후퇴하는 경우가 더 많았다.

지금도 그렇다.

왕호저와 비룡각 무인들은 벌써 삼 일 전에 이 전장을 제압했어야만 했다. 헌데 적들이 계속 튀어나왔다. 안복에 있었던 장익이 소식을 듣고 급하게 산을 넘었다. 왕호저를 지원하기 위해 달려오면서 또다시 매복한 적을 만났다. 지금 이렇게 호통 치며 나타난 장익도 턱석부리 수염 절반이 피에 젖어 있었다. 사모에도 피가 마를 날이 없어 날에 파인 혈조(血槽)가 새까맸다.

"크하압!"

장익의 기합성이 사방을 떨쳐 울렸다.

고전과 고전의 연속이었지만, 또한 그렇기에 장익은 천군만

마이기도 했다. 왕호저가 한달음에 달려가 달려드는 적들을 부수고 장익에게 물었다.

"남궁가는?"

"검성(劍聖)이 왔답니다!"

"직접?"

"그렇다 하더이다."

장익이 대답했다. 대답하며 사모를 휘둘렀다. 왕호저도 창대를 휘어잡았다.

포효호심창과 통천벽력창이 달려드는 적들을 산산이 흩어놨다. 그들은 그사이에 좀 더 강해져 있었다.

"헛수고를 한 건 아니군."

"아니지요."

검성 남궁연신은 엄청난 고수였다.

그가 왔으니 한시름 놓았다.

왕호저는 신마맹에 포위당해 위험하다는 남궁가 무인들을 돕기 위해 이곳 신여에 왔다. 철기맹 발호 때도 전장이 되었던 도시는, 신마맹과 성혈교의 일황일교, 더불어 사파의 잡졸들로 겹겹이 둘러싸여 있었다.

삼 일 밤낮을 싸웠다.

만리문, 신건파, 청운보의 정문 무인들을 많이 구했다. 싸움이 치열하여 감사 인사는 듣지도 못했다.

그저 적을 죽이고 살아남는 것만으로도 벅찼다. 그들 몇몇은 자신들을 도와준 것이 의협비룡회인지도 모를 수 있었다. 전황은 그만큼 격렬했다.

정도무인들을 규합하기 위해 신여에 들어온 남궁세가 무인들은 오십여 명에 달했다. 적의 수는 그 열 배가 넘었다.

기어코 뚫지 못하고, 후퇴했다.

남궁가는 옷깃도 못 봤다.

실패라 생각했다.

염라마신의 강습으로 남궁세가는 정예무인 팔 할이 죽었다고 알려졌다. 귀하지 않은 목숨이 있겠냐만은 남은 무인들의 생명은, 정예와 비정예를 불문하고 세가의 미래를 위해서나 정도 무림의 미래를 위해서나 특하나 대단히 소중했다.

전멸했겠구나.

생존을 기대하기가 어려웠다. 헌데 검성이 왔다고 했다.

그렇다면 희망이 있다.

검성의 창궁무애검법은 무림일절이다. 그 하나면 어지간한 전장을 통째로 뒤엎을 수 있다. 왕호저가 말했다.

"다시 돌아가 뚫자! 이길 수 있겠다."

왕호저는 화가 나 있었다.

개처럼 쫓겨 다녔다. 비룡각 문도도 일곱이나 죽었다.

그들이 살린 정파 무인이 기백은 넘겠지만, 셈도 잘 안 되는 성과보다는 당장 당한 것에 분노했다.

"안 됩니다."

장익이 단호하게 왕호저를 만류했다.

왕호저는 오기륭과 호형호제한다. 장익보다 연배가 높았다. 그래도 장익은 의견을 말하는 데 거침이 없었다.

"아직 싸울 수 있다."

"압니다."

둘 다 거구로 성정도 일견 비슷할 것 같았지만, 장익은 본디 훨씬 더 냉정했다. 장익 역시 분노하긴 매한가지였지만, 지금은 더 급한 일이 있었다.

"효마를 구하러 가야 합니다."

"뭐?"

"상고에서 효마가 칠흉을 죽였습니다."

"칠흉? 강서칠흉?"

"혼자 잡았다더군요. 헌데, 퇴로가 막혔답니다."

왕호저는 더 묻지 않았다.

놀랍다.

강서칠흉은 유명한 마인들이다. 남궁세가의 압도적 그늘 아래서도 마인(魔人) 소리를 들으며 활보했다. 하나같이 교활하고 영리한 자들이라 알려졌다. 남궁세가를 필두로 한 정파 무인들의 연이은 척살 시도에도 일곱 명 중 한 명도 줄지 않았다. 그것만으로도 실력이 보장된다.

항상 유유히 빠져나간 것은 아니었을 것이다. 남궁세가에 이를 갈던 그들은 누구보다 먼저 일교 오황과 손을 잡았다.

실제로 그들 중 다섯은 염라마신의 남궁세가 강습 때에도 지부 공격에 가담한 바 있었다.

그런 일곱을 죽였다는 것은, 아주 큰 전공이었다.

어떻게 죽였는지는 차치하고서라도 아무나 못 하는 일임은 확실했다. 그러니, 이 사건은 중요하다. 의협비룡회는 줄곧 지키는 싸움을 해왔다. 이번엔 독창(毒槍)이 얼마나 날카로운지를 보여줬다.

적들도 효마를 잡아 죽이기 위해 총력을 기울이고 있을 것이다.

왕호저는 장익만큼 총명하지 않았지만, 판단마저 둔하지는 않았다. 아니, 되레 결정이 빠른 남자였다.

"서둘러야겠다. 거기가 어디든, 가자."

왕호저가 말했다.

그들이 길을 열었다.

신마대전(神魔大戰)의 한가운데, 구주의 창이 불을 뿜고 있었다.

*   *   *

"전부 다 읽히고 있습니다."

양무의는 안색이 좋지 않았다.

모든 것에 모든 해답이 있었던 그였다.

지금은 아니었다.

전장이 그의 손에 있었던 것은 사천 대란까지만이었다.

사실은 적벽에서도 늦었다. 계산이 미세하게 어긋났다. 그걸로 적벽은 대파괴를 겪었고, 전도시적인 재건 과정을 거쳐야 했다.

"상제력인가?"

단운룡은 옥황의 이능을 말했다.

"그럴 거라 생각됩니다."

양무의는 조심스럽게 동의했다.

그는 그동안 여의각을 하나부터 열까지 들춰보았다.

아주 철저히 검토했다.

세작은 없었다.

그것만큼은 자신했다.

침투할 여지 자체가 없는 구조였다.

정보가 적측에게 샌 것은 아니었다. 그럴 리가 없다. 호전(號箭)의 신호체계는 유출된 적이 없었다. 설사 유출되었더라도, 역산, 활용까지는 적지 않은 시간이 걸린다. 물리적으로 불가능했다.

"예지? 시각화?"

"가능성이 있습니다."

단운룡이 던지는 단어는 양무의가 의심하는 바와 상통했다. 그래도 양무의는 확언하지 않았다. 그는 지금 그 어떤 것도 확신할 수 없었다. 이겨야 할 싸움을 비겼고, 비겨야 할 싸움을 졌다. 그가 구가해 온 천재의 삶 속에서, 이렇게 연속된 실패는 일찍이 겪어본 적이 없었다.

"미리 보고 있다라……."

단운룡도 명쾌한 답을 내리지 못했다.

이건 전투 중의 순간 예지와 다른 개념이었다. 전황을 예측하는 것이 아니라 예시(豫視) 한다면, 어떤 전장에서도 승리의 가능성은 현저히 낮아진다.

지금 상황을 설명할 수 있는 것도 그것뿐이다.

신호 화살을 미리 보았다면, 아주 간단히 역이용할 수 있다. 세작이 필요 없는 일이다. 상식과 법칙을 무시한 첩보전이었다.

"어떻게 대응하지?"

단운룡은 혼잣말처럼 물었다. 양무의뿐 아니라 스스로에게도 던지는 질문이었다.

양무의는 곧바로 대답하지 않았다.

그에겐 드문 일이었다.

그는 항상 어떤 사소한 보고조차도 놓치지 않았다.

방대한 정보를 통해 적의 의도를 예상하고, 적 병력의 규모를 계산했다.

숫자 자체는 거의 오차가 없었다.

다만 요는 병력의 활용이다.

적들은 있지 말아야 할 곳에서 나타났고, 있어야 할 곳에 없었다.

기이한 일이었다. 아무리 변칙적인 병법을 선호한다 하더라도, 병법에는 지켜야 할 이치가 있다. 이치를 무시한 전략이 성공하려면 요행이 따라야 한다. 적들은 양무의의 기준에서 확률 낮은 도박이라 할 만한 공격들을 감행했다. 그런데 그게 하나같이 절묘했다. 적들은 매번 천행(天幸)이라도 타고난 것처럼 극악의 확률을 이겨냈다. 그것이 고스란히 의협비룡회의 고전으로 이어졌다.

"보는 것뿐이라면 방법이 없지는 않습니다."

이윽고, 양무의가 입을 열었다.

"전고(戰鼓)라면 가능할 수 있습니다."

전고, 북소리를 말함이다.

호전(號箭)은 시각을 통해서 신호를 전달한다.

북소리는 청각이다. 전고(戰鼓)의 울림이란 전장에서 진퇴를 결정하는 데 가장 훌륭한 수단 중 하나였다.

"예지가 시각에 국한된 능력이란 법이 없지 않나?"

"물론 그렇습니다. 다만, 상제력이 미래 또는 현재를 엿보고, 더불어 엿듣는 능력이라 가정할 때, 북소리를 통한 명령 전달쯤은 어렵지 않게 훔쳐 갈 수 있을 겁니다. 북소리는 오히려 쉽겠지요. 전고의 지휘 신호는 보통 북소리의 간격이나 횟수 등으로 단순하게 만들어지기 마련이니까요."

"신호를 복잡하게 만든다? 그 정도 이능(異能)을 활용할 수 있을 정도의 오성(悟性)이라면, 어지간히 꼬아도 의미가 없을 텐데."

"의미가 없죠. 게다가 전장에서 신호를 어렵게 만들면 인식 자체가 안 될 겁니다. 다들 문주 같진 않아요. 대체로 무인들은 몸과 머리를 따로 쓰니까요."

"허면?"

"전고음(戰鼓音) 자체가 다르면 됩니다. 그런 면에서 우리에겐 특별한 사람이 있죠."

양무의는 담담하게 말했다. 단운룡이 눈을 빛냈다.

"요화."

"네. 그녀는 북소리로 마음을 움직입니다. 신호체계가 노출되어도 파장은 흉내 낼 수 없습니다."

그렇다.

맞는 이야기다.

똑같이 두 번 세 번을 쳐도, 그녀의 고음(鼓音)은 질 자체가 달랐다. 조금만 훈련해도 누구나 그 차이를 알 수 있을 것이다. 그녀가 차이가 나게 치면 된다.

다만 한 가지 문제가 있었다.

"요화가 모든 전장에 참전할 수는 없어."

"그렇습니다. 그게 문제지요."

놀라운 책략이나, 담담히 말했던 이유다.

대규모 전장에서의 난전이 지속적으로 발발하는 지금, 원거리 지령 전달은 대단히 중요한 전략적 가치를 지녔다. 실제로 포공사 전투에서도, 관승과 장익은 믿을 수 없는 호전 신호 때문에 서로의 진격 위치를 까맣게 모른 채로 싸워야 했다.

도요화의 전고는 이런 상황에서 대단히 훌륭한 대안이 될 수 있었다. 다만, 그것이 가능한 이가 도요화뿐이라는 것이 아쉬울 따름이었다. 유일하므로 같게 꾸밀 수 없으나, 그렇기에 또한 약점이 되는 것이다.

"해결책이 있군."

단운룡은, 양무의의 별빛 같은 눈동자에서 문제를 문제로만 놔두지 않았음을 읽을 수 있었다. 그의 짐작에 양무의가 종전처럼 담담히 답했다.

"도고각(陶鼓閣)에서 고수(鼓手)를 양성할 겁니다."

"습득이 될까?"

"도 각주의 능력은 경이롭습니다. 북 하나로 모든 것을 하지요. 가르치는 것도 가능할 것이라 보았습니다."

벌써부터 각주라 불렀다.

양무의는 그녀에 대한 믿음이 두터웠다. 단운룡은 양무의를 믿었고, 양무의가 믿는 도요화를 능력을 믿었으며, 그 자신도 도요화란 사람을 믿었다.

"시간이 걸릴 거다."

"물론입니다. 실패할 수도 있지요. 그래서 한 가지 더 방법을 생각해 봤습니다."

단운룡은 재촉해 묻지 않고 기다렸다.

양무의는 도요화의 전고를 먼저 말하고, 이것을 차선으로 택했다. 확신이 없다. 완벽한 책략이 아니라는 뜻이었다.

양무의가 망설이듯, 천천히 입을 열었다.

"기수(旗手)입니다."

어찌 보면 기본으로의 회귀다.

북과 깃발은 고대부터 현재까지 전쟁에서 중차대한 기능을 수행해 왔다.

깃발은 여러 작전에 쓰인다. 깃발은 나라를 상징하기도, 군대를 상징하기도, 사람을 상징하기도 한다. 위치, 지역, 신분, 명령, 표식, 깃발을 통해서 어떤 것이든 표현할 수 있었다.

양무의가 말을 이었다.

"도고각의 전고가 그러하듯, 핵심은 모방 불가의 신호체계 확립에 있습니다. 천잠금사로 만든 천잠포로 군기(軍旗)를 만드는 중입니다. 제작된 천잠기(天蠶旗)는 칠대 기수에게 장비될 예정입니다."

"천잠기라……."

단운룡이 미간을 좁혔다.

지금 처음 알게 된 일이었다. 보고 여부는 사실 중요치 않았다.

단운룡은 의협비룡회의 운영 전반을 양무의에게 일임했다.

천잠기 제작 정도는 그가 지닌 재량 측면에서 그렇게 큰일은 아니었다. 다만, 우려되는 바가 없지 않았다. 양무의도 그래서 확신이 없었을 것이다. 양무의가 말했다.

"천잠기(天蠶旗) 표면에 흡정잠요에서 키워 낸 작은 광정(光精)을 이식하면 어느 정도 보의와 비슷한 성능을 낼 수 있다고 합니다. 빛을 내는 것이 가능해지요. 광채가 어린 깃발은 도각주의 전고음과 마찬가지로, 복제가 불가능할 겁니다. 다만, 그렇게 되면 칠대기수는 적측 공격의 표적이 될 가능성이 높아집니다. 천잠금사 깃발을 강탈당하면, 그 또한 보통 손실이 아니겠지요. 따라서 칠대기수는 단독행동이 어려워지고, 호위 병력으로의 무인 배치가 불가피해집니다."

"칠대기수 자체가 고위 전력이라는 점도 있지."

"그렇습니다. 천잠사의 가치를 고려하면, 천잠기의 소유자 본인이 뛰어난 무력을 지녀야 합니다. 그러나 적진에서 실질적인 전투를 수행하기에 제약 조건이 생기게 되지요. 기수로서의 명령 전달을 우선시할 경우, 전장의 경계나 외곽에서 진퇴를 조율하는 역할을 맡아야 합니다."

양난(兩難)이다.

일반적으로 뛰어난 무장은 기수(旗手)가 되지 않는다. 물론, 식별기는 장비할 수 있다. 그러나 적진 깊숙이 들어가는 돌파형 무장은 대전장의 지휘자가 되기 어려웠다.

칠대기수는 그 자체로 강력한 전력이었다.

일곱 기수가 뭉쳐 진격할 때엔 초고수의 기세에 필적한다. 거기에 천잠기라는 신병(神兵)이 더해지면, 그 위력이 자못 궁금해질 정도다.

헌데, 기수들을 전투 병력이 아니라 기수 본연의 역할에 충실케 하자면, 일곱 기수를 흩어놔야 했다. 그 또한 문제다. 천잠기를 들려주면 주는 대로 여러모로 전력 손실을 담보해야 한다는 뜻이었다.

"아무래도 무공이 아까워."

"제작을 중단할까요?"

결국 이것을 묻기 위함이다. 양무의는 독단으로 결정하기 어렵다는 결론을 내린 것이다. 단운룡이 고개를 저었다.

"아니다. 그래도 해. 일곱 기수 모두를 떼어놔야 할 정도의 대전장은 쉽게 형성되지 않을 거야."

"제 생각도 그렇습니다만."

"각자의 참전은, 순간의 판단에 맡겨야지. 아마도 천잠기는 달리 쓸데가 있을 거야. 게다가 막상 무공이 아깝긴 해도 기량들이 애매해. 칠대기수는 적어도, 이보다는 더 강해져야 돼."

양무의가 고개를 끄덕였다.

결정을 단호하게 내려주면 편하다.

계산만으로 이길 수 없음을 쉽지 않게 받아들였다. 지모(智謀)는 자신 있지만, 상대에겐 신력(神力)이 있다. 양무의는 옥황에 맞서 홀로 이길 수 없음을 알았다. 이 여름, 전적이 그러했다. 그러니, 단운룡과 함께해야 한다. 단운룡에게도 책략 이상의 힘이 있다. 그가 필요하다 했으면 필요할 것이다. 양무의조차 예상하지 못한 무언가에 쓰일 수 있다는 뜻이었다.

"마지막으로, 이 모든 것은 짐작에 근거하고 있다는 것이 가장 큰 문제입니다. 염라와 옥황, 지옥술과 상제력에 대해 좀 더 깊이 아는 이가 필요하지요. 살문 어르신들의 정보만으로는 부족합니다. 하여, 접근 자체를 달리하는 게 좋을 것 같습니다."

"그를 이야기하는 건가?"

"네. 그렇습니다."

단운룡은 잠시 기억을 되새겨 고민했다.

그래. 가능할 수도 있겠다.

어차피 한 번은 다시 만나야 한다고 생각했었다.

"해보마."

단운룡이 결정했다.

양무의는 이 건에도 확신이 없었다.

이러기도 쉽지 않다.

옥황은, 실로 막강한 상대였다.

*　　　　*　　　　*

꽈아아아아아앙!

도요화의 타고공진파가 협곡을 울렸다.

공명하여 울리는 진동이 산사태라도 일으킬 것 같았다.

퍼버버벅!

수십 마리 요괴들의 몸통이 한꺼번에 터져나갔다. 하남, 독산(獨山)의 옥괴(玉怪)들이었다. 요괴들은 머리통이 길고, 단단한 석질(石質)의 피부를 지니고 있었다. 네 다리를 넣고 웅크리고 있으면 커다란 옥석처럼 보였다.

그래서 옥괴였다.

도요화는 옥괴들을 홀로 쳐부수며 협곡 사면을 올랐다.

꽈릉! 퍼어어억!

사람만 한 옥괴 하나가 산산조각으로 폭발했다.

"세상에!!"

"아미타불!!"

소림 계열 속가문파 등주사원 무인들이 도요화를 올려보며 제각각 감탄성을 터뜨렸다.

홀연히 나타난 그녀가 아니었으면, 그들 사십여 명은 여기서 몰살당했을 것이다. 그 사십이 죽으면, 산 중턱 등주사원 삼백 식솔과, 나날이 방문하는 백 명 향화객이 모두 다 참변을 당했을 터였다.

"이쪽으로 올라와요!"

도요화의 목소리가 사위를 쩌렁쩌렁 울렸다.

그들 불문의 사자후보다 더 강력하게 들렸다.

등주사원 무인들이 허겁지겁 손발을 휘적거리며 바위를 올랐다. 그들은 말하기만 소림 속가였지, 실제로 강한 무력을 보유하고 있지 못했다. 강함을 논하는 것 자체가 부적절했다.

나한권 첫 초식조차 제대로 펼칠 수 있는 무인이 없었다.

하남엔 그런 무파가 수도 없이 많았다. 천하공부출소림이라, 문파 계보 몇 대 위에 소림제자 하나만 있으면 소림계열이라 하는 식이었고, 그 결과 하남의 정문(正門)들은 권각술 한두 가지만 가르쳐도 소림방계를 말할 정도가 되어 있었다.

꽈아앙!

도요화가 다시 황제전고를 내려쳤다.

옥괴들에 이어, 검은색 도포를 입은 흑림 도사들이 협곡 중턱에서 떨어져 내렸다.

도요화가 다시 깎아지른 협곡 바위를 박차고 위쪽으로 올라갔다. 은빛 철장을 든 도사들이 요사한 주문을 외우며 그녀에게 달려들었다.

두웅! 퉁!

협곡 사이, 음파가 공명되는 이곳은, 그녀의 전장이었다.

꽈아아아아아앙!

거센 폭음이 중턱 평지를 휩쓸었다.

어떤 주술도 통하지 않았다. 타고공진파 일격이 모든 술법의 요기(妖氣)를 해일처럼 휩쓸어 부쉈다.

신위였다.

여섯 명 흑의 도사가 풀썩 쓰러졌다.

죽은 몰골이 참혹했다. 터지고 망가진 시신은 두 번 시선을 줄 만한 광경이 못 되었다.

"후우우우우."

그녀가 긴 숨을 내쉬었다.

압승처럼 보였지만 그렇지 않았다.

그녀의 얼굴은 창백했고, 호리호리한 등판에는 한 자 길이의 검상(劍傷)이 남아 있었다.

그녀가 협곡 저편, 완만한 산야를 내려다보았다.

전투가 한창이었다.

마찬가지로 소림계열 완성현문(宛城玄門) 무인들 백십 명이 저 밑에서 고혼이 되었다. 그들도 소림이란 이름을 등에 업고, 현문(玄門)이라 하여 불문(佛門) 정파의 문호를 열었으나, 칠십이종절예와 무관한 완형창검의 속가 무공을 주력으로 하였다.

백 명 넘게 죽었으니, 실제로는 전멸 수준이다.

봉문으로도 안 된다. 완성현문은 현판을 아예 내리게 될 것이다.

번쩍!

그녀는 산야를 가르는 푸른 검광을 보았다.

그녀가 먼저 당도하였으나, 이미 늦었다. 완성현문은 그때 이미 패배했다. 능선에는 검을 쓰는 적갈색 가면들과, 흑립이 조종하는 옥괴들이 있었다. 그녀는 고군분투했지만, 검상까지 입어가며 살려낸 완성현문 무인들은 열 명이 채 되지 않았다.

엽단평이 뒤이어 올라왔다.

저 검광이 엽단평의 검기(劍氣)였다.

저쪽 전투는 이제 끝났다. 엽단평은 여름을 넘어 가을이 되는 동안 더 강해졌다.

도요화는 한 무리 옥괴들을 쫓아서 협곡까지 왔다.

완성현문 무인들은 구하지 못했지만, 등주사원까지 잃을 수는 없었다. 특히나 등주사원 원인들은 무인이라기엔 민간인에 가까웠다.

터엉!

다시 바위 벽을 박찼다.

앞질러간 가면 무인들이 더 있었다.

신마맹은 어떻게 해야 이기는지 너무나도 잘 알았다. 그들은 공포의 숙달자가 되어 있었다. 표적이 되지 않을 것 같은 문파들까지 습격했다. 어느 누구도 안전하지 않았다. 무림은, 세상은 그 어느 때보다도 흉험했다.

쐐애애액!

바람이 도요화의 얼굴을 스쳤다.

다른 곳도 아닌 하남이다.

하남에서 이런 일이 일어난 것은 근 수십 년, 아니, 백 년을 헤아려도 찾기 힘들 것이다.

봉문 때문이다.

하남은 소림사의 봉문 이후, 무주공산이 되었다.

본디, 태산북두 소림의 영역에서는 쥐 죽은 듯 숨어 있는 마두들도 찾기가 힘들었다. 사파 무리들은 소림 근역에서 몰래 악행을 저지를 바엔 아예 타 지역으로 넘어가는 것을 택했다.

다시 말해 하남은 사파가 좀처럼 발붙일 곳 자체가 못 되었다.

소림의 힘은 단일 문파 최강을 논했고, 사파 세력이 없는 요지에 소소한 이권을 노린 군소사파가 들어서곤 했으나, 악행이 어느 정도 선을 넘는 순간 존재 자체가 지워져 버렸다.

그런 땅에서, 소림이 모든 활동을 멈췄다.

타지의 마두들이 흘러들어 왔다.

하남 경계에 있던 사파들이 슬금슬금 지배 범위를 확장해 왔다. 처음엔 눈치를 보았으나, 소림이 움직이지 않는 것을 확인한 뒤로부터는 횡포가 점점 거세졌다.

모사나 책사가 조금이라도 머리를 쓸 줄 아는 문파들은 제아무리 소림이 봉문했다 하더라도 감히 하남에 눈독을 들이지 않았다.

후환을 모르는 멍청한 사파좌도의 무리들이 하남을 어지럽혔다. 그리고 그 지저분한 불씨에 신마맹과 흑림이 기름을 부었다.

"으아아아악!"

"살려주시오!"

"간악한! 무공도 모르는 백성을 이리 참할 수 있더냐!"

그녀는 또 늦었다.

등주사원 담장 안에서 비명 소리가 들려오고 있었다.

도요화가 바위를 넘고 산사로 올라가는 돌계단을 밟았다. 황제전고를 들었다. 그녀의 신형이 바람처럼 위쪽으로 향했다.

도요화가 등주사원 산문을 넘었다.

내부의 상황은 참혹했다. 무인의 죽음과 무인 아닌 자의 죽음은 쓰러진 모습부터가 달랐다.

공포와 경악이 가득했다. 애초에 이런 일을 겪은 적도 없고 겪어서도 안 되는 이들이었다. 향화객들은 때 아닌 봉변에 겁에 질린 표정으로 뛰어다녔다.

투웅!

날듯이 뛰어든 도요화가 북을 쳤다. 픽! 하고 가면과 머리통이 터졌다.

"으악!"

"꺄아아악!"

비명성이 이어졌다.

그것은 사람의 머리가 터져나간 광경 때문만이 아니었다. 바로 옆에서 넘어진 여자는 두 손으로 양쪽 귀를 부여잡고 있었다.

'실수!'

도요화는 실책을 깨달았다.

강호인과 민초들은 같은 사람이지만, 달랐다. 육체의 강도를 논하자면, 전혀 다른 생명이라 봐도 무방할 정도였다.

그녀의 음공은 막강한 위력을 지녔다.

단단한 사람의 머리뼈를 부수는 음파를 아무렇지 않게 발산했다. 문제는 그녀 스스로도 거기에 익숙해져 버렸다는 사실이었다.

"괜찮아요?"

"꺄아아아악!"

그녀가 뛰어가 넘어진 여자를 붙잡았다. 여자는 다시 비명을 지르며 자지러졌다.

사고가 불가능해진 두 눈에는 두려움만 가득했다.

그럴 수 있다. 그녀는 너무 가까이에 있었다. 터진 머리에서 튄 뇌수가 그녀 머리칼에 희고 붉은 얼룩을 남겨 놓았다. 도요화는 그녀를 달래는 대신 혼혈을 짚었다. 차라리 혼절해 잠들게 만드는 것이 낫다. 악(惡)은 거슬리는 사람을 내버려 두지 않는다. 요란한 피해자야말로 오히려 더 칼 맞을 확률이 높았다.

도요화가 벌떡 몸을 일으켰다.

만부부당의 음공선녀에 대한 무명(武名)이 산과 강을 넘었다. 그녀는 이미 유명했다. 신마맹 무인들이 민초들을 방패 삼아 사람들 사이를 파고들었다.

그녀는 등 뒤로 전고를 돌려 메고 허리춤에 북채를 꽂은 채

맨주먹으로 몸을 날렸다.

쐐액! 빠악!

향화객 무리를 단숨에 뛰어넘으며 일권을 내리꽂았다. 가면 무인 하나가 땅을 굴렀다. 그녀는 빠르고 강했다. 사람들 사이를 무인지경으로 누비며 단단하고 빠른 권각술을 여지없이 펼쳐냈다.

퍼억!

건물 모서리에서 사람들을 위협하던 백면뢰 하나가 단도를 휘둘러 왔다.

콰직!

손목을 내려쳐 뼈를 깨고, 주먹으로 목울대를 올려쳤다.

"컥!"

말없는 백면뢰의 입에서 숨 막히는 단발마가 새어 나왔다. 그게 마지막 숨이었다.

"으아악!"

비명 소리가 들리는 건물 너머로 몸을 날렸다.

쉬익! 콰가각!

적갈색 이색의 가면이 검공을 펼치고 있었다.

변초가 괴이하고 신랄했다. 아까 능선 밑에서도 싸웠지만, 이들의 검술은 확실히 만만치 않았다. 등주사원 무인승려들이 목봉을 휘둘렀다. 목봉이 짚단처럼 잘려 나갔다.

그들 등주사원 무인들은 무인이라 볼 수도 없었다. 힘 센

장정이 몽둥이를 들고 있는 것과 다를 바가 없었다.

무정한 검날에 두 명이 쓰러졌다.

적갈색 가면의 시선이 도요화를 향했다. 놈은 도요화를 비웃기라도 하듯, 그녀 대신 흩어지는 민초들에게 뛰어들었다.

도요화는 다시 한번 느꼈다.

저들의 목적은, 강한 자와 싸워 이김이 아니었다.

살육과 혼돈이라는 근본적 무질서가 우선이었다.

쒜애액!

저 검날이 향하는 바가, 순수한 악(惡)을 정의했다. 악검(惡劍)이 향한 것은 무인이나 남자의 등이 아니었다. 향화객 부부가 데리고 올라온 열 살 남짓 꼬마 아이가 검 끝에 있었다.

텅! 파라라라락!

도요화의 옷깃에서 바람이 부서졌다.

간발의 차이였다.

그녀가 팔로 아이의 몸을 감싸 안았다.

스가각!

등줄기에서 무지막지한 충격이 전해졌다. 그저 살이 찢긴 것만이 아니었다. 검날이 늑골 두개를 쪼갰다. 검공의 공력이 내기를 침투하고 내장까지 뒤흔들었다.

북채는 꺼낼 수 없었다.

품에 안은 아이의 몸은 내력 담긴 그녀가 힘 조절을 조금만 잘못해도 박살 낼 수 있을 만큼 작고 여렸다.

쉬익! 스각!

일으키며 몸을 틀었다. 팔과 손을 떨쳐 다치지 않게 아이를 떨어뜨리는 사이, 어깻죽지에서 피가 튀었다.

꿍!

진각과 함께 그녀의 주먹이 송곳처럼 뻗어나갔다.

빠악!

적갈색 가면 무인의 가슴이 움푹 들어갔다.

쉬익!

놈은 끈질겼다. 검음(劍音)이 섬뜩하게 귓전을 울렸다.

콱! 카각!

내력을 한껏 모아 왼팔로 검을 막았다. 검날이 팔뚝에 박혔다. 뼈 긁히는 소리가 났다. 그대로 오른쪽 팔꿈치를 휘둘렀다.

뼈억! 콰직!

가면 절반이 깨져나갔다.

광대뼈와 턱뼈도 함께 날아갔다. 태극도해 무극진기 공력이 턱부터 침투하여 먼저 놈의 뇌를 으깼다.

"허……!"

그녀의 입에서 한숨 소리 같은 신음성이 흘러나왔다.

털썩.

놈이 땅으로 허물어졌다. 팔뚝에 박힌 검은 놈이 검자루를 놓고 쓰러지는 와중에도 떨어지지 않았다. 피에 물든 장검이 팔뚝 위에서 덜렁거렸다.

반대편 오른팔 팔꿈치엔 놈의 이빨과 뼛조각이 박혀 있었다. 눈앞이 아찔했다. 실제로도 현기증을 느꼈다. 출혈이 상당했다.

챙강!

그녀는 몰골이 말이 아니었다.

검을 뽑아 땅에 내던졌다. 팔뚝을 소매로 묶어 지혈했다. 어깨와 등허리는 혈도를 짚었다.

아이를 찾았다.

충격을 받은 아이는 제대로 도망치지도 못했다. 넘어진 아이에게 아비로 보이는 남자가 비척비척 다가왔다. 남자는 그녀와 눈을 마주쳤는데도 두려운 얼굴만을 할 뿐이었다.

그녀의 눈동자엔 보랏빛 광망이 가득했다. 민초의 눈으로 보면, 가면 쓴 악당이나 피 칠갑을 한 여협이나 똑같이 악귀처럼 보일 수 있었다. 그녀가 애써 몸을 세웠다. 옷소매로 피 묻은 얼굴도 닦았다. 그리고 조용히 몸을 돌렸다.

협(俠)이 아니었다.

본능이었다. 무공을 익혔든 안 익혔든 아이가 죽을 것 같으면 몸을 던지는 것이 사람의 도리였다. 그것은 전진도량에서 처음 무공을 연마할 때부터 배웠던 진리였다. 무신(武神) 허공 노사에게 이능(異能)의 제어를 배울 때에도 그랬다. 같은 이야기를 들었다. 듣기만 한 것이 아니라 노사의 삶을 통해 직접 보고 겪었다.

그러니, 피는 흘릴 수 있었다. 감사를 받지 못해도 염치없다 화낼 수 없었다. 약자를 돕는 것은 당연한 일이요, 대가를 받기 위해 연마한 무(武)가 아니었다.

하지만 눈앞의 광경에는 화가 날 수밖에 없었다.

여기는 인근 두 현의 뒷산 같은 곳이었다. 민초들의 삶과 그대로 닿아 있는 산사(山寺)에 평범한 백성들의 피가 흘렀다.

끙끙대는 소리와 슬피 우는 소리가 곳곳에서 들렸다. 그녀는 소리만 듣는 것이 아니라, 그 소리에 담긴 절망까지 함께 느꼈다.

그래서 더 분노했다.

고작 네 명이었다.

가면 쓴 자 네 명이서 그 짧은 시간에 스물이 넘는 사람들을 죽고 다치게 했다. 도고악당에서도 그랬다. 그녀가 품었던 원한은 이와 같은 광경 앞에서 어쩌면 작은 조각에 불과할지 몰랐다. 적어도, 그녀에겐 원수를 갚을 힘이라도 있지 않았던가. 저기서 슬피 우는 저 아낙은, 영원한 상실로 누굴 원망해야 하는지도 모른 채, 험난한 삶을 살아 나가야 할 것이다.

도요화는 막연한 복수의 대상이었던 신마맹이 이 순간 달리 보였다.

대의(大義)를 생각했다.

전국 각지에서 이와 같은 일이 일어나고 있었다. 그러니, 막아야 했다. 신마맹을 물리치는 것만이 아니라, 사람들을 하나라도 더 살려야 했다.

그녀의 눈에서 보랏빛 광채가 사라졌다.

투명한 태극의 힘이 그 자리를 대신했다.

진정 대협(大俠)은, 협을 강요함으로 나타나는 것이 아니라, 스스로 협을 행함으로 보는 자를 감화시킨다. 선인들의 의지는 그렇게 이어졌다. 그녀는 사타왕을 죽였을 때보다, 지금의 깨달음으로 더 많이 성장했다.

무릇, 살인으로 뜻을 이루고자 함에는 하늘이 함께하지 않고, 목적 없이 사람을 살리는 선(善)에는 하늘마저 경탄하는 법이었다. 그것이 업(業)이다. 그녀는 외면했던 옥황의 목소리를 다시 들었다. 피하지 않고 받아들여 태극의 이치 안에 담아냈다.

그녀가 물 흐르듯 걸었다.

피투성이였지만, 이제 그녀를 보는 이들은 그녀를 두려워하지 않았다.

하계에 강림한 선녀처럼 부드럽게 나아가 등주사원 산문 앞에 섰다.

계단을 따라 가면 무인 세 놈이 달려오고 있었다.

그녀는 갑자기 모든 것이 이해가 되었다.

이곳은 전투의 요충지도, 고수의 은거지도, 보물의 은닉처도 아니었다.

그저 백성들이 일상처럼 올라 복을 구하고 마음을 나누는

쉼터였다.

저들의 악의는 그러므로 대단히 깊고 어둡다.

그저 지역의 정신에, 민초의 일상에 영구적이고 치명적인 피해를 끼치는 것이 저들 신마맹의 목적이었다.

텅! 퍼어억! 푸화아아아악!

용납할 수 없었다.

황제전고가 울었다.

달려들던 가면 무인들이 피보라가 되어 흩날렸다.

의협비룡회의 도고각주로서가 아니라, 이 전란의 시대를 살아가는 강호인으로서, 도요화는 자신의 뜻을 분명하게 세웠다. 어쩌면 더 일찍 자각했어야 하는 자격이다. 그녀는 구도자(求道者)의 가르침을 받은 전인(傳人)이었다. 그녀의 구도는 노사의 구도이며, 그들의 도(道)는 사람을 구하는 길로 이어진다. 의협비룡회 모두의 뜻이 그와 같지는 않을지라도, 그녀는 각자의 도(道)를 존중했다. 그 또한 무한한 도(道)의 길이었다.

둥! 둥! 둥! 둥! 둥!

북소리가 산야를 울리고 하늘에 닿았다.

살아남은 옥괴들은 천둥 같은 소리에 겁에 질려 어둠 속으로 숨어들었다. 사리분별 없는 사파 무리가 사원으로 올라오다 목숨이 날아갔다.

등주사원의 백성들은, 무서운 악적들이 천벌받는 모습을 보았다.

하늘을 불러 악을 벌하는 그녀는 두렵고도 신비로웠다.

소림의 빛 없는 어둠 속 작은 사원으로부터.

소천마고의 무명이 북소리와 함께 퍼져나갔다.

*   *   *

계절이 가고, 시간이 흘렀다.

추워지는 나날 동안 중원은 더욱더 혹독하고 황폐해졌다.

절강에서 큰 싸움이 있었다.

육대세가의 일익인 모용세가와 보타암에 신마맹, 단심맹, 성혈교에 외해(外海) 해적인 왜구들의 침공까지 얽힌 대격전은 무려 사십 일 넘게 계속되었다. 단산군도, 영파항, 태주해안, 온주부 연안 일대가 모조리 전화에 휩쓸렸다.

북평(北平)의 도명(都名)을 북경(北京)이라 바꾼 이래, 수도 천도에 여념이 없던 황실까지도 다급히 남경 소재의 금의위와 동창 창위들을 대거 급파했을 만큼, 대규모의 전투였다. 황실에서는 이를 두고 애써 민란으로 규정하지 않고 규모를 축소, 은폐, 사서(史書)에 반영하지 않았지만, 실제로는 외침을 동반한 전쟁 규모의 병란에 해당했다.

철혈의 황제로 일컬어지던 영락제의 절대 권력은 거센 도전에 직면했다. 전국 각지에서 민간 피해가 속출하는 와중에도 황제는 수도 이전이라는 초강수를 포기하지 않았다. 막대한 재화가 들어간 정태감의 원정 재개는 국력 남용의 실책이란 지적을 받기에 이르렀다. 다만, 그럼에도 황권 자체는 견고하기 짝이 없었다. 실권을 완벽하게 장악한 영락제는 통치에 있어 일정 수준의 반대 의견조차 기꺼이 수렴할 만큼 융통성을 보이게 되었지만, 신하의 위치를 망각한 자에게는 결코 너그럽지 않았다.

모든 것을 가능케 한 것은, 원초적이었지만, 압도적인 무력(武力)이었다. 영락제의 황권은 무력을 통해 성립되었고, 무력을 통해 유지되었다. 그러나 그토록 막강한 힘조차도 북경을 넘어 전 중원을 아우르기엔 벅찼다. 천하는, 지나치게 넓어져 있었다. 게다가 영락제 본인이 다른 곳을 보고 있었다. 황제는 북쪽으로의 천도에 이어, 장성 북방의 친정(親征)까지 계획하고 있었다.

대무림정책(大武林政策)에 파탄이 생겨났다.

각 성도의 위정자들은 관내의 치안이 무너지고 참변이 난무하는 상황을 제대로 감당하지 못했다. 축소된 보고와 불가항력적인 방치가 난세를 더욱더 심화시켰다. 황군은 북방을 토벌하는 데 동원될 것이 아니라, 중원의 대란을 진압해야 했다. 황실은 경고를 듣지 못했고, 듣지 않았다.

절강의 대란에는, 황실의 개입이 있었으나, 실질적으로 전란을 종식시킨 것은 금의위와 동창이 아니었다.

전장의 험악함은 황실 비전의 무공으로도 어쩌지 못할 수준에 이르러 있었다.

북풍마후와 북풍단이 모용세가를 틀어막았다.

가장 강력한 검이어야 할 마검(魔劍) 명경도, 세가 주위를 멀리 벗어나지 못했다. 단심맹이 끌어들인 전대의 대마두들과 성혈교 사도들은, 북풍마후가 살검을 쥐었음에도 세가 내원까지 침범하여 모용십수 중 셋을 죽였다.

그것만으로도 대패였다.

하지만 모용세가는 절망과 좌절을 말할 수 없었다. 멀지 않은 이웃, 남궁세가는 아직도 빈번한 도발과 침공 속에서, 더디고 고통스러운 전화의 길을 걷고 있었다. 모용세가도 얼마든지 그럴 수 있는 상황이었다. 때문에 명경은 동쪽 바다 연안이 초토화되는 동안에도 함부로 흑풍을 내달릴 수가 없었다.

그때.

단운룡이 나섰다.

*　　　　　*　　　　　*

당도한 전장은 일진일퇴로 전선이 고착화되어 있었다.

조마(潮魔)라 했다. 적 수괴의 이름이었다.

나이와 공력, 둘 다 측량키 힘든 전대의 고수였다. 해적 출신이라 알려졌다. 외해 어딘가의 섬을 장악하고, 일대 바다에서 왕처럼 군림한 지가 수십 년이라 했다.

그가 영파 해항(海港)을 틀어막은 채 왜적들의 상륙로를 지

키고 있었다. 거기에 북쪽 육로로 진입하는 신마맹 무리들이
머릿수를 늘렸다.

"뚫을 수가 없습니다."

모두가 지쳐 있었다.

싸움은 거셌다.

그들은 해안 절벽의 모래밭을 사이에 두고 남북으로 진을
쳤다.

절벽은 높아 길이 없었다. 절벽 앞엔 썰물 때 땅을 드러내
는 백사장이 있었다. 그곳이 그들의 전장이 되었다.

간조 때 하얀 모래밭은 붉은 빛으로 변했다. 백사(白沙)가
온통 혈사(血沙)가 되면, 밀물이 들어와 핏물을 씻었다.

만조 때 싸움이 멎고 바닷물이 빠져나가면 언제 그랬냐는
듯 모래는 다시 하얗게 변했다. 그러면 또 백사장이 피로 물
들었다.

그렇게 열 번이다.

외해에서 들어오는 적선의 행렬은 좀처럼 줄어들지 않았다.
정 태감의 대원정은 그 규모가 압도적이었지만, 그 반대급부로
해상 방어력의 공백이 생겨버렸다.

신마맹도 마찬가지였다. 일교 오황은 절강북부 주요 관도들
을 상당수 장악하고 있었다. 해로, 육로 모두가 저들 것이었다.

죽이고 또 죽였건만, 적의 수는 계속 늘어만 갔다.

차고 또 찬다.

넘치면 끝이다.

전선은 점점 더 바다 둑길 최종방어선을 향해 내려오고 있었다.

둑길까지 이르면 적 수괴가 나설 것이다. 병법의 달인이 아니더라도, 그 정도는 알 수 있다. 죽음이 밀물처럼 눈앞으로 다가오는 상황이었다.

"저거로군."

단운룡은 갑작스레 나타났다.

모용가 무인들을 비롯, 절강 지역 분타의 개방제자들과 여러 해안 문파들의 무인들이 대경하여 경계태세를 취했다.

단운룡은 군웅들의 반응을 개의치 않았다. 바로 옆에 있는 누더기 무인을 향해 가벼운 어조로 물었다.

"조마라고 했나?"

"그, 그렇습니다."

개방 제자가 자신도 모르게 공손히 답했다.

단운룡이 다시 물었다.

"즉시 돌입 가능한 아군 무인의 수는?"

"이, 이백사십여 명 됩니다."

"조마가 죽으면 일시 돌입한다."

"네, 네?"

개방 제자는 당황했다.

주위의 군웅들은, 당황보다 반발을 먼저 했다.

"아니, 대체 누구이기에?"

"어디서 온 자요?"

죽어라고 싸운 자들이었다. 분노와 피로가 가득했다. 단운룡은 광신마체를 발동하지 않았다. 그의 진정한 기도를 알아보지 못한 자들은 호통까지 쳤다.

"정체를 밝히시오!"

"여기가 어디 안전이라고!"

단운룡은 일일이 대꾸하지 않았다.

고전 중인 전장은 이곳뿐이 아니었다.

세가들이 하나하나 무너지고 있었다. 저 무당의 마검이 있는 한, 모용세가가 멸문하는 일이야 없을 터이나 한 곳에 묶인 마검의 힘은 전 중원의 전세에 있어 크나큰 손해였다.

양무의는 절강의 난을 빠르게 진압하는 것이 천하의 대세에 중요하다 여겼다. 단운룡은 동의했고, 여기에 왔다. 맞서 싸우는 이들 군웅 모두가 영웅이라 할 수 있겠지만, 당장 눈앞의 전투보다 더 큰 일이 많았다. 단운룡은 말로 해명하지 않고, 발을 내딛어 앞으로 나섰다.

"아니, 저, 저자가?"

"이보시오! 지금 적진에 들어가는 건 자살행위요!"

"만조가 다 되었지 않소! 지금은 아니오!"

"적 수괴의 무공이 실로 고강하오! 모용립 대인도 겨우 목숨을 건지셨다오!"

호통 치는 자들 뒤로, 몇몇 군웅들이 그를 만류했다.

걱정하여 충고하는 그들은, 조금 더 정의로운 자들이었다. 허나, 그들도 단운룡의 진가를 알아보지 못한 것은 매한가지다. 끊임없는 혈투에 마음이 삭막해진 자들은, 한술 더해 도리어 역정을 냈다.

"만용으로 개죽음 당하는 젊은이가 한둘이오? 저 화려한 의관을 보시오!"

"영웅 놀음에 목숨까지 버릴 셈인가?"

"자살을 원한다면 내버려 둬라!"

단운룡은 무지한 자의 언사에 아무런 감흥을 느끼지 못했다. 그럴 수 있다.

살인은 사람을 망가뜨린다. 저 비틀어진 마음을 바로잡기 위해 할 것은, 통쾌히 활약하여 말문을 막는 일이 아니었다. 싸움이 사라져야 했다. 헛된 죽음이 멈춰야 했다.

촤아아악! 쏴아아아아!

단운룡의 발밑에서 밀려드는 파도가 하얗게 부서졌다.

노을빛이 아름답지 않은 우중충한 저녁, 칙칙한 빛깔의 바닷물 위에 환한 빛 그림자가 드리워졌다.

우우우우웅!

천잠보의 비룡포가 살아 움직이는 잔영을 남겼다.

둔탁한 북소리와 호각 소리가 들려왔다. 적진이 꿈틀거렸다. 백면뢰 하얀 얼굴과, 왜구 해적들의 까만 얼굴이 보였다. 벌레 떼처럼 아주 많았다.

쫘아아아아앙!

단운룡의 신형이 적진 한가운데를 꿰뚫었다.

멀리 바다 둑길 위에서, 군웅들이 내공으로 안력을 일으켜 그 모든 것을 보았다.

좌충우돌은 없었다.

단운룡은 일직선으로 거침없이 들어갔다.

그리고 조마가 나왔다.

해일 같은 위력을 지녔다는 조마의 장권은 마신을 일으킨 단운룡의 광신마체를 열 합도 버티지 못했다.

"저, 저, 저거!"

"저럴 수가!!"

광검결에 조마의 목이 떨어졌다.

군웅들은 경악과 불신으로 거짓말처럼 하늘로 치솟는 조마의 늙은 머리를 두 눈으로 목도했다.

"도, 돌격!!"

누군가가 소리쳤다.

그 또한 기본적인 병법이었다.

군의 사기는 장수의 위력에 의해 좌우된다. 막강한 장수가 있는 군대는 언제나 무섭지만, 동시에 그런 군대는 장수가 죽는 순간 와해되기도 쉬운 법이었다.

조마의 죽음은, 정파 군웅들에게도 충격이었다. 적들 입장에서는 그 충격이 두 배 이상일 터였다.

와아아아아아!

무릎까지 이르는 바닷물을 첨벙거리며, 무인들이 몸을 날렸다. 수상비(水上飛)의 경신이 있는 고수들은 전력으로 바다 위를 가로질렀다.

격전이 있었다.

승기를 잡은 돌진이었다. 절대 밀려나지 않던 적들의 해항 방어진이 삽시간에 무너졌다. 단운룡은 그 와중에, 신마맹 가면을 쓰고 장도(長刀)를 쓰는 왜인 무사 하나를 죽였다. 조마에 준할 정도로 강한 자였다.

"적 기(旗)가 떨어졌다!"

"적들이 퇴각한다!!"

"와아아아아아!"

해항에 높이 올렸던 조마기(潮魔旗)와 왜적 만(滿)기 깃대가 파괴되고 깃발이 불탔다. 접근하던 왜적 선단이 혼란에 빠졌다.

군웅들은 구름이 걷혀 쏟아지는 별빛 아래, 승리를 구가했다.

단운룡은 이미 그곳에 없었다.

단운룡은 뒤늦게 소식을 듣고 후방에서 달려온 모용십수일인 모용립과도 통성명을 하지 않았다. 그는 신비한 용(龍)이었고, 신출귀몰하여 붙잡을 수 없었다.

"비룡제라 했습니다."

개방이 말했다.

후개로부터 각지 분타에 내려온 비문에 올라 있는 이름이었다.

그 이름이 군웅들의 머리 위를 날았다.

누군가는 함부로 입을 놀린 것을 후회했고, 누군가는 고수임을 단번에 알아보았다며 스스로의 안목을 자랑했다.

그리고 비룡제는 태주 해안에 나타났다.

태주에서도 시작은 똑같았다.

그는 아직 알려지지 않았다. 무공으로 입증했다.

무명(無名)이라며 무시했던 자들은 일천한 안목에 자책했다. 돌입하면 격파했다. 전세가 뒤집어졌다.

그렇게 비룡제 단운룡은, 영파항에서 조마를 죽인 것을 시작으로, 절강 각지에서 이름난 대 마두 일곱 명을 척살했다.

절강대란 후반 이십 일 동안, 무림인은 비룡제의 이름을 머릿속에 각인해야만 했다.

단운룡은 전장에서 몇 마디 말을 하지 않았다.

목표를 확인하면, 합의 없이 몸을 날렸다. 그리고 어김없이 대적을 죽였다.

오만은 무공으로 합리화했고, 무례는 전공으로 무마했다.

강호인들은 제(帝)라는 호칭에 기대어 무시당한 자존을 위로받았다. 제왕의 칭호는 그렇게 당위성을 획득해 갔다.

마지막 삼 일, 비룡제는 이름만으로도 전황을 흔들 정도가 되었다.

온주부 연안을 피로 물들인 대전장에서 단운룡은 단신으로 육백 적진을 돌파했다. 해상의 대마두 대진도주(大陣島主)를 일격에 박살 낸 후, 빛과 함께 사라졌다.

더불어 보타암의 검후(劍侯)가 이름을 드높인 절강대란에서, 비룡제 단운룡은 대란 종식의 삼분지 일을 책임졌다는 평을 받았다.

그러나, 종식이 곧 승리를 의미하지는 않았다.

수많은 정파 무인들이 죽었고, 해안의 도시와 마을들이 불탔다. 약탈과 파괴는 무인들뿐 아니라, 민초들의 삶까지 버겁게 만들었다.

소소한 승리를 모아 싸움을 끝냈지만, 결과적으로는 정도 문파들의 패배에 해당했다.

그렇게 무림은, 계속 졌다.

암흑의 시대였다.

*   *   *

"겨우 막았습니다."

돌아온 단운룡은 반파된 성문과 얼어붙어 깨진 성벽을 마주해야 했다.

"인명 피해는?"

단운룡의 첫 질문은 그러했다.

"백성들은 대피가 신속히 이루어져 죽은 백성이 여섯, 불구된 자가 셋, 부상자 수십에 이르지만 모두가 목숨에는 지장 없습니다. 적습 규모에 비해서는 적은 피해입니다."

"많아."

단운룡은 한마디로 일축했다.

"방비를 더 튼튼히 하겠습니다."

이전은 식은땀을 흘렸다.

단운룡의 기질 자체가 그를 그렇게 만들었다.

문주는 더 무서워졌다. 무공과 경험이 늘면 늘수록, 그들의 문주가 얼마나 강한지 피부로 느끼게 되었다. 이전은 분노한 단운룡의 기운에 절로 압도되었다. 다음 질문이 무엇인지 예상했기 때문에 더더욱 그랬다.

"문도들은?"

"발도각에서 여섯, 청천각에서 넷을 잃었습니다. 비룡각에서는 스무 명이, 여의각에서도 셋이 사망했습니다."

단운룡의 신색에는 아무런 변화가 없었다.

그래도, 이전은 알았다. 단운룡은 참고 있었다. 이전은 잠시 동안 아무 말도 하지 못했다. 이윽고 단운룡이 다시 물었다.

"상대는?"

"강력한 빙술사(氷術士)가 있었습니다. 가면은 이빙 가면이 아니었으나, 각주께서는 동일인으로 결론 내렸습니다. 탁탑천왕이 거령신 여덟을 동원했고, 백면뢰를 비롯한 가면들은 이

백을 헤아렸습니다. 거기에 더해 단심맹 측에서……."

"공격이 언제 이루어졌지?"

단운룡이 이전의 말을 끊었다. 이전은 즉각 답했다.

"문주께서 절강으로 떠나신 뒤 아흐레째였습니다."

단운룡의 눈이 번쩍 빛났다.

아흐레면 그가 영파 해항에서 조마를 죽이고도 삼 일 후였다.

그가 말했다.

"무의를 봐야겠다."

"그, 그게……."

단운룡이 이전을 돌아보았다.

말끝을 흐리는 것은 안 좋은 징조다. 이전이 미간을 좁히고 이를 악물었다. 그의 입이 열렸다.

"격전 중에, 각주께서… 암습을 당하셨습니다."

단운룡은 더 듣지 않았다.

그의 신형이 이전의 눈앞에서 사라졌다.

이전은 아직 주축 고수들의 상태에 대해 보고하지 못했다. 어쩌면 그것부터 말해야 했을지도 모른다. 이전은 스스로를 자책했다. 적벽 성문에서, 적산 산 위로 이어지는 빛줄기를 보며 이전의 표정은 더 어두워졌다. 참으로 험하고 어렵다. 한순간도 안심할 수 없는 나날들이었다.

단운룡이 새로 올린 건물 앞에 나타났다.

문파 내의 의방(醫房)이었다. 새로 올린 편액의 필치가 수려했다. 편액에는 금약당 세 글자가 적혀 있었다.

　그렇다. 그들은 적벽에 금약당을 열었다. 오원에 있던 여은을 올리고, 일대에서 실력 있다는 의원들을 초빙했다. 금상 소속이었던 이들 중 연이 끊이지 않은 의생(醫生)들도 불러 모았다.

　단운룡의 눈에 가장 먼저 들어온 것은, 침상에 드러누워 여은이 주는 약사발을 받아먹고 있는 오기룡이었다. 오기룡이 반겨 말했다.

　"다쳤다는 소식에 급히 왔구나! 괜찮다, 나는!"

　여기저기 하얀 천을 감고 있었다.

　상세가 가벼워 보이지 않았다. 그렇다고 위중해 보이지도 않았다.

　단운룡은 건성으로 고개를 끄덕였다.

　그가 대꾸 없이 여은에게 물었다.

　"무의는?"

　"안쪽에 계세요!"

　여은이 밝은 목소리로 말했다. 이어지는 오기룡의 목소리는 밝지 않았다.

　"나 보러 온 게 아니냐?"

　단운룡은 그 말에도 답하지 않았다.

　금약당 내실로 들어갔다.

　백가화가 먼저 그의 기파를 느끼고 내실 문을 열었다.

침상 위에 양무의가 있었다. 얼굴이 창백했다.

"괜찮나?"

"보시는 대로입니다."

양무의가 태연히 답했다.

단운룡은 흐트러진 내기를 읽었다. 피 냄새와 약 냄새도 맡았다.

양무의는 죽을 뻔했다. 검상을 세 군데나 입었다.

상황이 그려졌다. 옆에 놓인 철운거의 등받이와 바퀴살에도 검흔(劍痕)이 남아 있었다. 두 줄기 검흔이 많은 것을 말해준다. 양무의는 필시 철운거에서 일어나야 했었을 것이다. 검격 허용 시의 내상과 두 다리로 움직이기 위한 공력 소모를 감안하면 지금 이렇게 마주 대화하고 있는 것이 용했다.

정신력이다. 양무의는 훌륭한 책사임과 동시에 아까운 무인이었다.

"경고?"

"그런 의미가 강했겠지요. 물론, 살의는 명백했습니다. 절 죽이는 것이 최우선, 죽이지 못해도 그만인 것으로 보였습니다."

"결과적으로는 나를 향한 건가."

"아마도요."

"다른 지역들은?"

"신마맹 가면들 백 단위 대병력과, 성혈교 사도들이 섬서로 넘어간 것을 확인했습니다. 하북은 숭무련 무인들과 더불어 비검맹 무인들이 목격되고 있습니다."

"섬서에 누구라고?"

"질풍검입니다. 하북엔 혈도(血刀)가 있고요."

"모용가에 마검(魔劍), 이곳에 나. 봉쇄하겠다는 거로군."

"그런 의도가 클 겁니다."

양무의는 확언형의 언어를 쓰지 않았다.

그의 말에는 확신이 없었다.

이상한 점이 있었기 때문이었다.

옥황의 상제력이 문제였다. 그들은 상제력의 주요소로 예지라는 이능을 상정했다. 옥황은 미래를 예견한다. 그 말인즉슨, 옥황은 전투의 결과를 미리 알고 있다는 뜻이 된다.

양무의의 암살을 시도했다.

실패할 것도 알았을 것이다. 군이 공격을 감행했다. 이쪽 피해가 상당하긴 했지만, 공격해 온 적들 역시 무사하지 못했다. 적들은 전멸 지경의 상태로 도주했다. 쌍방의 사상자로 계산하면, 이쪽의 승리다. 명백했다.

"공격 시점이 내가 절강에서 첫 전투를 치른 뒤라고 들었다. 내가 없다는 것이 확인되자마자 이곳을 친 거야. 헌데 적측 규모는 전과 달랐지. 이기지 못할 싸움을 하고, 전공 없이 돌아갔어. 그러니 경고는 맞아. 다만, 중요한 것은 옥황이 어디까지 봤느냐일 거다."

"그렇지요. 짚어야 할 것은 또 있습니다. 백토진인의 말씀에 따르자면, 미래시(未來時)는 여러 형태가 있다더군요. 크게 둘로 나누자면 확정되어 변동이 불가능한 미래를 보는 예지가 있고, 확정되지 않은 미래를 보고 그 결과를 바꿀 수 있는 예지가 있다 합니다. 또한 전자는 천기(天機) 그 자체에 해당하기 때문에, 엿볼 수 있는 자도, 엿볼 수 있는 요소도 한정되어 있다고 하지요. 하지만 옥황의 병법을 보면, 대단히 구체적이고 현재적인 전황 파악을 동반하고 있다고 사료되는 바입니다. 천기를 온전히 읽으면서 그렇게 세밀한 미래시를 구사한다면, 결국 우리는 이길 수 없을 겁니다. 그것은 그야말로 신(神)의 영역이지요. 앞으로 벌어질 일을 다 알고 있으니, 어려울 것이 없습니다. 마음만 먹으면, 저를 죽일 수도 있었을 것이고, 회주 역시 마찬가지였다는 말입니다."

단운룡은 뇌리 한편에서 작은 빛이 생겨나는 것을 느꼈다.

무언가 떠오르려고 하는데, 정작 그것이 무엇인지 들여다보려하면 명확하게 보이질 않았다. 상제력은 신의 영역이다. 신은 섭리와 이어진다. 공과격이 그러하다. 섭리를 넘보는 것은 위험하다.

단운룡은 생각을 멈추고, 떠오르려는 기억에 집착하지 않았다.

모든 것에는 이유가 있다. 그는 광극진기를 통해 인간 이상의 뇌력을 활용할 수 있었다. 그럼에도 스쳐 가는 기억의 빛을 잡아채지 못함은, 그러지 말아야 했기 때문일 것이다. 단운룡은 신의 이해가 아니라 인간의 논리로 초점을 맞췄다.

"모든 미래를 미리 알고 일부러 살려뒀다? 그럴 수도 있겠지. 아닐 수도 있고."

"아니어야지요. 승산(勝算) 없는 싸움이 무슨 의미가 있겠습니까."

단운룡이 양무의의 두 눈을 직시했다.

그의 눈은 여전히 밝았지만, 단운룡은 그 안에서 잘 감춰진 연패(連敗)의 상처를 보았다.

양무의는 지지 않는 군사(軍師)였다. 그는 고작 몇 명이서 시작한 문파라는 울타리를, 난신과 악룡의 공격에도 버틸 수 있는 성벽으로 쌓아 올린 남자였다.

그러니 이해할 수 있다.

양무의는 적벽을 전쟁도시로 만들었다. 그것은 외부 방어의 단단함만을 의미하지 않는다. 가장 안쪽 중추부의 보호가 더 중요한 핵심이었다.

양무의가 검에 맞았다는 것은, 중심이 뚫렸다는 뜻이다. 적을 아무리 잘 몰아냈어도, 군사(軍師)로서는 패배다.

훤히 보고 있다.

그것을 명징하게 알려줬다.

그러므로 이 경고는 단순한 경고가 아닌 것이다.

양무의의 지성에 타격을 주고, 능력에 대한 확신을 흔들었다. 그 모든 것이 옥황의 의도가 맞느냐는, 풀 수 없는 의문까지 남겼다.

양무의는 그 때문에 이것을 개인적으로 받아들인다.

가면을 통해 주술적으로 연결되었던 것 또한 중요한 이유가 될 것이다.

양무의에게 이 천하의 대란은, 옥황과의 일대일 승부가 되어 있었다. 그건 괜찮다. 흡족하진 않다. 우려되는 바도 없지는 않았다.

"옥황만 보지 말자고. 옥황이 아니라 어떤 신조차도, 중원에 난립한 모두의 운명을 완벽하게 점칠 수는 없어. 나는 절강에서 싸우며, 신마맹뿐이 아니라 천하의 강자들이 자아내는 강력한 흐름을 느꼈다. 흐름은 한 줄기가 아니야. 옥황도 여러 줄기의 하나일 뿐이지. 옥황이 많은 것을 예지하여 천하를 좌지우지한다 해도, 막상 드러나는 현상 자체는 단순하지 않아. 우린 사천의 수해(水害)를 막았고, 적벽도 지켜냈어. 그것마저도 옥황의 의도한 바라고 한다면, 옥황도 원하는 것을 이루기 위해 지난(至難)한 과정이 필요하다는 뜻이야. 그러니 옥황은 신이 될 수 없어. 정해진 미래에 따라 모든 것을 보고 있다면, 놈은 우리를 살려둔 것이 아니라 죽이지 못한 거야. 죽일 수가 없는 거지. 그리고 나는 놈의 상제력이 그 정도라고 생각하지 않아. 그가 섭리를 한 손에 쥐고 있다면 벌써 구파는 괴멸되었을 것이고, 세상은 진즉에 그의 것이 되었겠지."

단운룡은 직감만을 이야기하지 않았다.

결과론적인 논리다.

단운룡이 잠시 말을 멈추었다가, 다시 입을 열었다.

"약점이 있을 거야. 지금 우리는 주어진 상황에 맞춰 대응하고 있을 뿐이지만, 언젠가는 이쪽에서 흐름을 가져올 수 있을 거다."

"당장은 방법이 보이지 않습니다."

양무의는 기어코 그답지 않은 말을 했다.

단운룡은 엷게 웃었다.

"자넨 찾아낼 거야."

그에겐 상제력도, 먼 미래를 보는 힘도 없었지만, 하나는 확신했다.

양무의는 좋은 군사였다.

일대일 승부라면, 지지 않을 것이다.

단운룡은 신(神)이 두렵지 않았다.

그의 군사 또한 그럴 것이다. 그래야만 했다.

                    *   *   *

"양 군사부터 보러 갔더라고요."

"괜찮은 줄 알았으니까."

"어떻게요?"

"알게 했잖아."

괜한 투정이다.

돌아온 것은 그가 성벽에 당도했을 때부터 알았다.

기로 감지했고, 보의가 반응했다. 단운룡과 강설영은 광극진기와 협제신기로 묶여 있었다.

부군을 걱정시키지 않게 하려고 온전한 기파를 한껏 일으켰다.

나는 안전하니, 수하들을 먼저 챙기세요.

그녀는 존재를 드러냄으로써, 마음을 전했다. 남편으로서가 아니라 회주로서 해야 할 일을 먼저 헤아린 것이다.

"다친 곳은?"

"없어요."

부상이 없는 것은 알고 있었지만, 단운룡은 물어서 확인했다. 그게 부부의 도리였다.

그녀의 무위는 나날이 상승하고 있었다. 철통같은 호위까지 받았다.

그럼에도, 그녀는 나서서 싸웠을 것이다.

그녀에겐 무공과 더불어 천잠보의가 있다. 양무의가 검을 맞는 상황이었는데 거처에 틀어박혀 얌전히 있었을 리 만무했다.

"다행이야."

"다행은요. 애써 태연한 척하지 마요. 문도들 아끼는 거 알아요."

그녀는 다 알았다.

그래서 더 밝은 척 투정을 부린 것이다.

단운룡은 문도에게 살가운 문주가 아니었다. 그는 모두에게 따뜻한 성군(聖君)보다는, 유능한 패자(覇者)에 가까웠다.

비룡제라는 칭호를 들었다. 그녀는 그것이 어울린다고 생각했지만, 마음에 썩 들지는 않았다. 단운룡은 소수에게만 마음을 열었고, 알지 못하는 자를 하대했다. 그러니 제(帝) 같은 글자가 붙었을 것이다. 무림인은 어질고 순한 자에게 그런 이름을 주지 않는다. 덕망과는 거리가 있는 별호였다.

"많이 죽었어."

"당신 문도들은 용감해요. 무인으로 죽었어요. 그러니 속으로 너무 슬퍼하지 마요."

단운룡의 표정 어디에도 슬픔은 없었다.

하지만, 그녀는 그것이 가면이라는 것을 오래전에 깨달았다.

아마 양무의 앞에서도, 아무런 티를 내지 않고 있었겠지.

그들은 냉정하게 군략을 논했을 것이다. 어쩌면 그는 억지로 웃으며 승리를 말했을지 모른다. 말하지 않는 모두처럼, 양무의마저도 소진되고 있음을 알고 있었다. 문주라도 강해야했다. 두 사람의 모습이 눈에 선했다. 전란의 시대를 살아가는 주군과 신하는 이미 벌어진 죽음 앞에 멈추어 서지 않은 채, 앞으로 헤쳐 갈 싸움에 집중하려 했을 것이다.

그녀는 그것이 안타까웠다.

단운룡은 상실이 익숙한 남자였다. 어린 시절부터 그는 가까운 자들을 수없이 잃어가면서 컸다. 하지만 익숙하다는 것이 당연하다는 뜻은 결코 아니었다.

그는 많이 잃어서, 더 잃기 원하지 않았다.

얻지 않으면 잃지도 않는다. 그는 사람의 마음을 애써 얻지 않았고, 잃지 않아도 될 만큼 강인한 자들로 주변을 채웠다.

일단 먼저 본능적으로 사람을 밀어내는, 그의 기질이 슬펐다. 그래서 그녀는 비룡제라는 호칭도 속상하게 들렸다.

"무인이라고 죽는 게 마땅한 일은 아니야. 그러지 않았어야 해."

"세월이 그렇잖아요. 그렇지 않은 날이 올 거예요."

기약이 없는 이야기였지만, 그녀는 소리 내어 말하길 주저치 않았다.

진심으로 그리 믿었기 때문이었다.

그녀가 그의 손을 잡았다. 온기를 전했다. 화제를 바꿔, 좋은 소식도 말했다.

"천잠기들이 완성되었어요. 진기 공명도 확인했고요."

"그래? 잘됐군."

"실전에서도 충분히 활용할 수 있어요."

"그렇겠지."

그녀가 단운룡을 물끄러미 바라보았다.

단운룡은 대단히 강한 사람이었다.

무공뿐 아니라 정신 또한 그랬다.

하지만, 끊임없이 죽어가는 문도들은 그에게도 작지 않은 타격을 주고 있었다.

의협비룡회는, 그 자체로 그의 약점이었다.

단운룡은, 한 명만 죽어도 진 거라 생각했다. 그들은 계속 지고 있었다. 그리고 앞으로도 질 것이다.

전략 회의실 태사의에 앉은 단운룡은 누구보다 오연한 모습으로, 적아의 죽음에 초연한 초월자가 되었지만, 그는 문파의 누구도 잃고 싶어 하지 않는 한낱 인간이었다. 그녀는 그런 그를 알아가는 만큼 그를 더 사랑했다.

"많이 힘들어요?"

"아니."

거짓말이었다.

지금 그는 다소 지쳐 보였다. 그는 양무의 앞에서, 아니, 누구 앞에서도 이런 표정을 짓지 않았다. 그는 협제의 제자이자 승리의 상징이니, 절대로 무너지지 않는 영웅기를 보여줘야 했다. 그러니 이 얼굴은 오직 그녀만 볼 수 있는 모습이었다.

"고생했어요. 오늘은 좀 쉬어요."

그래서, 그녀는 가장 먼저 했어야 했던 말을 했다.

그러고는 그를 잡아끌고 침상으로 향했다.

*　　　*　　　*

천하 각지의 고수들을 지역 안에 묶어 놓았다.

무림맹 발동이 논의된 것은 수차례 정도가 아니라 십수 차례에 이르렀다.

서신만 오고가고, 전서구만 날았다.

강호는 예전 같지 않았다.

후기지수의 수련 삼아, 구파육가 무력 과시를 위해, 정의를 공고히 하여 사도의 무리들을 위압하기 위해, 때로는 전격적으로 때로는 느긋하게 열렸던 무림맹의 회합은, 필요성만을 역설하되 실행하지 못하는 탁상공론이 되어갔다.

근본적인 이유는 하나였다.

천하가 지나치게 넓었다.

각파의 고수를 차출하여 막강한 무력 집단을 구성한다 한들, 사천 대지의 육지전에 나섰다가 절강 해안의 해상전에 투입되는 것은 기동력과 전투력 양면에 있어서도 실효성이 부족했다.

국지전 발발은 일상이었고, 달포에도 한 번씩 대전장이라 할 만한 전선이 생겨났다. 지역과 시기를 가리지 않았다. 지역의 주요 문파들은 앞마당을 지켜내는 것만으로도 벅찼다.

싸움은 정(正)과 사(邪)의 대립에 국한되지 않았다.

처음에는 그렇게 보였으나, 혼란은 차차 살아가는 모든 것을 잠식하기 시작했다. 무력, 금전, 사상, 이념, 종교, 풍습, 주술, 온갖 영역에서, 대대적인 충돌이 일어났다.

기존의 질서가 붕괴되고, 새로운 법칙이 생겼다. 새로운 법칙이 하루아침에 무너지고, 전혀 다른 법도가 그것을 대체했다.

황실이 뒤늦게 제국군을 동원했지만, 그것은 도리어 혼돈을 가중시키는 결과를 불렀다. 군 개입은 일시적이었고, 군민 양측에 희생자만 늘렸다.

온 천하가 도탄에 빠졌다.

*   *   *

'저곳인가.'

귀주의 산야에 눈이 내렸다.

단운룡은 옛 청운곡 암괴지대를 뛰어올랐다. 깎아지른 절벽이 무너져, 암반이 그대로 노출되어 있었다. 바위들이 날카롭고 뾰족했다. 지형이 기괴하고 험악했다.

일교오황은 견제와 집중의 묘를 잘 살렸다.

강성한 문파와 고강한 고수들이 각자의 지역에 묶였다.

대전략의 규모는 천하를 아울렀고, 많은 문파들이 그렇게 고립되었다가 각개격파 당했다.

고수들은 움직이지 말라.

적들은 포고 없는 침공으로 경고했다.

단운룡은 그대로 당해줄 생각이 없었다.

주축고수들을 모조리 의협비룡회로 불러 모았다. 호 일족의 월국 방어를 최소화하고, 운남에서도 더 많은 무인을 올렸다.

막야흔은 예외였다. 막야흔은 팽가에서 팽가의 적들에 맞서 싸웠다.

그렇게 적벽을 완전히 틀어막았다.

그리고 단운룡이 성문을 나섰다.

전국적인 전략에는 저의가 있을 터였다.

무인들의 이동과 연합을 제한했으면, 뒤따르는 거사(巨事)가 있을 것이 분명했다. 천하가 넓은 만큼, 대사건은 하나가 아닐 터였다.

그중 첫 번째가 성혈교의 완전한 부활 선언이었다.

그들은 한 번 무너졌음을 인정했으나, 더 막강해진 교세로 대대적인 개교(開敎) 성회(聖會)를 열었다.

총단과 성회당이 공개되고, 지하의 대신전이 문을 열었다.

만 단위의 사람들이 운집했다. 그들 모두가 교인인지는 알 도리가 없으나, 인파의 규모가 어마어마했다. 무림맹이 온전하게 열려 전성기의 구파가 나섰다 해도, 제압하기 어려웠을 숫자였다.

사건은 그 다음에 일어났다.

삼 일 동안 이어진 개교 성회 직후, 성혈교 반도로 여겨지는 일부 무리가 성혈교 호교무인들과 무력충돌을 일으켰다. 개방으로부터 당 사안에 구파와 세가 무인 몇몇이 연루되었다는 첩보가 전해졌다.

성혈교의 대응은 몹시 강경했다.

성혈교 사도 여섯과, 환혼신장(還魂神將)이라 하여 강화된 신장귀들을 대거 출격시켰다. 더불어, 성회에 참석했던 오황의 고수들까지 나섰다.

반 성혈교 무리는 포위망을 돌파하며 도주하고 있었다. 신원마저 정확하게 알려지지 않은 그들은, 일교오황의 대대적인 추격에 의해 더욱 주목받았다.

그들이 성혈교와 싸우며 무엇을 획책했든, 보통 일이 아닐 터였다. 동원된 성혈교의 군세가 그 사실을 방증했다.

단운룡은 그들을 위해서 이곳에 왔다.

패배하는 무림에 역전의 기회를 잡기 위해서였다.

요는, 구출 작전이었다.

그들은 중요한 인물들임이 분명했다. 그리고 그들 중엔 틀림없는 강자가 존재했다.

성혈교 영역인 귀주에서 벗어나지도 못했으면서, 지금까지 십이 일을 버텼다. 각파에 소식이 전해지고, 여력이 되는 문파들이 무인들의 파견을 결정한 시간만큼 살아남았다.

그것만으로도 구출할 가치가 충분했다.

물론, 거기에는 참담한 진실이 깔려 있었다.

천하가 역전되었다는 사실이다.

무림맹 개맹식에서 소란을 부린 사파 무리가 도망을 치면,

무림맹 고수들이 나서서 그들을 붙잡으려 했을 것이다. 사파 무리가 십수 일을 도주하며 버티면 천하가 주목한다. 몇몇 사파의 거두들은 그들을 응원하며 지원 병대를 보낼 수도, 또는 그들 거두 중 누군가가 처음부터 배후에 있었을 수도 있다. 그것이 불과 몇 년 전의 세상이었다.

지금은, 그 반대가 되었다.

그들의 영역에서, 성혈교는 옛 구파만큼의 위세를 자랑했다.

단운룡이 청운곡 무너진 절벽을 뛰어넘고 정보조차 충분치 않은 반 성혈교 인사들을 찾는다.

불확실한 무언가를 기대하며.

그것이 무림의 현실이었다.

                    *   *   *

단운룡은 광도를 열지 않고도 충분히 빨랐다.

수년 전 큰 싸움이 있었다던 청운곡 폐허를 단숨에 돌아보았다. 어디에도 사람 그림자는 없었다. 무인의 기(氣)도 느껴지지 않았다.

'늦은 건가.'

의협비룡회는 다른 문파들과 달랐다. 단순한 첩보로 결정된 귀주행이 아니었다.

그들은 명확한 위치 정보가 있는 서신을 받았다.

의협비룡회 회주, 단운룡 친전.

성혈, 신마에게 추격당하는 중.

귀주, 청운곡, 구조 요망.

내용은 그것이 다였다.

다만, 청운곡이 그들의 출발지인지, 경유지인지, 목적지인지가 명확하지 않았다. 그러니 늦은 것일 수도, 또는 먼저 온 것일 수도 있다.

어쨌든 시작은 여기부터였다.

눈앞을 가로막은 거대한 바위 덩어리들을 보았다. 하나하나가 집채보다 컸다. 날카롭게 날이 서 있는 바위가 많았다. 푸르러 아름다웠던 협곡은 험악한 능선이 되어 있었다. 삭막하기만 했다. 한눈에 봐도 자연스러운 산사태가 아니었다.

이 너머엔 성혈교의 옛 총단이 있었다.

지금은 폐허만 남아 있었다. 철혈련의 발호 때, 뭇 군웅들이 몰려와 이 파괴된 협곡에 진을 쳤다고 들었다. 그때만 해도, 구파 육가의 위세가 대단했었다. 협곡의 방어선이 뚫리게 되자, 성혈교는 협곡 양측 절벽에서 화약을 터뜨렸다. 그렇게 무너지며 생긴 지형이다. 무수히 몰려 있었던 군웅들은 영웅의 힘으로 생매장을 모면했다. 그 순간에 대한 전설은 지나치게 비현실적이라 허황되게 들렸다. 사실이든 아니든, 지난 과

거였다.

단운룡은 기다렸다.

그는 늦지 않았다. 일이 생긴다면 이곳에서다. 직감이 그렇게 말했다. 잠자코 서 있다가 다시 한번 칼날 같은 바위 쪽을 돌아보았다.

이상했다. 무너진 바위 무더기에 자꾸 시선이 갔다.

지기(地氣)를 다시 감지했다.

뇌기(雷氣)의 파장이 땅과 바위와 절벽의 금기(金氣)를 따라 뻗어나갔다. 특별한 것은 없었다. 작은 생기(生氣)들이 수없이 느껴졌지만, 눈에 보이지 않는 땅속에서 흔하게 살아가는 작은 생명체들뿐이었다. 사람 크기의 기(氣)는 없었다.

단운룡은 감각을 더 확장했다.

광도를 열고 우주(宇宙)를 경험한 이래, 이유 없는 예감 같은 것은 존재하지 않았다. 이상하다 싶으면 무언가 있는 것이다. 그가 광극진기를 한껏 일으켰다. 기감(氣感)이 무한하게 확장되었다.

작은 산처럼 쌓여 있는 바위들 밑으로, 기이한 기운이 느껴졌다.

흐릿했다. 무언가를 감춰놨거나, 감추고 있는 것 같았다.

한참 깊이 한가운데였다. 무너지기 전에는 협곡 바닥이었던 지점이었다.

이 협곡 자체가 전장이었다고 했다.

싸움터에 흔히 남는 사기(死氣)라 하기엔 음습함이 뚜렷하지 않았다. 계절이 여러 번 바뀌었다. 그때의 투기(鬪氣)가 여태 남아 있을 리 만무했다. 사망자도 많지 않았다고 들었다.

'……!!'

퍼져나가는 기감(氣感)에 다른 것이 잡혔다.

청운곡 안쪽이 아니었다.

무인들이 오고 있다. 수가 많았다. 당장 다가오는 것만 수십이다. 더 멀리로는 더 많았다.

'왔군.'

파괴된 바위산 깊은 곳보다 당장 살아 숨 쉬는 자가 먼저다. 쫓기고 있었다. 기운이 익숙했다.

단운룡이 땅을 박찼다.

청운곡 진입로 저편으로, 산길 따라 한 남자가 달려오고 있었다.

"살았다!"

아는 얼굴이었다.

그는 단운룡의 얼굴을 확인하자마자 그 말부터 내뱉었다. 대놓고 기뻐했다.

'후개.'

서신의 내용 밑엔 보낸 자의 이름이 있었다. 장현걸 배상. 그렇게 써 있었다. 그가 엉망진창인 몰골로 힘껏 달려오는 중이었다. 처음 그를 만났을 때와 같은 모습이었다.

"더는 못 뛰겠소! 회주! 얼른 좀 도와주시오!!"

백결신룡 장현걸은 수치라는 것을 모르는 것처럼 소리쳤다.

그러면서도 굵직한 사건에 계속 얼굴을 비추었다. 매번 어떻게든 살아남아서 일교 오황에 대적하고 있다.

필요한 자였다. 무림에.

단운룡은 주저치 않고 몸을 날렸다.

쿼융! 퍼억!

장현걸은 단운룡의 신형조차 제대로 보지 못했다. 굉음과 함께 옆을 스쳐 가는가 싶더니, 벌써 장혈걸의 한참 뒤다. 흑포와 쇠사슬을 휘날리는 괴인, 신장귀가 그대로 박살 나서 허물어졌다. 이젠 권각 출수가 어떻게 뻗어나가는지도 분간할 수 없었다.

"세상에⋯⋯!"

장현걸이 두 눈을 크게 떴다. 감탄이 아예 입 밖으로 나왔다.

픽! 픽! 소리와 함께 검은 피가 터졌다. 신장귀 둘이 더 무너져 내렸다.

호각 소리가 어지럽게 들려왔다.

추격해 오던 성혈교 한 무리가 다급히 멈춰서더니 반대편으로 멀어졌다. 저들도 안다. 신장귀 셋이 한순간에 날아갈 정도면, 묵신단 호교무인들로는 덤벼봐야 병력 낭비다. 추격 중지와 급속 후퇴가 옳은 선택이었다.

"매번 감사하오!"

장현걸이 시원하게 말하며 포권을 취했다.

단운룡의 표정은 밝지 않았다.

장현걸은 혼자였다.

성혈교에 쫓기고 있다는 이들은 숫자마저 정확하지 않았다. 다섯 명이 넘는다는 것만 알려졌다. 장현걸 혼자 살아남았거나, 흩어졌다는 뜻이다.

좋지 않다.

이곳은 성혈교의 영역이다. 뭉쳐 있지 못함은 많은 것을 시사한다. 적진 내의 산개(散開)는 누군가 미끼가 되거나, 함께 살아남는 것이 불가능하다 판단했을 때에 선택하는 방편이다. 단운룡의 눈빛을 읽은 장현걸이 먼저 입을 열었다.

"인사치레는 그만하겠소! 일단 사람부터 구합시다!"

그 정도면 뻔뻔함도 상승의 경지다.

원래는 단운룡이 했어야 할 말이다. 그만한 주객전도가 없었다.

장현걸은 대답도 듣지 않고 앞장섰다.

단운룡은 그런 무례에 아무런 심동이 일지 않았다. 너그러워서가 아니었다. 그런 것은 중요하지 않았다. 단운룡은 본디 그런 허례에 큰 가치를 두지 않았다.

단운룡이 장현걸과 함께 청운곡을 넘었다. 장현걸은 더 못 뛰겠다면서도 여전히 훌륭한 경공을 선보였다.

"저들 묵신단이 더 까다로워졌소. 광신(狂信)의 무리 아니랄까 봐 병법이고 뭐고 죽어라 들이받기만 하던 것들이 이젠 진퇴의 때를 알고 있소. 참으로 만만치 않소이다!"

장현걸은 묻지도 않은 말을 빠르게 늘어놓았다.

중요한 정보이긴 했다.

단운룡 수준의 고수들에게는 큰 위협이 되지 않으나, 주력 전투 부대의 특질은 문파 간 전투에서 중요한 변수로 작용했다.

기억에 담아 두고, 다른 말을 했다.

"개방 이야기가 없던데."

장현걸로부터 직접 서신을 받아서 왔지만, 첩보엔 개방 관련 보고가 없었다. 장현걸은 자조적으로 답했다.

"이젠 구파와 함께 쳐주지도 않는 모양이오."

"그건 아니겠지. 일부러 감춘 건가."

"안 어울리게 예리하시오. 사정이 좀 있었소."

순식간에 협곡을 넘어 분지 지형으로 접어들었다.

옛 성혈교 터가 눈앞에 나타났다.

청운곡이 무너지던 당시, 성혈교 총단에서도 대폭발이 있었다. 전각들은 함몰되어 무너졌고, 교와 관련된 모든 것들이 불에 타서 사라졌다. 무림 각파의 총공세에서, 스스로 자폭하고 패주한 사교(邪敎)의, 거짓 최후였다.

"저쪽이오!"

장현걸이 손을 들어 한쪽을 가리켰을 때, 단운룡은 이미 그의 옆에 없었다.

그쪽에서도 추격전이 벌어지고 있었다.

무너진 건물 사이로 한 남자가 경공을 펼쳤다.

그는 수염 없이 해사한 얼굴에 남색과 흰색으로 도복과 평상복이 섞여 있는 것 같은 옷을 입고 있었다. 도복의 하얀 옷깃엔 핏자국이 낭자했다. 등과 옆구리에 찢어진 옷깃 사이로 두 줄기 검상이 보였다.

그는 한 손에 철쟁(鐵箏)을 들고 있었다. 십삼 현 악기를 병장기로 썼다. 괘 위에 올린 현은 거의 다 끊어져 이제 두 줄만 남아 있었다.

'사금목!'

구파 인물이 연관되었다고 했다.

설마 직접 아는 자일지는 몰랐다.

탄쟁협사 사금목은 공동파 무인이었다. 구룡보 진격 때, 참룡방의 외인 용병으로 청성파 견제하는 임무를 맡았다.

다시 생각해도 예상 밖이었다.

감숙은 여기서 한참 멀었다. 공동산은 감숙에서도 국경에 인접했다.

그러면서도 단운룡은 그가 이곳에 있는 것이 우연이 아님을 알았다.

아미파의 개입을 막기 위해 나섰던 사금목은 이어졌던 관도 난전에서 성혈교와도 싸워야 했다.

인연이라는 것이 그렇다.

얽히고 얽힌 강호사가 그를 이 먼 곳까지 이끌었다.

단운룡이 빛 무리와 함께 몸을 날려 사금목의 이야기에 끼어들었다.

꽈아앙!

폭음과 함께 이미 망가져 있던 담벼락이 산산조각 났다.

묵신단 호교무인 다섯 명이 순식간에 죽어 나갔다. 격차가 지나치게 많이 났다. 단운룡의 무공은 저들 상대로 천외천의 경지에 이르러 있었다.

"단 문주!"

어차피 대체로 문주라 불리긴 했지만, 실제로 사금목은 단운룡을 의협문의 문주로 기억했다. 단운룡은 마주 인사하지 않았다. 그럴 때가 아니었다. 그가 앞으로 나서며 폐허 저 너머를 보았다. 무언가가 오고 있었다. 강력한 기가 느껴졌다.

파라라라라락!

파공음이 거셌다.

그것은 백포를 둘렀다.

손목과 발목에 수갑과 족쇄가 있었다. 금속빛으로 매끈한 붉은색이었다. 사슬은 수갑에만 달려 있었다. 신장귀처럼 사슬로 땅을 긁고 다니지 않았다. 사슬은 손목부터 팔뚝까지 감겨서 얼핏 적철 비구를 장착한 것처럼 보였다. 사슬도 반짝이는 적색이었다.

얼굴빛은 칙칙하게 죽은 빛이 아니었다.

생기(生氣) 같은 것이 있었다.

창백하여 푸른 혈관이 비쳤지만, 강시처럼 보이진 않았다. '거의' 산 사람 같았다. 백포도 흑포처럼 너덜너덜하지 않았다. 치렁치렁했지만 잡티 없이 깨끗했다.

"환혼귀!"

사금목이 경호성을 냈다.

그가 단운룡의 등 뒤를 향해 빠르게 말을 덧붙였다.

"벌써 쫓아오다니! 저들이 환혼신장이라 부르는 술법병기입니다! 몹시 강력한 괴물입니다. 신장귀와 비할 바가 아닙니다!"

"그렇군."

단운룡은 느낀 대로 짧게 받았다.

신장귀 역시 성혈교 주력으로 여러 전투에서 무시하지 못할 위력을 보여줬었다.

저것은 응축된 기운이 엄청났다.

단운룡은 경시하지 않고 마신을 전개했다.

우-우-우-우-우-웅!

천잠비룡포 표면에서 비룡 문양이 휘황한 빛을 품었다.

단운룡의 발밑에서 동심원의 파장이 일어났다. 그가 땅을 박찼다.

꽈앙!

쇄도만으로 폭음이 생겨났다.

환혼신장의 신형도 빨라졌다. 흰 선이 되어 단운룡에게 짓쳐들어왔다.

촤라라라라락!

경쾌한 금속성이 먼저 사위를 울렸다. 적색 사슬이 단운룡
의 머리 옆을 스쳤다.

파고들어 극광추를 내질렀다.

환혼신장은 피하려고 했다. 이것도 신장귀와 달랐다. 신장
귀는 강철 같은 육신으로 초식을 무시했다. 환혼신장은 상승
의 경공구결을 구사했다. 다만, 단운룡이 훨씬 더 빨랐다. 마
신극광추가 환혼신장의 가슴을 강타했다.

퍼어억!

뚫리지 않았다.

환혼신장의 몸이 덜컥 튕겨 나가 땅에 처박혔다. 백포가 더
러워졌다.

꽈광!

땅이 뒤집히는 소리와 동시에 벌떡 일어나 단운룡에게 반격
을 가해왔다. 우수를 세워 수공처럼 내뻗고, 좌수에서는 쇠사
슬 파공음이 터져 나왔다.

쐐액! 촤라라라락!

양동공격처럼 공세가 사나웠다.

단운룡의 손에서 광검결이 일어났다.

쩌엉!

손과 손이 부딪치는데 중병이 충돌하는 소리가 났다. 환혼

신장은 분명 맨손이었다. 단운룡의 광검결을 수공으로 막았다.

촤락! 퍼어엉!

적색 쇠사슬은 몸을 틀어 피했다. 흙더미가 치솟았다. 땅을 친 쇠사슬 끝에 깊은 구덩이가 생겨나 있었다.

단운룡은 뒤를 보지 않았다. 회피에 이어 마광각을 전개했다. 마신의 마왕익이 환혼신장의 목덜미를 파고들었다.

쫘아앙!

환혼신장은 빨랐다. 목을 내주지 않고 좌수 팔뚝으로 마왕익을 막았다. 우지끈 하는 느낌이 있었지만, 부러져 덜렁거리지 않았다.

육체 강도가 실로 놀라웠다.

전마인도 이 정도는 아니었다.

맞받는 힘은 이쪽이 더 가벼웠다. 속도는 이쪽이 위였다.

어느 쪽이나 괴물이긴 매한가지였다.

전마인이나 환혼신장이나, 일반 고수들은 감당키 힘들다. 이런 괴물을 강시술로 만들어낼 수 있다는 사실에 커다란 경각심마저 들었다.

쐐액!

마광각마저 버텨낸 환혼신장이 지체 없는 공격을 가해왔다.

하얀 손아귀가 단운룡의 심장을 노렸다.

'거기까지.'

충분히 봤다.

단운룡이 환혼신장의 손목을 잡아챘다.

안으로 끌어들이며 진각을 밟았다. 허리에서부터 전사력이 생겨났다. 비룡포에서 빛의 소용돌이가 일어났다.

꽈아아아앙!

광혼고였다.

환혼신장의 반신에서 광파의 폭발이 있었다.

백포가 바스러지고 창백한 살과 죽어가는 피가 흩날렸다.

너덜너덜해진 환혼신장의 머리에 광력을 담은 극광추가 작렬했다.

퍼억!

두개골 절반이 터져나갔다.

이것이 진정한 마신이다.

환혼신장의 몸이 고꾸라졌다.

'저게… 사람의……!'

사금목은 벌린 입으로 아무런 말을 하지 못했다. 생각이 목소리로 나오지 않았다. 그만큼 놀랐다.

단운룡의 등을 보았다.

등에 아로새긴 비룡포의 용체(龍體)가 아름답게 빛났다.

사금목은 비로소 현실을 인정해야 했다.

구파의 시대가 저물고 있었다. 일교 오황에 밀리고 있어서만이 아니었다.

사금목은 환혼신장의 무력을 감당할 수 없었다. 하얗게 박살 난 괴물의 신체를 오연히 내려다보는 단운룡의 뒷모습은 새 시대의 상징이었다.

사금목은 뭐라고 말을 걸어야 할지 망설였다. 오래전 의협문 전략회의 때 만났던 단운룡과 전혀 다른 사람 같았다.

"역시!! 성혈교 신무기도 비룡제 단 문주에겐 안 될 줄 알았소!"

쓸데없이 밝은 목소리가 사금목의 상념을 깼다.

장현걸이었다. 그가 날듯이 달려와 사금목 옆에 섰다. 친근한 척 사금목에게 웃으며 말을 걸었다.

"핫하! 정말 경이롭지 않소이까? 저 환혼신장을 저 꼴로 만들다니 말이오."

장현걸이 혀를 내둘렀다.

진심인지 꾸며 말하는 것인지 분간이 되질 않았다.

사금목은 그런 장현걸 역시도 변화하는 시대의 표본처럼 보였다.

후개라는 신분은 본디 아주 지고한 지위였다. 천하제일방파 개방의 위상은, 공동파 자부심이 있어도 한 수 접어줘야 할 만큼 드높았었다.

그런 개방의 후개가, 신생 문파의 문주를 저리도 치켜세우고 있다.

강호의 신분이란 실력으로 정해지는 것이라 해도, 구파일방은 그런 평가에서조차 예외적인 성세를 구가하고 있었다.

하지만, 이제는 다 과거형이다. 지나간 이야기가 되어버렸다.

"그렇소. 정말 대단하구려."

사금목의 대답에 체념이 담겼다.

환혼신장의 위력은 이 며칠 동안 충분히 실감했다.

마주쳐 싸울 엄두조차 나지 않았다. 무림에서 세월로 전적을 충분히 쌓은 고수도 아니요, 강시술로 만든 술법귀물이라는 사실에 더 큰 충격을 받았다.

지금껏 잘 피해 다녔다.

일행의 기지와 능력이 아니었으면, 사금목은 이미 이 세상 사람이 아니었다. 부딪치면 개죽음이다. 그렇게 생각하고 수모를 감내했다.

그걸 단운룡은 무력으로 눌렀다. 간단하게. 압도적으로.

사금목은 좀처럼 마음을 추스르지 못했다.

"다음은?"

단운룡의 목소리가 무심히도 귓전을 파고들었다.

"저쪽으로 가십시다!"

장현걸이 밝게 말했다. 사금목은 장현걸도 대단해 보였다.

장현걸은 자존심이 없는 자가 아니었다. 뛰어난 지모와 기지에 기민한 상황판단 능력까지 겸비했다. 그러면서도 저렇게 행동한다.

강자에게 아부하여 아양을 떠는 것이 아니다. 그걸로 마음이 움직일 단 문주도 아니었다. 다만 오히려 더 냉정하기에 가능한 일이다. 자신을 내려놓고 필요한 실리를 취한다. 아무나 할 수 없는 일이었다.

타닥! 쐐애액!

장현걸을 필두로, 단운룡과 사금목이 성혈교 총단 폐허를 가로질렀다.

한때 화려했던 제단과 부서진 기둥을 지나, 총단의 반대편 산문을 넘어섰다. 장현걸은 거기서 방향을 틀어, 숲길 소로로 뛰어들었다.

사금목의 미간이 좁아졌다.

'이 방향은……?'

단운룡의 등 너머 장현걸의 등이 있었다. 사금목은 앞질러 장현걸에게 묻고 싶었다.

이쪽엔 성혈교 추격대의 삼개 주력 중 하나가 있다.

세 주력 부대 중엔 가장 규모가 작았지만, 신장귀 십여 기에 환혼신장이 둘이다. 무엇보다 이 부대엔 팔(八) 사도(使徒)가 있었다.

'설마!'

장현걸의 의도를 짐작했다.

단 문주와 적 주력을 붙이려는 것이다.

후개는 효웅이다.

세간의 평에는 다 이유가 있다. 본인이 감당하지 못할 일에 다른 사람의 칼을 쓴다. 사금목은 이 순간 후개가 일각에서 왜 질타받는지 그 이유를 비로소 이해할 수 있을 것 같았다.

파바바박!

발밑에 힘을 더했다. 앞으로 쭉 달려 나가 장현걸에게 말했다.

"적 전력이 만만치 않소. 무리요."

장현걸이 슬쩍 고개를 돌려 사금목을 보았다.

"걱정할 것 없소이다."

장현걸이 대수롭지 않다는 듯 말했다.

사금목은 장현걸의 눈빛에서 확신 대신 불안을 읽었다.

도박을 하고 있구나.

역시 장현걸은 보통 인간이 아니다. 적진으로 돌진하는 것에 단 문주의 목숨뿐 아니라 자기 목숨까지 걸었다. 사금목은 원치 않았다. 목숨을 걸어도, 걸 만한 데 걸어야 하는 법이다. 단 문주의 무력이 있는 이상, 얼마든지 안전한 길이 있다. 이미 충분히 지쳐 있다. 잘 지켜서 벗어나기만 해도 만족이다. 치르지 않아도 될 혈전은 사양이었다.

"후개."

사금목의 목소리가 진지해졌다. 후개라는 신분으로 그를 불렀다.

"협사께선 무슨 말이 하고 싶은 거요?"

장현걸은 질세라 탄쟁협사라는 별호를 들먹였다. 사금목이 힘주어 말했다.

"무슨 생각을 했든, 재고하시오. 이쪽은 사지(死地)라오."

대화를 나누는 와중에도 시시각각 적진이 가까워지고 있었다. 몸을 돌려 피하려면 지금이다. 저쪽에도 초감각을 지닌 고수들이 있다. 벌써 이미 이쪽을 감지했을지 몰랐다.

"걱정할 것 없다니깐. 우리에겐 단 문주가 있잖소?"

사금목은 나름의 지성이 있거니와, 상식을 중시하는 자였다.

그가 보기에, 지금의 장현걸은 목숨을 아무렇게나 다뤄 온 나머지 두려움을 상실해 버린 자 같았다.

단 문주가 아무리 강해도, 저곳이 사지라는 것은 변하지 않는다.

사도의 무력은 앞에 붙은 숫자와 무관했기 때문이다.

팔이라 하여 팔 순위가 아니다. 팔 사도는 현 오, 육 사도보다 강하다고 알려져 있다. 고절한 무인으로 정평이 나 있었다.

더불어, 환혼신장이 둘이나 있다. 신장귀는 여전히 강력한 전력이다. 묵신단 무인도 수십이 있다.

그걸 세 명이서 상대한다?

자살행위다. 자명했다.

"사지가 맞다."

기대하지 않았던 단운룡의 목소리가 사금목의 반박을 거들었다.

사금목이 멈춰 섰다. 단운룡도 그 자리에 섰다.

장현걸이 눈썹을 치켜올리며 몸을 돌렸다.

"사 대협, 어차피 셋 중 하나는 뚫어야 하오. 단 문주, 저들이 아직 뭉치지 않았을 때 싸워야 합니다. 지금밖에는 없단 말이오."

"잘못 들어가면 죽어."

단운룡이 단호히 말했다.

장현걸이 얼굴을 찌푸렸다. 교묘한 지략을 지닌 것치고는 표정이 아주 솔직했다.

"단 문주, 그게 웬 말이오? 언제부터 그렇게 약한 소리 하는 사람이셨소?"

단운룡이 장현걸을 물끄러미 바라보았다.

짤막히 말했다.

"나 말고."

단운룡이 손을 들었다.

그러고는 장현걸과 사금목을 가리켰다.

"둘. 죽는다고."

장현걸이 대뜸 뭐라 대꾸하려다가 입만 벌린 채 말문이 막힌 표정을 지었다.

단운룡은 그를 내버려 둔 채, 사금목에게로 고개를 돌렸다.

"음공?"

"네?"

"탄현으로 싸우지?"

"비기(秘技)가 있긴 합니다."

"그 물건으로는 전력을 내기 힘들겠군."

단운룡이 사금목의 철쟁을 눈짓하며 말했다. 사금목은 그 때서야 알아듣고, 고개를 끄덕였다.

"많이 망가졌지요. 음공은 포기입니다. 그래도 괜찮습니다. 주력은 원래 권각입니다."

단운룡은 말 대신 손을 들었다.

소매에서 광채가 일어났다. 살아 있는 것처럼 움직이던 투명한 광영이 가느다랗게 뭉쳐지더니, 소매 끝에서부터 빛의 실이 풀려나왔다.

사금목의 눈이 휘둥그레 커졌다.

단운룡의 손에서 백금색 금사(金絲)가 땅을 향해 늘어졌다. 손을 한 번 내리훑자, 굵게 꼬인 줄이 되었다.

"이것은?"

"천잠사다. 보강해서 써."

악기에 대해서는 단운룡도 잘 안다.

원래부터 이런 악기의 금현(琴絃)은 명사(明絲)로 만들었다. 천잠사를 쓰지 못할 이유가 없었다.

사금목은 천잠사를 받아 들어 만져보는 순간, 예사 물건이 아니라는 사실을 단번에 깨달았다. 난데없이 무가지보(無價之寶)를 선물받았음을 알았다.

십삼 현 끊어진 줄을 다 잇기엔 부족했지만, 두세 줄만 걸어도 충분했다. 그는 악곡을 연주하려는 것이 아니었다. 쟁음(箏音)에 내력을 실어 탄지(彈指)의 공부를 쓰는 것이다. 튼튼한 줄일수록 응축시킬 수 있는 공력 또한 높일 수 있었다. 위력은 당연히 공력에 비례했다.

"적진엔 나 혼자 들어간다. 후방에서 기다리면서 도주하는 놈들을 잡아. 그 정도면 죽지는 않을 거다."

이건 따위 듣지도 않았다.

적의 숫자나 실력 또한 마찬가지다.

단운룡은 이미 적의 전력을 파악했다.

경악을 거듭하는 사금목을 뒤에 두고, 장현걸을 지나쳐 저 멀리로 달려 나갔다. 빛 그림자만 남았다.

"저, 저래도 되는 거요?"

사금목이 우두커니 서서 장현걸에게 물었다.

장현걸이 대답했다.

"나도 모르겠소."

장현걸은 미소 지으며 말했으나, 그 웃음이 담(膽)을 씹은 것처럼 씁쓸해 보였다.

"이리 올 때부터 의도한 거잖소."

"함께 박 터져라 싸우면 어찌 될까 했지. 혼자 가버릴 줄 낸들 알았겠소? 결과야 보면 알 거고… 그 천잠사란 게 참으로 범상치 않아 보이는데 구경이나 합시다. 얼른 걸어 보쇼."

장현걸은 그 와중에도 능글맞았다.

사금목은 그런 그를 보며, 정말 이 인간은 보통이 아니구나 생각했다.

그래서, 그렇기에, 살아남는 것이다.

그릇을 키워야겠다.

세상이 그에게 말한다.

저물어 내려오는 구파의 제자라도, 적응하며 변화하면 다시 올라설 수 있을지 모른다.

사금목은 그렇게, 상황으로 성장을 강요받았다.

단운룡은 거칠 것이 없었다.

적진이 보였다. 적진이라 해도 딱히 진형을 갖추고 있지는 않았다.

출격은 어느 때라도 가능해 보이나, 당장 전투를 위한 진용은 아니었다.

사도라는 강력한 지휘관이 있고, 환혼신장이란 전술병기가 존재한다.

먼저 싸움을 걸어올 것이라고는 생각조차 않는 것이다.

척후가 목표의 위치를 잡으면, 그때 기동한다. 이들은 이 대형으로 전투에 대한 상정이 전혀 없었다.

'그러면 쉽지.'

광도를 열어 목표에 정확히 도달할 수 있으면 더 쉬울 것이다.

하지만 그 방법은 아직 완전하지 않았다. 조금 더 연구가 필요했다.

텅! 꽈아아앙!

광도를 넘지 않아도, 단운룡은 충분히 빨랐다.

광신마체 마신을 최대로 전개했다.

그의 몸이 하나의 빛줄기가 되었다.

퀴우우우웅! 퍼버버벅!

묵신단 호교무인은 장애물조차 되지 않았다. 신장귀는 조금 더 단단했다. 그뿐이었다. 뚫고 들어가는 속도는 조금도 줄지 않았다.

사교 무리가 아니랄까 봐, 적진 한가운데엔 막사 대신 이동용 제단이 보였다. 스물네 필 군마가 끄는 초대형 마차 위에 기둥과 제단을 올려 세웠다. 사도는 치렁치렁한 제의복을 입고 제단 앞에 서서 두꺼운 경전을 읽고 있었다.

팔 사도였다.

그는 전마인처럼 거구였고, 안면 골격이 색목인처럼 각져 있었다.

"불경한 놈이 분수를 모르고 날뛰는구나. 치워라."

사도가 손짓했다.

백포 환혼귀들과 흑포 신장귀들이 단운룡에게로 날아들었다. 쇠사슬 소리가 사방에 요란했다.

광신(狂信)은 명철인 이지를 상실케 한다.

사도는 단운룡을 알아보지 못했다.

그리고 대가를 치렀다.

'나와라.'

마음으로 불렀다.

단운룡의 손에 광검이 잡혔다.

빛 덩어리였던 광검은 전보다 더 뚜렷한 검의 형체를 지니고 있었다.

웅웅웅웅!

파동이 사위를 휩쓸었다.

환혼신장 둘이 단운룡의 양쪽으로 짓쳐들어왔다.

성혈교는 환혼신장을 일컬어, 무적의 호교병기라 칭송해 마지않았다.

단운룡이 전력을 온전히 개방했다.

땅에 새겨지던 동심원의 파동경력이 일순간 단운룡의 몸으로 수렴되었다. 천잠비룡포에 빛이 맴돌았다. 단운룡의 광검 일격이 휘황한 광파를 터뜨렸다.

쩌억!

먼저 날아든 환혼신장의 허리가 그대로 반으로 쪼개졌다.

분리된 상체가 단운룡을 지나쳐 땅과 사람을 부쉈다. 이어, 단운룡의 광검이 사선으로 세계를 갈랐다.

우웅! 촤아아아악!

광검이 그리는 선대로다.

적색 쇠사슬과 환혼신장의 신체가 사선으로 갈라졌다.

팔 사도가 경전에서 눈을 떼고 사태를 확인했을 때는 이미 늦었다.

그는 그들의 신을 그토록 믿지 말았어야 했다.

"대체 이것이……!"

불가해였다.

사도의 세상에서 있을 수 없는 일이 벌어졌다. 그의 눈앞에서 무적의 성혈 신병들이 무참하게 파괴되고 있었다.

빛의 검을 든 종말의 파괴자가 일순간 사라졌다.

화아아악!

눈부신 광영이 눈을 찔렀다.

수많은 정파 무인들을 한 줌 고혼으로 만들었던 괴력의 팔사도가 호교신공 성혈마장을 펼쳤다.

쾅!

경쾌하기까지 한 폭음이 팔 사도를 덜컥 물러나게 했다.

폭음은 장타가 들어간 곳에서 터지지 않았다. 그의 팔에서 터졌다.

팔사도의 시선이 자신의 팔로 향했다.

팔이 없었다. 성혈마장은 끝까지 발출조차 못 했다. 빛이 휩쓸고 간 팔꿈치에서부터 팔과 장력이 모두 다 사라져 버렸다.

"누구……."

정체를 알고 싶었던 모양이었다.

말도 다 끝맺지 못했다.

아름다운 빛이 목을 어루만졌다.

퍼억!

피가 튀었다.

공포의 혈사를 숱하게 일으켰던 성혈의 거신마(巨身魔) 팔사도가 머리를 잃고 허물어졌다.

*　　　　*　　　　*

최대 기량이었다.

단운룡은 스스로 아직 부족하다고 생각했다.

그것이 누구 기준인지는 명백했다.

사부다.

출처가 모호한 기억들이 뇌리를 스쳤다. 이미 있었던 일인지, 아니면 앞으로 벌어질 일인지 모르겠다. 꿈인지 현실인지도 분간되지 않는다.

이 정도 무공으로도 숱하게 꾸지람을 받았던 것 같다.

아직 아니다.

겨우 제대로 검을 들었다.

단운룡은 기억하지 말아야 할 것을 기억했다. 떠올리지 말아야 할 것은 그대로 두어야 한다. 사고를 중단하고, 몸을 날렸다.

느려지는 세계 속에서 성혈교 수많은 광신도들이 그에게 달려들었다.

믿음으로 이지를 바친 강시들과 믿음으로 의지를 대신한

신도들이 살기(殺氣)를 흩뿌리고, 박살 났다.

들어온 길도, 돌아나가는 길도 일직선이었다.

퍼버버벅! 꽈아아앙!

단운룡이 빛과 피의 길을 만들었다. 그 무엇도 단운룡을 막지 못했다.

단숨에 적진을 뚫었다.

적들은 대혼란에 빠진 와중에도 즉각 추격을 감행했다. 따라잡기도 어렵거니와 따라붙어도 잡지 못한다. 그럼에도 불구하고 미친 듯이 뒤를 쫓는다. 죽음을 도외시한 채, 단운룡을 따라 사망의 질주를 시작했다. 비로소 성혈교다웠다.

"달려!"

단운룡이 앞을 향해 소리쳤다.

장현걸과 사금목이 질린 얼굴로 몸을 돌렸다.

성혈교 광신도들의 살기가 하늘을 덮을 듯 넘실대고 있었다. 사도(使徒)란 말 그대로 그들이 모시는 신(神)의 사자(使者)였다. 단운룡은 사자의 목을 날리고 신의 영광을 더럽힌 자였다. 그들의 살기는 믿음의 모독에 대한 복수심이기도 했다. 쫓아오는 기세로만 봐서는 단운룡이 아니라 그 누구라도 잡아 죽일 수 있을 것 같았다.

"앞으로 세 시진, 나는 출수하지 않는다. 알아서 막고 버텨."

단운룡이 달리면서 말했다.

장현걸은 그 말도 그냥 넘기지 않았다.

"않는 거요? 아니면 못 하는 거요?"

그이기에 할 수 있는 질문이었을 것이다.

예리하다면 예리하다 할 수 있다. 단운룡은 있는 그대로 답해주었다.

"못 한다고 간주하라."

"알았소."

영민함 또는 교활함이란 뛰어난 두뇌를 기반으로 한다.

장현걸은 상황을 정확히 판단했다.

'역시.'

격발형 무공이다.

그는 단운룡의 무를 직접 보았다. 후구당의 보고도 수없이 검토했다. 보는 사람마다 무공 경지가 들쭉날쭉했다. 기량을 감춰서가 아니다. 실제로 도강언에서는 일시적으로 전투능력이 상실된 무인처럼 보였다는 증언이 있었다.

최대기량은 천외의 경지를 이룩했지만, 그 강함은 제약 없이 무한하지 않아 보였다. 공력 한계, 시간 제약 등의 문제가 있을 것으로 결론 내렸다. 그리고 지금, 그 사실을 온전히 확인했다.

"허면, 사도는 어찌 되었소?"

단운룡은 출수 제한을 선언했다.

추격대와의 전투를 장현걸과 사금목에게 맡기겠다는 뜻이다.

따라서 장현걸은 이 시점에서 가장 중요한 질문을 해야 했다.

"죽였다."

단운룡은 짧게 답했다.

장현걸은 입을 딱 벌렸고, 사금목은 두 눈을 번쩍 떴다. 그들이 동시에 고개를 돌려 단운룡을 보았다.

장현걸이 다시 물었다.

"그, 그러면 환혼신……."

"그것들도."

단운룡은 아예 장현걸의 말을 중간에 끊었다.

"미친."

장현걸이 내뱉은 말이었다. 속으로 했어야 할 말이 아예 목소리로 나왔다.

그는 허언을 사과하지 않았다.

성혈교 저들의 살기가 불현듯 이해되었다.

"저기서 어느 방향으로 가야 하지?"

단운룡이 물었다.

그는 당연한 일이지만 두 사람의 놀라움을 아랑곳하지 않았다.

저 멀리 갈림길이 보였다. 장현걸이 대답했다.

"좌, 좌측이오."

"그렇군."

"앞장서겠소."

장현걸이 조금 더 속도를 냈다.

단운룡이 선두를 내줬다.

세 시진이라 했다. 한나절이다. 결코 짧은 시간이 아니었다.

장현걸과 사금목의 경공에 발맞추어 뛰면서 동공 축기를 한다고 가정했을 때, 만전 회복까지 소요되는 시간이다. 좌공으로 운기조식하면 단축할 수 있지만, 이 상황에서는 불가능한 일이다. 지금의 경공이라면 대략적으로 그 정도가 필요했다.

즉, 실제로는 출수 불가가 아니었다. 지금도 싸울 수 있다. 다만, 단운룡은 전투 상황에서 가능한 한 최상의 상태를 유지하고 싶었다. 그는 홀로 이곳에 왔다. 의협비룡회의 영역도 아니었다. 공력 소모 시 그를 안전하게 보호해 줄 문도들이 없었다.

피잉! 퍼억!

후방에서 사금목의 탄금 소리가 들려 왔다.

성혈교 추격대가 따라붙고 있었다.

마찬가지다.

단운룡은 장현걸보다 사금목을 믿었다. 사금목이 없었으면, 단운룡은 적진에 들어가 광검을 뽑지 않았을 것이다.

"회주! 백련초 바위 절벽에서 왼쪽 길이오! 사 대협! 내가 돕겠소!"

신뢰가 부족했던 장현걸도 단운룡에게 길을 일러주고는, 후방으로 빠졌다. 단운룡은 잠자코 운기에 몰두하며 달렸다.

뒤쪽에서 연철쟁 탄음과 파공성이 잇따랐다. 장현걸도 도강언 어취에서 실력을 선보였듯 투석술에 일가견이 있었다.

호각 소리가 어지럽게 사위를 울렸다. 분지 곳곳에 흩어져 있던 성혈교 신도들이 연이어 따라붙었다. 장현걸과 사금목은 각자의 공부를 사병기(謝兵器)처럼 활용하며 추격대를 절묘하게 견제했다.

실제 권각 교환은 거의 없었다.

경공이 빠른 적 하나가 일행의 측 사면으로 달려들었다. 저들에게 익숙한 지형지물을 이용하여 우회해 앞질러 온 것 같았다.

빠악! 우지끈!

장현걸이 먼저 주먹을 내질렀다. 가슴을 얻어맞고 튕겨 나간 놈의 허리에 사금목의 각법이 작렬했다. 뼈 부러지는 소리와 함께 비탈길로 굴러떨어진 흑의무인은 다시 일어나지 못했다.

그렇듯 장현걸과 사금목은 권각박투에도 능했다. 괜히 구파일방이 아니었다.

파라라라락! 촤아아아악!

신장귀는 조금 달랐다.

흑포를 휘날리며 무섭게 짓쳐 드는데, 그 기세가 실로 흉험했다. 흑포자락과 쇠사슬의 파공음이 요란했다. 장현걸이 품속에서 벽옥색 단봉(短棒)을 꺼내 들었다. 손에 쥐고 내공을 운용하자 상서로운 서기(瑞氣)가 일어났다.

"내가 먼저 들어가오!"

장현걸은 용감히 몸을 날렸다.

참으로 묘한 인물이었다.

머리를 쓸 땐 간웅(奸雄)이 따로 없으면서, 위험을 무릅쓸 땐 영웅(英雄)이 다시없다.

쐐애애액! 촤악!

쇠사슬을 아슬아슬하게 피하면서 정면으로 신장귀와 맞섰다. 빗나간 쇠사슬이 땅을 파헤쳤다. 돌가루가 튀는 가운데, 서기 어린 옥봉이 공간을 쪼갰다.

빠악!

옥봉이 신장귀의 팔꿈치를 가격했다. 급소가 아님에도 반응이 극적이었다.

"키에에에엑!"

신장귀의 까만 입에서 고통에 겨운 괴성이 터져 나왔다.

치이이익!

신장귀의 팔꿈치에서 허연 기운이 치솟고 있었다. 칙칙한 회갈색 피부에 생기(生氣)가 일어났다. 그걸 신장귀는 못 견뎌 했다.

팅! 티잉! 퍼억! 퍼벅!

사금목의 탄쟁지법이 괴로워하는 신장귀의 상반신을 파고 들었다. 신장귀의 몸이 석궁에 맞은 것처럼 덜컥덜컥 뒤로 밀렸다. 까만 피도 튀었다.

천잠사를 장착한 철쟁 탄법의 위력이 놀라웠다. 내공 고수의 몸에도 구멍이 뚫을 수 있는 파괴력이었다. 다만, 신장귀의 몸이 지나치게 단단했다. 큰 타격을 입지 않은 것처럼 악기(惡氣) 어린 얼굴로 땅을 박찼다.

팅! 피이잉! 쩡! 쩌정!

지법공부가 바람을 관통했다. 신장귀가 두 팔 수갑으로 탄지공력을 막았다. 쇳소리가 났다.

"괴물이!"

장현걸은 두고 보지 않았다. 그가 신장귀의 옆으로 따라붙었다.

옥봉이 기쾌하게 뻗어나갔다. 벽옥빛 기운이 신장귀의 옆구리에 꽂혔다.

퍼억!

"카악! 키에에엑!"

신장귀가 몸을 웅크리며 옆쪽의 바위에 처박혔다. 사금목이 신속하게 거리를 좁혔다. 철쟁을 왼쪽 어깨 뒤로 돌리고 공동권법 추운권을 전개했다.

빠악! 빡!

그의 주먹이 송곳처럼 날카롭게 꽂혔다.

턱과 가슴에서 파열음이 터졌다.

다음은 장현걸의 차례였다. 그의 옥봉이 신장귀의 목덜미를 짓이겼다. 절반 정도 파헤쳐진 목줄기에서 허연 기운이 솟아올랐다. 턱이 돌아가 벌려진 입과 생기 없는 눈에서도 연기

같은 기운이 스며 나왔다.

"켁! 키엑!"

신장귀의 움직임이 멎었다.

장현걸이 옷깃 아래서 낡은 무명천을 꺼내 옥봉을 닦았다. 그러고는 귀한 보물을 감추듯 품속에 집어넣었다. 사금목은 그것이 무어냐 묻지 않았다. 그는 호기심을 못 참는 경망된 자가 아니었거니와, 그럴 때도 아니었다.

'위험해.'

단운룡의 무위를 믿으며 경각심이 옅어졌다.

그러면 안 되는 일이었다.

장현걸에겐 후개라는 두 글자로 설명되는 재능이 있었고, 사금목 또한 공동산 기재(奇才)로의 명성이 있었다.

둘 모두, 전력을 다했다.

그런데도 이토록 만만치 않다.

천잠사 탄쟁이 아니었다면, 장현걸의 옥봉이 없었다면.

상황은 더 힘들어졌을 것이다.

신장귀 하나도 이러한데, 더 붙으면 곤란했다. 싸우는 사이에 호각 소리도 더 가까워져 있었다.

"어서 갑시다!"

사금목이 먼저 땅을 박찼다.

장현걸이 그를 따라 몸을 날렸다.

세 시진, 한나절.

기약 없는 시간보다 가늠할 수 있는 시간이 도리어 길게 느껴질 수 있다. 강호에선 목숨이 날아가는 것은 그야말로 한순간이었다. 세 시진은 결코 짧지 않았다.

전투는 끝없이 이어졌다.

장현걸과 사금목은 점차 지쳐갔다. 원래도 지쳐 있었지만, 경공 속도까지 유지하지 못할 정도는 아니었다. 지금은 그것도 힘들어 했다. 장현걸은 아예 숨까지 몰아쉬었다.

"헉! 헉! 그 앞에서 다시 내리막길이오!"

장현걸이 소리쳐 말했다.

적들이 들어도 어쩔 수 없었다. 전음입밀 내공도 아껴야 할 정도였다.

삐이익!

호각 소리가 들려왔다.

그래도 거리는 꽤 벌었다.

그들이 버틴 만큼 적들이 죽었다. 적들은 죽은 자의 숫자만큼 집요해졌다. 절대 포기하지 않을 것이다.

"다시 청운곡 방향인가?"

단운룡이 물었다.

목소리엔 의아함이 묻어났다. 장현걸이 답했다.

"그렇소이다."

"거기 뭔가 있군."

"아마도 그럴 겁니다."

장현걸의 대답은 명확하지 않았다. 그도 정확히 모른다. 단운룡은 장현걸의 화법을 상당 부분 파악했다. 더 자세히 물어봐야 소용없음을 알았다.

"청운곡도 청운곡이지만, 이쯤 아니었소?"

이번엔 사금목이 장현걸에게 물었다.

"맞소. 여기 어디였소."

석양이 지고 있었다.

청운곡으로 넘어가는 길은 험했다. 기기묘묘 대숲과 바위 그림자가 어지러웠다. 단운룡이 말했다.

"찾는 자가 있다면 저쪽이다."

장현걸이 반색했다.

그가 고개를 들고 사위를 살폈다.

삐이이익!

호각 소리가 아련하게 들려왔다. 거리는 충분했다. 이쪽 종적을 놓쳤는지, 오히려 멀어진 것 같았다.

일행이 언덕을 넘었다.

산처럼 커다란 바위 위에 꽃 없는 백련목 앙상한 가지가 보였다. 장현걸이 그 앞에 서서 말했다.

"옥야(沃野)엔 근심과 걱정이 없고."

사금목이 받았다.

"사람과 짐승이 어울려 화목하다."

암호였다.

바위가 열렸다. 열린 것처럼 보였다. 바위인 줄 알았던 것은 나무숲이었다. 나무숲처럼 보인 그곳은 안에서 사람이 나오자 다시 바위처럼 변했다.

먼저 한 남자가 앞장섰다.

남자라기보다는 소년에 가까운 청년이었다.

머리카락엔 어인 일인지 붉은색 윤기가 흘렀다. 석양 노을빛이 비친 것이 아니었다. 머리카락 자체에 적모(赤毛)가 섞여 있는 것 같았다.

"고생 많으셨습니다."

적모의 청년은 아주 공손했다. 서쪽 변방의 억양이라 듣고도 한 번 생각해야 뜻이 통했지만, 장강 강남 도회의 유생처럼 자세가 곧고 몸가짐이 단정했다.

"별일은 없었소?"

장현걸이 물었다.

인사치레였다. 뻔히 목을 내밀어 청년의 뒤를 기웃거렸다. 대답도 듣기 전에 괜찮은지 먼저 살폈다.

"잘 숨어 있었습니다."

청년의 뒤엔 두 사람이 있었다. 크지도 않은 체구로 두 사람을 가로막아 보호하듯 서 있는 청년 뒤로, 한 남자가 한 여인을 업고 섰다. 남자는 키가 컸다. 백색 장삼이 짧아 보였다. 늘어진 앞머리가 두 눈을 가리다시피 했고, 코와 입에는 마포로 만든 붕대를 감고 있었다. 붕대는 오래되어 깨끗해 뵈지 않았다. 핏자국도 보였다.

뒤에 업은 여인은 체구가 작았다. 여인의 몸에도 붕대가 감겨 있었다. 남자 쪽과 달리 하얗고 말끔했다. 얼굴도 가리지 않았다. 호흡이 가늘고, 피부가 창백했다. 늘어진 머리카락과 넓은 등에 가려 잘 보이진 않았지만 이마와 눈썹 선이 고왔다. 미모가 출중해 보였다.

"이쪽은 의협비룡회 회주요. 덕분에 살았소. 믿어도 되는 분이라오."

"여부가 있겠습니까? 이분이 입은 옷에서 신산(神山) 왕모(王母)의 은총이 느껴집니다. 귀인(貴人)께 감사의 말씀 올립니다."

청년이 두 손을 가슴에 모으며 단운룡에게 정중히 몸을 숙였다. 포권은 아니었다. 강호의 예법보다 전해지는 마음이 진실 되어 보였다.

그가 고개를 들고 단운룡의 눈을 똑바로 바라보며 말을 이었다.

"제 이름은 홍옥(紅玉)입니다. 제가 아직 많이 부족합니다. 어려운 상황에 모신 것을 먼저 사죄드립니다."

눈이 아주 맑았다. 머리카락처럼 눈동자도 붉은색이 섞여 있었다. 내공 공력이 아니라 다른 식으로 축적된 법력이 느껴졌다. 부족하다는 말이 과도한 겸양처럼 들렸다.

"그 시간을 버틴 것은 네 능력이었군."

단운룡이 말했다. 홍옥이 고개를 저으며 답했다.

"아닙니다. 두 분 대협과 더불어 여러 강호 동도들 덕분입니다."

홍옥이 장현걸과 사금목을 한 번씩 바라보았다. 이 청년은 하는 말과 마음이 일관되게 진심이라 기꺼웠다. 단운룡이 이름을 말했다.

"내 이름은 단운룡이다. 그 정도면 스스로 재주를 폄하하지 않아도 된다."

"단 대협이셨군요. 과찬이십니다. 은공께 항상 무운이 있으시길 왕모께 빌겠습니다."

홍옥은 하루 종일이라도 감사를 표할 기세였다.

단운룡은 시선을 홍옥의 뒤편으로 돌렸다.

"저들은?"

"아, 어르신은 목소리를 낼 수 없어 직접 말씀하시기 힘드십니다. 저를 통해 대화하시면 됩니다."

어르신이라고 했다.

단운룡이 백삼 남자를 보았다. 남자는 고개를 들지 않았다. 단운룡과 눈조차 마주치려 하지 않았다. 무력해 보였다. 막강한 강자(强者)였음을 알 수 있었다. 지금은 아니었다.

뒤에 업은 여인도 예사롭지는 않았다. 둘 다 보통 사람이 아니었다. 아니, 사람인지도 확신할 수 없었다.

단운룡은 이들이 이 사건의 핵심이라는 사실을 직감했다.

그는 이것도 더 묻지 않았다.

쉽게 밝힐 사연이었으면 홍옥이 먼저 말했을 것이다. 홍옥은 순수했고, 순진했다. 지금도 단운룡의 시선에 곤란해하는 기색이 역력했다.

"일단 움직이시지요."

장현걸이 앞장섰다.

세 명이 더해진 일행은 여섯이 되었다.

둘은 전력에 보탬이 되지 않았다. 하나는 의식 없는 여인이라 아예 의미가 없었고, 백삼 남자는 경공을 펼치는 것조차 힘겨워 보였다.

홍옥도 속도가 빠르진 않았다.

백삼 남자에게 보조를 맞추기 위해서가 아니었다. 실제로도 경공 실력이 높지 않아 보였다. 물론 여기에는 기준의 불합리가 존재한다.

장현걸의 경신술은 이미 유명한 후기지수 수준이 아니었다. 겪어 온 아수라장이 그의 능력을 특화시켰다. 실제로 경공 공부만큼은 천하제일방 개방 후개의 명성에도 전혀 손색이 없었다.

사금목도 훌륭하긴 매한가지였다. 공동산은 국경의 험산이었다. 대저, 명산 험지의 도문 제자는 강제적이라고 해도 무방할 만큼 고절한 경신공부를 강요받기 마련이었다. 사금목은 기질이 날래고 판단이 기민하여 신법 경지 또한 일절의 경지에 이르러 있었다.

젊은 청년 홍옥의 경신을 일천하다 폄하하기엔, 일행의 신법이 지나치게 뛰어났다. 홍옥도 같은 나이 후기지수들을 기준으로 보자면 나쁘지 않다. 동년배 구파 제자들에 비해서도 우위에 있다. 무공 재능도 상당하다는 뜻이었다.

또한 홍옥에게는 특별한 능력이 있었다.

장현걸, 사금목을 따라 힘껏 뛰던 그가, 산중턱 소로(小路)에 이르러 발길을 멈췄다. 사람들이 다니는 길은 아니었다. 짐승들이나 다닐 법한 험로였다. 홍옥이 손을 몇 번 휘저었다. 그러자 줄기가 두꺼운 나무들이 생겨났다. 그루터기 나뭇가지가 진입로를 가렸다. 감쪽같았다.

실제 나무를 자라게 한 것이 아니었다. 환영(幻影)이었다. 홍옥은 부적도, 도구도 사용하지 않았다. 천재 술법사였다. 이능처럼 보이기도 했다.

그들은 전속력을 내지 못했으나, 적과의 조우 없이 상당 거리를 주파했다. 날이 점점 어두워졌다.

삐익! 삐이이이익!

호각 소리는 멀어졌다가 가까워지길 반복했다.

바람이 찼다. 귀주는 어디나 지대가 높았다. 기온이 뚝 떨어졌다. 공력 없이는 노숙이 어려울 만큼 추웠다.

"대협들께 송구하지만, 휴식이 필요할 것 같습니다."

홍옥이 나직한 음성으로 말했다. 전음입밀의 비기가 아님에도 소리가 멀리 나아가지 않았다. 그러면서도 뚜렷하게 들렸다. 그 또한 특이한 술법이었다.

장현걸과 사금목이 멈춰 섰다. 특히 장현걸이 반색했다.

"송구는 무슨 개소… 흠흠, 휴식은 언제나 옳소."

그러나 단운룡은 쉴 때가 아니라고 생각했다.

적들의 기가 가까웠다.

백삼 남자의 상태를 보았다. 무작정 끌고 갈 상황이 아닌 것은 맞았다.

백삼 남자는 운기(雲氣)가 제대로 되지 않는 것처럼, 기혈의 흐름이 엉망진창이었다. 체내의 기(氣)가 대단히 혼탁하고 어지러웠다. 처음 보았을 때보다 상태가 훨씬 더 악화되어 있었다.

용케 살아 움직인다 싶었다.

셀 수 없이 많은 내공심법이 있다지만, 저걸 온전히 정화(淨化)할 수 있는 요상구결이 존재하긴 할까 의문이 들었다.

일단 단운룡의 내공과도 상성이 맞지 않았다.

도와줄 수 없다.

광극진기는 대단히 파괴적인 성질을 지녔다. 저 정도로 불순한 진기라면, 접촉과 동시에 공격하여 태워버릴 공산이 컸다. 차라리 괴악한 마공(魔功)으로 눌러 억지로 기해(氣海)에 박아 넣거나, 공력을 완전히 흩어내고 새로 쌓아야 할 것 같았다. 탁기(濁氣)가 너무나도 짙었다.

"어르신, 괜찮으십니까?"

홍옥이 백삼 남자를 챙겼다.

백삼 남자가 고개를 한 번 끄덕이고는, 턱짓으로 앞을 가리켰다. 홍옥의 표정이 걱정으로 얼룩졌다.

　"계속 가시자구요? 지금 그럴 수 있는 상태가 아니십니다."

　백삼 남자가 고개를 설레설레 흔들었다.

　괜찮다. 해석이 어려운 몸짓이 아니었다. 지켜보는 이들 모두가 알아볼 수 있었다.

　"위험이라도 느끼신 모양입니다. 영 소저라도 제게 맡겨주시면 제 마음이 조금은 가벼워지겠습니다만."

　백삼 남자는 그 말에도 고개를 저었다. 한 번 단호하게다. 홍옥이 한숨을 내쉬었다.

　"알겠습니다. 더 못 움직이실 것 같으면 언제든 무리하지 마시고 그 자리에 서서 쉬십시오. 제가 곁을 지키겠습니다."

　홍옥은 백삼 남자를 극진히 공경했다. 정성스러움이 가족의 어른을 모시는 것 같았다.

　백삼 남자가 먼저 앞장서듯 발을 옮겼다.

　그걸 본 장현걸이 짐짓 엄살을 부렸다.

　"아니, 이왕 멈춰 선 김에 좀 쉬었다 가십시다. 나도 힘드오."

　"쉿."

　사금목이 손을 들어 장현걸의 입을 막았다.

　"적, 접근합니다."

　사금목이 전음입밀로 말했다.

　단운룡은 말 대신 행동으로 보여줬다. 그가 성큼 비탈길로 앞서 나갔다. 사금목이 서둘러 그의 뒤를 따랐다. 원래 경로에서 벗어나는 방향이었지만, 단운룡의 선택엔 이유가 있으리라 여겼다.

백삼 남자가 그 다음으로 움직였다. 홍옥과 장현걸은 뒤에 남았다. 그가 손을 휘저어 땅에 남은 흔적들에 돌무더기와 진흙을 덧씌웠다.

"봐도 봐도 신기하단 말이지."

장현걸이 중얼거렸다.

공력을 써 목소리가 숲 밖으로 새어 나가진 않았다.

그는 어떤 때에도 어떻게든 될 거라는 믿음을 버리지 않으려 했다.

그들이 비탈길을 내려갔다. 마음과 달리 내려가도 길은 편해지지 않았다.

험로가 이어졌다.

단운룡은 감에 따라 방향을 틀었다.

그동안 잘 따라오지 못했던 적들이 점차 거리를 좁혀오고 있다. 숫자가 조금 더 늘어나면 포위망이 만들어진다. 더 빨리 이동해야 했다.

'간파당하고 있다.'

성혈교는 강력한 집단이었다.

교세(敎勢)가 만만치 않은 만큼, 능력자도 많을 터였다.

홍옥의 환영술은 여러모로 활용도가 높았지만, 주해(呪解)가 불가능한 초고위 술법이 아니었다. 열흘 이상 버텼으면 기대 이상으로 잘한 거다. 적들도 해법을 찾기에 충분한 시간이었다. 감지가 가능한 술사를 불러왔거나, 해제할 수 있는 술식을 만들어낸 것이 틀림없었다.

단운룡은 머릿속으로 생로(生路)를 그렸다.

어려웠다.

그 홀로라면 길을 따로 찾을 필요가 없었다. 장현걸과 사금 목만이라도 어렵지 않았다. 문제는 홍옥과 백삼 남자다. 특히 나 백삼 남자의 이동 속도를 계산에 넣으면 답이 안 나온다. 귀주를 벗어나는 경로라면 어떻게 되겠다만, 청운곡을 목적지로 상정하면 교전(交戰) 없이 넘기는 것은 불가능했다. 최소 두 번, 못해도 세 번은 싸워야 했다.

만전도 아직이다.

단운룡은 기를 아끼면서 감각을 최대로 열었다. 기감(氣感) 또한 순속 때와 뇌신 때가 다르다. 마신(魔神) 범위는 산 두세 봉우리를 아우른다. 이 정도로는 느낄 수 있는 것에 한계가 있지만, 공력 없이도 위험 감지는 가능했다. 천부의 재능이었다.

'길이 없어.'

오르막길로 접어들었다. 바위 지형이었다. 경공 없이 오를 수 없도록 험했다. 얼어붙어 미끄러운 곳도 많았다.

'위에서 싸운다.'

여기 아니면 저 꼭대기다.

여긴 안 된다. 방어는 용이하나, 적들을 물리치는 사이에 다음 추격대가 당도할 것이다. 저 위는 조금 더 낫다. 어쨌든 거리를 벌어야 했다.

'두 방향.'

단운룡이 가볍게 뾰족한 바위를 올랐다. 사금목은 무리 없이 따라 왔지만 긴장한 기색이 역력했다. 저 아래에 있는 장현걸도 얼굴이 굳어진 채 위를 보고 있었다.

그들 모두가 백전을 치른 내공 고수였다.

단운룡처럼 위험을 느낀 것이다.

가장 가까운 적들은 동과 서, 정반대쪽에서 다가오고 있었다. 경로는 직선이다. 이쪽 위치를 잡은 것이 분명했다.

하나는 수가 많다.

강한 사기(邪氣)도 여럿이다. 환혼신장이 최소 한 기다. 신장귀로 짐작되는 것은 셋, 사람의 생기(生氣)도 열이 넘었다.

하나는 하나다.

이쪽이 더 위험하다. 기질은 양측이 같다. 모두 다 성혈교란 뜻이다. 대체로 오황은 흉악한 마두들이나 지역 사파 무리를 많이 동원했다. 이곳에서는 덜하다. 귀주가 그들 근거지여서인지는 모르겠지만, 대체로 성혈교는 교인(敎人)을 주력으로 썼다. 그들 모두 공통된 기(氣)를 지녔다.

'강해.'

단운룡은 전투를 준비했다.

많은 쪽보다 하나 쪽이 더 문제다. 놈은 단운룡이 맡아야 했다.

많이 회복했다.

다음과 다음 전투까지 생각하면 출수가 부담스럽다. 속전속결로 적 최대전력을 깎고, 나머지는 장현걸과 사금목에게 맡겨야 한다. 다만 홍옥과 백삼 남자가 불안했다. 홍옥이 어느 정도의 살상 술법을 구사할 수 있는지 알 수 없었다. 전투 능력이 없으면서 여인까지 업고 있는 남자를 보호하려면 환영술을 훨씬 상회하는 공격 법술을 보유해야 한다. 지금까지 홍옥의 언행을 볼 때, 그는 백삼 남자의 안전을 최우선으로 할 것이 분명했다. 백삼 남자는, 자명하게도 홍옥에게 버거운 짐이었다.

파라라라락!

'빠르다.'

아직 끝까지 오르지도 못했다.

동쪽의 무리에서 강대한 기 하나가 튀어나왔다. 환혼신장이다. 요란한 파공음이 들려왔다.

일행의 후미에 뒤처져 있던 장현걸이 급하게 위쪽으로 뛰어 올라왔다.

눈치 하나는 일품이다.

장현걸은 그가 전력을 다해야 할 상황임을 잘 알고 있었다. 표정이 비장했다. 사금목도 철쟁을 들었다.

아래쪽을 보았다.

백삼 남자는 중턱에도 이르지 못했다. 홍옥이 다급하게 손을 휘저었다. 바위들이 나타나 백삼 남자의 모습을 가렸다. 홍옥의 신형도 함께 지워졌다.

얼마나 통할지는 모르겠지만, 저런 술수라도 없는 것보다는 낫다.

단운룡이 고개를 들었다.

해는 이미 져서 달 밝은 밤이었다.

환혼신장의 창백한 형상이 동남쪽 바위 능선에 나타났다. 환혼신장이 유령처럼 부유했다. 엄청나게 빨랐다.

쐐애애액! 파라락!

마신을 발동하려는데, 서쪽 거암(巨巖) 방면으로 또 하나의 파공음을 들었다.

단운룡의 시선이 빠르게 반대쪽으로 돌아갔다.

그쪽은 더 빨랐다.

사기(死氣) 대신 넘치는 생기(生氣)를 지녔다.

끓어오르는 불처럼, 아주 격렬하다. 바로 오늘, 완전히 결이 다르지만 어딘가 비슷한 기(氣)를 느꼈다.

사도(使徒)였다.

마신을 발동하고 곧바로 광검을 뽑으려 했다.

그러면 날이 샐 때까지 출수 없는 운기가 필요하겠지만, 지금은 다른 대안이 없었다. 양쪽 다 강적이었다.

"좋아! 왔다!"

구결에 따라 광극진기를 끌어올리려는데, 장현걸의 목소리가 그를 멈칫하게 만들었다.

목소리에 담긴 감정이 이상하다.

동서 양 방면에서 죽음이 다가오는데, 장현걸은 그것을 반기고 있다. 그렇다. 그것은 틀림없는 반가움이었다.

"내가 저쪽으로 넘어가겠소! 사 대협, 물러나 견제합시다!"

"알겠소!"

기이한 것은 사금목의 표정 또한 장현걸과 같다는 사실이었다. 장현걸이 품속에서 옥봉을 꺼내고는, 높다란 바위 능선 저편으로 몸을 날렸다. 사금목은 곧바로 쟁을 튕겼다. 둘 다 뒤쪽에서 다가오는 사도는 쳐다보지도 않았다.

환혼신장의 악기(惡氣)에 그쪽에만 정신이 팔린 것인가 했다. 물론, 그럴 리 없었다. 사도의 존재감은 대단했다. 환혼신장 이상이었다.

쩡! 쩌엉!

환혼신장이 먼저 눈앞으로 다가왔다. 사금목의 탄지법은 아무런 타격을 주지 못했다. 환혼신장이 들어 올린 적색수갑에서 금속성이 터졌다. 그뿐이었다. 환혼신장은 속도를 줄이지도 않은 채 달려들었다. 괴물의 팔에서 쇠사슬이 풀려나왔다.

촤라라락! 꽈아앙!

적색 쇠사슬이 사금목이 서 있던 바위를 쳤다. 사금목이 홀쩍 뛰어 아래쪽 바위로 물러났다. 부서진 바윗돌이 마구 쏟아져 내렸다.

파락!

이번엔 사도다.

단운룡이 능선 위로 뛰어올랐다.

장현걸이 소리쳤다.

"단 회주! 막지 마시오!"

텅!

사도가 땅을 박찼다.

단운룡은 마신을 발동하지 않았다.

그 또한 예지라면 예지다.

진정 위험했다면 벌써부터 광검을 들고 있었을 것이다.

시각으로 인식한 사도는 모습 그대로의 적이었지만, 광극의 감각이 인식한 사도는 적이 아니었다.

사도가 단운룡의 머리 위를 넘어, 환혼신장에게로 짓쳐 들었다.

수도(手刀) 일참(一斬).

핏빛의 마참(魔斬)이 달빛을 갈랐다.

쩌어어엉!

환혼신장의 수갑에서 강력한 충격파가 터져 나왔다.

"키아아악!"

환혼신장이 괴성을 내질렀다.

적색 수갑에 검흔과 같은 삭흔(削痕)이 남았다. 그만큼 충격 또한 커 보였다.

장포를 휘날리며 사도가 착지했다.

한쪽 팔소매가 아무렇게나 나부꼈다.

외팔의 사도다.

그는 한때 다섯 번째 사도였던 자.

공석이 되었던 오 사도는 다른 사도로 채워졌다.

그는 충성된 성혈교 교인들에게 적(敵) 사도라 불렸다.

사도가 환혼신장을 향해 또 한 번 혈영마참을 전개했다.

핏빛 선명한 유형의 참격이 환혼신장을 휩쓸었다. 환혼신장이 두 줄기 쇠사슬을 한꺼번에 휘둘러 혈영마참을 막았다. 쩡! 하는 소리와 함께 적색 쇠사슬 한 줄이 끊어져 나갔다. 놀라운 위력이었다.

*   *   *

쐐액!

사도가 거리를 좁혔다.

환혼신장이 사도에 맞서 양손을 휘둘렀다. 연환장이 뿜어졌다. 보통의 요괴처럼 힘과 속도만으로 떨쳐내는 손바닥이 아니었다. 장법초식이 정교했다. 사기(邪氣)로 일으키는 발경이 오래 연마한 정공(正攻)보다 강력했다.

사도는 몰아치는 장력 안에서도 거침없이 움직였다.

오른팔이 없는 것은 약점이 되지 않았다.

주력은 수도(手刀) 기반의 참격이었지만, 장법과 추법을 절묘하게 섞어 썼다. 더불어 주격(肘擊)과 견법(肩法)까지 팔과 어깨로 구사할 수 있는 여러 공부를 완벽하게 구사했다. 그걸 한쪽 팔로 다 했다.

텅!

보법이 좋았다.

사도는 키가 컸고, 산타 반경이 넓었다. 공력발출이 자유자재인 내가고수들에겐 체격이란 의미가 크지 않았다. 몸이 커봐야 도리어 약점이 되기 십상이었다. 사도는 예외였다. 그는 좋은 골격을 잘 쓸 줄 알았다. 일타 일타에 힘이 넘쳤다. 사교(邪敎)의 무공처럼 보이지 않을 만큼, 대단히 호쾌했다.

촤라라라락!

환혼신장의 쇠사슬이 사도의 머리 위를 스쳤다.

아슬아슬해 보였지만 아니었다.

이 싸움에서 사도가 가져간 가장 큰 강점은 바로 환혼신장의 무공을 그가 익히 알고 있다는 사실이었다.

텅! 퍼엉!

사도의 일장이 환혼신장의 팔뚝을 쳤다.

그러고는 반 보 앞으로 들어가 수도(手刀)를 내리그었다.

촤아악!

환혼신장의 옆구리에서 검붉은 피가 솟았다. 환혼신장은 대단히 빨랐지만, 전혀 반응하지 못했다. 사도의 참격에 옆구리를 들이민 것처럼 보일 정도였다.

투로를 미리 읽은 자만이 이런 공격을 선보일 수 있다. 그러나 환혼신장은 큰 타격을 입은 것 같지 않았다.

참격을 깊게 허용하고도 전혀 속도가 줄지 않았다. 사도와 환혼신장의 신형이 격렬하게 얽혀들었다.

순식간에 삼십여 합 공방을 주고받았다.

그 사이에 장현걸과 사금목은 뒤이어 달려온 신장귀들과 맞섰다.

신장귀 둘이 요란한 파공성을 울리며 좁은 바위 능선을 달려왔다. 장현걸이 뾰족한 돌을 던지고, 사금목이 탄쟁지법을 발출했다.

장현걸의 투석술은 위력이 상당했다. 성혈교 호교신장이라는 강시병기에 돌 던지기로 대응한다는 것이 일견 초라해 보일 수 있었으나, 요는 그 방법이 얼마나 효과적이냐는 것이었다. 장현걸은 돌멩이로 신장귀를 쳐 죽일 생각이 전혀 없었다. 사도와 환혼신장의 싸움에 가세하지 못하도록 견제만 하면 그만이다. 그것만이라면 충분이란 말로 부족했다. 장현걸의 투석이 신장귀의 가슴팍에 작렬했다. 신장귀가 괴성을 내지르며 방향을 틀었다. 장현걸이 손에 쥔 옥봉에 내공을 집중시켰다.

"이놈부터 잡읍시다!"

신장귀가 둘이다.

하나씩 잡으려면 일대일 싸움을 해야 한다.

만만치 않다. 부담스러운 상대였다. 사금목이 탄지공을 한 놈에게 집중시켰다. 장현걸이 말한 바로 그 신장귀를 향해서다.

그의 손이 빠르게 천잠사를 튕겼다. 이 힘과 이 속도면 보통 쟁현은 세 번 연탄을 버티지 못하고 끊어진다. 천잠사 쟁현은 멀쩡했다. 오히려 힘이 더 붙는 것 같았다.

따당! 피피피피핑!

파공음은 가벼웠지만 격타음을 그렇지 않았다.

퍼버버버벅!

흑색장포를 뚫고 신장귀의 등줄기를 파고들었다. 묵직한 지공(指功)이 등에서 어깨까지 사선으로 작렬했다. 신장귀의 몸이 타격점을 따라 기울어졌다. 장현걸의 옥봉이 흐트러진 선을 잡았다.

빡! 빠박!

"키에에에엑!"

어김없었다.

신장귀가 고통에 겨운 괴성을 내질렀다. 사금목은 뒤이어 달려드는 신장귀에게 탄지공을 튕기고, 땅을 박차 능선을 넘었다. 장현걸의 옥봉이 고통스러워하는 신장귀의 가슴팍을 다시 한번 파고들었다.

"카악!"

신장귀가 덜컥 뒤로 밀렸다. 바위를 타넘은 사금목이 신장귀의 등을 노렸다.

뻐억!

사금목의 일권이 신장귀의 척추에 꽂혔다. 철봉을 친 것처럼 딱딱했다. 신장귀의 몸이 기괴하게 비틀렸다.

구파와 일방이다. 합공이 일품이었다.

퍽!

장현걸의 옥봉이 신장귀의 눈에 틀어박혔다. 옥봉에 담긴 항마력이 두개골을 부수고 강시 괴물의 뇌수를 헤집었다.

"크어… 어……!"

장현걸은 치명타를 꽂아 넣고도 얼굴을 찌푸려야 했다. 검은 피가 옥봉을 따라 줄줄 흘렀다. 매캐하게 하얀 연기가 치솟는 가운데, 썩은 냄새가 진동을 했다.

그렇게 신장귀 하나가 허물어졌다.

환혼신장도 동시에 같은 신세가 되고 있었다.

빠아아아아악!

사금목은 등 뒤로부터 험악한 격타음을 들었다. 장현걸은 고개를 돌리지 않고도 그 장면을 볼 수 있었다.

결정지은 것은 마참(魔斬)이 아니라 주격(肘擊)이었다.

사도의 팔꿈치가 환혼신장의 턱을 짓이기고 있었다. 초근접 거리로 밀어치는 일격이었다.

강철처럼 단단했던 턱뼈가 뜯겨 나가 목덜미에 너덜거렸다.

혈령신공(血靈神功) 핏빛 공력이 환혼신장의 머리를 뒤흔들었다. 인간이 아닌 강시라 해도, 뇌가 파괴되어서는 제대로 기능할 수 없었다.

환혼신장이 휘청거리며 한쪽 무릎을 꿇었다. 사도가 손으로 환혼신장의 이마를 잡았다. 배교(背教)한 적(敵) 사도는 무자비했다. 환혼신장이 몸부림을 쳤으나, 사도는 괴력으로 머리를 잡아 눌렀다. 환혼신장의 다른 쪽 무릎이 꺾였다.

콰득, 콰드득!

사도의 손이 핏빛으로 빛났다. 혈령(血靈)이고 혈영(血影)이다. 사도의 긴 손가락들이 피부를 찢고 환혼신장의 이마뼈를 파고들었다.

쩌적!

뼈에 금이 가는 소리가 들렸다.

퍼억!

사도의 손아귀에서 전두골이 박살 났다. 환혼신장의 뼈는 몹시 단단했다. 인간 골격의 경도가 아니었다. 한꺼번에 부서지지 않고 쥐어 터뜨린 부위만 깨졌다. 그래서 더 참혹했다. 망가진 내용물이 이마 앞으로 흘러내렸다. 붉고 하얗고 칙칙했다. 썩는 냄새는 신장귀보다 덜 났다.

털썩.

환혼신장이 앞으로 고꾸라졌다.

사도는 명백히도 분노하고 있었다.

그가 고개를 들었다. 각진 얼굴엔 표정이 없었으나 두 눈엔 핏빛 노화가 이글거렸다.

파라라라락!

이지(理智) 없는 신장귀가 사도에게 달려들었다.

환혼신장이 무참하게 파괴되었다. 지능이 있다면 도주해야 옳다. 신장귀에겐 부패한 살기(殺氣)만 있었다.

쉬익! 촤아아아악!

혈영마참이 어둠을 갈랐다.

신장귀의 목이 날아갔다.

능선을 따라, 적들이 더 달려오고 있었다.

사도는 말이 없었다.

침묵으로 선두에 섰다. 장현걸과 사금목이 뒤를 받쳤다.

삼인이 성혈교 추격대로 뛰어들었다.

살육이 시작되었다.

사도는 강력했다.

추격대는 전멸지경이 되어서야 퇴각을 결정했다.

사도는 잔인했다.

도망치려는 호교무인들을 곱게 보내주지 않았다.

혈영마참 붉은 반월에 묵신단 흑의무인의 머리가 뎅겅뎅겅 날아갔다. 멀리 내려간 자까지 집요하게 쫓아가 허리를 동강 냈다. 용케 살아나갔다 해도 그 수는 얼마 되지 않았다. 두 손도 많았다. 한 손에 꼽았다.

장현걸이 두 군데나 부상을 입었다. 치명상은 아니었다. 다만 부상 입은 곳이 팔꿈치 관절과 어깨였다. 그것도 우측 좌측 각각이었다.

봉법, 투석, 둘 다 문제가 생겼다는 뜻이다. 전력 손실이 상당했다.

"이것 참, 거지 같소. 아니, 거지가 어때서?"

장현걸은 이상한 방식으로 기운을 되찾으려 했다. 농담이 분명했지만 웃어주는 사람은 아무도 없었다.

"왜들 말이 없소? 내 살다 살다 거지굴이 그리워지는 날이 올 줄이야."

개방에서는 통했던 모양이다.

하기야 그는 후개란 신분을 지녔다. 차기 용두방주가 웃겨 보겠다 작정하면 방귀 뀌는 시늉만 해도 주위 거지들이 다 자지러져야 했다.

"봉산아, 하다못해 너라도……."

장현걸은 멈추지 않고 중얼거리며 대꾸 없는 길을 달렸다.

홍옥이 환영을 지우고 나와 일행과 합류했다.

"고초가 많으셨겠습니다."

홍옥이 사도를 반겼다. 그는 누구에게나 살갑고 친절했다. 그게 그의 기본 인성 같았다.

사도는 무심했다.

"위험하지 않았다."

홍옥과는 눈조차 마주치지 않은 채 짧게 답했다. 그러고는
백삼 남자와 등에 업힌 여인에게 한 번 시선을 주었다.

사도의 눈빛이 검게 가라앉았다.

끓어오르던 혈광(血光)이 사라진 그는, 마치 사람 모양으로
빚은 석상 같았다. 각진 얼굴은 조각해 놓은 것처럼 표정 변화
가 거의 없었다. 입을 열어 물을 때도 딱딱했다.

"놈은?"

"모르겠소."

사도가 묻고, 장현걸이 답했다.

대화는 그뿐이었다.

사도는 단운룡을 보고도 아무런 관심을 갖지 않았다. 싸울
때는 자못 타오르는 무혼(武魂)이 있어 보였지만, 싸움이 그치
자 전혀 다른 사람이 되었다. 세상만사가 그에게 아무런 의미
가 없는 느낌이었다.

그들이 능선을 따라 비탈길을 내려갔다. 장현걸은 사도의
질문을 기점으로 중얼거림을 멈추었고, 일행은 약속이라도 한
듯 아무 말을 나누지 않았다.

구름 사이로 달이 숨었다.

산길은 칠흑처럼 어두웠지만, 울퉁불퉁한 바위 길에서도 일
행은 빠르게 산을 탔다. 백삼 남자는 여전히 상태가 나빠 보
였다. 그래도 발 한 번 헛딛는 일 없었다. 비틀거리지도 않았

다. 단운룡은 그런 그에게서 범인을 훌쩍 넘어선 초인(超人)의 의지를 읽었다. 보면 볼수록 보통 인간이 아니었다.

청운곡이 가까워졌다.

많이 돌아왔다.

단운룡은 이내, 몸 상태가 만전이 되었음을 알았다. 그리고 채워진 힘을 쓸 때가 되었음도 함께 감지했다.

청운곡 앞에 누군가가 있었다.

성혈교와는 이질적인 기운을 지녔다. 고수다. 초강자였다.

단운룡이 가장 먼저, 다음으로 사도가 반응했다.

홍옥은 뒤부터 돌아보았다. 그는 항상 백삼 남자부터 챙겼다.

"누구지?"

장현걸이 사금목을 돌아보았다.

"모르겠소. 적이오?"

장현걸도, 사금목도 긴장한 기색이 역력했다.

청운곡 앞의 고수는 기파를 숨기지도 않았다.

내가 여기에 있다.

만천하에 존재감을 드러냈다.

혹.

촛불이 꺼진 것처럼, 갑작스레 기파가 사라졌다.

산 하나가 없어진 것 같았다.

그것이 더 큰 과시였다.

그 정도 기(氣)를 숨 한 번 쉬는 사이에 지워버렸다. 내공

수급이 엄청나다는 뜻이었다.

단운룡이 선두로 나섰다.

광극진기가 전신으로 치달았다.

뇌기(雷氣)가 상대를 적으로 인식하고 있었다.

무감각하던 사도의 눈동자가 가볍게 흔들렸다. 사도는 여태껏 보이는 것만 봤다. 단운룡은 힘을 한껏 억제한 채, 오로지 축기에만 전념했다. 그 상태의 그는 초고수로 보이지 않았다.

잠룡(潛龍)이 비룡(飛龍)이 되었다.

천잠비룡포가 꿈틀거렸다.

단운룡의 몸에서 힘의 파동이 새어 나왔다. 사도의 얼굴은 여전히 석상 같았지만, 눈빛만큼은 분명한 사람이 되어 있었다. 까만 눈동자에 놀라움이 깃들었다. 미세한 분노가 사도의 마음 안에 섞여 들었다. 다시는 하지 않으리라 다짐했던 실수를 반복하고 말았기 때문이었다.

배신한 사도의 자각(自覺)과 대오(大悟)는 그렇게 갑작스레 찾아왔다. 그는 가볍게 상대했던 젊은 무인의 진가를 알아보지 못하여 한쪽 팔을 잃었다. 광신의 교리(敎理)를 탓할 게 아니었다. 그는 아직도 진정 틀을 깨지 못한 자였다.

사도는 이름을 잊음으로 신의 사자(使者)가 되었다.

그러면서 그는 자아(自我)의 일부까지 함께 잃었다. 그는 성혈교에서 나와 스스로를 비망(備忘)이라 일컬어 이름까지 새로 지었지만, 또 옛 실수를 까맣게 잊어버렸다. 적(敵) 사도 비망은 단운룡의 뒷모습을 보며, 치욕의 기억을 되살리고 없어졌던 감정들을 찾아낼 수 있었다.

싸울 이유가 늘었다.

그는 앞으로도 많은 것을 되찾아야 했다. 그 사실을 상기하며, 그 역시 전투를 준비했다. 그의 손에 핏빛 진기가 깃들었다. 그가 단운룡의 뒤를 따랐다.

단운룡이 속도를 냈다.

저 멀리, 한 노인이 보였다.

백발이 성성하나 잘 묶어 단정했다. 얼굴에는 주름이 곱게 졌다. 말년을 온화하게 살았다. 강맹했던 품성도 세월을 따라갔다.

뒷짐을 진 것이 참으로 여유로워 보였다.

산책 나온 촌로의 모습이 따로 없었다.

그러나 이곳은 산책 나올 뒷산이 아니요, 촌로가 산을 오갈 시간도 아니었다.

투지가 빛처럼 일어났다.

단운룡은 즉각 마신을 발동했다.

천잠비룡포가 뿜어낸 빛 무리가 화려하게 야심한 암흑을 밝혔다. 발밑과 허공에 광파의 소용돌이가 생겨났다.

"오호라……. 이건 또 예상외로군."

노인이 뒷짐을 풀었다.

그가 주먹을 쥐었다. 적수공권이 백색으로 빛났다.

처음 느꼈던 기세가 다시 솟아났다. 태산처럼 크고 무거웠다.

단운룡이 몸을 날렸다.

본능적으로 광검을 뽑았다. 휘황한 빛이 그를 따라 이어졌다.

빛이 암천을 갈랐다.

쫘아아아앙!

폭음이 사위를 휩쓸었다. 광파가 일어나 주위의 바위를 바스러뜨렸다.

광검이 막혀 있었다.

노인의 백색 주먹에.

맨주먹으로 광검 일격을 받아냈다.

역시 그렇다. 단운룡이 지닌 천부의 전투감각엔 오류가 없다.

상대는, 이와 같았다.

"살아생전에 이걸 다시 볼 줄이야."

노인이 말했다.

노인의 목소리는 부드러운 표정과 다르게 카랑카랑했다.

퍼엉! 콰아아아아!

백색의 일권이 광검을 튕겨내고 무지막지한 파공음을 일으켰다.

단운룡의 몸이 훅! 하고 사라졌다.

노인이 부드럽게 몸을 돌렸다. 강인하게 진각을 밟고 다시 일권을 휘둘렀다. 백광이 어둠을 갈랐다.

쫘앙!

폭발음과 함께 광파가 사방으로 뻗어 나갔다.

위타천의 극속 신법을 아무렇지 않게 간파했다.

단운룡은 즉각 생각을 수정했다. 간파가 아니라 미리 안 거다. 경험이 있는 것이다.

흔히들 백전의 고수라고 말하지만, 이 노인은 그중에서도 경험의 궁극에 이른 자였다. 온갖 상대와 다 싸워봤다. 그 안에는 사패도 있고, 팔황도 있다. 협제와 겨루고, 위타천과 다퉜다. 그럼에도 살아 있다.

평온한 얼굴로. 무공을 유지하면서.

수없는 무림인들의 꿈이다.

노인의 권법에는 삶이 담겨 있었다.

콰아아앙!

광검이 크게 흔들렸다. 단운룡의 몸이 덜컥 튕겨 나갔다.

권격의 경파가 광검을 타고 손까지 파고들었다. 광극진기가 일어났다. 상대방의 공력은 몹시 강력한 침투력을 지녔다. 그러나 광극진기는 뚫지 못한다. 꿈틀거리는 백색 진기가 순식간에 흩어졌다.

'이 진기는⋯⋯!'

단운룡이 땅에 내려섰다.

파동이 일렁거렸다. 발밑의 동심원이 변화했다. 천잠비룡포의 광형이 원에서 곡선으로 바뀌었다.

단운룡이 손을 펼쳤다.

광검을 놓았다.

빛이 확산되듯 퍼져나가 천잠비룡포에 박혀들었다. 재흡수다. 광검을 지우고, 몸을 낮췄다. 광극진기가 충만하게 전신을 내달렸다. 그가 땅을 박찼다.

꽝!

단운룡의 몸이 무서운 속도로 뻗어 나갔다.

보법이나 경신으로 설명할 수 없었다. 그 자체로 한 줄기 빛이 된 것 같았다.

그 움직임을 인식할 수 있는 이는 노인뿐이었다.

뒤따라오던 사도조차도 단운룡의 투로를 온전히 알아볼 수 없었다. 상승 고수들 중에서도 고수만 따라 올 수 있는 영역에서, 노인을 향해 극광추가 뻗어나갔다.

파앙!

꽈아아아아아앙!

노인은 전혀 당황하지 않았다. 가볍게 몸을 낮춰 일타를 피해냈다. 파공음 뒤에, 엄청난 폭음이 사위를 휩쓸었다. 노인의 뒤에서 바위 하나가 무너지고 있었다. 단운룡의 마신극광추는 이제 장법비기와 같은 원공(遠功)의 타격까지 아울렀다. 위력이 무서웠다.

우웅! 꽈아앙!

마광각이 땅을 찍었다. 단단한 바위 대지가 우르릉 흔들렸다. 파동경력이 하늘과 땅을 채웠다.

노인이 웃었다.

"당돌하군! 협제검을 버리고, 이 나와 백타로 싸우겠다?"

노인은 그것을 도전으로 받아들인 것 같았다.

그가 양손 주먹을 꾹 쥐었다.

백색의 진기가 팔꿈치까지 번져 나갔다.

땅을 밟고, 용(龍)처럼 몰아친다. 그의 움직임은 도강언에서 싸웠던 얼룡과 닮아 있었다.

콰앙! 쩌어어엉!

마침내 노인의 백권(白拳)과 단운룡의 광검결이 만났다.

중병이 부딪치는 소리가 났다.

한 번의 충돌이면 족했다.

노인의 얼굴에서 웃음이 사라졌다.

"이것은?"

단운룡이 느낀 의문과 같았지만, 해답은 정반대였다.

이것은 단운룡의 도전이 아니었다.

이유가 있어서 광검을 거두었다.

그 이유는 상대방에 대한 존중이 아니었다.

그저 이기기 위해 올바른 선택을 했을 뿐이다.

후욱!

단운룡이 다시 한번 극광추를 내쳤다.

노인은 피하지 않았다. 확인이라도 하듯, 정면으로 주먹을 내질렀다.

쫘아아아앙!

노인이 뒤로 밀렸다.

노인의 주먹에서 백색의 진기가 혼란스럽게 요동치고 있었다. 살아 있는 생물이 고통스러워하는 느낌이었다.

촌노(村老)의 여유를 벗어던졌다.

노인의 몸에서 노장(老將)의 군기(軍氣)가 솟아났다. 투지로 점철된 수백 무인들을 이끌고 강호를 질타하던 천룡일맥 파괴자의 기상이 이 순간 이 곳에 재림했다.

노인이 땅을 박차고 연환권을 내쳤다.

형(形)이 명백했다.

용권(龍拳)이었다. 강하백룡(降下白龍)의 권력이 단운룡의 머리 위로 내리꽂혔다. 마신마광각으로 맞섰다.

쫘광!

노인의 내공은 절륜 그 자체였다.

그러나 광극진기는 광대하게 짓누르는 내공을 송곳처럼 꿰뚫으며 권격과 몰아치는 파동경파까지 산산조각으로 찢어 발겼다.

이것이 가능한 이는 천하에 몇 되지 않는다.

노인은 어떤 상황에도 능히 응해 온 박대한 경험으로 당황과 경악을 거뜬히 제압했다.

형언 불가의 상대를 숱하게 만났다. 그러니, 이런 놈도 얼마든지 있을 수 있다.

그저 오롯이, 갈고 딱은 무공을 펼친다.

노인에겐 자신의 무공을 단숨에 파훼하는 단운룡조차도 그저 특출 났던 상대들 중 하나일 따름이었다.

콰콰콰콰콰! 꽈앙!

노인은 공력 상성의 열세를 이겨내며, 우직하게 투로를 밟았다. 위진백룡(威震白龍)의 삼연격이 단운룡에게로 쏟아졌다.

노인은 강했다.

정면으로 마주했다.

광검결, 극광추, 광혼고의 연환기가 노인의 권력을 휩쓸었다.

광파가 난무했다. 제어 불가의 광력기(光力氣)가 청운곡 양쪽 절벽을 흔들었다.

쿠웅! 콰아아앙! 콰드드드득!

천잠비룡포의 방어력까지 뚫고, 세 줄기 진기가 단운룡의 체내까지 파고들었다.

두려울 정도다. 그 짧은 시간, 공력의 질을 바꿨다.

파고든 백룡기(白龍氣)는 더 이상 천룡일맥의 파동 특성을 지니고 있지 않았다. 광극진기가 그에 맞춰 변화했다. 우주(宇宙)의 심연에서 새로운 깨달음이 끌려나왔다.

백룡기(白龍氣)가 부서져 산화했다.

그것은 광극진기의 근본적 존재 이유와 같다.

천룡일맥에게는 질 수 없다.

단운룡이 쌍장을 가슴 앞에 모았다.

노인은 단순한 지르기로 답했다.

천룡회 백룡권, 척천백룡(斥天白龍)의 일권이 단운룡의 중단을 노렸다. 그 일격은 철위강이 단운룡에게 선사했던 일점의 천룡권과 대단히 닮아 있었다.

꽝! 파지지지지직!

마신광뢰포가 광파의 전격을 뿜었다.

백룡권은 그 한가운데를 고집스레 뚫었다.

노인의 일권이 멈췄다.

파지지지지지…….

광뢰포 전격이 허공으로 흩어졌다.

충분하다.

저 협제 소연신이 필생의 깨달음을 집대성하여 천룡일맥을 겨냥한 광신마체 비기들을 백룡권만으로 이만큼이나 상쇄했다.

빛과 빛이 명멸하며 서로를 알아보았다.

노인은 무적의 권법가다. 다만, 협제일맥이 상대가 아니라면.

현 강호에 그를 이길 수 있는 이는 지극히 드물 것이다.

잠시의 침묵이 흘렀다.

마침내, 단운룡이 물었다.

"계속 하시겠소?"

노인은 이 질문에 분노해야 마땅했다.

소연신도 아니고, 그 제자다.

그러나 노인은 치욕으로 화내지 않았다.

지나간 세월을 부지런히 살아왔다. 그는 성숙한 대인(大人)이었다.

오 대야라 했다. 무릇, 대야(大爺)라는 함은 인품에 대한 책임을 동반하는 호칭이었다.

젊은이에겐 젊은이다운 패기가 있어야 마땅했다. 그리고 노인은, 이제 어른다운 어른이 되어 있었다.

"내 이름은 오극헌이다. 들어봤겠지?"

"물론이오."

"너의 배움이 대단하다. 협제의 진전을 제대로 이었구나."

"부족하오."

"내 패배다. 너는 부족하지 않다."

시원하게 인정했다.

노인의 이름은 결코 가볍지 않았다. 그러므로 그의 패배 선언 역시 가볍지 않았다.

천룡회 우호법이 그였다.

천룡대제 철위강은 결코 덕망 있는 군주가 아니었다. 그럼에도 천룡회는 최전성기에 다른 세 패주를 압도하는 막강한 성세를 자랑했다.

오극헌이 필두에 있었다. 그는 천룡회 이인자로, 전성기 한때나마 전 중원의 이인자라는 평가까지 받았었다.

우우우웅.

단운룡이 먼저 진기를 거두었다.

마신 반동으로 공력이 요동쳤다. 천잠비룡포가 기갈을 상쇄했다. 내기가 빠르게 안정되어갔다.

그것을 본 오극헌이 한마디 했다.

"십 년 전만 해도 내가 이겼을 터인데."

말투는 친근해져 있었다. 그는 다시 산책 나온 촌로가 되었다.

"십 년 전이면 초출 무렵이오. 지지 않고 배기겠소?"

단운룡이 대답했다.

"그것은 참으로 고약한 농담이로고. 협제는 그런 것까지 가르치나?"

"농담이 아니오."

오극헌이 웃었다.

근 수십 년째 이런 식으로 말하는 놈이 있었나, 되짚어 보았지만 아무도 떠오르지 않았다. 그래도 괜찮았다.

어차피 협제와 천룡은 앙숙이었다.

소연신도 이랬다. 아니, 적어도 천룡일맥을 상대로는 이보다 더 심했다. 단운룡 정도면 예의를 차려준 거다. 오극헌은 충분히 이해했다.

그는 협제를 닮았으면서도, 닮지 않은 단운룡이 꽤나 마음에 들었다.

"그보다 여기까진 어인 일이오?"

단운룡은 잡담에 시간을 낭비하지 않았다.

중요한 질문이었다.

천룡회 우호법이 강호에 나와, 성혈교의 영역 안에 들어왔다. 이 사실 역시 그의 이름만큼의 무게를 지닌다.

오극헌이 답했다.

"요즘 내 시대의 무명(武名)들이 심심찮게 귀에 들리더군. 전대, 전전대라는 수식어를 달고서 말이야."

오극헌이 뒷짐을 지고, 몸을 돌렸다. 그가 휘적휘적, 청운곡 무너진 바위 쪽으로 걸음을 옮겼다. 단운룡은 잠자코 서 있다가 오극헌이 계속 앞으로 걸어가자 함께 뒤를 따라 걸었다. 오극헌이 집채만 한 바위 앞에 섰다. 바위는 절벽에서 떨어지며 깨지고 부서졌기 때문인지 모서리가 날카롭고 험악했다.

오극헌이 말을 이었다.

"잘도 기어 나와 강호를 누비는데, 나라고 못 할 게 있을까 생각이 들었지."

"진정 그 이유요?"

단운룡의 질문은 광검결처럼 예리했다.

"그런 이유도 있다, 이 말이네. 설마하니 내가 화목하게 사는 거처를 놔두고, 이제 와서 지나간 혈기나 내세우러 나왔겠는가?"

오극헌이 타이르듯 편히 말했다.

단운룡은 편치 않았다.

천룡회 수뇌부가 강호에 나왔다는 것은, 무적진가도, 전륜

회도, 같은 일이 가능하다는 말이 된다. 전대의 고인이 은거를 깨고 출도하는 것은 결코 좋은 현상만은 아니다. 혈풍(血風)이 거세지고, 혼란이 가중될 것이다. 그들은 하나하나가 폭탄과도 같다. 통제 불가의 변수가 될 공산이 크다. 어딘가에서 갑작스레 혈란을 일으켜도 문제요, 옛 기량을 유지하지 못해 팔황에 살해되어도 문제다. 찾아다니며 얌전히 따르라 할 수도 없다. 단운룡은 오극헌의 출현이 더 큰 파도가 일어날 조짐처럼 느껴졌다.

"도와주러 온 것이 아니라면, 갈 길로 떠나시는 것이 좋겠소."

편치 않은 이유는 또 있었다.

오극헌의 진의를 읽을 수가 없었다.

예지의 능이 통하지 않았다. 오극헌은 삼단전의 방어막이 대단히 견고했다. 상단전에는 생각이, 중단전에는 감정이, 하단전에는 동작이 깃든다. 의도를 알고, 마음을 알고, 움직임을 알면, 겨룸에서 능히 승기를 가져갈 수 있다.

오극헌은 막대한 공력으로 기가 흐르는 모든 곳에 거대한 암벽을 쌓았다. 아무것도 볼 수 없을 정도였다. 오극헌이 이곳에 나타난 것도 왜인지 직접 들어야만 알 수 있다. 그게 그 수준의 고수다. 그저 지나가다 소란을 듣고 우연히 찾아 온 것인지, 아니면 정말 어떤 목적이 있어서 온 것인지도 분간이 안 된다. 단운룡조차도 미리 짚어 확신할 수가 없었다.

"소연신은 많은 것을 볼 수 있었지. 상대하는 입장에서는 몹시 까다로웠어. 그러니 답답할 거야. 자네 반응이 참으로 재밌군."

시간이 흘러 많은 의미들이 퇴색되었어도, 적은 적이다.

오극헌은 협제 일맥에게 스스로를 다 보여주려 하지 않았다. 성숙함으로도 어쩔 수 없는 본능이다.

단운룡이 마음에 들었지만, 그렇다고 완전한 호의로 대하겠다는 뜻은 아니었다. 애초에 호감이 생긴 것도 인품이 흡족해서라기보다는, 변치 않는 호적수로서의 정체성이 기꺼워서였을 뿐이었다.

"말장난은 그만하고, 본의를 밝히시오."

단운룡은 더 돌려 말하지 않았다.

오극헌이 한 번 더 웃었다.

직설적인 그 화법에, 괜한 심술이 일어났다. 조곤조곤 설명해주는 것이 어려운 일은 아니었다. 하지만 말하지 않고 감추는 것이 더 쉬웠다.

"자네, 마음을 좀 부드럽게 가져보게. 물론, 이와 같은 난세엔 만만치 않은 일이겠다만."

오극헌이 바위 쪽으로 한 발 더 다가갔다.

그가 바위에 손을 올렸다.

백룡의 기운이 그의 손을 채웠다.

쩡! 퍼서서석! 콰드드드득!

거대한 바위에 균열이 일어났다. 단운룡은 여전히 오극헌의 저의를 알 수 없었다.

오극헌이 카랑카랑한 목소리로 말을 이었다.

"난 딱히 자네에게 흥미가 있어서 온 것이 아니라네. 용두방주에게 언질을 받은 바가 없지는 않다만, 개방 때문에 온 것도 아니지."

꽝! 콰르르르르륵! 콰광!

기어코 쪼개진 바위가 굉음과 함께 무너져 내렸다. 그러면서도 오극헌의 머리 위로는 파편 하나 떨어지지 않았다. 내공 수급이 신기(神技)에 이르러 있었다.

"이 안에 파내야 할 것이 하나 있다더군. 천하의 흐름을 조금은 바꿀 수 있는 물건이라지. 시도가 몇 번 있었으나 매번 실패했다던가."

콰광!

오극헌이 앞으로 더 나아갔다.

"우리는 살문과도 싸웠지만, 혈교(血敎)와는 사이가 더 나빴어. 총단이 지척에 있으니 누가 와도 끝내 해내긴 힘들 거야. 그 녀석이 와도 말이지. 하여, 직접 와봐야겠다는 생각이 들었네."

콰아아아아앙!

바위 하나가 더 무너졌다.

난무하는 바위 파편 사이로, 오극헌이 고개를 돌렸다.

그가 단운룡을 향해 말했다.

"그러니, 자네도 돕게."

백룡권이 다음 바위에 틀어박혔다. 굉음이 이어졌다. 청운곡이 무너지고 있었다.

더 깊이. 땅속 어딘가를 향해서였다.

*　　　　*　　　　*

콰콰콰쾅!

빛과 함께 바위가 무너졌다.

오극헌의 내공이 대해처럼 깊어도, 홍옥의 술법이 세상을 속여도, 그 기운과 소리를 감추는 것은 불가능한 일이었다.

게다가 청운곡은 성혈교에 있어서도 중지(重地)였다.

적들의 시선이 집중되었다.

시선의 집중은 곧, 대병력의 집결을 불렀다.

호각과 호시가 하늘을 채우고 말과 뜻을 전할 수 있는 모든 수법이 동원되었다.

그렇기 때문에, 중요한 것은 속도가 되었다.

오극헌은 빠르게 바위를 때려 부쉈다. 단운룡도 이것이 시간 싸움임을 알았다.

힘을 아껴야 하기 때문에 마신으로 전력을 다하진 못했지만, 바위 속의 금기(金氣)를 읽으며 최소한의 힘으로 파괴의 묘를 살렸다.

꽈과과과광! 쿠르르르릉!

바위가 마구 쏟아져 내렸다. 단운룡과 오극헌이 각자 몸을 날려 바위 파편을 피했다.

한순간, 백삼의 남자가 움찔했다.

노심초사 지켜보던 홍옥이 몸을 날렸다.

"자, 잠시만 멈춰주십시오!!"

단운룡은 순간을 아껴 썼다. 물러나 운기하며 기력을 회복했다.

오극헌과 싸운 것은 일종의 실책이라 할 수 있었다.

진기를 너무 많이 낭비했다. 거기에 바위를 부수는 것도 일이다. 만전까지 회복하려면 또 두 시진 이상이 더 필요했다.

홍옥이 바위를 뛰어넘으며 막 지금 부서진 바위 사면을 살폈다. 그가 기울어져 땅에 꽂힌 바위 하나에 손을 댔다. 붉은 눈이 반짝 빛났다.

"이걸 좀 치워야겠습니다!"

오극헌보다 장현걸이 먼저 나섰다.

무너져 바뀐 지형을 파헤치는 것은 오극헌 같은 고수에게도 간단한 일이 아니었다. 그 역시도 단운룡처럼 틈틈이 운기하여 내력을 모았다.

멀리서부터 적들이 접근하고 있었다.

땅을 부수는 것으로 끝이 아니다.

단운룡처럼, 오극헌도 전투를 준비했다.

헌데 정작 장현걸은 바위에 붙어서도 제대로 힘을 쓰지 못했다. 두 팔을 다 다쳤기 때문이었다. 보다 못한 사금목이 달려들어 거들었다.

콰드드득! 쩌엉!

바위가 옆으로 넘어지며 쪼개졌다.

"여깁니다!"

홍옥이 밝은 목소리로 말했다.

바위 사이로 까만 구멍이 뚫려 있었다. 자연적으로 생긴 동굴이 아니었다. 장현걸이 머리를 들이 밀었다. 무저갱(無底坑)의 암흑이 눈앞을 채웠다. 사람 손이 닿은 흔적이 곳곳에 잔뜩 있었다.

"이게……."

"네, 예전에 실패한 갱도입니다."

홍옥이 말했다.

밝았던 목소리가 삽시간에 우울해졌다. 뭔가가 생각나는 모양이었다. 강호인답지 않게 감정이 그대로 드러나 쉽게 읽혔다.

장현걸이 머뭇거리는 사이에 홍옥이 안으로 쑥 몸을 집어넣었다.

뚫린 구멍은 체격이 큰 사람이 들어가기가 만만치 않아 보였다. 홍옥이 안쪽에서부터 바위 하나를 바깥으로 밀어냈다. 공간이 더 생겼다.

"어르신은 바깥에서 기다려 주십시오. 안에서 매몰되면… 이번에는 정말 위험합니다."

백삼 남자가 암굴의 입구에 멈춰 섰다.

그는 잠시 망설였다. 뒤에 업고 있는 여인 때문인 것 같았다.

뒤를 슬쩍 돌아본 고갯짓이, 멈칫 하는 발걸음이 그의 마음을 알려줬다.

안에서 또 붕괴가 일어나면 방법이 없다. 그는 몰라도 여인은 죽는다. 그는 결국 안으로 들어가지 못하고, 바깥에 섰다. 홍옥이 다시 힘주어 말했다.

"꼭 찾아오겠습니다."

백삼 남자가 뚫린 구멍 위에 손을 올렸다.

그리고 말했다.

"맨손으로……."

목소리가 명확하지 않았다. 탁하고 흐렸다. 소리가 어딘가로 새는 느낌이었다.

"네. 직접 손으로 다루지 않겠습니다. 명심할게요."

홍옥이 잘 알아듣고 백삼 남자가 하고 싶었던 말을 완성했다. 그러고는 어두운 굴속으로 사라져 버렸다.

장현걸이 따라 들어가고 싶었던 듯, 안쪽을 기웃대다가 몸을 돌렸다. 사금목은 잠자코 그런 그의 모습을 보았다. 이윽고 사금목이 물었다.

"여기가 그거요?"

"그거 맞소."

"저주받은 암굴이라는?"

"그렇게들 부르더이다. 정확히는 암굴'들'이지."

장현걸이 고개를 설레설레 흔들었다. 사금목이 다시 물었다.

"왜들 난리였던 게요?"

"알고 있는 거 아녔소?"

"자세히는 못 들었소."

"공동도 참전했을 텐데?"

"주력이 아니었잖소."

"난 또 예까지 왔으니 뭐가 있나 다 알고 있는 줄 알았지."

"뭐가 있는지야 왜 모르겠소. 난 저 굴이 뚫려 있는 이유가
궁금한 거요."

"그게 그 말이오."

장현걸의 대답에 사금목이 슬쩍 백삼 남자 쪽을 바라보았
다. 백삼 남자는 그들 대화에 아무런 관심을 주지 않았다. 머
리카락에 가려진 그의 눈은 뭔가 보이기라도 하듯, 새까만 암
굴에만 꽂혀 있었다.

"설마 그 물건을 파내겠다고, 정파무인들까지 달려들었단
말이오?"

"위력을 봤으니까."

"아니, 아무리 그래도……."

"물론 핑계야 제각각이었지. 사문 어르신의 시신을 수습해

야겠다는 건 그래도 들어줄 만했소. 협곡이 무너지는 서슬에 장문령부를 분실했다나…… 별의별 구실들이 다 있었소. 공동 장문인께서 대쪽 같으신 거요. 저 밑에 무너진 땅굴만 열 개가 넘소."

사금목의 표정이 어두워졌다.

그는 장현걸의 이야기를 믿고 싶지 않았다. 그래도 어쩔 수 없다. 사실은 사실이다. 장현걸은 종종 과하게 영악해 보이긴 하나, 없는 이야기까지 지어내는 자가 아니었다.

귀한 물건에 대한 무림인의 탐욕을 안다.

그래도 참 대단하다.

협곡이 무너져 깔린 바위가 그 자체로 산더미였다.

언제 더 무너져도 이상하지 않다. 생매장을 각오하고 땅굴을 팠단다. 몰락한 성혈교의 저주가 청운곡에 내렸다. 사고로 죽은 자가 한둘이 아니라는 소문을 들었다.

"온다."

단운룡의 목소리가 사금목의 질문을 끝냈다.

오극헌이 높은 바위 위에 섰다. 그가 단운룡을 내려다보며 말했다.

"내가 위?"

"그러시오."

청운곡은 무너진 협곡이다.

예전에도 지금도, 진입로가 한정된 전형적인 절벽 사이 요새지형이었다. 한 손이 열 손을 감당한다는 방어의 요지였다.

성혈교 최강의 호교무인이 단신으로 무림의 총공격을 막아낸 곳 또한 여기다. 다만, 그때와 다른 것이 있다. 이 협곡은 상부 분지의 옛 성혈교 총단으로 향하는 길목이었다. 그러니 입구에서 틀어막는 것이 가능했다.

지금은 방어 중추가 총단이 아니었다. 말하자면 암굴이 보호 대상이다. 청운곡이 무너진 이래, 옛 총단 분지에는 새로운 길들이 생겨났다. 그래서 틀어막을 곳은 두 방향이 된다. 협곡 위쪽, 그리고 아래쪽이다.

오극헌이 위로 올라갔다.

적 사도 비망은 백삼 남자의 옆을 지켰다.

단운룡은 밑으로 내려갔다.

무림사(武林史)엔 때때로 그렇게 역설(逆說) 같은 장면이 쓰여진다.

정파 명숙들이 연이어 패퇴한 바로 그곳에서, 단운룡은 성혈교의 총공세를 맞이했다. 멀리서부터 적들이 몰려들었다.

수가 많았다. 강한 기(氣)가 한둘이 아니었다.

만전이 아니지만, 없어진 진기를 아쉬워해 봐야 무의미했다.

우우우우웅!

즉각 마신을 발동했다.

동심원, 파동경력이 땅을 긁다가 서서히 잦아들었다.

큰 광력기는 자제하고, 끓어오르는 투기(鬪氣)를 억제했다.

힘을 압축하고 수렴했다.

휘황하게 차오르던 빛도 숨을 죽였다.

파라라라락!

가장 먼저 선두로 신장귀 두 기가 달려들었다.

허공을 부유하는 귀신처럼 몸을 날리며 귀신같지 않은 요란한 파공성을 울렸다. 쇠사슬들이 사납게 짖쳐 들었다.

쩡! 콰득!

단운룡은 화려히 비상하지 않았다.

빛 무리가 은은했다.

그저 걸어가 차올렸다. 지극히 단순한 일격이었다.

쇠사슬이 튕겨 나가 땅을 찍었다.

퍼엉! 스각!

추법을 내치고 수도를 그었다. 극광추 같으면서 극광추가 아니었고, 광검결이면서 광검결이 아니었다.

단운룡은, 크리슈나가 되었다.

첫 번째 신장귀의 몸통에 구멍이 뚫렸다. 이어 두 번째 신장귀의 머리가 날아갔다.

적들이 물밀듯 밀려들었다.

픽! 콰직! 퍼엉! 꽈앙!

일격마다 폭음의 질감이 달랐다.

결과는 같았다.

한 번 출수할 때마다 하나의 목숨이 날아갔다.

단운룡은 한곳에서 거의 움직이지 않은 채, 몰려드는 적들을 틀어막았다. 무공비급에 나오는 동작들처럼 단운룡의 동작은 빠르고 강하며 단단하고 부드러웠다. 적들은 광뢰포에 맞은 것처럼 폭발하지 않았다. 툭 치면 그걸로 끝이었다. 협봉검들이 갈 길을 잃었다. 흑의를 입은 묵신단 호교무인들이 마구 죽어 나갔다.

무(武)로 이를 수 있는 궁극(窮極)의 또 다른 형태다.

그야말로, 그림 같았다.

한 폭이 아니었다.

책장이 마구 넘어가는 비급처럼 보였다.

＊   ＊   ＊

콰아아아앙! 콰앙!

협곡 높은 곳에서는 요란한 폭음이 연이어 터져 나왔다.

백룡권의 막대한 위력이 정상을 휩쓸었다.

오극헌은 산처럼 큰 바위들을 그렇게 때려 부수고도, 힘이 넘쳐났다. 오래된 내공 고수의 능력이다. 무인의 강함이란, 공력의 깊이로만 결정되는 것이 아니다. 하지만, 드높은 공력은 분명 초식을 압도할 만한 가치가 있었다.

꽈광!

오극헌의 백룡권이 환혼신장 하나를 박살 냈다.

진정 초고수의 힘이다.

후퇴를 모르던 광신의 무리들이 그 자리에 멈춰 섰다. 중심에 화려한 사제복을 입은 사도가 보였다. 사도는 창백한 피부에 수려한 이목구비를 지녔다. 젊어 보였다. 그는 상황을 인식하여 대화할 줄도 알았다. 사도가 말했다.

"뵈었던 적이 없는 고인(高人)이시구려. 존성대명을 알려주시면 감사하겠소."

목소리엔 요사롭고 기이한 울림이 담겨 있었다.

오극헌이 답했다.

"이미 잊힌 이름, 밝혀서 무엇을 할까."

촤륵! 촤르르륵!

사도의 옆에서 환혼신장 두 기가 당장 뛰쳐나올 듯 쇠사슬을 풀었다. 사도가 손을 들었다. 환혼신장들이 굳어지듯 멈춰 섰다.

손짓만으로 괴물들을 부리는 사도가 오극헌을 직시했다. 요기 어린 눈동자가 초고수의 무력을 가늠했다.

"마침내, 은거한 괴인들이 나올 때가 된 것이로군요. 감당이 쉽지 않겠소이다."

사도는 그리 말하면서도 두려움이 없어 보였다.

그가 하얀 손을 옆으로 쭉 뻗으며 소리쳤다.

"산개하라!"

성혈교 무인들의 숫자는 백 수십을 헤아렸다. 더불어 그 뒤쪽으로도 그만큼의 수가 계속 더해지고 있었다.

신도들이 양쪽으로 늘어섰다. 횡으로 넓게 펼친 대형은 그대로 방어선이자 공격선이 되었다. 사도가 다시 오극헌을 향해 말했다.

"들어와 보시오."

전략적인 도발이었다.

오극헌은 앞으로 나오지 못한다. 도발에 응해 돌진하면, 양측으로 늘어선 신장귀와 묵신단이 협곡으로 침투할 것이다.

오극헌의 노안에 아로새겨진 부드러운 주름 속에서 좀처럼 그려지지 않았던 일그러진 주름이 솟아올랐다. 그것은 천룡회 시절의 미소였다. 죽음을 품고 있었다.

오극헌은 땅을 박차지 않았다.

대신 한 발 편안히 걸어 옆을 보았다. 그가 땅을 향해 비스듬히 주먹을 내질렀다. 강하백룡의 일권이 그가 딛고 선 거대한 반석 위를 가로질렀다.

쫘앙! 콰과과과과과!

날카로운 권풍이 바위를 파헤치며 쭉쭉 뻗어나갔다. 바위 위에 굵은 선이 남았다. 오극헌은 반대로 돌아 그쪽으로도 일권을 내쳤다. 그가 선 양쪽으로 땅 위에 경계선이 새겨졌다.

"네 놈들이 들어와 보라. 이 선을 한 발이라도 넘으면, 죽이겠다. 모조리."

광신도의 머리 위에 형언 불가의 공포가 내려앉았다.

오극헌의 목소리엔 그처럼 만군을 위압하는 기세가 실려 있었다.

사도를 필두로 한, 성혈교의 대군은 감히 달려들지 못했다.

폭음 뒤의 침묵이, 산정을 채웠다.

시간은 항상 단운룡의 편이 아니었다.

크리슈나의 무(武)로 한계를 뛰어 넘었다.

그는 오래 싸웠다.

묵신단 시체로 산을 쌓았다. 신장귀 다섯이 망가져 땅을 뒹굴었다.

청운곡으로 이어지는 협로에는 성혈교 대군이 꽉 차 있었다.

홀로, 그들을 막았다.

단운룡은, 또 하나의 전설을 썼다. 그 전설은 예전 청운곡 전투 때와 달랐다.

그때 정파 무인들은 성혈교처럼 좁은 관문에 목숨을 갈아 넣지 않았다.

강력한 고수들을 한정적으로 투입하여 최대한 희생 없이 뚫어보려 했다. 그러면서 닷새라는 시간이 걸렸다.

격전과 소강 상태가 반복되었다. 주기도 그때와 달랐다.

단운룡은 닷새가 아니라 다섯 다경도 되지 않아 백 명이 넘는 무인들을 죽였다.

피와 살육의 전설이었다.

꽝! 촤르르르륵!

마침내 환혼신장이다.

단운룡의 권각과 환혼신장의 육신이 쇳소리로 얽혀 들었다. 단운룡의 백타가 환혼신장의 육체를 밀어냈다. 일각, 일고에 환혼신장의 몸이 일장 너머로 튕겨 나갔다.

파괴력이 부족했다.

크리슈나는 범접치 못할 무리(無理)의 총화였으나, 광검과 같은 극강의 분쇄력은 구현하지 못했다.

환혼신장이 하나 더 뛰어들면서, 무적의 무력이 장벽에 부딪쳤다. 환혼신장들은 단운룡의 몸을 건드리지조차 못 했다. 하지만 단운룡도 그들을 부술 수 없었다. 정타가 여러 번 들어갔으나, 환혼신장들은 엎어졌다가도 금방 다시 일어났다. 거기에 또 한 기의 환혼신장이 더해졌다.

삼 대 일.

단운룡은 무상(無上)의 투로를 지니고, 괴물들의 장벽에 갇혀 버렸다. 그리고, 기어코, 적들이 단운룡을 지나쳐 하나둘 협곡 안으로 들어가기 시작했다.

피핑! 촤아아아아아악!

적들이 협곡 안으로 들어간 것이 방어 실패를 의미하는 것은 아니었다.

예전의 청운곡 전투 때에도 그랬다. 정문 무인들이 모두다 목숨을 도외시하고 몰려들었다면, 길을 뚫어 넘어가는 것이 불가능한 일은 아니었을 터였다.

다만, 그 다음에 무엇이 있느냐가 문제였다.

청운곡을 넘으면 그 위엔 성혈교 총단이 있었다. 핵심은 청운곡 돌파가 아니라 총단의 괴멸이었다. 죽음을 불사하고 올라갔는데 또 복마전이 기다리고 있다면, 헛된 죽음만을 늘리게 된다. 당시의 군웅들이 목숨을 내던지지 않은 이유였다.

성혈교는 정파 무인들과 달랐다.

광신으로 똘똘 뭉쳐, 죽음으로 단운룡을 지나쳤다.

하지만, 단운룡의 뒤에는 장현걸과 사금목이 있었다. 적 사도가 있었다.

탄금과 마참이 묵신단의 무인들의 몸을 꿰뚫고 찢었다.

풀 없이 황량한 청운곡이 시산혈해로 물들어갔다.

성혈교 무리는 점점 더 늘어갔다.

위아래 모두 다 마찬가지였다.

오극헌은 자신의 말을 지켰다. 그저 거기에 서 있는 촌로의 말에, 한 발도 들이지 못하던 성혈교는, 사도가 둘이 더 나타나고, 환혼신장의 수가 열 기에 이르자, 오극헌이 만든 경계선을 넘어서 돌파를 감행하기에 이르렀다.

쫘광!

백룡권이 그들을 휩쓸었다.

묵신단 무인들이 무참히 터져나갔다.

신장귀들도 그의 일권을 버티지 못했다. 천외(天外)의 무위로 천룡회 우호법이라는 신분을 증명했다.

그러나 그런 그도, 사도 셋과 환혼신장 괴물들의 벽 앞에서는 독존(獨尊)을 고집할 수 없었다. 오극헌이 합공에 묶였다. 신장귀들이 먼저 백룡의 역장을 타넘고 협곡 밑으로 뛰어 내렸다. 묵신단 무인들은 경천동지 무력의 향연에 으깨지고 넘어지면서도 하나둘 좁은 틈을 비집고 들어갔다.

단운룡과 오극헌의 무공은 경이로움 그 자체였으나, 불행히도 그들의 몸은 두 개, 세 개가 될 수 없었다. 협곡의 바위더미로, 적들이 늘어갔다.

콰앙! 콰직!

적 사도가 손을 휘둘러 신장귀 하나의 머리통을 부쉈다.

그가 아니었으면, 암굴을 사수할 수 없었을 것이다. 장현걸은 무공 전개를 버거워했다. 두 팔을 제대로 쓰지 못하는 그는, 묵신단 협봉검 두 자루에도 생명에 위협을 느껴야 했다. 사금목도 정상이 아니었다. 도망치고 막아서며 싸우고 지켜온 그는 체력과 내공 모두가 한계에 이르러 있었다. 분투로는 부족했다. 그들은 점차, 수세에 몰리기 시작했다.

위에서 환혼신장 한 기가 쏟아져 내리면서, 상황은 더 나빠졌다.

밑에서도 신장귀 셋이 한꺼번에 단운룡을 지나쳐 올라왔다.

쐐액! 스각!

"크윽!"

사금목이 신장귀의 쇠사슬을 피해 다급히 몸을 날리다가, 묵신단 무인의 협봉검에 맞았다. 작은 부상도 지금은 치명적이었다. 사금목의 손속이 더 어지러워졌다.

장현걸도 위험했다.

날래게 바위지형을 이용하여 짓쳐 드는 협봉검을 피해냈다. 순간순간에 생사가 오갔다.

적 사도는 최대의 전력이었지만, 그에겐 몸을 던져 장현걸과 사금목을 구할 만큼의 동료의식이 없었다. 각자 스스로 살아나야 했다. 게다가 적 사도로서도 여유가 없기는 매한가지였다. 환혼신장과 맞서면서 더 운신이 어려워졌다. 적 사도는 명백히도 환혼신장을 상회하는 무력을 지녔지만, 일격에 박살낼 만큼 차이가 큰 것이 아니었다. 합이 이어지며, 적 사도는 신장귀와 묵신단의 합공까지 감당해야 했다.

결국, 사태는 점점 더 악화되었다. 지혈도 못 하고 싸우던 사금목이 바위 사이에 갇혔다. 묵신단 협봉검을 철쟁으로 막았다. 뒤따라 짓쳐들어오는 쇠사슬은 막을 길이 없었다.

퍼억!

피가 튀었다.

사금목이 대경하여 눈을 치떴다. 쇠사슬을 막은 것은 백삼 남자의 팔이었다. 붕대가 찢어지고 짓이겨진 살점이 드러났다. 참으로 기구한 인연이었다. 다른 누구도 아닌 그가 사금목을 구하다니. 상상도 못 한 일이었다.

스각!

협봉검이 백삼 남자의 얼굴을 스쳤다. 목을 벨 요량이었을 것이다. 목 대신 얼굴 붕대가 갈라졌다.

흘러내리는 붕대 사이로 보이는 그의 얼굴은 처참하기 그지 없었다. 오른쪽 광대뼈 아래로 피부와 살이 보이지 않았다. 하얀 턱뼈와 어금니가 그대로 드러나 있었다. 말소리가 바람이 새듯 들렸던 것도 그래서였다.

사금목이 경악을 삼키고 반격했다. 백삼 남자가 몸으로 막아준 덕에 틈이 생겼다. 탄금탄지로 묵신단 무인의 목줄기를 뚫고, 권장으로 신장귀를 밀어냈다.

백삼 남자가 몸을 웅크리더니, 한쪽 바위 위에 여인을 내려놓았다. 그가 신장귀에게로 몸을 던졌다. 초식도 투로도 없었다. 자신의 몸이 바위라도 되는 줄 아는 것 같았다.

촤라라라락! 퍼억!

신장귀의 쇠사슬이 백삼 남자의 몸을 때렸다. 살점이 터지고 그의 몸이 덜컥 기울어졌다. 피가 튀는 육탄이, 또 한 번의 기회를 만들었다.

사금목의 일권이 신장귀의 관자놀이에 작렬했다. 힘이 부족해도, 정타였다. 신장귀가 휘청거렸다. 가슴팍을 힘껏 차 바위 밑으로 떨어뜨렸다. 괴물인 만큼 다시 일어나 올라올 수 있겠지만, 일단 숨부터 돌려야 했다.

엉망진창이었다.

"아직인가."

장현걸이 비척이며 이를 갈았다.

사금목이 고개를 들어 그를 보았다. 괜한 기대로 묻지 않을 수 없었다.

"무엇이 말이오."

"아, 이제 왔군."

장현걸의 표정은 썩 편치 않았다.

그의 시선을 따라 사금목의 시선이 아래쪽으로 내려갔다.

단운룡은 한 번도 보지 못한 상상초월의 무공으로, 적들을 막아내는 중이었다. 환혼신장 셋과 삼 대 일로 싸우면서, 단 한 번도 수세에 몰리지 않았다.

그들은 그들의 눈을 믿을 수 없었다.

거기에, 또 하나 환혼신장이 달려들었다. 더불어 사제복을 입은 사도가 가세했다.

사도 하나에 환혼신장 넷이다.

그때였다.

그들은 붉은색 빛줄기를 보았다.

암천을 가르고, 붉은 신조(神鳥)처럼 날아들었다.

그것은.

한 자루의 신검이었다.

퍼억!

환혼신장의 등줄기에 붉은 검이 꽂혔다. 외날 검날이 환혼신장의 단단한 육신을 단숨에 꿰뚫고, 가슴 앞까지 튀어나왔다.

이어, 푸른 검이 날아들었다.

쇄애애액!

퍼어억!

용처럼 꿈틀거리며 날아온 푸른색 신검(神劍)이 단운룡에게 달려들던 또 하나의 환혼신장을 꿰뚫었다. 검날이 사선으로 등을 뚫고, 복부까지 나왔다.

환혼신장 둘이 괴성을 내질렀다.

그리고, 성혈교의 대군 뒤에서 그가 나타났다.

쿼웅! 쩌저저정!

백색의 횡참이 신장귀 둘을 단숨에 갈랐다. 흑색의 강검이 협봉검 세 자루를 일격에 분질렀다.

콰앙! 콰직!

백검과 흑검, 적검과 청검이 환혼신장의 몸에서 빠져나와 하늘을 달렸다.

네 자루 신검들은 각각 백호, 현무, 주작, 청룡의 사신을 상징한다.

그의 질주는 그야말로 질풍이라.

그의 모습은 그의 이름처럼 한 줄기 바람과 같았다.

그는, 화산의 대영웅, 청풍이었다.

       *   *   *

화산검문의 검도(劍道)는 천하에 그 이름이 드높다.

그러나 청풍은 단순한 화산의 검수가 아니었다.

그는 매화검을 들지 않았다.

그저 험준한 화산 봉우리 자하의 신공을 연마했을 뿐, 그의 검공(劍功)은 화산의 누구와도 비슷하지 않았으며, 그러므로 누구보다 독보적이었다.

그는 신검(神劍)을 들고 고아한 매화향이 아닌 서악 협곡의 칼바람을 품었다.

양수의 쌍검이 그의 앞을 갈랐다.

성혈교 무리가 무참히 쓰러졌다.

이검(二劍)만이 아니다.

백호검이 전방을 관통하여 금강의 탄환이 되었다.

현무검이 사방을 방어하여 강철의 성벽이 되었다.

그는 사검(四劍)을 썼다.

주작검이 하늘로 상승하여 염화의 칼날이 되었다.

청룡검이 암천을 선회하여 용뢰의 섬전이 되었다.

달리며 두 자루 검을 내치면, 두 개의 검날이 청풍의 주위를 돌며 달려드는 적들을 베어내고 꿰뚫었다.

가능케 하는 것은 어검(御劍)의 공부다.

천하의 그 누구도 그처럼 싸우지 않는다.

무적의 위용이었다. 달리는 그의 뒤로 핏빛 질풍이 휘몰아쳤다.

퍼억! 큐웅!

신장귀의 가슴이 박살 나고 머리가 터져나갔다.

성혈교 무인들은 크게 당황했다. 청풍은 퇴각을 고려할 틈도 주지 않았다. 그의 돌파는 해일과도 같았다. 무적의 검풍이 청운곡 진입로를 휩쓸었다.

사도 하나, 환혼신장 둘.

단운룡은 다시 삼 대 일이 되었다.

전투의 틈새에서, 단운룡은 적들을 꿰뚫는 청풍을 보았다.

그의 얼굴을 본 단운룡의 두 눈이 경악으로 물들었다.

파라라락! 꽈아앙!

격동한 마음이 투로마저 방해했다.

크리슈나의 무(武)가 순간적으로 깨졌다.

쐐액!

"큭!"

사도에게 일격을 허용할 뻔했다.

그만큼 놀랐다.

단운룡은 크게 뒤로 뛰어 신형을 바로 잡고 청풍을 다시 보았다.

'사부가 아니다.'

기이한 일이었다.

청풍의 얼굴은 사부의 얼굴과 거의 똑같이 닮아 있었다.

찰나지만 정말 사부가 왔다고 생각했다.

젊은 얼굴이라는 것은 문제가 되지 않았다. 사부의 외모는 세월을 넘나들었다. 그 사실이 오히려 순간적인 착각을 부추겼다.

꽝!

단운룡은 극광추로 환혼신장의 몸을 밀어내며, 경악의 이유를 다시 한번 되짚었다.

어떤 상황에서도 대처할 수 있다. 그의 무공은 완전의 영역에 이르러 있었다.

설사 사부가 나타났다 해도 마찬가지다. 오랜만에 만나는 사부다. 기뻐해야 옳다. 투로가 흔들릴 만큼 대경할 일이 결코 아니었다.

'우주……!'

두 글자가 머리를 스쳤다.

우주의 이치는 그처럼 오묘했다.

어떤 순간은 당연한 듯 상기가 허락되었고, 어떤 배움은 기억도 못 하면서 펼칠 수 있었다. 또한 어떤 대화는 아무리 애를 써도 떠올릴 수 없었다.

지금 그렇게 사라졌던 목소리가 다시 들린다.

사부는 말했다.

이제 제대로 무공을 펼칠 수 있는 것은 한 번뿐일 거라고.

사부의 존재는 영원하지 않았다.

섭리는 언제라도 사부를 빼앗아 갈 수 있었다.

그래서 그만큼 놀란 것이다.

사부는 이런 곳에 나타나면 안 된다. 이런 삿된 것들에게 사부의 유한한 힘이 낭비되어, 무정한 하늘이 사부의 명(命)을 앗아갈 구실을 줘서는 안 될 일이었다.

'아니어서 다행입니다.'

사부는 바보가 아니다.

이렇게 등선을, 귀천을, 해탈을 재촉할 리 없었다.

그래도 의문은 여전하다.

어째서 사부가 왔을 거라 생각했을까.

고작 얼굴이 닮았다는 이유 하나로.

그러니, 어쩌면 그 경악은, 단운룡 스스로 놀란 것에 대한 놀라움인지도 모른다.

꽝!

단운룡의 발이 환혼신장 하나의 머리를 찼다.

박살 내지 못했다.

아무래도 시간을 너무 끈 모양이었다.

단운룡의 전신에서 빛 무리가 일어났다.

이제 끝낼 때다.

크리슈나의 형(形)을 거두었다. 천잠비룡포에서 비룡이 꿈틀거렸다.

'나와라.'

우우우웅!

단운룡의 손 밑에서 광검이 솟아났다.

번쩍! 퍼억!

마광각에 맞아 꿈틀거리며 일어나던 환혼신장이 단숨에 쪼개졌다. 달려들던 환혼신장 하나가 다급히 방향을 꺾으며 옆으로 물러났다. 얼굴의 창백한 사도가 움찔 멈춰 섰다.

뭔가가 잘못되었다 느꼈으면, 있는 힘껏 도망쳤어야 했다.

물론, 몸을 돌려 달아난다 해도 그들 뒤엔 청풍이 있었다. 청풍은 이미 지척이었다. 그 많은 성혈교 무리를 거침없이 베어 넘겼다. 질풍무적의 사신검이 사색(四色)의 빛을 화려하게 꽃피웠다.

텅.

단운룡은 선택의 여지를 주지 않았다.

휘황한 광파가 사위를 채웠다.

촤라라락! 쩡!

환혼신장의 쇠사슬이 폭음과 함께 바스러졌다. 빛줄기가 된 단운룡이 환혼신장의 신체를 타 넘었다. 환혼신장의 몸에 사선이 생겼다. 상체가 굴러떨어졌다.

다음은 사도다.

죽음을 느낀 사도가, 전신에서 붉은 혈기(血氣)를 일으켰다.

몇 번째 사도인지도 모른다. 알 필요도 없었다.

전력을 다한 사도는 무림 어디에서도 결코 경시될 수 없는 존재였지만, 광검 앞에서는 피로 일으킨 죽음의 각오마저도 아무런 의미가 없었다.

퍼어어어억!

투로는 완전하며, 발경도 막강했다.

성혈교의 호교무공은 소림 천년의 무예와 견주어도 손색이 없었다.

교주가 증명한 무공의 위력은 사도에 전해져 교인들의 신앙이 되었다.

일검에 신앙이 부정당했다.

광검이 사도의 골반을 사선으로 가르고 지나갔다. 사도의 몸이 휘청 기울어졌다. 골반 절반, 다리가 통째로 날아갔다.

사도의 얼굴을 채웠던 불안은, 허탈이 되었다.

마지막 순간 그는 무도자가 아니라 신앙인이 되었다.

차라리 지혜로운 판단이다.

가망 없는 반격 대신 은총을 생각했다.

사도가 되기 전부터 신을 영접하는 순간을 기다렸다. 광검이 그의 미간을 뚫었다. 하릴없이 눈부신 빛이 그의 머리를 채웠다.

사도가 죽었다.

엄청난 일을 그렇게 이룬다.

단운룡의 광파가 성혈교 상징들의 시신 한가운데 홀로 어둠을 밝혔다.

그리고 마침내, 또 하나의 날개가 광익(光翼)의 주인을 마주했다.

위이이잉! 치리리링!

맑은 검명(劍鳴)을 이끌고, 청풍이 단운룡 앞에 섰다.

백호검은 호쾌하고, 현무검은 단단했다.

주작검과 청룡검이 호위하듯 청풍의 양쪽 어깨 위를 떠다녔다.

단운룡은 감탄했다.

얼굴만 닮은 것이 아니었다. 단운룡은 확신했다. 분명히 이어졌다. 사부, 소연신에게 배우지 않았는데도 이 정도다. 혈연이 재능을 담보하는 것은 아니나, 확률에는 분명한 영향을 미친다. 무슨 무공을 익혔어도 특별한 경지에 이르렀을 것이다. 틀림없는 사부의 핏줄이었다.

"내 이름은 단운룡이다."

"청풍이오."

그들은 서로에게 이름만 밝혔다.

웬일인지 그것만으로 족했다.

길게 대화할 시간도 없었다. 하지만 한 가지 질문을 꼭 해야 했다.

"협제 소연신께 배웠다. 누구인지 아나?"

"뵌 적 없는 분이오."

청풍은 청풍대로 단운룡에게 놀라움을 느꼈을 것이다.

청풍은 미모(美貌)라 표현해도 이상하지 않을 만큼 수려한 용모를 지녔다. 그의 눈은 화산 깊은 곳의 계곡물처럼 맑았다.

숨기지 않고 단운룡의 무(武)를 인정하며 존중했다. 꾸며 말하지 않아도 찬사가 되었다. 눈빛과 말투 모든 것에서 단운룡을 향한 청풍의 감탄이 고스란히 드러났다.

"위에도 적이 있다."

"알고 있소."

청풍의 목소리는 낭랑하여 듣기에 좋았다.

짧은 대화만으로도 마음에 들기에 족했다.

세파에 상처받지 않고 올곧게 자란 소연신 같았다. 올바른 가르침으로 만들어진 인격을 지녔다. 사부의 사부는 혹독한 삶 그 자체였지만, 청풍의 사부는 사부다운 사람이었던 것 같았다.

단운룡은, 사부의 외로움을 알기에, 청풍의 존재가 반가웠다. 그가 얼굴뿐 아니라 무공으로도 단운룡을 감탄케 하는 그 사실이 다행스럽게 느껴졌다.

단운룡과 청풍이 청운곡을 올랐다.

명경에 의해 돌파되었던 바로 그곳을, 두 날개가 동행하여 올라섰다. 그들은 서로 다른 무공을 연성했고, 전혀 다른 용모를 지녔으며, 숫자와 질감과 색이 다른 검을 들고 있음에도,

묘하게 형제처럼 보였다.

단운룡과 청풍이 중턱이 이르렀다.

적들은 더 많아져 있었다.

위쪽에서 내려오는 놈들이다. 분지 위의 적이 너무 많았다. 아래보다 위쪽 길이 더 넓었다. 홀로 틀어막을 너비가 아니었다. 오극헌의 양옆으로 적들이 넘쳐서 쏟아졌다. 단운룡이 즉각 광검을 휘둘러 내려오는 신장귀 하나의 목을 날렸다.

"먼저 간다."

단운룡은 곧바로 바위를 박찼다. 오극헌을 도와줘야 했다. 오극헌은 막강한 고수였지만, 대적(大敵)들의 수가 만만치 않았다. 홀로 저만큼 버티는 것부터가 이미 초월의 경지였다. 단운룡이 광영을 남기며 하늘 쪽으로 어둠을 거슬러 올랐다.

그리고, 마침내.

청풍이 사도를 보았다.

사도도 청풍을 보았다.

중첩된 인연의 땅에서, 악연들이 절정으로 치닫는다.

휘두르던 혈영마참이 멎었다.

촤라라락! 퍼억!

적 사도는 청풍을 보고 반응이 느려진 나머지, 신장귀의 쇠사슬에 일격을 허용하고 말았다. 꽤 강한 충격을 받았을 텐데도, 사도의 신형은 미동도 없었다. 마치 신장귀들처럼 고통을 못 느끼는 것 같았다.

"정신 차리시오!!"

청풍은 그 목소리에 고개를 돌려 하나의 얼굴을 마주했다.

이 또한 그에겐 아름다운 인연이 아니었다.

경고성을 발한 이는 장현걸이었다.

청풍은 과거, 장현걸 때문에 갖은 고초를 겪었다. 대의(大義)로 모든 것을 덮었다 한들, 장현걸은 만나서 기분 좋을 남자가 아니었다.

"놈!"

촤르르르륵! 콰악!

사도가 일갈했다. 그가 다시 날아드는 신장귀의 쇠사슬을 한 손으로 휘어잡았다.

그대로 잡아당겨 어깨로 신장귀의 가슴팍을 가격했다.

콰직!

신장귀의 몸에서 뼈 부러지는 소리가 났다. 이어 사도가 쇠사슬을 놓고, 그 손으로 참격의 반월을 그렸다.

촤아아악!

신장귀의 머리가 저 멀리 날아갔다. 머리 없는 목에서 검은 피가 쏟아졌다.

그 모든 과정에서 사도의 시선은 청풍에게만 고정되어 있었다. 그가 청풍에게로 몸을 날리려 했다.

협봉검 두 자루가 그의 등으로 꽂혀 들었다. 사도는 뒤를 돌아보지도 않고, 몸을 돌리며 묵신단 무인들의 공격을 피해냈다.

파라라라락!

위에서부터 날아든 또 하나의 신장귀가 사도의 목숨을 노렸다.

인형 같던 사도의 두 눈에 강렬한 분노가 실렸다.

청풍이 바로 그의 팔을 가져간 이다. 그로 인해 사도는 모든 것을 잃었다. 교리(敎理)에 이르길, 사도는 신을 대리하는 자로, 육신과 마음이 무결해야 했다. 팔이 하나 없는 자가 신의 형상으로 빚은 사도의 위(位)를 수행하는 것은 불가능한 일이라고 하였다.

그리하여 그는 힘이 있으나 사도가 되지 못한 사제들처럼 신장(神將)이 되기를 강요받았다. 그는 그가 지닌 무공으로 말미암아 초마(超魔)의 능을 얻을 수도 있었지만, 대법이 완벽하지 못하면 환혼(還魂)에 머물러야 했다.

사도는 교리의 이치를 수긍하면서도 진정 신실할 수 없었다. 여러 시련과 사건 끝에 그는 적(敵) 사도의 길을 걷게 되었다.

그 근원이 된 자가 그 앞에 나타났다.

사도가 청풍에게 눈을 떼지 못하는 이유였다.

하지만 청풍은 청풍대로, 사도가 아닌 다른 이에게서 눈을 떼지 못했다.

청풍은 단운룡의 광력(光力)에 충격을 받았고, 사도와 장현걸을 보며 혼란을 느꼈다.

분명히 기억했다.

그에게 눈앞의 사도는 적 사도가 아니라 오 사도였다. 목숨 걸고 싸웠고, 죽을 뻔했다. 깨달음에 힘입어 큰 부상을 입힐 수 있었다.

헌데, 어찌하여 성혈교의 오 사도가 구파일방과 함께 싸우고 있는가.

화산의 천검, 천화진인이 하산을 명했다.

'변절한 사도'라 함은 이와 같은 난세에 반격의 수단으로 중대한 가치를 지닌다. 그러니 전략적 선택이라 한다면 이해할 수 있다.

그러나, 청풍이 지금 보고 있는 존재는 그 범주에 해당하지 않았다.

출수는 본능과도 같았다.

청풍의 오른쪽 어깨 위에서 청룡검이 날았다.

쐐애애액!

바람을 타고 청룡이 용아(龍牙)를 드러냈다.

그 끝에 있는 것은, 백삼 남자의 등에 업혀 있던 여인이었다.

절대로 잊을 수 없다.

가녀리고 작은 체구로, 마귀의 기운을 뿌리며 살인을 일삼았다. 적 사도에게 청풍이란 자가 이야기의 시작이었다면, 청풍의 이야기는 바로 저 여인으로 인하여 시작되었다.

그녀는 통칭, 하얀 얼굴의 마녀라 불리었다.

양영귀였다.

화산 침공의 선봉이자, 사신검 강탈의 주범이다. 청풍이 백호검을 쥐게 만든 주적이기도 했다.

퍼억!

장현걸도, 사금목도 막지 못했다. 청풍의 어검(御劍)은 어지간한 고수가 감히 범접지도 못할 만큼 지고한 경지에 올라 있었다.

터지는 선혈과 함께 몸으로 그녀를 막은 이는 백삼의 남자였다.

청룡검이 그의 몸 깊이 박혔다.

그가 등에 검을 꽂은 채, 청풍을 돌아보았다.

뭉개진 한쪽 얼굴은 뼈와 이가 다 드러나 있었다. 그는 마치 청풍의 마음을 다 알고 있는 것 같았다. 그가 바람 새는 발음으로 힘겹게 목소리를 냈다.

"이 아이의… 의지가… 아니었다."

쐐애애애애액! 화르륵!

주작검이 날아가 남자의 얼굴 앞에서 멈췄다. 넘실대는 화기(火氣)에 남자의 머리카락이 흩어졌다.

한쪽 눈은 정상이었지만, 한쪽 눈은 흑백이 뒤바뀌어 있었다.

그 사이에 적 사도가 성혈교 신장귀와 묵신단을 뿌리치고 청풍에게 달려들었다.

청풍은 강했다.

전력을 다한 혈영마참 앞에, 현무검이 철해벽을 세웠다. 막강한 수기(水氣)의 파도가 사도의 참격을 완전하게 차단했다.

쩌어어어엉!

현무검을 둘러싼 검기(劍氣)가 물처럼 일렁거렸다.

적 사도의 손에서 핏물이 떨어졌다.

그의 손날에 검날이 박혀 있었다. 반 치 깊이라 피류의 상처에 불과했지만, 적 사도가 받은 충격은 팔 한쪽이 날아갔을 때보다 더 컸다.

터엉! 쿼웅!

진각과 함께, 백호검 금강탄이 쏘아졌다.

적 사도는 반격할 수 없었다. 방어초에만도 혈영의 경기공이 깨졌다. 공격초에 맨손으로 대적하면 남은 한 손마저 날아간다. 적 사도는 현실을 부정하고 싶으면서도 인정해야만 했다. 청풍과 그에겐 이제, 좁히기 힘든 차이가 생겨나 있었다.

땅을 차고 뒤로 물러났다.

발검처럼 치고 나오는 금강탄은 오래전과 달랐다. 막을 수도 없고, 피할 수도 없었다. 반격은 상상조차 불가했다.

적 사도는 죽음을 생각했다. 믿음마저 내던지고 구차하게 살아남은 삶에 두 번째 기회란 없는 모양이었다.

턱.

백색의 검날이 적 사도의 목덜미에서 멈췄다. 피부에 닿아 있었지만 피 한 방울 흘러내리지 않았다. 검기(劍氣) 수급이

극에 이르렀다는 뜻이다. 신(神)의 영역을 넘보는 검술이었다.

청풍이 정대한 두 눈으로 사도와, 양영귀, 그리고 장현걸을 보았다.

공동파 무복을 입은 무인, 그리고 얼굴이 괴이한 백삼 남자도 시야에 담았다.

한 명, 한 명, 가벼이 넘기지 않았다.

그들 안에 그가 모르는 사연들이 넘쳤다.

그가 말했다.

"이야기는 나중에 듣겠소."

그가 청풍이었다. 대협이라 하였다.

스릉.

은은한 검명이 흘러나왔다.

청풍이 사도의 목에서 백호검을 거두어들였다.

적 사도는 크게 놀랐다.

치밀한 계산 같은 것이 아니었다.

그것은 청풍의 천성이었다.

필요한 순간에만 무력을 쓰고, 피치 못할 경우에만 살인을 택한다. 소위 명문 정파의 무인이라 해도 무(武)의 진정한 의미를 몸소 보여줄 수 있는 이는 많지 않다.

더욱이 적 사도는 청풍과 살의(殺意)를 갖고 싸웠던 상대다.

용서도, 자비도 아니다.

그저 사정을 모른 채 함부로 죽이지 않음이다.

적 사도를 지나쳐 앞으로 나아갔다.

청풍은 항상 그러했다. 누가 그를 어떻게 보든, 자신의 길을 걸었다.

청풍이 다시 백삼 남자 쪽을 바라보았다.

화륵!

주작검이 살아 있는 것처럼 검끝을 돌렸다. 주작검이 청풍을 따라서 날아왔다. 다음은 청룡검이다. 청룡검이 백삼 남자의 몸에서 부드럽게 뽑혀 나왔다.

백삼이 선혈에 얼룩졌다. 남자가 휘청거리며 한쪽 무릎을 꿇었다. 장현걸이 성큼 달려가 남자를 부축했다.

장현걸, 백삼 남자, 그리고 양영귀가 있다.

복잡한 감정을 일으키는 광경이었다.

그에겐 누구 하나 선인(善人)이 아니었다.

백삼 남자의 정체를 짐작할 수 있었다. 성혈교는 화산과 무당을 동시에 습격했다. 화산에 양영귀가 왔다. 무당에는 백삼 남자가 갔을 것이다. 청운곡이란 장소에 더불어 양영귀와의 동행이라는 것은 아주 강력한 단서였다.

청풍은 고개를 돌렸다.

눈빛은 무심하지 않았다. 원한과 격정이 들끓었다. 그래도 대의(大義)가 먼저였다.

이유가 있을 것이다.

청풍은 먼저 이 위험을 벗어나기로 결정했다.

주작과 청룡이 날았다.

백호와 현무가 내달렸다. 청풍이 내려오는 적들을 부수고 청운곡 위로 올라갔다.

꽈아앙! 퍼어억!

위에서는 단운룡이 휘황한 빛을 뿌리며 적을 섬멸하고 있었다. 그의 무공은 실로 압도적이었다. 청풍은 만검지련자 명경 외에, 비슷한 세대에서 그와 같은 무위를 뽐내는 자를 본 적이 없었다.

청풍이 백호검으로 묵신단 무인들을 베어 넘기고, 또 하나 거대한 힘의 향연에 눈을 돌렸다.

'저분은!'

안 그래도 설마 했다.

밑에서부터 느껴지는 기파에 반신반의했으나, 이곳에 계실 분이 아니라는 생각에 기대하지 않았다.

꽈앙!

하얀색 일권이 환혼신장의 머리에 작렬했다.

몇 번이나 다시 일어났던 환혼신장도, 이번에는 다시 일어나지 못했다.

단운룡의 가세로 여유가 생겼다.

이윽고, 오극헌이 청풍을 보았다.

"왔구나! 일단 이것들부터 정리하자!"

카랑카랑한 음성엔 반가움이 가득했다.

대단하다.

환혼신장들과 사도들 사이를 누비면서 어떻게 저런 목소리를 내는지 모를 일이다. 오극헌이 평온한 표정으로 백룡권을 전개했다.

쾅!

천룡일맥은 기세의 무(武)를 지녔다.

흐름을 타면 지극히 강해진다.

백룡권에 사도 하나의 몸이 덜컥 튕겨 나갔다.

전권에서 빠져나온 사도는 다시 오극헌에게 달려들지 못했다. 그쪽에 단운룡이 있었기 때문이었다.

번쩍! 꽈아앙!

공간을 격하고 날아든 광파에 사도가 다급히 몸을 피했다.

단운룡의 신형이 혹 하고, 사라졌다가 사도의 앞에 나타났다.

사도의 위수(位數)는 육(六)이었다.

흉(凶)의 사도라 했다.

사도들은 공통적으로 인외(人外)의 분위기를 지녔다. 대체로 이목구비가 뚜렷했고 표정 변화가 적어서 석상처럼 보였다. 만인에게 호감형이라 불리기 어려운 특질을 공유했다. 간단히 말해, 잘생겼지만 무서웠다. 그것이 그들 대다수의 용모였다.

육 사도는 예외였다. 그는 얼굴도 흉악해 보였다. 화려한 옷과 훌륭한 외모의 칠 사도가 길(吉)의 사도라면, 그는 백색의 비단옷을 입고도 흉(凶)의 상징을 맡았다. 모두가 그를 두려워했다. 신도들도, 다른 사도들도 그를 가까이 하지 않았다.

단운룡에게는 의미 없는 사실들이었다.

광검이 그의 심장을 노렸다.

육 사도는 그것도 피했다.

일그러진 얼굴에 눈이 붉어 짐승 같았지만, 무공은 외모보다 훨씬 더 뛰어났다. 단운룡은 상대가 보유한 뛰어난 회피 능력에 놀라지 않았다.

그럴 수 있다.

몇 번 더 피해낸다고 결과가 달라지진 않는다. 그것이 육 사도의 강함을 의미하는 것도 아니었다.

훅! 후훅!

단운룡의 몸이 두 번 더 사라졌다가 나타났다.

극속의 신법은 광검을 들고 있을 때 특히 더 유용했다. 육 사도는 기민하게 반응했지만, 단운룡의 속도가 더 빨랐다.

퍼엉!

육 사도의 왼쪽 어깨가 터져나갔다.

베지 않고 찔렀다. 광력의 파동기가 단순한 찌르기를 폭발적인 충파로 만들었다.

어깨부터 팔이 한꺼번에 사라졌다. 피보라가 자욱하게 번졌다. 쇄골과 늑골, 폐장 일부가 같이 없어졌다. 심장 상단이 공기 중에 드러났다.

그 일격으로 육 사도는 전투 능력을 대부분 상실했다.

육 사도가 흉한 얼굴을 더 일그러뜨리며 마지막 공격을 감행하려 하였다. 단운룡은 이어지는 참격으로 의지를 꺾었다. 빛줄기가 사도의 목을 스쳤다. 머리가 날아간 육신은 남은 오른손을 휘두르지 못했다.

육 사도의 육신이 바위 밑으로 굴러떨어졌다. 그의 시신은 죽고도 무사하지 못했다. 뾰족한 바위 위에 꽂혀 몸이 찢어지고 내장이 튀어나왔다. 머리는 깎아지른 바위로 계속 떨어지며 부딪치고 짓이겨졌다. 이름처럼 불길하고 처참한 최후였다.

육 사도는 본래부터 살육의 화신이었다.

사도의 별칭에는 그럴 만한 이유가 있다. 흉(凶)이란 표현은 그저 외모에서만 비롯되지 않았다.

단운룡은 악(惡)을 사명처럼 수행했던 흉의 사도에게 그토록 잔인한 죽음을 선사했다.

업보였다.

이어, 오극헌은 그 막강한 백룡권을 펼쳐 또 하나의 사도를 역장 바깥으로 밀어냈다.

구(九) 사도였다.

구 사도는 청풍 앞으로 내던져졌다. 그 정도면 노린 것이다. 오극헌 앞에 남은 사도는 젊은 사도 칠 사도뿐이었다. 칠 사도의 눈빛은 어두웠다. 그가 지(智)와 행(幸)의 칠 사도가 아니더라도, 이 전투의 종막(終幕)이 어떻게 될 것인지 미루어 예상하는 것은 어려운 일이 아니었다.

청풍은 주저치 않고 백호검을 내쳤다.

백룡권의 권력을 힘겹게 해소하며 물러났던 구 사도가, 황급히 몸을 틀어 하얀 범의 쇄도를 비껴냈다.

완(完)의 사도라 했다. 조화로워 흠 없는 무공을 연성한 것으로 유명했다. 구 사도가 정공처럼, 올곧게 투로를 밟으며 청풍의 측면을 노렸다. 변칙 없이 정직한 공격이었다.

쇄액! 화르륵!

청풍의 무(武)는 그렇지 않았다.

살심을 일으킨 그의 주작검은, 좌도에 가까울 정도로 난폭했다. 사각으로 날아든 붉은 새가 사나운 날개로 구 사도의 등줄기를 베어냈다.

촤아아악!

사제복이 쫙 갈라지며 하늘 위로 선혈이 솟구쳤다.

구 사도는 타오르는 열상의 고통에도 자세를 무너뜨리지 않았다. 구 사도의 일권이 청풍의 중단으로 꽂혀들었다.

쇄액! 콰직!

그의 권력은 청풍에게 닿지 못했다.

번개처럼 강림한 푸른 용이 섬광 같은 이빨을 구 사도의 견갑에 박았다. 무릇 권법이란 등 근육으로부터 밀어치는 발경에 그 근원이 있는 법이었다. 청룡검 검날이 견갑골을 부수고 폐장을 꿰뚫었다. 주먹이 제대로 뻗어나갈 리 만무했다.

콰앙!

승부를 걸 것도 없었다.

청풍은 끊어진 투로를 놓치지 않았다.

검은색 거북이의 포효가 사도의 가슴에 작렬했다.

연무검 두꺼운 검날에 흉골이 박살 나고 심장이 으깨졌다. 응축된 현공포의 위력은 쇠망치처럼 둔탁하고 무자비했다.

"커어어……."

구 사도의 입에서 핏덩이와 함께 혼탁한 신음성이 끓어올랐다.

그의 마지막은 무너진 완(完)으로 설명되었다.

어떤 신도에게도 들려주지 않았던 음성이자, 보여주지 않았던 모습이었다.

구 사도가 쓰러졌다.

청룡검과 주작검이 솟아올라 청풍의 양옆을 맴돌았다.

엄청난 광경이었다.

성혈교 사도 둘이 불과 몇 합 만에 연이어 죽었다.

오극헌이 환혼신장 하나를 더 박살 냈다.

협제와 천룡, 그리고 구파 화산의 신위(神位)가 그와 같다. 성혈교 무인의 수가 아무리 많다 해도, 그들 앞에서는 충분치 않았다.

홀로 남은 칠 사도는 전의를 상실했다.

그가 손을 휘둘러 환혼신장을 앞으로 세웠다. 그들의 육신을 방패 삼아 뒤쪽으로 몸을 날린다. 사도가 치욕을 감내하고 살기 위해 전력을 다했다.

그 정도 고수가 인과 괴의 장벽을 세우고 생을 도모하면, 잡을 수 있는 고수가 드물다. 오극헌조차도 쫓지 못했다. 청풍이 주작검을 날렸지만 신장귀와 환혼귀가 튀어 올라 쇠처럼 단단한 몸으로 어검(禦劍)을 받아냈다.

단운룡은 달랐다. 그는 사도를 놔줄 마음이 없었으며, 잡을 능력 또한 충분했다.

빛이 명멸했다.

순식간에 어둠 속으로 멀어지는 사도의 저편에서 광력의 파동이 일어났다.

번쩍!

빛이 있었다.

누구도 단운룡보다 빠를 수 없다.

광도가 열리고, 단운룡이 칠 사도의 앞에 나타났다.

펑!

칠 사도의 목이 날아갔다.

우주의 깨달음으로 이룩한 경이의 순간이었다.

단운룡이 광검을 거두고, 그 자리에 섰다.

정적이 흘렀다. 성혈교도, 오극헌도, 그저 아무 말도 못 한 채, 단운룡을 보았다.

청풍도 그러했다.

맑은 눈동자가 가볍게 흔들렸다.

천하는 역시 넓다.

저런 자가 또 있구나.

명경을 보았을 때처럼 전율이 일었다.

사신무(四神武)를 극성으로 발휘하는 순간을 상상했다. 승부를 가늠할 수 없다. 저런 자와 싸우려면, 도전자의 마음으로 임해야 했다.

전설의 날개들은 그렇게 서로를 인식했다.

강제로 멈춰진 순간이 지나가고, 시간이 제 역할을 되찾았다.

성혈교 무인들은 단운룡의 무위를 보고도, 광신(狂信)을 버리지 못했다. 퇴각을 명령할 대행자가 죽어버리자, 그들은 공포와 좌절의 반동으로 협봉검을 높이 들었다. 그것도 참 신비이자 괴이이며, 그것이야말로 성혈교의 참된 위력일 것이다. 묵신단 무인들이 앞다투어 단운룡에게로 달려들었다.

광검 없는 단운룡의 광력은 불안정해 보였다. 천잠비룡포의 빛이 어지럽게 흔들렸다.

그럴 수 있다.

전력을 다하면서, 오래 싸웠다.

그래도 괜찮다.

청풍은 아주 훌륭한 무인이었다. 단운룡의 기량이 급감하고 있음을 즉각 감지하고, 사신의 검과 함께 바람 같은 질주로 먼 거리를 따라잡았다.

단운룡의 움직임이 느려졌다.

마신의 경지를 상실했고, 음속마저 유지하지 못했다.

하지만 단운룡은 청풍을 믿었다.

사부와 닮았기 때문만은 아닐 것이다. 청풍은 전력을 다해 다가오는 위협을 막아낼 것이다. 성품이 그러하다. 그런 건 눈빛 하나, 말 한 마디로도 알 수 있다.

단운룡이 뒤로 물러났다.

크리슈나의 형도 꺼낼 수 없었다.

진기가 잘 이어지지 않았다.

신장귀가 달려들자, 수세는 위기가 되었다.

청풍의 움직임이 더 빨라졌다. 청풍이 두 자루 검마저 놓았다. 네 자루 검이 앞다투어 하늘을 날았다. 사색(死色)의 빛줄기가 화려했다.

퍼버버벅!

한꺼번에 넷이다.

단운룡의 눈앞에서, 세 자루 협봉검과 한 줄기 쇠사슬이 힘을 잃고 떨어졌다.

신장귀 하나와 묵신단 무인 셋이 사신검에 뚫려 땅바닥을 나뒹굴었다.

"진기 소진이오?"

청풍이 달려와 물었다.

"무리했다."

단운룡은 있는 그대로 답했다.

"걱정 마시오. 내가 길을 열겠소."

청풍의 음성은 낭랑했고, 든든했다.

그가 삼신검을 하늘에 띄우고, 주작검만 들었다.

십할 공격의 주작이 맹렬한 광화(狂火)의 검격을 선보였다. 적들이 무서운 속도로 죽어 나갔다.

백호검과 청룡검이 무서운 속도로 날아다니며 전방위를 지배했다.

현무검이 단운룡의 몸을 맴돌았다. 그 어떤 적도 현무의 방패를 뚫을 수 없었다.

신기(神技)였다.

청풍이 혈로를 열어 오극헌이 있는 청운곡 정상으로 되돌아오고 있을 때, 청운곡 하부 암굴 쪽은 예상치 못한 국면을 맞이하고 있었다.

단운룡과 청풍이 섬멸한 청운곡 진입로 적진 후방서 흉(凶)보다 불길한 기운이 일어났다.

저벅, 저벅.

교도들의 시체를 밟으며 나타난 그는, 백색 사제복을 입고 있음에도 어두침침해 보였다.

사(四)는 사(死)와 같은 발음을 지녔다.

그리하여 네 번째 사도는 죽음(死)의 사도이기도 했다.

그는 오와도 달랐고, 육 이상과도 다르다.

최상위 위수(位數)이자, 그 이상의 힘을 지녔다.

한때 오 사도였던 비망은, 사 사도의 무력을 잊지 못했다.

그의 몸이 굳어졌다.

사금목도 장현걸도 사색이 되었다.

"내 도움을 청하러 가겠소!"

장현걸은 판단이 빨랐다. 그가 막 바위를 박차고 몸을 날리려 했다. 그때였다.

우우우우웅!

사 사도가 손을 들고 있었다.

그 손이 잡아채듯 장현걸에게 향했다.

"엇!"

장현걸의 몸이 덜컥 굳어졌다. 뛰다가 발을 헛디뎌 기울어진 바위로 굴러떨어졌다.

우직!

어딘가 부러지는 소리까지 들렸다. 다행히 머리부터 떨어지진 않았다. 바위에 긁혀 피투성이가 된 상태로 있는 힘껏 소리쳤다.

"사 대협! 올라가 그들을 부르시오! 우리로는 안 되오!"

엄청난 무형기다.

염력이라고도 불렸다.

단운룡, 청풍, 오극헌, 누구 하나라도 이 자리에 있으면 모르되.

그들이 오기 전까지는 누가 죽어도 이상하지 않다.

죽음이 눈앞에 있었다.

사금목이 장현걸의 말을 듣고 몸을 날렸다.

죽음의 사도가 사금목에게로 오른손을 돌렸다.

우… 우우… 우우웅!

벌떼의 날개 소리 같은 울림이 귓전을 파고들었다. 염력과 함께 공기가 진동하는 소리였다. 끊어졌다 이어지며 가까워지는 느낌이 아주 위협적이었다.

사금목이 본능적으로 바위를 박차고 방향을 틀었다.

우득!

날카로운 통증을 느꼈다.

억센 손아귀에 잡아채인 것처럼 발목이 비틀렸다. 손을 뻗어 튀어나온 바위를 움켜쥐고 힘겹게 몸을 가눴다. 하마터면 장현걸처럼 굴러떨어질 뻔했다. 사금목의 발밑은 그쪽보다 더 험했다. 날카로운 바위 모서리가 죽창 꽂힌 함정처럼 뾰족했다. 떨어졌으면 무사하지 못했을 지형이었다.

사 사도는 여전히 먼 거리에 있었다. 이런 무형기가 어떻게 가능한지 알 수 없었다. 사 사도가 손을 움켜쥐는 것이 보였다. 주위의 기가 요동쳤다. 사금목은 목과 상체 위쪽으로 숨이 꽉 막히는 듯한 압력을 느꼈다. 공력을 최대한 일으켜 기도와 목을 보호했다. 그런데도 목줄기가 틀어잡힌 것처럼 눈앞이 깜깜해졌다.

사금목을 구한 것은 그들 편의 사도였다. 한때 피의 사도라 불렸던 적 사도가 사 사도에게 몸을 날렸다.

"멈춰라!"

쇄애애액! 촤악!

사 사도가 왼손을 휘둘렀다.

마참의 참격이 비껴나가 사 사도 머리 위쪽의 바위를 때렸다.

꽝! 콰드드드득!

폭음과 함께 돌가루가 쏟아졌다. 사 사도의 옷가지엔 먼지 한 톨 내려앉지 않았다. 사 사도가 앞으로 걸어 나왔다. 적 사도가 쇄도했다.

꽈광! 꽈앙!

적 사도의 장법과 참격이 사 사도에게로 쏟아졌다.

충격파가 일어났다.

적 사도는 신장귀나 환혼귀와 다른 의미로 멀쩡했다. 정확하게 들어간 것처럼 보였지만, 실제 육신에 충격은 거의 없었다. 그것 또한 무형기다. 사 사도는 몸 전체에 염력의 갑옷을 둘러치고 있었다. 사 사도가 말했다.

"강해졌다고 들었건만."

사 사도의 목소리는 나직하면서도 깊은 울림이 있었다.

왜 죽음의 사도인지 알겠다. 거역하지 못할 위엄마저 느껴졌다.

"보시기엔 아니오?"

적 사도가 물러나며 되물었다.

말투엔 공경이 담겨 있었다.

"글쎄."

사 사도는 적 사도에게 별다른 흥미가 없어 보였다. 그는 사금목에게서 시선을 떼지 않았다. 그가 동굴 속에서 들려오는 듯한 목소리로 말을 이었다.

"거지소굴의 들개나 공동산의 한량과 어울리다니. 아무리 타락했어도 존귀함마저 저버려야 되겠는가?"

사 사도는 독특했다.

더 중요한 인물들이 있음에도, 장현걸과 사금목을 우선시했다.

불쾌함이 먼저라는 뜻이다.

거슬리는 벌레를 밟아 죽이듯, 사 사도가 손을 비틀었다.

우우웅! 위이이잉!

공중에서 기(氣)가 뭉쳤다. 무형기가 나선으로 회전하며 촉을 벼린 화살이 되었다.

사 사도의 눈이 까맣게 빛났다.

염력의 화살이 사금목에게 날아들었다. 사금목이 다급하게 몸을 날렸다.

꽝!

바위가 움푹 패이고, 돌 부스러기가 쏟아졌다. 강철석궁으로 철시(鐵矢)를 날린 것처럼 위력이 험악했다. 사금목은 발목에 통증을 느끼며 어렵사리 바위 뒤로 몸을 숨겼다.

사 사도의 머리 위에서 또 하나의 염력 화살이 만들어졌다.

위잉! 쐐애액!

이번엔 장현걸을 향해서였다.

장현걸은 온몸이 망신창이였다. 바위틈에 손가락을 걸고 힘껏 몸을 당겼지만, 팔다리 모두에 힘이 잘 들어가지 않았다. 위험했다.

퍼억!

피가 튀었다.

사 사도의 까만 눈동자가 꿈틀 흔들렸다.

등이 보였다.

이미 검에 한 번 꿰뚫린 백삼에 또 하나의 구멍이 뚫렸다. 백삼 남자가 몸으로 막아 장현걸을 구해준 것이다.

장현걸은 고맙다는 말조차 제대로 내뱉지 못했다.

이것은 또한 그에게도 지극히 의외인 일이었기 때문이었다.

"호법께서도 이러깁니까?"

사 사도의 목소리가 비슷한 의문을 담고 어둠을 울렸다.

사(四) 부터는 진정 교단의 핵심이다.

그는 배덕한 탕자(蕩子)에게도, 애정을 잃지 않으려 했다.

백삼 남자가 천천히 몸을 돌렸다.

얼굴빛이 이상했다. 창백한 얼굴에 푸른 혈관이 곤두섰다.

날이 차긴 해도, 입김이 일어날 정도의 날씨는 아니었다. 입에서 흘러나오는 허연 중기 사이로 청록색 기운이 일렁거렸다.

"이만… 우리를. 놔주거라."

뼈만 남은 턱 사이로 바람 빠지는 목소리가 내려앉았다.

사 사도가 대답했다.

"저도 그리고 싶습니다."

그들 사이에도 과거가 있다.

그는 죽음으로 불렸지만, 그 사실을 기꺼워하지 않았다.

불가피하기에 엄숙한 의미가 실리게 되는 것이 그의 이름이 었다.

하지만 그들에겐 그조차도 절대적이지 않았다.

죽고 싶어도 마음대로 죽지 못하며, 죽었어도 다시 되살려 온 그들의 사연이, 그들의 대화를 어렵게 만들었다.

"의지대로… 행하면… 되는 것을."

"그러려면 그 하찮고 나약한 자들이나 내놓으시지요."

상하 관계가 명백해 보였다.

사 사도는 준엄한 죽음의 목소리를 지녔으면서도, 상대에 대한 예의를 잃지 않았다.

백삼 남자가 말했다.

"그럴, 수, 없음을… 알지 않는가."

"저 또한 결국 보내드릴 수 없는 것을 알지 않습니까."

사 사도는 진정 안타깝다는 듯 말했다. 그러면서도 그의 말 은 어딘지 공허하게 들렸다.

적 사도가 다시 나서서 사 사도의 앞을 가로막았다.

"이제 와서 무슨 말이 필요하겠소. 있지도 않은 온정(溫情)을 꾸며내지 마시오."

"자네에게도 마지막으로 말하겠네. 교로 돌아오게."

"돌아가서 인형이 되라는 말이오?"

"은총일세."

"출수하시오."

"자넨 내 상대가 못 돼."

"알고 있소."

적 사도는 단호하여 비장했고, 사 사도는 상심하여 슬퍼했다.

죽음의 사도가 적 사도를 보고, 백삼 남자를 보았다.

그가 끝내 까만 하늘로 시선을 돌렸다.

"신께서는 내게 어찌도 이런 시련을 내리시는가."

죽음의 사도가 손을 들었다.

무형기가 날았다.

"내 이 물건들을 다시 쓰지 않으려 했다만."

날카로운 기운들이 하염없이 날아가 양옆 무너진 협곡의 바위에 틀어박혔다.

꽈앙! 끼긱! 까드득!

돌 부서지는 소리만 들린 게 아니었다. 아련한 금속성이 섞여 있었다. 적 사도가 다급히 고개를 돌렸다. 무엇인지 안다. 그때도 사 사도였다. 바위 한쪽에서, 폭음이 터졌다.

꽈과광! 우르르릉!

천둥이 친 것 같았다.

그것으로 시작이었다.

청운곡 붕괴 당시와 같은 화약이 쓰였다.

꽝! 꽝! 꽝! 콰과과과과과과!

예상하지 못한 사태였다.

연쇄적인 대폭발이 일어났다. 폭발이 양쪽 협곡에서부터 일어나 청운곡 상부 분지로 이어졌다. 오극헌이 싸우던 정상도 무사하지 못했다. 터지며 치솟는 분진이 협곡 상부의 전장을 휩쓸었다. 대파괴가 폭풍처럼 산정을 채웠다.

꽈과광! 콰득! 콰득! 콰과광!

폭발 다음엔 붕괴였다.

온 바위 지대가 지진이라도 난 듯 거세게 진동했다. 뻥 뚫린 암굴이 함께 흔들렸다. 암굴 입구 일부가 폭삭 주저앉았다.

백삼 남자가 가장 먼저 움직였다.

비척비척 비틀거리던 그가 어디서 기운이 일어났는지, 암굴 안으로 몸을 날렸다.

이 폭발에 갱도까지 무너져 내리면 다시는 기회가 없을 것이다.

그가 바위 틈새 더 까만 어둠 속으로 사라졌다.

사방에서 바윗덩이가 떨어져 내렸다.

터지고 부서지는 파편들이 사나웠다. 장현걸이 그 와중에 바위를 박차고 나아가 땅에 기대놓은 여인을 들쳐 멨다.

꽈광!

바윗돌 하나가 그녀가 있던 곳에 떨어져 굉음을 냈다.

참으로 대책 없는 인간이다. 부탁한다 말이라도 하든가.

아니, 여기 이곳에 있는 모두가 그러했다.

엉망진창이다.

청운곡이 또 터질 줄 몰랐다. 이 정도 화약을 매장했다면 기미가 보였을 텐데, 후구당도 냄새 맡지 못했다. 성혈교가 은밀했다기보다는 후구당의 코가 막힌 것이겠지만 말이다.

꽈아아아아앙! 꽈광!

장현걸은 상념을 이어가지 못했다.

여인을 조심스레 고쳐 업고, 쏟아지는 바윗덩이를 피했다. 고작 가냘픈 여인의 몸인데도 급히 움직이려니 어깨와 팔이 끊어지듯 아팠다.

사실, 이걸 왜 살렸는지도 모르겠다.

양영귀의 악명은 사해에 드높다. 정파 무인들의 흉악한 공적(公敵)이었다.

무엇 하나 이치에 맞지 않은 전장이다.

지금 저걸 봐도 그렇다.

사도 둘이 싸우고 있지 않은가.

핏빛 선명한 마참이 바람을 가르면, 형태 없는 염력이 참격을 가로막았다. 사 사도가 가볍게 손을 휘둘렀다. 적 사도가 덜컥 튕겨 나갔다. 적 사도가 황급히 손날을 세웠다. 마참이 허공을 갈랐다. 사도가 아닌 덮치는 바위를 향해서였다.

꽈앙! 쩌억!

쪼개지는 바위를 타 넘으며 사도가 다시 사도에게 달려들었다.

때마침 사 사도에게도 바위가 굴러떨어졌다. 사 사도가 손을 저었다. 바위가 튕겨 나가 경사면에 처박혔다. 그 순간의 허점을 노리고서 적 사도가 어깨로 사 사도를 들이받았다.

쨍!

사 사도의 몸이 일 보 뒤로 밀렸다.

직격이었지만 동시에 직격이 아니었다. 적 사도는 힘이 제대로 실린 견타로도 사 사도의 염력방패를 뚫지 못했다.

즉각 사 사도의 반격이 이어졌다.

혈영마참처럼 사 사도가 수도를 휘둘렀다. 적 사도가 몸을 낮춰 피했다. 반응 속도가 아주 훌륭했다. 목숨 걸고 싸워 온 전투경험 덕분이었다.

사 사도는 무공과 내공 모든 면에서 적 사도보다 훨씬 더 우위에 있었지만, 지근거리 백타에서는 적 사도를 단숨에 압도하지 못했다. 적 사도의 실전적인 투로 운용이 주효했지만, 바위 파편이 계속 쏟아지고 있다는 이유도 컸다. 사 사도의 염력이 머리 위에서 날카로운 파편들을 튕겨내고 있었다. 힘의 분산이 두 무인의 수준 차이를 좁혔다.

쩡!

하지만 맞상대는 결코 오래갈 수 없었다.

붕괴가 진정되고 바위 비가 멈췄다.

바위를 막아 주던 사 사도의 염력이 전투에 집중되었다.

우우우웅! 콰악!

싸움의 양상이 순식간에 틀어졌다.

적 사도의 어깨가 뒤로 밀리며 투로가 무너졌다. 사 사도의 일권이 적 사도의 가슴팍에 꽂혔다.

쿨럭.

적 사도 비망은 피를 토했다.

사 사도는 죽음의 사도면서도 살수(殺手)를 이어가지 않았다. 적 사도가 무너지자마자 눈을 돌려 장현걸을 찾았다.

죽음을 선사하는 데에도 순서가 있는 느낌이었다.

장현걸은 쪼개진 바위 사이에서 숨을 몰아쉬고 있었다. 온몸엔 피 칠갑을 했고 옷가지가 넝마가 되어 어지간한 거지들보다 훨씬 더 몰골이 험했다.

사 사도가 손을 뻗었다.

장현걸이 컥, 하는 외마디 소리와 함께 굳어졌다. 무형기 압력이 짓이겨 버릴 듯 그의 전신을 압박했다.

사금목이 나섰다. 그가 장현걸 못지않게 망가진 모습으로 다리를 절며 탄지공을 펼쳤다.

티팅! 쇄액! 쐐애액!

파공음은 날카로웠지만, 사 사도의 무형기는 성채처럼 단단했다. 염력이 휘몰아쳐 쏘아오는 탄지기공을 가볍게 흩어버렸다.

"크, 크으으윽······!"

장현걸의 얼굴이 시뻘겋게 변했다. 관자놀이에 혈관이 돋아났다.

속수무책이었다.

적 사도가 일어나 손을 내치려 했지만, 사 사도가 손짓만으로 적 사도의 어깨를 눌러 세웠다.

그때였다.

장현걸이 업고 있던 여인의 눈이 번쩍 뜨였다. 마녀의 눈동자는 초점이 없어 몽롱했다.

우우웅! 키잉! 키잉!

괴이한 기성(奇聲)이 사위를 가득 채웠다. 금속으로 금속을 긁는 소리처럼 날카로웠다. 무형기와 무형기가 얽혀드는 소리였다.

"으헉! 헉! 헉!"

장현걸이 포박에서 풀려나듯 몸서리치며 큰 숨을 들이켰다.

그가 비틀비틀 뒤쪽으로 물러났다. 급박한 숨을 몇 번이나 내쉬었다.

사 사도가 몸을 날려 바위 위로 올라왔다.

"완전히 망가진 것이 아니었던가."

먼 거리에서도 지척에 있듯 염력으로 사물을 다루던 자가,

이번엔 직접 눈으로 확인해야겠다는 양, 장현걸에게로, 아니, 양영귀에게로 다가왔다.

키잉! 키키키킹!

힘과 힘이 계속 뒤틀리고 부서졌다.

사 사도는 염력으로 장현걸만 옥죈 것이 아니었다. 양영귀도 함께 쥐어 터뜨리려 했었다. 헌데, 그녀가 반응했다. 예상외였다.

"역시."

사 사도의 까만 눈에 복잡한 빛이 스쳤다. 대부분은 실망이었다.

성사받은 대로였다.

양영귀는 사 사도를 보고 있는 것 같았지만, 두 개의 눈동자는 시체의 그것처럼 죽음의 색을 띠고 있었다.

"시병(屍兵)으로도 쓸 수 없는 것이 본능만 남았구나."

키킹! 키기기기긱!

힘의 상쇄가 거칠어졌다.

양영귀의 얼굴이 더욱더 하얗게 질렸다. 몸이 부들부들 떨렸다. 장현걸도 압력을 다시금 느끼며 더 물러나려 했다. 그러나 발이 잘 떨어지지 않았다. 몸이 천근처럼 무거웠다.

"참으로 나약하며, 몹시도 끈질긴 것들이다."

사 사도가 그리 말하고, 위쪽을 올려다보았다.

치솟아 흩어지는 분진 사이로, 빛들이 새어 나왔다.

더불어, 아래쪽도 있다.

쿠르르르릉!

지저(地底)가 울었다. 붕괴가 다시 일어나듯, 발밑에 흔들림이 느껴졌다.

사 사도가 손을 돌렸다.

암굴 쪽이다.

그가 내려치듯, 손을 휘저었다.

쿠쿵! 콰르르륵!

암굴 갱도가 단숨에 무너졌다. 뚫린 구멍만 부순 것이 아니라, 그 위의 큰 바위까지 함께 짓눌렀다.

쾅! 콰광! 콰륵! 콰과과광!

공간이 무너져 채워지는 소리가 은은하게 울려왔다.

"끝이다. 자네도 이제 그만하자."

아주 가까운 아랫사람에게 권유하듯, 사 사도가 적 사도를 향해 말했다. 그의 몸에서 막대한 무형기가 일어났다.

키킹! 키잉! 위이이이잉!

양영귀도, 이 염력은 상대하지 못했다.

장현걸의 몸이 멈췄다. 사금목도 잡혔다. 적 사도도 꿈쩍하지 못했다.

한꺼번에 모조리 죽인다.

사 사도는 죽음의 축복을 내리고자 했다.

그리고.

또 한 줄기.

빛이 있었다.

그 빛은 단운룡의 광력과도, 청풍의 사신검광과도, 저 백무한의 무상대능력과도 달랐다.

땅이 쪼개지고 바위가 갈라졌다.

태초의 세상이 열릴 때처럼, 상서로운 서기(瑞氣)가 새까만 땅의 틈새에서 솟구쳤다.

"설마!"

사 사도가 놀라 소리쳤다.

올라온 서광이 양영귀를 감싸 안았다. 시체같이 초점 없는 두 눈에 아주 잠깐 생기가 돌아왔다.

"허억!"

장현걸이 자유를 얻었다.

사 사도가 사금목 쪽으로 눈을 돌렸다.

너절한 무명(武名)을 얻었다고는 하나, 장로 계층도 아닌 놈들이다.

그는 교의 최고위 결정권자들 중 하나로서, 구파일방의 잡스런 개입으로 십 일이 넘는 소요가 발생한 것에 심각한 분노를 느끼고 있었다.

누구라도 책임을 져야 했다.

그의 살기가 사금목에게로 향했다.

빛이 옮겨 갔다.

사금목이 아니라 적 사도에게였지만, 죽음을 막기엔 부족하지 않았다. 적 사도가 무형기의 압박을 풀어내고, 몸을 던졌다. 혈영마참이 사 사도의 목을 향해 쏟아졌다.

사 사도가 몸을 젖혀 참격을 피하고 무형기의 방향을 틀었다. 사금목이 풀려났다. 사금목은 머리를 스친 생각을 그답지 않게 다급히 뱉어냈다.

"멀어져야겠소!"

사 사도의 염력은 너무나도 강력했다.

단순한 해법이었지만, 유일한 해결책이기도 했다.

사 사도는 무섭고 위험했다.

그들부터 죽이겠다는 의지가 강렬하게 전해져 왔다.

사금목이 먼저 달려가고 장현걸이 그 뒤를 따랐다. 부상이 많아 비척비척 움직임이 굼떴다. 속도가 너무 느렸다. 사금목은 별호에도 협사(俠士)가 들어가 있는 남자였다. 혼자 몸을 피할 수는 없었다. 그가 다시 돌아와 장현걸을 부축했다.

"맞춰서 뛰어봅시다."

바위 끝에 푹 꺼진 틈새가 보였다.

시야에서 벗어나야 했다.

사금목이 하나둘, 숫자를 세고 셋에 장현걸의 어깨를 받치고 몸을 날렸다. 장현걸이 함께 바위를 박찼다. 이남 일녀, 셋의 몸이 무너진 바위 아래로 떨어져 내렸다. 사금목이 경신의 묘를 살려 공력으로 두 사람의 무게를 버텼다.

텅! 콰르륵!

내려선 바위가 불안하게 흔들렸다. 깔려 있던 파편들이 서로를 긁으며 쏟아졌다.

골목길처럼 좁은 바위 사이를 비집고 나아갔다.

콰쾅!

사 사도는 집요했다.

그가 적 사도를 뿌리치고, 장현걸과 사금목을 쫓았다.

콰르르륵!

돌무더기 무너지는 소리에 사금목이 뒤를 돌아보았다. 까만 하늘 틈새로 하얀 그림자가 비쳤다.

우·우·우·웅!

주위의 공기가 요동치는 것을 느꼈다.

이제 잡히면 정말 끝이다.

사금목은 장현걸을 앞으로 돌려 등을 떠밀고, 뒤쪽에 버텨섰다. 죽어도 당당하게 죽으리라.

통하지 않을 것을 알면서도 철쟁에 손가락을 올렸다.

눈부신 서광이 눈앞을 채운 것은 그때였다.

콰과과과광!

땅이 깨지고, 사도처럼 하얀 인영이 솟아올랐다.

빛나는 원이 그의 손에 들려 있었다.

그것은 하나의 금륜(金輪)이었다.

천상의 광휘가 제 주인과 만났다.

백삼 남자의 얼굴이 수복되고 있었다. 드러난 뼈 위로 살과 피부가 덮였다. 청년도 중년도 노인도 아닌 어딘가쯤에서 시간이 멈췄다.

사금목은 마침내 전에 보았던 얼굴을 다시 볼 수 있었다.

백삼 남자는 금마륜, 승뢰였다.

그가 눈을 떴다.

여전히 한쪽 눈은 흑백이 바뀌어 있었다.

암(暗)과 명(明)이 함께한다.

뿜어 나오는 기는 순하고 맑지만, 몸에 머문 기운은 어둡고 흉악했다. 저 땅 밑 지옥에서 올라온 하늘의 사도처럼, 그의 전신에는 모순된 서기가 가득했다.

그가 날카로운 바위 위에 섰다.

사 사도가 침음성을 흘렸다.

"역시 그것은 가짜였군요."

그는 승뢰의 손에 들린 금마륜을 보고 있었다.

승뢰가 말했다.

"물러나라."

목소리가 뚜렷했다. 더 이상 뼈와 이 사이로 공기가 새지 않았다.

"불가합니다."

사 사도가 대답했다.

승뢰가 금마륜을 들었다. 사 사도가 염력을 발산했다.

우우우우우웅!

작은 돌들이 공중으로 떠올랐다. 기(氣)가 마구 흔들렸다.
승뢰가 다시 말했다.

"죽이고 싶지 않다."

"신륜(神輪)을 다시 들었어도, 그 몸으로는 나를 이기지 못
합니다."

사 사도의 목소리엔 많은 이야기가 담겨 있었다.

그가 승뢰에게로 몸을 날렸다.

막강한 염력의 폭풍이 그와 함께 휘몰아쳤다.

승뢰가 두 손을 앞으로 내밀었다.

금마륜이 가슴 앞에 떠올라 회전했다. 눈부신 광륜의 광채
가 거대한 원을 만들었다.

위이잉! 콰아아아아!

금광이 무형기를 품었다. 염력의 흐름에 따라 광륜의 빛도
함께 일렁였다.

광륜이 상승했다. 가슴 앞에 떠 있던 금마륜이 머리 높이
그 위까지 올라갔다. 염력을 상쇄할 수 있는 위치를 스스로
찾아갔다.

그 사이에 사 사도가 승뢰의 정면에 섰다.

터어엉!

사 사도가 일권을 내쳤다. 진각 소리가 거셌다. 염력으로
증폭한 발경이 권력에 실렸다.

승뢰는 피하지 않았다. 그가 손을 들었다. 손바닥 위에 작은 금륜기(金輪氣)가 떠올랐다. 승뢰가 그 손을 앞으로 내질렀다.

꽈아아앙!

폭음이 터지고 빛의 파장이 사위를 휩쓸었다.

광파는 단운룡의 그것과 비슷하면서도 달랐다. 단운룡의 광력이 미래로 향하는 힘이라면, 승뢰의 빛은 태고(太古)에 닿아 있었다. 근원이 일치하지 않았다.

터엉!

사 사도의 몸이 빛 사이로 튕겨 나왔다.

승뢰는 그 자리에서 물러나지 않았지만, 자세가 무너져 있었다.

역시 정상이 아니다.

사 사도가 까만 눈을 빛내며 염력을 더욱 강하게 일으켰다.

우우우우우우웅!

하늘 위의 금륜이 조금 더 위로 올라갔다. 힘에서 밀린 것이다. 승뢰의 몸에서 흘러나오는 기(氣)가 더욱더 불안정해졌다.

사 사도가 쇄도했다.

염동력이 실린 장력은 대단히 위협적이었다. 승뢰가 다시 두 손에 금륜기를 일으켰다.

꽈광!

태초의 광파가 주위의 바위들을 무너뜨렸다.

흑백 바뀐 우안(右眼)이 피로 물들었다. 구멍 뚫린 몸에서 다시 선혈이 흘렀다.

승뢰는 육신이 무너지고 있음에도, 후퇴하지 않았다.

그가 전진했다.

사 사도의 염력 백타와 승뢰의 금륜 무공이 연이어 충돌했다.

사 사도의 뒤편으로 적 사도가 다시 올라왔지만, 적 사도는 불문율처럼 끼어들지 않았다.

호교호법과 죽음의 사도가 싸운다.

죽음의 사도가 승뢰의 공격을 모조리 막아냈다. 적 사도는 익히 알았다. 사 사도는 강하다. 그는 교도들 앞에서 이적을 행하는 자였다.

하지만, 호교호법은 성혈교 신력(神力)의 상징이었다.

적 사도 비망은 승뢰가 피를 뿜을 때도, 권격에 맞아 살점이 터져나갈 때도, 패배를 생각하지 않았다.

승뢰에겐 신(神)이 함께한다. 분명히 그럴 것이다.

어떤 때에도 잊지 않으며, 한순간도 의심하지 않았다.

신륜이 내려와 빛을 뿜었다.

승뢰의 머리 뒤에 믿음으로 드리워진다.

성화(聖畵)의 후광 같았다.

꽈아아아아앙!

광파가 터졌다.

사 사도의 발밑에서 바위가 깨졌다. 검은 눈을 크게 떴다.

승뢰는 피투성이였다.

호교호법은 무너뜨릴 수 없는 성체(聖體)를 지녔다 했다. 저토록 피를 쏟는다는 것은 그 성체에 균열이 생겼음을 의미했다.

그런데도 쓰러지지 않는다.

지금 이 일격에서는 열세까지 느꼈다. 사 사도가 물었다.

"신께서 정녕 당신을 택하신 거요?"

승뢰가 다가왔다.

믿음이 흔들린 순간, 사 사도의 염력도 흔들렸다.

신륜(神輪)이 하늘에서 내려와 승뢰의 손에 잡혔다.

번쩍!

마정(魔精) 대신 성력(聖力)을 휘둘렀다. 사 사도가 전면에 염력의 방패를 세웠다.

막을 수 있을 것이라 여겼다.

호교호법은 약해졌고, 신륜은 땅 밑 어둠 속에 있었다. 사도로 믿음을 설파했다. 신은 사도의 옆에 있어야만 했다.

쩌저엉! 쩌저적!

이능으로 세운 신앙(信仰)의 방패가 단숨에 박살 나 흩어졌다.

금마광륜의 칼날이 사 사도의 가슴에 박혔다.

콰직! 우지끈!

사 사도는 많은 것이 부서지는 소리를 들었다.

"위에 올라가 물어보라."

승뢰가 말했다.

사 사도가 무릎을 꺾었다.

그가 승뢰를 올려다보았다. 승뢰는 피눈물을 흘리고 있었다.

"신께서 누굴 선택한 것인지, 당신께서도 모른다는 말씀입니까?"

"알지 못한다."

승뢰가 답했다.

진심이었다.

사 사도는 그 대답에 만족했다.

"저 위에서 다시 만나는 날을 기다리겠습니다……."

사도가 쓰러지며 마지막으로 승뢰를 불렀다.

"…스승님."

쿠웅.

죽음의 사도가 가슴에서 피를 뿜으며 쓰러졌다. 예리한 바위틈을 따라서 그들 믿음대로의 성스러운 피가 흘러내렸다.

승뢰의 몸에서 서광이 잦아들었다.

무너진 땅의 균열 속에서, 뒤늦게 홍옥이 기어 올라왔다.

"어르신!"

그가 비틀거리는 승뢰를 보았다. 한달음에 달려와 승뢰를 부축했다. 승뢰는 홍옥을 뿌리치지 않았다. 그리고 눈을 돌려 양영귀를 찾았다.

장현걸과 사금목이 한참 저 멀리 비탈 위로 모습을 드러냈다. 양영귀는 다시 눈을 감은 채로 장현걸의 등 뒤에 업혀 있었다. 포기 없이 끈질기고, 묘하게 믿음직한 자들이었다.

모든 것이 끝난 기분이었다.

하지만 아니다.

콰쾅!

청운곡 산정에서 아련한 폭음이 들려왔다.

승뢰가 고개를 들어 위쪽을 보았다.

네 줄기 색색의 빛이 하늘 위로 나타났다. 어둠을 가르고 질풍이 내려왔다.

어쩌면 가장 위험한 상대다.

성혈교 호교호법으로 무림에 전란의 소용돌이를 일으켰던 금마륜 승뢰가, 그 대척점에 선 최악의 강적인 화산파 대협을 마주한다.

청풍이 눈앞의 바위 위에 내려섰다.

청홍흑백 사검(四劍)이 선회하여 승뢰를 겨누었다.

네 자루 검날은 언제든 누구의 몸이라도 꿰뚫을 수 있다. 사금목을 제외한 누구나 그 목표가 될 수 있었다.

"금마륜 승뢰. 맞소?"

청풍이 물었다.

미뤄둔 이야기다.

"그렇다."

승뢰가 대답했다.

주작검과 백호검이 요동쳤다. 두 신검은 싸우고자 한다. 언제든 상대의 몸을 태우고 찢으려 했다.

"금마륜, 양영귀, 사도. 내가 죽이지 않아야 할 이유를 말해 보시오."

그는 다른 두 검을 취했다.

청룡검과 현무검이 만족했다. 두 신검은 지키고자 한다. 싸울 때 싸우더라도 먼저 죽이지 않는다.

"이유는 없다. 너의 뜻에 달렸을 뿐."

그러나 승뢰의 대답은 그러했다.

있는 그대로였다.

성혈교는 화산검문의 흉적이다. 지금도 신마맹과 연합하여 화산 영역인 섬서를 침범하고 있다.

지금 이 순간만이 문제가 아니다.

과거도 그러하다.

양영귀는 화산혈사의 주범이다. 승뢰와 적 사도도 오랜 혈전의 중심에 있었다. 그들 때문에 죽은 정파 무인이 셀 수 없었다.

"본인 의지가 아니라 했소?"

청풍은 다시 참았다.

양영귀를 죽이려 했을 때, 승뢰가 한 말을 기억했다. 승뢰가 다시 대답했다.

"그녀가 그렇다는 이야기다."

"당신은?"

"나는 내 선택이었다."

불가피를 변명하지 않았다.

다른 선택을 할 수도 있었음을 안다. 결과로 과정을 합리화했고, 그 사실을 후회하지 않았다. 행해 온 일의 총합이 지금의 그다. 대가가 필요하다면 치러야 했다.

"기억하지 못한다 하여, 원치 않았다고 하여, 악행이 지워지는 것은 아니오."

청풍의 전신에서 웅혼한 기도가 일어났다.

승뢰의 눈이 빛났다. 이 아이는 참으로 옳다.

그의 운명에 대해 전혀 모르면서, 그저 몇 마디 말로 그의 생애를 단숨에 관통했다.

슬퍼도, 그게 그의 생이다. 죽음이다.

다만, 함께 안타까워해 주는 이가 있다.

감히 끼어들지 못한 채, 기회만 보던 홍옥이 승뢰의 앞을 막아서며 말했다.

"대, 대협, 살검(殺劍)을 드실 요량이라면, 부디… 재고해 주십시오. 어르신에겐… 그럴 만한 사정이 있었습니다."

홍옥은 말을 잇는 것만으로도 힘겨워했다.

청풍의 기상이 하늘과 땅을 지배했다.

그가 손을 들었다.

백호검이 날아와 그의 손에 잡혔다. 하얀 검을 든 것으로 그의 의지를 명징하게 드러냈다.

"무기를 드시오. 저항 없는 자를 베고 싶지 않소."

승뢰가 홍옥의 어깨를 잡아 뒤로 밀어냈다. 다 죽어가는 와중에 어디서 그런 힘이 생겨났을까. 홍옥은 힘을 쓰고도 저항하지 못했다.

"여기까지라면, 받아들여야겠지."

승뢰가 당당히 청풍 앞에 섰다.

그의 기(氣)는 더 이상 괴이하지 않았다.

그는 다시금 진정한 인간으로 한 사람의 무인(武人)이 되었다.

그때였다.

터어엉!

요란한 소리가 대치에 균열을 만들었다.

일부러 큰 소리로 착지했다. 바위가 우르릉 흔들렸다.

"내 이렇게 될 줄 알았다."

대의와 은원이 복잡하게 얽혔다.

카랑카랑한 목소리와 함께, 모든 것을 부숴 온 천룡일맥의 노고수가 그들 앞에 내려섰다.

성혈교 주력과의 격전은 천룡회 우호법에게도 만만치 않은 일이었다. 백발이 풀어져 남아 있는 투기(鬪氣)와 함께 일렁거렸다.

오극헌이 말했다.

"검을 거두어라. 이 자는 성혈교와 싸울 자다."

청풍이 오극헌에게로 고개를 돌렸다.

오극헌은 두 주먹에 실린 기운을 거두지 않고 있었다.

무력행사라도 불사하겠다는 뜻이다. 청풍은 흔들리지 않았다. 그는 승뢰에게 시선을 고정한 채로 답했다.

"혈사(血事)를 일으킨 자입니다."

오극헌은 웃었다.

또 이렇게 달라졌구나. 감회가 실린 웃음이었다.

"내가 여기에 왜 왔다고 생각하느냐."

편안했던 날을 생각하며 물었다.

그때서야 청풍이 오극헌을 돌아보았다. 청풍이 되물었다.

"절 막으러 오신 겁니까?"

"그럴 일이 없으면 좋겠다고 생각했지."

"그렇군요. 어째서 여기까지 오신 걸까, 의문이 들긴 했습니다."

"네가 이룬 성취가 실로 놀랍다. 종명이를 보낼까 했었는데 그 친구 입장도 썩 편치는 않을 것 같아 그만두었다. 이제 보니, 내가 오길 참 잘했다. 지금의 너를 나 아니면 누가 말릴 수 있겠느냐."

"어르신께서 막으신다 해도, 검을 거두기는 어려울 것 같습니다."

"화안리가 너를 지켰다. 그 은덕에 기대도 안 되겠는가?"

오극헌이 비장의 한 수를 꺼냈다.

청풍도 그 말에는 태연할 수 없었다.

죽음의 위기에 직면했을 때, 그는 화안리의 보살핌으로 살아났다. 오극헌은 은인이다. 화안리의 모든 이가 그러했다.

"이 자가 그 정도입니까?"

"그럴 가치가 있냐고 묻는 것이냐? 너는 마치 천검처럼 말하는구나."

"가치에 관한 이야기가 아닙니다. 이것이 대의(大義)라 생각하시는지 묻는 겁니다."

"너는 묻는 대상이 틀렸다. 나는 대의(大義)에 따라 살아온 자가 아니다. 나는 내가 옳다고 생각하는 것을 행하는 사람이다."

"그럼 어르신께서는 무엇이 옳다고 보십니까?"

"사람은 서로 덜 미워하고, 덜 죽일 수 있다. 서로 믿는 바가 달라도, 걸어온 길이 달라도 함께 살아갈 수 있다. 그게 내가 옳다고 생각하는 바다."

"화안리군요."

"그렇다."

"성혈교 때문에 많은 이가 죽었습니다."

"화산파 때문에도 그러하다."

청풍의 몸에서 검기(劍氣)가 일렁거렸다.

오극헌의 말은 그저 말뿐이 아니었다. 죽어가던 청풍이 몸을 회복하며 보았던 화안리의 정경에 오극헌의 믿음이 녹아 있었다.

팔황이, 천룡이, 구파가 함께 살 수 있는 곳이다.

청풍이 다시 승뢰에게 눈을 돌렸다.

한 팔 없는 오 사도와 의식 없는 양영귀를 보았다.

"저는, 용서할 수 없습니다."

청풍이 말했다.

그의 눈이 이번에는 장현걸을 담았다.

장현걸은 청풍이 생각하는 협(俠)과 다른 길을 걸어 왔다.

청풍은 개방 후개조차 완전히 용서하지 못했다. 하물며, 성혈교의 삼인은 화산 제자들의 죽음에도 직접적인 책임이 있는 자들이었다.

오극헌이 카랑카랑한 목소리로 말했다.

"나는 그런 말을 아주, 아주 많이 들었다. 나도, 그 말을 한 적이 있다. 그러니, 너를 내가 이해한다."

그가 고개를 돌렸다.

잠시 말을 멈춘 오극헌이, 두 번 무너진 청운곡을 내려오는 한 남자를 바라보았다. 새 시대의 강자다. 천룡보다 화려한 비룡의 옷을 입고 있었다.

"내 믿음으로 너를 설득하기 힘들다는 것을 알았다. 너는 협검(俠劍)을 들었다. 그러니, 협제(俠帝)의 생각을 들어보는 것은 어떻겠느냐."

"영감, 나는 협제가 아니오."

즉각 반박이 돌아왔다.

단운룡이 그들 앞에 섰다.

오극헌은 화내지 않았다. 세월이 지나도 변치 않는 것이 기껍다. 웃음이 사라졌던 얼굴에 다른 의미의 미소가 새겨졌다.

"그것 보라. 자네는 협제의 제자가 틀림없이 맞다."

단운룡은 웃지 않았다.

그가 청풍과 나란히 서서 승뢰를 보았다.

그는 사도 비망을 몰랐지만, 그가 사도였음을 알았고, 양영귀를 처음 보았지만, 그녀가 누구인지 들었다.

외팔의 혈(血) 사도와 하얀 얼굴의 마녀는 철혈대전 전반에 걸쳐 큰 악명을 떨쳤다. 더불어 금마륜 승뢰는 수많은 강호 명숙들을 패퇴시키며 구파 무림에 크나큰 치욕을 안겼다.

일교 오황, 난세를 연 마교(魔敎)가 성혈교요, 최악의 전범(戰犯)들이 그들이었다.

단운룡은 내려오며, 청풍과 오극헌의 대화를 빠짐없이 들었다.

협제의 제자로, 그가 말했다.

"용서하지 마라."

간결하고 단호했다.

청풍이 단운룡을 돌아보았다.

단운룡은 청풍의 얼굴을 보고 있지 않았다.

청풍은, 본능적으로 의구심을 느꼈다.

단운룡의 천잠비룡포가 빛으로 맥동하고 있었다. 이미 한계에 이른 그가 최후의 힘을 일으키는 중이었다.

그래서 알았다.

다음 말이 이어질 것임을.

"헌데, 반드시 지금 죽여야 하나?"

승뢰와, 사도와, 양영귀를 죽일 수 있는 마지막 기회가 사라지고 있음을.

하늘에 뜬, 세 개의 신검(神劍)이 움직였다.

세 방향으로 짓쳐 나갔다.

단운룡의 용안(龍眼)이 광력을 품었다.

우우우우우웅!

주작, 청룡, 현무.

삼신(三神)의 검이 공중에서 멈췄다.

광극진기의 자력파동이 신검들을 지배했다.

청풍이 즉각 공명결을 일으켜 어검(御劍)의 주도권을 되찾으려 했다. 단운룡은 빼앗기지 않았다. 상단전, 뇌력(腦力)의 싸움이라면 지지 않는다. 광극진기는 단운룡이 지닌 무공의 근원이며, 단운룡 그 자체였다.

청풍이 백호검 검자루를 쥐었다.

금강탄 백호무를 펼치기 직전, 마지막으로 물었다.

"협(俠)이 무엇이오?"

난데없는 질문이 아니었다.

이 순간을 완벽하게 의문하는 화두(話頭)였다.

"협의 길은 하나가 아니다."

단운룡은 존재의 의의를 묻는 질문에 그런 답을 했다.

"나에겐 하나요."

텅! 퀴융!

백호검이 쏘아졌다.

단운룡은 반격할 수 없었다. 방어는 가능했다. 삼신의 검에서 파동기를 거두고 백호검에 집중하면 격검을 상쇄할 수 있다.

그러므로 금강탄은 단운룡을 죽이기 위함이 아니었다.

단운룡은 백호검을 막을 수밖에 없다.

그러면, 주작이 날개를 펴고, 청룡이 섬광이 되며, 현무가 포효할 것이다.

쩌어어엉!

빛이 백호검을 막았다.

그것은 광검(光劍)의 검광이 아니었다. 백룡권의 백광(白光)도 아니었다.

태초의 금빛이다.

금마륜이었다.

승뢰가 백호검을 막았다.

순간의 대치가 대충돌로 이어졌다. 적 사도가 뛰어들었다. 오극헌이 땅을 박찼다. 그가 백룡권을 펼쳐 적 사도의 몸을 튕겨냈다.

"그만!"

단운룡이 소리쳤다.

광력의 파도가 사위를 채웠다.

백호검이 멈추고, 금마륜이 멈췄다.

천잠비룡포의 용문(龍紋)이 강렬한 빛을 뿌렸다.

끝없는 암흑이 내려앉았다. 공허(空虛)에 별이 떴다.

세 날개가 우주(宇宙)에 닿았다. 그 안에서 단운룡은 무적이었다. 진정 협제가 강림한 것처럼, 그의 몸은 빛이 되었다. 그 순간 그는, 모든 것이 가능했다.

"질풍검에 묻겠다. 너는 금마륜을 죽이고 싶은가?"

"그렇소."

"금마륜에 묻겠다. 당신은 죽어 마땅한 자인가?"

"그렇다."

"두 사람의 뜻이 같다. 그러나 그것은 이 순간이 아니어도 가능한 일일 것이다."

단운룡이 청풍을 보며 말했다.

"과거에 무엇이었나보다, 앞으로 무엇이 될 것인지가 더 중요하다. 협을 행하려는 자도 살인할 수 있고, 협을 몰랐던 자도 협객이 될 수 있다. 내가 배운 협의(俠義)란 조금 더 넉넉한 나머지 틈새도 있고 흠결도 있는 인의(人義)였다. 나는 네가 그 신검(神劍)을 잠시 내려놓고, 저 자가 죽음이 준비되었을 때를 기다려 주길 바란다."

단운룡의 가감 없는 말로 진심을 드러냈다.

청풍은 좋은 협객이었다.

단운룡과 다른 길을 걸어도 어딘가에서 길이 만나며, 다시 갈림길이 와도 한없이 멀어지지 않는 동행자였다. 목적지는 똑같지 않아도 그 어림이다.

청풍이 길 저편에서 대답했다.

"금마륜이 강호에서 저지른 일은 단순한 흠이 아니오."

"그러니까 언젠가 죽어야지."

단운룡의 말투가 편안해졌다. 청풍의 미간이 좁혀졌다.

승뢰가 단운룡의 말을 부연하듯 말했다.

"나는 용서받지 못할 자다. 대가를 치르고 있고, 치를 것이다."

청풍이 승뢰를 보았다.

이 별빛 가득한 공허에서의 승뢰는 금마륜을 든 괴력의 초마환혼강시가 아니었다.

오랜 시련에서도 인간성을 붙들고 있는 그의 모습이 애잔했다.

청풍은 진정 승뢰라는 사람을 보았다.

청풍이 하늘을 올려보았다.

그가 바라보는 우주(宇宙)에 석양이 졌다. 깎아지른 서악의 험산 밑에, 인자한 사부가 있었고, 어여쁜 반려가 있었다.

바람이 불었다. 질풍처럼 날카롭지 않고 선선했다.

청풍의 영웅기(英雄氣)가 따뜻해졌다.

올곧고 예리한 검날이라도 결국 그 쓰임은 검자루를 쥔 자의 마음에 달려 있었다.

"내가 이번엔 설득 당하오. 더 이상 무고한 자들을 죽이지 마시오. 또한 나는 원한을 잊지 않을 것이오."

별빛이 밝아졌다.

아름다웠다.

승뢰는 안도하지 않았다. 그렇게 죽음 같은 생이 연장되었을 뿐이었다.

그저 가혹한 삶이 조금 달라지기를.

단운룡이 눈을 감았다.

공허가 물러갔다.

승뢰의 어둠은 물러가지 않고, 마음속에 머물렀다.

오극헌은 세 사람의 기(氣)가 섞이는 것만 보았다. 그는 대화의 결과를 듣지 않아도 알았다. 그를 놀라게 한 것은 따로 있었다.

"그 나이에 금기(禁技)까지 쓰다니. 가르친 자나 배운 자네나 정상이 아니로군."

"영감. 정상이 아닌 건 세상 아니오?"

단운룡이 눈을 뜨며 반문했다.

그는 지쳐 있었다. 광파가 흐트러졌다. 피를 토해도 이상하지 않았다.

오극헌이 혀를 차며 품안에서 단약 옥갑 하나를 꺼냈다.

"자네 말이 맞아. 그보다, 자네 그러다 죽는 거 아닌가? 하나로 안 되겠어. 세 개 들게."

옥갑에서 단약들이 굴러 나왔다.

단운룡은 사양하지 않고 받아먹었다. 예리하게 찌르며 턱 턱 막히던 기혈이 조금씩 진정되었다. 오극헌이 다시 말했다.

"자네 줄 건 없고. 나머지는 이리 와서 이거 좀 받아 들어."

오극헌은 승뢰에게 단약을 주지 않았다.

이유가 있을 것이다.

오극헌은 장현걸과 사금목에 이어, 사도에게도 단약을 내밀 었다. 사도 비망은 놀란 듯했고, 받지도 않았다. 오극헌이 이번 에는 청풍을 보았다.

"내 네 녀석이 몹시 반갑기는 하나, 너무 머리가 굵은 거 같 아서 아쉽기도 해. 산으로 돌아가야지?"

"그렇습니다."

"그럼 가 봐. 자넨 살문으로?"

"의협비룡회요."

"이름이 길어. 그냥 이어받지 그랬나."

"마음에 안 들었소."

"한마디를 안 지는군. 하기야 협제가 지은 이름도 아니었지."

오극헌이 주섬주섬 흐트러진 옷매무새를 가다듬었다.

뒷짐을 지고, 촌로가 되었다.

"그럼, 우리도 가세."

오극헌은 승뢰를 보며 말했다.

승뢰가 간다는 것은, 사도와 양영귀도 간다는 뜻이다. 사금목이 당황하여 물었다.

"저도 갑니까?"

"공동산까지 혼자 갈 자신이나 있어?"

"없습니다."

"따라와."

장현걸은 같이 가냐 묻지도 않았다. 당연한 듯 양영귀를 업고, 오극헌에게 붙었다. 그는 다른 것이 궁금했다.

"그런데, 어디로 갑니까?"

"화안리."

오극헌이 대답했다.

마지막으로, 단운룡, 청풍, 승뢰의 눈빛이 허공에서 교차했다. 아직 끝나지 않은 이야기가 많았다.

제천 십익의 세 날개가 그렇게 만나고, 서로의 길로 흩어졌다.

거대한 운명이 그들을 기다리고 있음을 알았다.

성혈교 최강의 호교호법은 금마광륜을 되찾았고, 그렇게 화안리로 사라졌다.

                    *   *   *

단운룡은 빠르게 이동했다.

혼자였다.

추격을 뿌리치는 것은 어려운 일이 아니었다. 회복되지 않은 몸으로, 기지와 육감을 동원하여 귀주를 벗어났다.

오극헌이 준 단약은 효력이 대단했다. 싸워도 적에게 잡혀 죽을 만한 고비를 쉽게 넘겼다. 요상하며 회복했다. 만전까지는 아직 멀었지만, 무력은 충분했다.

서둘러 도착했다.

당도해 눈에 담은 적벽의 성벽은, 타오르는 불길에 휩싸여 있었다.

*   *   *

단운룡은 불길 한가운데에서 의외의 인물을 보았다.

성벽에서 수많은 문도들이 분주하게 움직이고 있었다.

놀라지 않았다.

직접 가서 만나려 했으나, 그쪽에서 찾아오겠다는 기별을 받았다. 그리고 그가 지금 저 성벽 위에 있었다.

단운룡은 투기(鬪氣)를 거두고, 성벽으로 다가갔다.

싸움은 이미 끝난 상태였다.

숲길과 관도가 아수라장이었다.

화포 포격이 휩쓸고 간 것처럼 불구덩이가 가득했다. 도로 정비만도 보통 일이 아니게 생겼다. 시체 처리도 만만치 않겠다. 그나마도 사람 시신은 얼마 되지도 않았다. 대부분이 요괴들의 사체들이었다.

백 단위, 아니, 천 단위가 넘는 요괴들이 적벽을 습격했다.

육로로, 그것도 관도를 통해서다.

사체들만 헤아려도 엄청난 규모다. 인간 병력으로 환산했을 때, 큰 도시에도 대타격을 입히기에 충분했고, 어지간한 마을 정도는 하룻밤 새 지워버릴 수 있는 수준이었다.

무림이 미쳐 돌아가고 있었다.

까만 재로 뒤덮인 뜨거운 죽음의 땅을 걸었다. 단운룡이 성문 앞에 이르러 성벽을 올려보았다.

"문주께서 오셨다!"

"잠시만 기다리십시오!!"

굳게 닫힌 성문은 군데군데 그을음이 있어도 거의 파손되지 않았다.

지난번 대습격 이후, 그들은 모든 건물에 내화(耐火) 설계를 적용했다. 목재(木材)를 최소화하고, 돌과 쇠로 성채를 쌓았다. 불은 큰 문제가 되지 못했다.

오히려 성벽 쪽에 부서진 곳이 많았다. 움푹움푹 험악하게 찍힌 자국이 보였다. 찍힌 깊이가 상당한 것으로 보아 꽤 큰 놈들이 쳐들어온 모양이었다.

"열지 마라. 내가 올라가마."

단운룡이 말했다.

"알겠습니다!!"

위에서 머리를 내밀고 있는 것은 여의각 문도들이었다. 그들이 수신호 하는 게 보였다. 단운룡이 성벽을 박차고 올라갔다. 빠르게, 그리고 단호하게 주고받는 목소리가 귓전을 채웠다.

"여기 물 더!!"

"거기 부숴!"

"장비 가져와!!"

"모래! 모래 가져와!! 번진다!!"

위는 위대로 난리였다.

물동이와 모래포대가 빠르게 움직였다.

성벽 위에 있는 이는 대부분이 무인들이었지만, 벽 너머의 안쪽에는 무공 없는 백성들도 많았다.

방염 설계에 더해, 방화 장비, 소화 시설을 충실하게 갖췄다.

관아의 정병들 없이도 얼마든지 불을 잡을 수 있다.

장관이었다.

"오셨습니까!"

"수로로도 적습이 있었습니다만, 청천각과 비룡각에서 피해 없이 막았습니다!"

"적산도 수월히 방어했습니다. 걱정 마십시오!"

"백성 사망자 없습니다! 문도들도 죽은 자 전무합니다. 부상자들도 중상은 입지 않았습니다!"

여의각이 즉각 달려와 보고했다.

적산은 괜찮다. 걱정 말라.

강설영과 양무의가 무사하다는 이야기다. 사상자도 바로 셈했다. 그들은 단운룡이 가장 중요시하는 것이 무엇인지 잘 알고 있었다.

"하던 것부터 마저 해."

"네! 알겠습니다!"

단운룡은 여의각 문도들을 붙잡고 있지 않았다.

불을 잡는 것이 먼저였다. 뜨거운 열기와 매캐한 연기가 가득했다.

단운룡은 불을 피하는 것이 아니라, 불쪽으로 더 다가갔다. 손이 부족한 가운데도 허리를 굽히려는 문도들을 만류하며 걸음을 옮겼다.

축 늘어진 꼬리가 보였다. 푸른색 비늘이 번들거렸다. 굵은 꼬리가 통로에서부터 성벽 안쪽으로까지 걸쳐 있었다.

꼬리는 푸른색이었지만, 교룡(蛟龍) 같은 몸체는 검은색이었다. 홍룡처럼 크지는 않아도, 덩치가 상당했다. 용보다는 도마뱀에 가까웠다. 다리가 짧았다. 머리엔 뿔이 없어 곡선이 완만했고, 주둥이도 뱀처럼 생겼다.

석룡(蜥龍)이라 했다. 보는 이에 따라서는 대망(大蟒)이라 부를 수도 있겠지만, 용이 되지 못한 뱀과는 형태와 몸집에서 어느 정도의 차이가 있었다.

흉부가 짓이겨졌고, 등줄기에 불탄 흔적이 보였다.

사체 앞에서 이복을 만났다.

그가 공손히 포권하여 인사했다. 그러고는 곧바로 눈앞의
요괴에 대해 보고했다.

"몹시 강했습니다. 큰 피해를 입을 뻔했습니다."

발톱이 아주 날카롭고 길었다.

성벽에 남은 자국들은 이놈들이 낸 것이 분명했다. 한 마
리도 아니었다. 네 마리다. 성벽 상부 통로를 가로막다시피 했
다. 하나같이 불에 당했다. 한 놈은 아예 머리가 날아갔다. 머
리 없는 목 부위가 포격에 맞은 것처럼 새까맣게 타 있었다.

그 놈들 외에도 또 있다.

성벽 위의 감시탑 쪽에 날개 달린 요괴의 사체가 보였다. 날
개 너비가 일장은 족히 되는 것 같다. 귀차 정도의 대요괴는 아
니더라도, 꽤 위협적인 생김새다. 그런 사체가 셋이나 있었다.

성벽 위를 휩쓴 불길은, 바로 이 괴물들 때문이었다.

괴물이 낸 화재가 아니라, 괴물을 죽이다가 난 화재였다.

"저 분 덕분에 잘 막을 수 있었습니다."

이복이 말했다.

물론 단운룡은 이미 알고 있었다. 성벽 밑에서부터 그를 보
았다. 불과 연기가 치솟는 가운데, 괴물들의 시체 너머에 그
가 있었다.

그가 단운룡에게 고개를 돌렸다.

두 눈이 신처럼 빛났다.

그가 다가왔다.

"네가 더 배웠구나."

그가 단운룡에게 말했다.

말투는 여전했다. 유창하지만 어딘지 이국적이다.

노란색 법의도 그때와 같았다. 불과 번개를 다룬다. 성벽 위의 불꽃, 성벽 바깥의 파괴, 모두가 이 자가 행한 이적(異蹟)이었다.

"고맙다."

"아니다."

그가 일축했다.

약속에 따라, 그들이 말하는 카르마에 따라, 이곳에 왔다.

그는, 스스로를 신(神)이라 칭했다.

스칸다였다.

불길은 해가 지기 전에 잡혔다.

단운룡은 스칸다와 독대했다.

화마(火魔)가 물러간 성벽 위에서, 화신(火神)과 함께 석양의 화색(火色)을 마주했다.

그들 발밑에 굴하지 않는 도시가 펼쳐져 있었다. 민가에는 밥 짓는 연기가, 거리에는 분주한 사람들이 보였다. 싸움을 겪은 도시처럼 보이지 않았다. 강인하고, 활기찼다.

단운룡은 일견 평화로워 보이는 도시의 전경이 기꺼울 수만은 없었다.

오늘은 성벽으로 막았지만, 다른 날에는 어떻게 될지 모른다.

예지로도 알 수 없는 미래가 있다.

앞날이 보이지 않아 어두웠다.

위험은 도처를 오가며, 호시탐탐 그들을 노렸다.

"난신(亂神)들이 많아. 천하가 어지럽다."

"나도 그 사실을 안다. 해 뜨는 낮에 검푸른 락샤샤들이 나타났다. 최악의 시대에만 일어나는 일이다. 아무래도 너희 중원신은 고통받는 사람들에게 관심이 없는 모양이구나."

"신(神)이라. 신이 이 혼란을 해결해 줄 수 있는가?"

"물론이다. 그러나, 이 땅엔 거짓 신들이 너무 많아. 너희는 신들의 노여움을 산 거다. 그러므로 신들에게 외면당하는 것이다."

"해석은 그럴듯하군."

단운룡은 스칸다가 말하는 신(神)의 언사를 웃어넘기지 못했다.

백주(白晝)의 요괴들과, 성벽을 타오르는 석룡들은, 제아무리 전쟁도시라 해도 만만치 않은 상대였다. 하늘 나는 대익(大翼)의 요괴들도 마찬가지다. 놈들은 성벽을 가볍게 넘을 수 있으며, 적지 않은 민간 피해를 입힐 수 있었다.

스칸다가 막았다.

그는 그들 나라의 군신(軍神)이라는 이름대로, 대군(大軍)의 위력을 홀로 실현했다.

침략자는 흑림의 요괴부대만이 아니었다.

적산 산로를 따라 이색(異色)의 가면들이 침투했다. 장강 저편에서는 비검맹 전선들이 목격되었다.

단운룡의 부재(不在)로, 삼황의 협력 공격이 이루어졌다.

물에서 올라온 검은색 대요괴는 관승과 장익이 함께 싸워서야 죽일 수 있었다고 들었다. 이색 가면들 중에는 엽단평의 검을 서른 합이나 받아낸 고수가 있었으며, 흑림 도사들 중엔 강력한 풍술을 쓰는 무리가 있어 강설영과 오기룡이 함께 나서야 했다.

스칸다가 없었으면 수많은 무인들이 죽거나 다쳤을 것이다.

그가 결과를 바꿨다.

적벽이 침공당한 이래, 이와 같은 대승이 없었다.

성벽 위의 누각이 불탄 것 정도는 피해 축에도 끼지 못한다. 관도를 다시 다져야 하는 게 가장 큰 손실이라 할 정도였다.

"내가 이곳을 나서자, 저것들이 들이닥쳤다. 옥황은 나를 이곳에 가둬 두려는 심산이다."

"그 가짜 신(神)은 생각으로 마음을 조종하지. 악신(惡神)의 특징이다."

"지금은 신화(神話)가 아니라 현실이라는 것이 문제다."

"진짜 힘으로 막아내면 그만이다."

"덕분에 이겼지만, 진정 이긴 것은 아니야. 나가서 싸워야 한다. 놈들은 계속 힘을 키우고 있다. 머물러 있다가는 결국

지게 될 거다."

단운룡은 전략을 말했다.

스칸다는 그런 면에서 좋은 대화 상대가 되지 못했다.

"성급한 신(神)은 인간에게도 죽는다. 기다리는 자가 결국 승리하게 되어 있다."

"신마맹을 상대로는 달라. 기다리면 진다."

"지기도 하고 이기기도 하는 것이 전쟁이다. 종말은 거듭된 전쟁과 함께 찾아오는 법이다."

단운룡이 스칸다를 돌아보았다.

스칸다의 눈은 맑았다. 세계의 이치와 우주의 진리를 담고 있는 것처럼 보였다.

하지만, 단운룡은 도리와 진실을 찾고자 하는 것이 아니었다.

그는 실재(實在)의 투쟁(鬪爭)에서 이길 수 있는 방법을 원했다. 형이상(形而上)은 지금 필요한 것이 아니었다. 단운룡은 형이하(形以下), 구체적인 방책을 찾아야 했다.

단운룡은 방식을 바꿨다.

"그렇다면, 이곳에서 이 도시를 지켜줄 수 있는가?"

"그것은 나의 역할이 아니다."

"악신(惡神)의 침공으로부터 인간을 지키는 것이 군신(軍神)의 업(業) 아닌가?"

"오늘 나는 저들을 이겼으니, 새로운 힘과 휴식을 취할 것이다. 그리고 다음 전쟁터로 떠나야 한다."

"그곳은 어디지?"

"아직 알지 못한다."

단운룡은 분명히 깨달았다.

스칸다는 무림인이 아니다. 그가 신과 인간 사이 어딘가에 존재하는 이형(異形)의 사람일 뿐이다. 이런 식으로 접근해서는 아무 답도 얻지 못할 터였다.

단운룡은 생각을 조금 더 달리했다.

지난 만남에서, 스칸다는 그를 도와준다고 말했다.

단운룡은 스칸다가 적벽을 지켜주었음에, 첫 마디로 감사부터 표했다. 그리고 스칸다는 그의 말을 부정했다.

예법(禮法)이 아니었다.

그의 언어는 신의 언어다.

있는 그대로의 뜻이 담긴다.

그러므로, 스칸다는 싸워서 도와준 것이 아니다. 그는 군신(軍神)으로 악(惡)을 물리쳤을 뿐이다. 그것은 그의 고유한 정체성이다. 단운룡의 초청과 관계없이 스칸다는 선신(善神)으로 싸웠을 것이다.

단운룡의 사고(思考)가 무인(武人)을 벗어나기 시작했다.

군사(軍師)의 지략도 버렸다.

가능케 하는 것은, 옛 시절의 배움이다. 금모전도 안빈이 떠올랐다. 안빈은 사람의 머리카락을 자르는 발사(髮師)였다. 사부는 예인(藝人)을 사랑했고, 모든 잡기(雜技)를 존중했다.

세계에는 강호만 있는 것이 아니다.

다르게 살아가는 자들이 더 많다.

단운룡의 우주(宇宙)가 확장되었다. 검은 공허(空虛)가 별들을 품었다.

스칸다를 이해했다.

군신(軍神)은 단운룡을 알기 위해 싸웠고, 그에게 배워서 고마움을 느꼈다.

지난 만남에서, 단운룡은, 스칸다와 진정으로 대화하지 못했다. 지금도 그렇다. 그저 서로 자기가 할 말만을 하고 있을 뿐이다.

단운룡은, 다시 시도했다.

"내게 필요한 앎이 있다."

"말하라."

단운룡이 달라졌음을 스칸다가 알았다.

신의 눈이 더욱 밝게 빛났다. 우주를 품은 크리슈나 같았다.

"배움을 청한다."

"그 마음이 반갑다."

"신에 대해 알려다오."

단운룡이 덧붙여 말했다.

"신은 무한히 많다."

"이 땅의 가면 쓴 신들로 족하다. 특별히, 거짓 신(神) 옥황에 대해 알고 싶다."

"카르마에 따라, 너의 청을 들어주마. 내가 너에게 신(神)의 지혜를 선물하겠다."

올바른 질문에서 올바른 답이 나온다.

스칸다가 웃으며 말했다.

그의 입에서, 그의 지식이 노래처럼 흘러나왔다.

가면을 쓴 거짓 신들과, 그들이 지닌 힘에 대한 노래였다.

그리하여, 단운룡은, 그들에게 한 발 더 다가가게 되었다.

반격의 실마리를 찾아가는 여정이었다.

*   *   *

스칸다로부터 얻은 노래를 양무의와 공유했다.

어떤 심득은 단운룡에게 더 온전하게 심어졌고, 어떤 지혜는 양무의에게 더 정밀하게 전해졌다.

둘은 함께 고민하며, 같은 해석과 다른 해석 사이에서의 균형을 힘겹게 찾아 나갔다.

가면신들의 능력들은 불가사의했고, 어떤 그럴듯한 형언으로도 완벽한 설명이 불가능했다.

"무릇 수많은 신들의 이야기들은 세계가 열리는 순간부터 시작된다. 창조, 유지, 파괴, 재창조 순환 안에서, 어떤 신은 그 모든 일을 홀로 행사하며, 어떤 신들은 각각 자기 역할을 나눠 갖는다."

"대저 주신(主神)이라 함은 전지전능의 표상이다. 그러나 중원신은 전지하지 않고, 전능하지도 않다. 중원의 주신은 창조의 능도, 파괴의 력도 향유하지 못했다. 이치에 맞게 균형 잡는 것으로 소임을 다한다. 하물며 거짓 신이다."

"흉내 낸 전능(全能)은 실제로 유한하다. 세계 속 어떤 주신은 우주 그 자체지만, 중원신은 섭리의 철저한 종복이다. 거스르지 못한다."

"이치 이상의 능(能)을 소유할 때는, 그 이전에 조건을 충족시키거나, 이후에 대가를 치러야 한다. 그러므로 결국 법칙 안에서의 실현일 뿐이다."

실제 스칸다의 언어는 상징과 은유로 가득했으나, 단운룡과 양무의는 그 안에서 결과적으로 올바른 의미들을 뽑아낼 수 있었다.

"가면을 쓴 자뿐 아니라 어떠한 인간이라도 완전한 신력(神力)을 형상하진 못한다는 이야기로 여겨집니다. 우월한 존재가 아니라 우월해지려는 존재라는 말이겠지요."

"거짓 신은 신의 우열이 아니라 인간의 우열로 결정된다. 그게 그의 말이다. 신들에겐 서열이 있고, 불 선, 민간 어디에서나 상위, 하위의 위계가 드러나지. 신마맹도 비슷해. 힘의 정점이 염라라면, 실질적 지휘관은 옥황일 거야. 다만, 옥황이 염라를 지배하지 못한다는 것은, 단순한 신화적 위계 문제가 아니라고 볼 수 있어. 무력 또는 심력의 차이, 결과적으로는 인간 그 자체의 차이에서 기인한다고 봐."

양무의는 단운룡의 말에 동의했다.

근거도 있었다.

양무의는 나타난 현상으로 추측을 긍정했다.

"옥황은 젊은 자라고 했습니다. 어떤 비상식적인 성장 과정을 거치더라도, 무공과 술법 양면에서 염라와 비슷한 경지에 이르는 것은 지난한 일이겠지요. 이는 염라와의 비교에만 국한된 것이 아닙니다. 옥황은 문주의 움직임을 예측하지 못했어요. 다른 병대의 운용은 언제나 사전에 감지하여 대응했지만, 문주가 나설 때는 항상 그 이후에 반응했습니다."

"그렇게 보이려고 했을 수도 있지."

"물론 그 가능성도 배제하지 못합니다만. 그래도 어느 정도는 공통적인 특징이 나타납니다. 전 중원의 전역(戰域)을 아울러서 말입니다."

양무의가 펼쳐진 지도 위를 손가락으로 찍었다.

적벽이다.

그들이 있는 이곳이었다.

"분명해진 것은 제천대성을 필두로, 홍룡과 검존이 습격했을 때부터입니다. 그 전까지 전 중원은 끌려 다니고만 있었습니다. 우리가 도강언에서 대수해(大水害)를 막았다고 해도, 그 전과 이후에 생겨 난 연쇄적인 피해까지는 막아내지 못했습니다. 적들은 항상 크고 작은 전투에서 비교 우위의 병대를 투입했습니다. 그렇게 구파와 구파의 산하 문파들이 당했지요. 적벽은 달랐습니다. 적측의 총전력은 문파 괴멸전을 상정한 역량이었습니다. 적벽을 여기서 지워버리기에 충분했습니다. 실제로 그럴 뻔했지요."

양무의의 손가락이 지도에서 올라왔다.

그의 검지가 자신의 머리를 가리켰다. 양무의가 격무로 충혈된 눈을 날카롭게 빛내며 말을 이었다.

"저는 그때 옥황과의 접촉을 통해, 결과 예측에 대한 불확실성을 감지했습니다. 옥황은 전투의 변수를 전부 다 읽지 못했던 것으로 보입니다. 그래서 최대한의 전력을 투입했지요. 섬세한 책략이 아니라, 압도적인 힘으로 누르려 한 겁니다. 사실상, 어떠한 절대고수라도 대적이 가능한 전력이었습니다만, 이는 범용적으로 우세한 힘의 활용에 불과하지, 신적인 책략이라 보기는 어렵다고 할 수 있습니다. 특히나, 북풍단주의 개입으로 적측은 엄청난 수준의 전력 손실을 감당해야 했습니다. 다만, 여기서도 경우의 수는 갈릴 수 있습니다. 옥황이 북풍단주의 출현을 예측했을 경우와, 그러지 못했을 경우로 말입니다."

"그래, 어느 쪽일까?"

"그가 말했지요? 거짓 주신이 신처럼 보이는 이유는 인간을 넘어선 연산(演算) 능력 때문이라고요. 저는 불완전한 미래시(未來示)보다, 바로 그 능력이 더 중요하다고 봅니다. 저와 같은 군사들은 수많은 발상들을 늘어놓고, 가장 성공 가능성이 높은 책략을 골라내는 데 많은 시간을 보냅니다. 그리고 확신을 원합니다. 그러나 아무리 명징하다 장담을 해도, 그 확신은 허상일 뿐입니다. 그저 확률적으로 가장 적합한 결과를 도출해 냈을 뿐이지요. 그 결과에 이르기엔 책략 입안자의 지성과, 정보의 확실성, 상황의 가변성, 판단의 정확성이 요구됩니다. 그리고 그 모든 것에 우선하여, 천운(天運)이란 것이 중요하게 작용하지요. 그 운기(運氣)를 살필 수 있으면서, 확률 연산에 천부의 재질을 지녔다면, 그야말로 완벽한 책략가라 할 수 있게 됩니다. 신산(神算)이란 두 글자는 진정 그런 자에게 어울리는 표현일 것입니다."

"예측했다 보는 거로군."

"적어도, 늘어놓은 경우의 수에는 있었을 것이 확실합니다. 옥황은 자신 있게 말했습니다. 원하는 것을 얻을 것이라고요. 즉, 의협비룡회의 멸문 여부와 관계없이 그는 그 전투에서 취하고자 하는 것이 있었을 겁니다. 그리고 저는 그가 그것을 가져갔을 것이라 생각합니다."

"이빙과 우마, 전력 회수가 목적이 아니었다?"

"포함이겠지요."

양무의가 큰 숨을 한 번 들이키고 말을 이었다.

"저는 옥황의 진의(眞義)가, 더 큰 데 있다는 느낌을 받았습니다. 숫자로 환산할 수 없는 가치에 관한 이야기입니다. 원숭이 신(神)이 황금빛을 뿌리고, 용(龍)이 도시를 불태우면서, 옥황은 신화(神話)를 이 땅에 강림시켰습니다. 강호는 처음에 그 사실을 믿지 못했으나, 이제는 모두가 신화와 전설을 두려워합니다. 저들은 전지전능하지 않지만, 점차 그런 허상을 실상으로 만들어갑니다. 거짓 신이 만든 거짓 세계는 종종 진짜가 되곤 한다. 그 말과도 일치합니다."

양무의가 말을 멈추었다.

그가 엄지손가락으로 미간을 짚었다. 그의 얼굴에 한 번도 볼 수 없었던 자조적인 웃음이 실렸다.

"그는 신(神)을 연기하지만, 저는 어디까지나 인간 책사(策士)입니다. 그래서 다시 작은 것에 집중합니다. 옥황은 과연 북풍단주의 출현을 알았을까요. 상제는 문주가 절강 바다에 나타날 것을 알았을까요, 가짜 신은, 성혈교 사태 때 질풍검이 남하할 것을 알았을까요."

양무의의 말은 혼잣말 같았다.

그 또한 단운룡이 보지 못했던 모습이었다.

양무의가 하늘에서 천하를 내려다보는 것처럼 중원 지도를 둘러보았다.

그가 단운룡을 똑바로 보며 말했다.

"성혈교 사도들의 죽음은 공표조차 되지 않았습니다. 그래도 신마맹은 알았을 겁니다. 문주의 부재가 확인되자, 적습이 있었습니다. 우리만으로는 방어가 만만치 않았을 전력이었지요. 여기서 침공 시점은 또 하나의 단서가 됩니다. 절강대란 때처럼, 문주가 적들 사이에서 모습을 드러낸 이후에야 침략이 이루어기 때문입니다."

양무의가 이번에는 손을 내려 중원 서북부 섬서 지역을 짚었다.

서악(西嶽) 화산이 그의 손끝에 걸렸다.

"한편, 섬서로 북상하던 성혈교는 질풍검의 급습으로 모든 공격을 중단했습니다. 질풍검 홀로 화산 침공을 미연에 막은 셈입니다. 주목해야 할 것은 성혈교의 섬서 진격에 신마맹이 관여하고 있었다는 사실입니다. 옥황은 질풍검의 행보를 미리 알지 못했습니다. 일단 표면적으로는 확실히 그렇게 보입니다. 미리 알았더라면, 경고를 했어야 정상입니다. 사도급의 고수들이 죽어나가는 것은 일교 오황의 전력에 있어 크나큰 손실이 아닐 수 없습니다. 옥황이 예지하고도 의도적으로 숨겼다 한다면, 그것도 나쁜 일은 아닙니다. 교와 맹의 결속력이 보기보다 단단하지 않음을 의미하기 때문이지요. 하지만, 이 가정에는 재론의 여지가 상당합니다. 동맹 사이에서 정보 제공의 누락이란, 그에 상응하는 이익이 뒷받침될 때에야 의미가 있으니까요. 질풍검의 존재로 말미암아, 중원 서북부에서 대(對) 일교 오황의 무림맹이 결성될 조짐이 보이고 있습니다. 옥황이 진정 성혈교의 우방이라면, 참전이 예지된 시점에서 미리 최대 전력을 투입해 질풍검을 제거했어야 옳습니다. 알고 내버려 두었다기에는 그 대가가 너무 컸습니다."

질풍검뿐이 아니다. 오극헌도 갔다.

성혈교는 그들을 감당하지 못했다. 상상할 수 있는 범주 이상의 전력에 맞서 성혈교는 귀중한 전력들을 허무하게 갈아 넣었다.

"나, 그리고 스칸다."

그곳엔 단운룡도 있었다.

그리고, 마지막으로 다시 여기 적벽이다.

스칸다가 적벽에 내려오며, 적들의 대규모 침공이 무위로 돌아갔다.

"기준은 그 정도인가."

"아마도요."

옥황의 지략이 신산(神算)의 경지에 있다.

그러므로, 이런 예상조차 그의 시야 안에 있을지 모른다.

그러나, 스칸다는 말했다.

인간의 우열에 따른다.

옥황은 그 자신보다 뛰어난 자의 미래는 볼 수도 결정할 수도 없다.

일단 거기서부터 시작이었다.

"아시겠지만, 이 논거에는 치명적인 약점이 있습니다."

"누구도 혼자가 아니지. 그러나 그 능력은 아마 그런 식으로 적용되지 않을 거다."

단운룡의 부재는 숨긴다고 숨겨지는 것이 아니었다.

즉, 강설영도 양무의도, 단운룡이 성혈교로 달려간 것을 알았다.

질풍검의 남하도, 질풍검 홀로 결정한 일이 아니었을 것이다.

화산파의 누군가도 질풍검이 역습을 감행한다는 사실을 알았을 것이 분명했다.

의협비룡회의 무인들 중 누구라도, 화산파 매화검수 중 누구라도, 옥황이 미리 읽었다면, 대비할 수 있었을 것이다. 청운곡에서 염라가 기다리고 있었을 수도 있다. 비검맹 검존들과 더불어 홍룡과 같은 흑림의 대요괴들을 불러오고, 성혈교주가 직접 나섰다면 모두가 죽은 목숨이었을 것이다.

옥황은 그리하지 않았다.

단운룡은, 그것을 하지 않은 것이 아니라 못 한 것이라 생각했다.

"게다가, 옥황은 주신(主神)의 자격을 지녔지만 그로 인해, 균형에 제약되는 신력(神力)을 지녔다고 하였다. 스칸다가 말하길 위대한 신은 무도한 횡포를 부리지 못한다고도 했지. 정의로운 신(神)들은 항상 강대한 힘을 지닌다고 말했다. 옥황은 신마(神魔)의 준동으로 유례없는 전란을 일으켰지만, 본래의 정체성은 선신(善神)이어야만 했어. 실제로 이 난세의 양상을 보면, 우리가 죽은 만큼 사마 외도, 요괴 귀물들도 많이 죽었지. 옥황이 얻을 수 있는 상제력은 어쩌면 일교 팔황 무리의 죽음에서 비롯된 것일지도 몰라."

극단적인 사고였다.

단운룡은 스스로 말하면서도, 그 생각이 어디에서 시작된 것인지 알지 못했고, 또 진실이라 확신하지도 못했다.

양무의는 가벼이 흘려듣지 않았다.

"그렇다면 결국……."

"그래, 이것은 그 놈이 전지에 이른 것을 전제로 한다. 너무 과하다. 잊어라."

"어떤 가능성도 소홀히 할 수 없습니다. 특히나 많은 의문이 설명되는 가설이라면요."

"그렇지도 않아. 그만큼 더 많은 의문도 생기지."

"어차피 확신 없는 싸움을 해야 합니다. 일방적인 죽음이 아니라면 의미가 있지요."

"설령 옥황의 신력이 저들 병력의 희생으로 성립된다 하여도, 맞바꿔서 지는 것은 우리다. 죽음은 저들 편이야."

단운룡의 말은 여지없이 옳았다.

문도들의 수는 줄어드는 만큼 늘지 않았다.

반면, 신마맹의 가면은 끝없이 늘어난다. 불합리한 균형이다. 옥황은 공과격의 업(業)으로 단순하게 바라볼 수 없는 상대였다.

"신마맹주는 염라마신이라 했습니다. 옥황의 능력이 전지(全知)든 아니든, 전략을 주도하고 있음이 사실인 이상 옥황과 염라의 의지가 얼마나 합치하는가도 향후의 전황에 있어 중요한 부분일 겁니다."

"스칸다는 염라를 일컬어 참과 거짓의 쌍신이라 했다. 염라는 절대적인 죽음의 공포로 기능한다는 점에서, 순수하고 단순한 신이다. 본디 모든 생명은 죽이는 것보다 살리는 것이 어려운 법이야. 대저 신화의 주신들은 생명의 신이어야 하고, 그러므로 옥황 또한 죽이는 신이 아니어야 하겠지. 그래서 놈에 대한 해석이 복잡해지는 거다. 가설이 맞다면 죽음으로 죽음을 상쇄한다는 것인데, 그 방식엔 분명히 문제가 있어. 능력을 유지할 수 있는 다른 요소가 있을 거야."

단운룡은 모호한 발상들 가운데에서도, 마지막 말만은 확신할 수 있었다.

상제력에 대해 배웠다.

스칸다에게뿐만이 아니다.

언젠가 그가 이미 이해했던 능력이다.

의미가 정리되지 않았던 스칸다의 이야기에서 필요한 정보를 능히 구체화할 수 있었던 이유는 그래서다.

다만, 완벽히 기억하지 못할 뿐이다. 그는 거기까지 이를 수 없다. 그렇게 되면, 무언가를 잃게 될 것이다. 전지전능은 그러므로 불가능하다. 그것을 획득한 자는 인간이 아니라 신(神)이 된다.

모든 것을 얻음은 곧, 모든 것을 잃음이다. 단운룡은 거기에 닿으려 하지 않았다.

"원론적으로, 염라가 죽음이라면 옥황은 삶에 해당하는 신일 겁니다. 예지와 신산이라는 그의 능력을 제하고, 그 근원에 집중하면 한 가지 진실에 도달합니다. 천룡상회의 유 회주가 보내 왔던 문건이 있습니다. 지금도 명확치는 않습니다만, 옥황의 능력에 대해 파악하지 못했을 때부터 그가 받는 제약에 대해 고민해 왔습니다. 일련의 전투를 통해 어느 정도 명백해진 부분이 있지요. 하여, 이런 결론에 이르렀습니다."

머리를 맞댄 고심으로, 마침내 가장 중대한 결정을 내린다.

양무의가 말하고, 단운룡이 들었다.

그는 신마맹과 싸우며 세 가지 선택을 한다.

천재군사라는 양무의가 비로소 입안한 첫 번째 승부수였다.

"이제부터 천하로 나아갑니다."

양무의가 중원 전도 위에 손을 활짝 폈다.

"의협비룡회는 적벽에서 나와 전 중원에서 싸울 겁니다."

단운룡은 선언과 함께 근거를 들었다.

그리고, 고개를 끄덕였다.

그렇게 시작되었다.

의협비룡회는 드넓은 중원 천하 전역에서, 삼 년 동안 신마맹과 싸운다.

기나긴 전쟁의 서막이었다.

　　　　*　　　　　*　　　　　*

결단이 내려졌다.

즉각 실행에 옮겼다.

의협비룡회 무인들이 썰물처럼 빠져나갔다.

적벽 백성들은 불안감을 느꼈다.

"저희를 버리시는 겁니까?"

"괴물들이 쳐들어오면 누가 막아 줍니까?"

자연스러운 반응이었다.

용감한 장수가 이관할 때의 변방 마을처럼, 백성들이 거리로 몰려나와 두려움을 토로했다. 의협비룡회는 그들을 지켜주는 방벽이었다. 관아보다 가깝고, 이웃만큼 친근했다.

"걱정 마시라! 일 있으면 달려올 테니!"

오기룡이 호기롭게 소리쳤다.

빈 말이 아니었다.

그들은 적벽을 버린 것이 아니었다. 그저 나아가 출진하기 위함이었다.

기반 시설은 그대로 두었다. 적산 위 총단에는 상주 인원을 최소화하였고, 하구(河口)와 성벽 방어를 맡을 무인들은 넉넉하게 남겨 두었다.

특기할 만한 것은 주축고수의 전원 이탈이었다.

각주급 무인들은 아무도 남지 않았다. 적측 초고수가 쳐들어오면, 맞서 싸울 이가 실질적으로 전무했다.

"어떻게 하실 생각이어요?"

강설영도 우려했다.

신마맹이 쳐들어오면 혈겁이 일어난다. 강씨 금상에서 직접 겪었다. 방어 병력을 뺀다는 발상은 파격 그 자체였다.

"밖에서부터 막을 거야."

단운룡과 양무의는 계획한 바가 있었다.

적벽을 비워두고 방치하자는 것이 아니었다.

함양, 장사, 숭양 세 현에 의협비룡회 깃발이 올라갔다. 근역 도시로의 영역 확장으로 백성들의 마음을 달랬다. 더불어 강 건너 대사진과 홍호현에도 분타를 세웠다. 적벽을 침공하려면, 동서남북 분타들의 깃발을 먼저 뽑아야 했다.

"이래도 되나? 방어선이 너무 넓은데? 큰 요괴나 강력한 고수가 침투하면 학살이 일어날 거다."

"그러지 않을 거다."

우목은 본인이라도 남겠다 이야기했다.

단운룡은 그것도 일축했다.

"너무 위험해. 설명을 해라. 나로서는 납득이 필요한 책략이다."

"납득 못 시켜. 나도 확신은 없다."

"확신이 없어? 사람들 목숨으로 도박을 하자고?"

"너나 나나 언제는 안 그랬나?"

"오원이었다."

"여기도 똑같아."

"……."

"걱정으로 힘 빼지 마라. 난 지는 도박을 하지 않는다. 게다가, 이 거리면 내가 움직이면 돼."

우목은 이를 갈았다.

이럴 때는 참으로 마음에 안 들었다.

중원 진격(進擊)은 도시 수성(守成)보다 더 가슴 뛰는 일이었지만, 기어코 마음 한구석에 해결하지 못한 의문을 남긴다.

예전에도 그랬다.

단운룡은 싸울 때 감각을 말로 형언하지 못했다. 언제나 든든한 동료였지만 완전한 안심은 없었다. 그들은 너무 많은 위험을 함께해 왔다. 이번에도 어김없이 그런 느낌을 받았다. 그렇게만 생각했다.

"옥황이란 놈의 능력과 관계된 시도다. 아마도, 공격 못 할거다. 못 해야 해."

전과 달랐다.

부연 설명이 있었다.

친구가 주군이 되었다. 제멋대로였던 놈이 나름의 성장을 한 모양이었다. 우목은 앙금을 털고, 고개를 끄덕였다.

"그래, 믿어 보마."

단운룡은 나란히 섰던 우목의 어깨를 툭툭 짚어주고 앞으로 걸어 나갔다.

강한 무인들이 그들 곁에 즐비했다.

고도(古道) 악양이, 중원 천하가 그들을 기다리고 있었다.

*   *   *

공과격을 파헤쳤다.

증언에서 비롯된 보고들을 몇 번이고 다시 검토했다.

옥황은 대량살상이 가능한 언령(言令)의 비술을 지녔다. 힘 있는 무인은 가볍게 죽였지만, 무공 없는 범인(凡人)들은 죽지 않고 살았다.

직접살인이든, 차도살인이든 옥황은 업(業)의 영향을 받는 것이 분명했다. 스칸다가 말하길 세계의 어떤 존재도 카르마에서 자유로울 수 없다고 하였다. 카르마 그 자체를 힘으로 쓰는 자는 결국 카르마의 종이 된다. 그의 언어엔 중언(衆言)이 많았다. 그가 무언가를 강조하는 방식이었다.

스칸다의 말이 전부 다 옳다는 법은 없었다. 그러나 많은 이야기가 지금껏 나타난 현상과 일치했다. 가능성 높은 이론으로 삼기에 충분했다.

"우리가 지키고 있을 때는 침공이 가능해. 싸워서 죽고 죽을 상대가 있으니까. 칼 든 자에게 칼로 맞서는 것은 살의의 업(業)으로 상쇄가 가능하겠지. 하지만 백성들뿐이라면 공격할 수 없다. 놈은 학살로 생겨나는 악업(惡業)을 감당하지 못할 거다."

과감한 적벽 이탈은 그와 같은 결론에서 비롯되었다.

적어도 신마맹은 적벽을 치지 못한다. 신마맹이 관여된 공격도 발생하지 않을 것이다.

백성들을 지키지 않음으로 백성들을 지킨다.

그것이 양무의가 발의하고, 단운룡이 수긍한 책략이었다.

물론 이 계책은 우목이 우려했듯, 도박이 분명했다.

옥황만을 배제했을 뿐이다.

옥황의 지략과 별개로, 일교 오황 다른 집단이 단독 공격을 감행하면 이야기가 달라진다.

비검맹 검존이 저들의 전선 한 척만 몰고 들어와도 혈겁이 발생할 것이다.

하지만 왜?

무림에서는 전국적인 대난전이 벌어지고 있다. 일단, 일교 오황이 몰아치는 모양새지만, 그렇다고 적측 무력이 넘쳐나는 것도 아니다.

싸움에는 무인이 필요하고, 무인의 운용에는 돈이 필요하며, 돈의 운용에는 기반 되는 사업이 필요하다.

하나의 전투를 수행하기 위해서는 제반 요소들이 잘 맞물려 돌아가야 한다. 이미 그 요소들은 크게 헝클어져 있으므로, 전투로 얻을 수 있는 소득이 중요해졌다.

꼭 자본이 아니더라도 마찬가지다.

무인지경의 적벽에 쳐들어와 백성들을 몇백 죽이는 것으로 얻을 수 있는 것은 나락으로 떨어지는 민심과 무도한 악명밖에 없었다.

그것도 넓은 의미의 업(業)이다.

적벽은, 비워둠으로써 전략적 가치가 희미해졌다.

그런 균형에서 자유로운 것이 살생이 업(業)인 요괴들의 존재라면, 그것에 대한 대비책도 없지 않다. 환신 월현을 비롯한 술사(術士)들과 주시자(注視者)들이 전면에 나서기 시작했다. 대요괴들이 백성들을 습격하여 귀겁(鬼劫)을 일으킬 조짐이 보인다면, 그들이 그것을 막아줄 것이다. 양무의는 토면인신상을 통해 천리안과 소통했다.

그렇게 적벽에서 나온 그들은 악양에 분타를 세우고 장강을 건넜다.

엽단평을 필두로, 일백 명 청천각 정예가 북쪽으로 나아갔다.

호북, 하남, 산서까지 신마맹이 날뛰는 곳은 어디나 찾아갔다.

의협비룡회 청천각은 생소한 이름이었다.

계절을 넘기고 대지를 달리며, 무명(武名)을 쌓았다.

정파 무인들은 피폐해져 있었다. 어딜 가나 마찬가지였다. 일부 정문(正門)들은 죽립 쓴 청천각 무인들에게 먼저 도검을 겨누기도 했다. 멀쩡해 보이는 자가 밤에는 가면을 쓰고 사람을 죽였고, 사람 모양을 한 요괴들이 대낮을 활보했다.

피아 식별이 어려웠다. 강호인들은 처음 본 자들을 쉽게 믿지 못했다.

전투에서 고립되는 일이 잦았다.

옥황의 지략도 문제였다.

수월한 싸움이 없었다. 분명 이것은 옥황의 짓이다 싶은, 치열한 고전을 연달아 견뎠다. 사보검 개진을 써서야 넘길 수 있었던 위기도 한두 번이 아니었다.

어렵사리 산서에 도달했다.

남쪽에서, 하현방과 싸웠다.

총관 정립중은 강력한 고수였다. 그들은 의협비룡회를 믿지 않았다. 도리어 그들보고 신마맹의 주구라 하며 괴이한 서신을 들먹였다.

하현방이 신마맹의 계략에 넘어간 것인지, 아니면 원래 그들 권속인지 알 수 없었다.

엽단평은 판단을 유보하고, 행동부터 결정했다.

불필요한 항전을 중단하고, 다시 남쪽으로 산을 넘어 먼 관도를 탔다. 하현방에서는 추격까지 감행했다. 상황이 확실해질 때까지 살육전을 피하기로 했다. 피를 보지 않고, 따돌려 북상했다.

하현방과의 충돌 이후, 정도 문파들은 어떤 경우에도 그들과 대화하려 하지 않았다.

무력으로 맞서지 않으면 다행이었다.

항산 전투를 통해 의협비룡회의 이름이 널리 알려졌음에도, 청천각 무인들은 신뢰받지 못했다.

정보전(情報戰)이었다.

적들의 귀계(鬼計)는 깊고도 음험했다. 일부 무인들에게서는 요기(妖氣)마저 느껴졌다.

엽단평은 길을 꺾었다.

지친 몸을 이끌고, 고성에 들어섰다.

계략으로 흔들 수 없는 인연을 찾기 위해서였다.

"이 평요보가 귀인을 맞이하네. 오랜만일세."

그는 옳았다.

옥황이 신의 힘을 지녔어도, 지울 수 없는 것이 있었다.

직접 대면해서 쌓은 협(俠)이었다.

시양회주 평요보는 엽단평을 크게 반겼다.

"그 검기(劍技)는 여전하이. 훗날 나와도 겨뤄봄이 어떠한가."

숭무련에 패배하여 창을 꺾었다 했지만, 노구의 투지는 조금도 식지 않았다.

"의협비룡회 청천각주 신분으로 왔습니다. 허나 이 엽단평, 비무라면 언제든 피하지 않겠습니다."

"그땐 내 미처 몰라봤건만, 의외로 호협(豪俠)이었군. 당장 어울려보자 말할 수 없음이 안타까울 따름일세. 가면 놈들이 온 천지에 가득해. 요망하기가 이를 데 없어 땅을 기는 요괴들보다 더하다네."

"도와드리겠습니다."

"청하지도 않은 것을?"

"그것이 청천각의 의협입니다."

"하기야."

시양회주가 웃었다.

새롭게 날을 세운 한남창은 예전보다 더 선연한 빛을 띠고 있었다.

"일전에도 청하지 않았으나 함께 싸웠지."

시양회주는 사양하지 않았다.

그들은 기꺼이 의협비룡회와 손을 잡았다.

시양회 청색창 무인들 중에서도, 가면에 홀린 이들이 여럿이라 하였다. 청백색 이색(異色)의 가면으로 발현하여 창수(槍手)들이 바라마지 않은 십삼창의 무위를 넘나들었다.

청천각은 더 이상 외롭게 싸우지 않았다.

신마맹 무리들과 흑립 요괴들에 맞선 고성 남부의 일전에서, 시양회 청색창은 청천각의 등 뒤를 지켰다.

그것으로 시양회는 의협비룡회의 신분을 보증했다.

일산오강이 숭무련에 패배한 산서 땅은 질서 없는 수라장이 되어 있었다.

고성에서 적들을 몰아내고, 태원까지 진격했다.

이미 반파되어 쇠락하던 태원부 대동장 옛 장원터에서 적들과 일대 혈전이 벌어졌다.

적들은 마치 그들의 경로를 예상하고 있었다는 듯 들이닥쳤다.

하늘 위의 시선을 느끼며, 엽단평이 검을 뽑았다.

그가 술독에 빠져 살던 동풍릉을 구했다. 개진으로 짓이긴 적측 고수는 산서의 국경 너머로부터 악명이 자자한 새외의 마인이었다.

"부끄럽기 짝이 없도다."

"칼을 드시오."

동풍릉이 오래전 내려놓았다던 통천도를 다시 들었다.

참도회주는 동풍릉만 꺾지 않았다.

동풍릉이 장주로 있던 대동장의 긍지까지 베어버렸다. 무인들이 뿔뿔이 흩어져서 얼마 남지 않았다. 술독에 엎어진 동풍릉을 보며, 그나마 충성하는 자들도 재기를 포기했다.

엽단평은 동풍릉을 뒤에 두고, 말없이 검만 휘둘렀다.

그는 나서지 않았다.

평요보가 그를 일으켰다.

"이게 뭔 꼴인가. 자네답지 않네."

"내가 이 꼴인 걸 진즉에 알고 있었으면서 이제야 훈수요?"

"나도 경황이 없었네. 미리 살피지 못해 미안하이."

"사과가 웬 말이오. 노인네도 노인네답지 않소."

동풍릉을 살리고, 대동장 무인들을 불러 모았다.

대동장주가 다시 칼을 잡았다는 소문이 태안 거리를 술렁이게 했다.

무인들이 여기저기서 기어 나왔다. 이미 이곳을 떴다고 알려졌던 놈들이 많았다. 반나절 만에 백여 명이 모였다.

동풍릉이 고개를 떨구었다.

장주가 무너져도 의리는 버리지 못했다.

그는 모여든 남자들을 당당히 마주 보지 못했다. 칼을 쥔 굵은 손이 하얗게 변했다.

남자의 자존심에 기어코 쏟지 못한 눈물로.

대동장이 규합되었다.

"태행방은 어떻게 되었습니까?"

산서무림의 뿌리는 일산오강이었다.

엽단평은 뿌리를 살리고자 했다.

"거긴 아직일세."

평요보의 목소리가 침중해졌다.

"무슨 뜻입니까?"

"분양파부터 갑세."

엽단평은 심상치 않은 기색을 읽었다.

이제부터 진짜다. 엽단평은 산서의 싸움이 길어질 것을 직감했다.

그래서 다시 말했다.

"태행방에 문제가 생겼군요."

평요보는 노회함으로 말을 아꼈다.

대답은 동풍릉이 했다.

"문제가 생겼지. 큰 문제가."

엽단평이 동풍릉을 바라보았다.

동풍릉이 한숨을 쉬었다. 그가 말했다.

"군자검이 가면을 썼다. 그 황려만이가."

놀라지 않을 수 없었다.

일산 오강.

그중 하나가 가면의 무인이 되었다고 하였다.

난세의 중원은, 그토록 혹독했다.

*   *   *

발도각 이백 명은 동북으로 향했다.

발도각에는 남만(南蠻)의 피부색을 지닌 이방인들이 많았다. 자연스럽게 강호인들의 눈길을 끌었다.

어디를 가도 상황은 청천각과 비슷했다.

발도각은 환영받지 못했다.

전국적인 대란이 일어나는 작금의 무림에서 검은 피부의 칼잡이들은 경계의 대상일 수밖에 없었다.

하남을 주파하며 신마맹를 비롯한 사파 무리들과 싸웠다.

엽단평과 도요화가 하남 무림의 불문 문파들을 구했던 것처럼, 그들은 이유 있는 적개와 근거 없는 오해를 이겨내며 군웅들을 도왔다.

대체로 고전했다. 승리다운 승리를 만끽한 적이 없었다.

옥황은 저 높은 하늘에서 온 천하를 내려다보는 것 같았다.

매복은 허를 찔렀고, 적들은 절묘하게 많았다.

집단전은 항상 어렵게 전개되었다.

난전이 일어나면, 지휘 체계를 무시하고 감에 의존해서 싸워야 했다. 적들은 의협비룡회가 쓰는 것과 똑같은 호시(號矢)를 썼다.

그들뿐이 아니었다.

곤양문의 멸문을 막으러 갔을 때는 더 심했다.

신마맹은 곤양문의 밀마와 암호를 완벽하게 꿰고 있었다. 곤양문 철봉무인들은 어처구니없는 실수를 계속 저질렀다. 진퇴가 엉망진창이었고 연수는 전혀 되지 않았다. 발도각 별동대를 적으로 오인하여 배후를 급습한 일까지 일어났다.

막야흔이 없는 발도각은 거칠게 성장했다.

수좌(首座) 없는 싸움이 익숙해서 다행이었다. 호 일족과의 밀림전투는 잘 짜여진 작전보다 순간의 본능에 의존해야 할 때가 많았다. 무인들은 고립되기 일쑤였고, 싸움의 향방이 오리무중일 때가 흔했다. 그들은 준비되어 있었다. 오랫동안 단련된 맹수의 감각으로 하늘의 전략을 버텨냈다.

잘 싸워도 사망자가 나오는 것은 필연이었다.

잃는 만큼 강해졌다.

거듭되는 상실은 만도(蠻刀)를 보도(寶刀)로 벼리는 담금질이 되었다.

소쾌협도 형욱은, 한 글자를 지우고 온전한 쾌협도의 이름을 이었다.

아창족 흑망에게는 묵룡도(墨龍刀)라는 별호가 생겼다. 형욱은 저잣거리 악당 이름이라며 놀려댔지만, 흑망 본인은 만족스럽게 생각했다.

삼 일 밤낮을 싸워 곤양문의 멸문을 막고, 추격 당하던 악왕문의 후계자를 구해냈다.

등봉현에 이르러서야 겨우 쉴 수 있었다.

기승을 부리는 신마맹 무리들도, 숭산의 비호를 받는 등봉현은 침탈하지 못했다.

그러나 숭산 근역에서는 소림 봉문이 길어질 것이라는 소문이 돌고 있었다. 봉문 선언 일 년째 날에도 소림 산문(山門)은 굳게 닫혀 열릴 줄을 몰랐다. 그날부터 태산북두 숭산 인근의 분위기는 점점 더 흉흉해졌다.

구양가의 침묵 또한 불가해의 영역이었다. 구양세가는 육대세가 중에서도 수위를 논하는 가문이었다. 가주 구양천의 별호는 무적전신(無敵戰神)이었다. 전신(戰神)이란 두 글자는, 강력한 호전성을 내포하고 있는 호칭이었다. 실제로 젊은 시절, 구양가주는 명초(明初) 각지의 분란 지역에서 백 수십 차례의 전투를 치르는 동안 전승무패의 전공을 세웠다고 알려진 초강자였다.

그러나 구양천은 남궁가와 모용가의 혼례식 이후, 좀처럼 무림에 모습을 드러내지 않았다. 또한 신마맹과의 전란(戰亂)에도 직접 참전하지 않았다. 물론 소림처럼 봉문을 한 것은 아니었다. 구양가 무인들은 그들이 위치한 낙양(洛陽) 일대를 철통처럼 수호하며 어떤 규모의 요괴 떼도, 어떤 무리의 사파 무인들도 침략을 허용하지 않았다.

일견, 구양가의 대응은 각지에 고립된 여타 세가들의 모습과 크게 다르지 않아 보였다. 하지만 소림이 정신적 지주로의 지위를 상실한 지금, 구양가가 정도무림의 구성(救星)으로 전면전의 선봉이 되어야 한다는 성토가 이어졌다.

구양가는 공식 입장을 표명하지 않았다.

묵묵히 낙양을 지킬 뿐이었다. 낙양은 전국적인 전란에서도 가장 안전한 도시로 일컬어졌다. 혹자는 구양가가 반격의 힘을 모으는 중이라고 하였고, 혹자는 소림의 눈치를 보고 있다고 말했다. 구양세가는 천하제일세가지만, 하남에 위치한 만큼 소림의 거대한 그늘에서 자유롭지 못했다. 그런 역사만 수백 년이다. 소림봉문을 기회 삼아 무림사를 주도하기에는 무림 정치의 역학관계에서 고려해야 할 사안이 적지 않았다.

식자(識者)들은 소림의 봉문철회와 구양가의 무림출도가 같은 시기에 이루어질 것으로 예상했다. 그리고 기대하며 기다렸다. 소림이 다시 막강한 나한승들을 하산시키고 구양가에서 무적전신이 화려하게 비상할 때, 밝고도 큰 두 개의 태양 아래 무림을 덮은 혈겁의 암운(暗雲)이 단숨에 흩어지기를 바라마지 않았다.

다만 아직은 깜깜한 전운(戰雲)이 혈우(血雨)를 뿌리는 밤이라, 뜨지 않은 태양은 기약 없이 야속했다.

그저 싸우고 또 싸울 뿐이다.

발도각은 북상하며 분연히 싸우는 자들로 이름을 각인했다.

하남의 강호인들은 환영하지 않았던 그들에게서 잃어가던 투지를 얻었다.

발도각 무인들은 불굴의 의지를 지녔고, 피 흘리면서도 절대 포기하지 않았다.

하남 무인들은 승리 없이 싸웠다. 거점을 내주고, 산야를 도망 다녔다. 발도각은 그들과 함께 도망치며, 많은 무인들을 살렸다. 무림의 구세주는 못 되어도, 피를 나눈 아군이 되어 주었다.

민족과 언어를 초월한 전우애로, 하남 군웅들은 의협비룡회를 기억했다.

하남에서 북상하여 하북으로 올라갔다.

그들의 일차적인 목적지였다.

하북 무림이라 하면, 대체로 하북의 남부 지역을 말했다. 하북의 북쪽 중심에는 북경이 있다. 강호가 혈난의 시대라도, 황권을 수호하는 무력은 불가침의 강력함을 뽐냈다.

전란은 그리하여 하남과의 경계를 비롯, 하북 남부에 국한되었다.

그 위는 드넓은 공백의 평야였다.

하북 대지 대평야의 크기는 어지간한 소국(小國)의 영토에 준했다. 신마맹도, 사파 무리도, 그 지역은 건드리지 않았다.

북경 일대는 별천지와 같았다.

북경에서 남쪽을 응시하면 지평선까지 끝없는 화평(和平)만 가득했다. 싸움 없이 평화로운 대지가 중앙군의 준동을 막아 주었다. 적들의 대계(大計)는 그처럼 천하를 아울렀다.

그리하여, 하북 대지의 남부는, 더 격렬하게 불타올랐다.

숭무련의 무공이 팽가의 자존심을 무너뜨렸다.

팽가 고수들은 정공(正攻)에 의한 일대일 비무로 패했다.

당문이나 남궁가처럼 막대한 인명피해가 발생하지 않았음에도 이어진 결과는 크게 다르지 않았다. 강호 무파의 영향력이란 공고한 민심으로 강화되며, 민초들의 지지는 탄탄한 무력으로부터 비롯된다. 그 무력이 깨진 것이다. 영역의 지배력이 뿌리부터 흔들렸다.

더불어 팽가에는 무릇 대 세가들이 일반적으로 그러하듯, 억지로 눌러놓은 물의와 치부가 많았다. 그것들이 연이어 터져 나왔다. 곪은 상처들이 만천하에 드러난 팽가의 내홍은 악화일로로 치닫고 있었다.

신마맹과 사파 무리의 득세가 하북 남부 일대를 대혼란으로 몰아넣었다.

한단(邯鄲) 지역 전체가 전화의 소용돌이로 빠져들었다.

본가가 위치한 무안현(武安縣)조차, 무(武)로 안녕(安寧)하지 않았다. 본가 담장에 피가 묻는 일은 없었으나, 이미 내원(內院) 안 비무에서 승무련에 졌다.

팽가는 그것으로 난공불락을 잃었다.

하물며 지역 지파들은 상황이 더 좋지 않았다.

산동에 진출해 있던 팽가의 난성지부가 적대세력의 공격을 받았다.

그곳에서, 처음으로 일월(日月)이란 이름이 나왔다.

그들은 무인으로 보이지 않았다.

평범한 농민(農民)처럼 보였지만, 거친 마의(麻衣)의 평복을 입고 강철 같은 육신 속에 괴력을 담았다.

가면은 없었다.

볕에 그을린 맨얼굴에 맨팔로 적성도를 막았다. 고작 삼십여 명 돌격으로 상주 무인 삼백육십의 난성지부가 뚫렸다.

그들은 엄청나게 강했다.

팽가 무인 수십 명이 죽고 다치는 동안, 농민 무인은 단 한 명만 목숨을 잃었을 정도였다. 그들은 사망자가 나오자마자 즉각 퇴각했다. 팽가 살상부대 패천대 파견을 놓고 격론이 벌어졌을 때, 정보부대 첩밀대는 갈피를 잡지 못하고 고초를 겪었다.

패천대 출전이 보류로 결정되는 동안, 첩밀대는 고작 일월(日月)이란 두 글자만 건졌다.

교(敎)인지, 맹(盟)인지, 련(聯)인지, 문(門)인지도 몰랐다.

그들의 목표가 팽가인지, 아니면 육대세가를 비롯한 정파무인 전부인지도 파악하지 못했다.

추측과 짐작만 난무했다.

어떤 가설에도 온전한 단서와 명백한 증거가 없었다.

드러난 것은 오직, 세가 정식 무인들을 압도하는 강력한 무인집단이 출현했다는 사실 그 하나뿐이었다.

팽가는 숭무련에 대한 재도전을 결의했으나, 실행에 옮기기까지 지난한 과제가 산재해 있었다.

숭무련의 침공은, 신마맹이나 비검맹의 무력도발과 완전히 그 궤를 달리했다.

비무첩(比武牒)이 오갔고 명숙들의 공증이 있었다.

패배승복은 정정당당하여 재론의 여지가 없었다. 그렇게 졌으면, 전쟁을 걸 수 없다. 그게 강호의 도리였다.

전면전을 원한다면 팽가는 역사로 쌓은 명예를 모조리 내려놔야 했다.

그리되면, 이겨도 승리가 아니다.

피 튀기는 침탈을 감행하여 행여 승리를 이뤄낸다고 한들, 팽가는 더 이상 명가(名家)로 불릴 수 없을 터였다. 사도의 도적무리가 되어 악명의 나락에 떨어질 것이 자명했다.

지면, 끝이다.

숭무련은 강한 무파였다. 전면전을 벌이면 셀 수 없이 많은 시체가 쌓일 것이다. 전쟁에서 패배까지 한다면, 손실 복구가 불가능하다. 무림사에서 아예 지워져도 이상하지 않았다.

비무로 이겨야 한다는 뜻이었다.

똑같이 이쪽에서 저쪽의 무명(武名)을 꺾어야 의미가 있었다.

문제는 도전을 받아주느냐였다.

상대조차 안 해준다는 치욕이 겹쳐지면, 팽가의 재기는 싸워보지도 못한 채 요원해질 터였다.

받아줄 수밖에 없는 상황을 만들어야 했다. 그리고 그러한 상황의 구현에는 수준 높은 책략과 인력이 필요했다.

거기서 다시 처음으로 돌아온다.

지금 팽가에겐 그럴 여유가 없었다.

신마가 그들의 힘을 분산시켰다. 단심이 그들의 책략을 망가뜨렸다. 일월(日月)이 그들을 충격에 빠뜨렸다.

미래를 계획하여 대전략을 구사한다는 것은 상상으로만 흡족한 미몽이 되었다.

무인들이 현재의 싸움에 투입되었다.

동남쪽 군사요새 대명부(大名府) 성곽에서, 수성전이 이루어졌다.

대명부가 함락되면 한단 시내가 불바다가 될 것이며, 그 다음 차례는 무안의 팽가 본가였다.

팽가는 전력을 집중해야 했다.

오랜 우군이었던 진주언가의 권사들을 비롯, 남부의 무파(武派)들과 연합하여 신마맹을 필두로 한 사파 무리들의 공세를 막았다.

적들은 쉬지 않고 덤벼들었다.

고대의 전쟁처럼 공성했다. 성벽을 타고, 화살을 쐈다.

야만의 시대가 다시 도래한 것 같았다.

지평선 저 너머의 황궁에서는 이 기가 막힌 전쟁터가 눈에 차지 않는 모양이었다. 보지 않으려 함인지, 보고도 못 본 척하는 것인지 알 수 없었다.

팽가는 그들이 원하지 않은 상대와 전쟁을 치러야 했고, 그 때문에 숭무련을 칠 수 없었다. 교묘한 연계였다. 오황은 보이지 않게 서로를 보완했다.

매섭게 몰아치던 눈바람이 잦아들고, 평야에 따뜻한 풀바람이 내려앉을 때, 한단 대명부 성곽에서는 잔혹한 피바람이 불었다.

사파 무인들이 달려와 사다리를 놓았다.

가면 쓴 괴인들이 높지 않은 사다리를 박차고, 성채 망루에 올랐다.

"이색(異色)이다!"

무인들이 소리쳐 경고했다.

기량이 떨어지는 무인들이 배후로 돌아갔다.

진주 언가 권사(拳師) 세 명이 빠르게 치고 나갔다.

그들이 황색 괴문(怪紋)의 가면과 싸웠다. 그때, 성벽 위의 무인들 사이에서 갑작스런 소요가 일었다.

"아래쪽에 붙었다!"

"평복! 둘!"

"일월(日月)이다! 보고해라! 일월이다!"

무인들의 목소리는 다급했다.

옷의 색깔은 하얀색과 누런색의 어디쯤이다. 거친 마의를 입고, 횃불 같은 눈으로 성벽 위를 올려 본다.

자아내는 기세가 엄청났다.

수성전에 시달려 온 무인들은, 성벽 밑에 붙은 자가 어느 정도의 강적인지 한눈에 알아볼 수 있었다.

두 평인(平人)은 서두르지도 않았다.

강철 같은 손가락을 성벽에 박아 넣으며 묵직하게 성벽을 올라왔다. 날래서 빠르지 않아 더 무섭다. 어차피 못 막는다 시위라도 하는 것 같았다.

촤앙!

발도음(拔刀音)과 함께, 팽가의 패천대 도객 하나가 몸을 날려 계단 위로 솟구쳤다. 언제나 자신만만했던, 패천대 도객의 얼굴에는 긴장과 피로가 엉망진창으로 뒤섞여 있었다.

"나 한 명인가?"

"당장은 그렇습니다! 북벽에도 이색(異色)들이 붙었습니다. 저기 언가가 있지만, 권검(拳劍) 연성이 안 된 무인들입니다!"

"각오해야겠군."

패천대 도객이 큰 숨을 들이켰다.

태도를 든 손에 내력을 모았다. 그가 걱정 가득한 첩밀대 요원의 얼굴을 보며 말했다.

"당장 이 구획을 비우고, 무인들을 철수시켜라. 내가 어떻게든 시간을 끌겠다."

도객의 표정에 비장함이 서렸다.

첩밀대 요원이 애써 눈을 돌렸다.

"물러나자! 전원 퇴각! 위치 기억하고 퇴각하며 탈백도 연성 도객을 찾아라!"

요원은 해야 할 일을 했다.

기량이 부족한 무인들이 성벽 양쪽으로 흩어졌다.

지난 결과가 말해준다. 일월(日月)은 패천대 적성도로 상대할 수 없다. 그 이상 강자들이 필요했고, 그 수는 극소수였다.

가장 큰 문제는, 이 성채의 규모였다.

성벽은 그저 관문(關門) 정도의 크기가 아니었다. 대명부(大名府) 전체를 둘러싼 성벽이었다. 동벽(東壁) 한 줄이 곧, 도시의 남북 길이다. 무인 수백 명이 지켜도 성벽 따라 촘촘히 세울 수가 없다. 눈에 띄지 않고 성벽을 넘은 고수들이 성 내에서 시가전을 일으키는 경우도 심심찮다. 수성(守城)이 어려운 근본적인 이유가 그러했다.

쾅드득. 척.

손아귀 힘으로 벽돌을 쥐어 깨고, 성벽 위에 올라왔다.

안광이 불빛 같아 평범한 인상을 지웠다.

마주하여 확신한다. 모두가 경고했듯 일월(日月)의 무인이 분명했다.

"여기가 내 마지막인가."

절대 그렇게 자인하지 말라고 배웠다.

그랬던 때가 있었다.

패천대는 이 땅에서도 더 이상 무적이 아니었다.

색적분류조차 갖춰지지 않은 상대를 앞에 두고, 팽가일문 적성도법이 전개되었다.

까앙!

팽가 도객의 안목은 정확했다.

자신의 운명에 대한 예견도 틀림이 없었다.

태도가 손목을 갈랐다. 갈랐어야 했다. 비구 없는 맨 손목에 부딪쳐 태도가 부러져 나갔다.

퍼억!

마의처럼 거칠게 갈라진 손이 그의 가슴을 꿰뚫었다.

피가 쏟아졌다.

패천대 도객을 그렇게 쓰러뜨리고, 일월이라 불린 남자 둘이 반대편 성벽으로 몸을 날렸다.

무공으로 그들을 막을 수 있는 이는 아무도 없었다. 가로막는 이들도 없었다. 일월이 출현하면 그 구획의 계단과 벽문을 다 비웠다. 그들을 상대할 수 있는 고수가 상대해야 했다. 의미 없는 희생을 막기 위함이었다.

꿍! 콰아앙!

일월들은 무인들을 쫓아가 죽이지 않고, 곧장 성문으로 향했다.

성문 빗장의 너비는 사람의 몸통만 했다.

주먹이 그 빗장을 부쉈다.

톱니와 기관에 의지한 밧줄로 장정 다섯이 붙어 겨우 여는 성채 대문이, 두 남자의 괴력에 활짝 열렸다.

문이 열렸으니 적습의 파도가 친다.

동문 밖에 포진했던 여러 무리의 적들이 한꺼번에 밀려들었다.

"문이 뚫렸다!"

"동문이 열렸다!!"

종이 울리고 호시가 날았다.

서벽과 남벽, 곳곳에서 고수들이 뛰었다. 벽을 타고 올라오는 적들보다 시가로 들어오는 적을 막는 것이 먼저였다.

강대한 도기(刀氣)를 흩뿌리는 진정한 팽가 고수들과 예리한 권격으로 검상(劍傷)을 만든다는 진주 언가의 권법 고수들이 땅을 박찼다.

대명부 여기저기서 강한 무인들이 몸을 날렸다.

그들 중에 한 남자가 있었다.

"개새끼들. 쉬질 못하네."

다시 입에 욕이 붙었다.

막야흔이었다.

적들의 수는 수백을 헤아렸다.

그 짧은 시간에 쏟아져 들어온 적들만도 이백 명은 족히 넘어 보였다.

성문이 깨진 것도 이번이 처음이 아니었다. 동서남북 네 방위 성문 주위의 민가들은 진즉에 철거되었고, 성문 내측으로도 나무를 깎아 뾰족하게 세운 목창(木槍) 방책과 땅을 파서 만든 함정들이 즐비했다.

무인들보다 요괴들의 침공을 막기 위한 저지선이었다.

무공 익힌 고수들에겐 일견 의미가 없어 보였지만, 그래도 방벽으로의 역할이 없지 않았다. 목창이라도 찔리면 다친다. 죽을 수도 있다. 피해 가거나 타 넘어야 한다.

함정도 마찬가지다. 뛰어 넘거나 돌아가야 했다.

가면 쓴 자들이 수십이었다. 아닌 자들이 더 많았다. 움직임이 일사불란하지 않았다. 뒤엉켜 함정에 빠지는 자는 없었지만, 대오가 섞여 흐트러졌다.

그 사이에 성내 수성(守城) 무인들이 대로를 채웠다.

전면전이다.

방책과 함정 지대를 뒤에 두고, 시가지 진입로 앞 공터에서 대혈투가 벌어졌다.

꽈앙! 꽝!

발군의 위력을 보이는 것은 역시나 성문을 얼어 젖힌 두 명의 평인(平人)이었다. 농민 차림새로 권각술을 펼치는데, 어떤 정종 무공보다 기세가 대단했다. 일격 일타에 수성 무인들이 공중을 날아 땅바닥에 쳐 박혔다. 일권에 칼날이 부러지고 일타에 피를 토했다. 쓰러지는 자들 중엔 팽가 무인도 있었다. 무지막지한 괴력이었다.

대난투 사이로 번뜩이는 도광(刀光)이 솟구쳤다.

극쾌(極快)의 구결을 담은 도격이었다.

"탈백이다! 탈백도가 왔다!"

"와아아아!"

수성 무인들 사이에서 함성이 일었다.

탈백은 누군가의 별호가 아니었다.

도법의 이름이자 경지의 이름이기도 했다.

적성도 도법을 파고들어 가느다란 영사(靈絲)의 도기를 뽑아내는 자만이 탈백의 경지에 이를 수 있었다.

탈백도 연성자는 지금 이 넓은 대명성(大名城) 안에 단 일곱 명뿐이었다.

그중 하나가 무인들을 뛰어넘으며 전장에 선혈의 비를 뿌렸다.

검은색 옷깃에 황갈색 비단옷을 입었다.

가슴에는 팽가(彭家) 두 글자가 박혀 있고, 그 밑에 한 일(一)자 침선이 뚜렷했다. 흑단 옷깃 팽가문(彭家紋) 무복은 팽가 출신이라고 모두 다 입을 수 있는 게 아니었다. 거기에 일자문(一字紋)은, 탈백의 영사(靈絲) 구결을 뜻했다.

탈백도 팽가도객 앞에 한 줄기 길이 열렸다.

"일월!"

팽가도객이 땅을 박차고 일월의 평인에게 뛰어들었다.

쩌어어엉!

탈백도의 일선(一線) 도기가 일월인의 까만 팔뚝에 작렬했다. 붉은 줄이 생겼으나, 피는 솟지 않았다.

남자가 주먹을 내쳤다.

꽝!

파공음이 폭발음처럼 들렸다.

팽가도객이 다급하게 물러났다. 권력에 머리가 날아갈 뻔했다.

외견의 차이가 극명했다.

지체 높은 귀족에게 신분 낮은 촌민이 덤벼드는 것 같았다. 팽가도객이 몸을 틀고 탈백의참격을 날렸다. 번뜩이는 도선(刀

線)이 연속으로 짓쳐나갔다.

깡! 까앙!

양손으로 칼날을 튕겨냈다.

팽가 도객의 가슴이 열렸다. 탈백 연성은 심신에 대한 심도 있는 이해를 전제로 했다. 당황하지 않고 칼끝을 거두며 유려한 신법으로 물러났다.

꽝!

폭음이 들린 것은 등 뒤였다.

또 하나의 일월(日月)이 월보(月步)를 밟고, 너무나도 당연한 듯 후방을 점했다.

사각에서 들어온 권격이 팽가 도객의 등판에 꽂혔다.

퍼억! 우지직!

출중한 신법으로 찰나에 한 번 더 몸을 틀었으나, 완전히 피할 수 없었다. 척추 대신 늑골 네 개가 한꺼번에 조각났다.

몸이 비틀렸다.

그 와중에 탈백도를 뻗었다.

쩡!

칼날이 튕겨 나갔다.

방심도 아니고, 미숙도 아니다.

무지가 죽음을 불렀다.

반격 실패와 동시에 땅을 박찼다. 일월의 손아귀가 그의 어깨를 잡아 뜯었다.

콰드득! 촤아아악!

칼 없는 왼팔이 어깨부터 통째로 뽑혀 나갔다.

고통을 느낄 겨를도 없었다. 입이 열리고 비명이 나오려 했다.

퍽! 콰직!

일월의 일권이 턱에 작렬했다. 턱뼈가 산산조각으로 부서졌다. 턱에서 침투한 권격경파가 뇌까지 짓이겨버렸다.

끝이다.

처척!

일월의 남자가 기수식처럼 허리 높이에서 두 주먹을 절도 있게 내려 쥐었다.

팽가 도객의 몸이 피와 함께 기울어졌다.

털썩.

즉사였다.

두 일월의 평인이 탈백도 도객을 무참히 살해했다.

그들은 강했다. 강하고 무자비했다.

무인처럼, 협객처럼 싸우지 않았다. 말없이 다가가 간결하게 죽였다.

침묵이 수성 무인들을 강타했다.

아무도 아무 말도 할 수 없었다. 탈백도의 죽음이 혼백이 날아가는 충격을 안겼다.

일월의 남자가 피 묻은 주먹을 거친 마의에 슥슥 닦았다.

그들은 소리쳐 사기를 끌어올리지 않았다.

그저 터벅터벅 걸어오더니, 한순간 땅을 박찼다.

공포가 일어났다.

수성 무인들이 그들의 쇄도에 뿔뿔이 흩어졌다. 불굴을 배운 팽가 도객 하나만이 자리를 지켰다.

퍼억!

적성도 완성하지 못한 도객이 일격에 죽음을 맞았다.

전세가 완전히 기울어졌다.

적들이 무서운 기세로 밀려들었다.

대로에 피가 흘렀다. 거리가 적들로 채워졌다.

순식간에 수십 명이 죽어 나갔다. 희망이 꺾이고 투지가 꺾였다. 집단전은 군기(軍氣)에 많은 것이 좌우되기 마련이었다. 적들의 기는 단숨에 최고조였다.

쇄액! 퍼어억!

"오셨다!"

"조심하십시오! 병곤 백장(百將)께서 당했습니다!"

탈백도 연성자 둘이 전장에 당도했다.

하나라서 죽었다.

둘이면 될 거다.

무인들은 그렇게 생각하길 원했다.

꽈앙! 쩌엉!

그렇지 않았다.

탈백도 둘이 하나를 겨우 버텼다.

다른 하나가 피 묻은 마의 소매를 걷고, 그을린 팔뚝을 휘
두르며 몸을 날렸다. 이 대 이가 되자, 탈백도 도객 둘이 삽시
간에 수세에 몰렸다.

쩌정! 쩌저저정!

칼 바람 허공을 가르면 혼이 달아난다 하였다.

탈백도는 위대한 도법이었다.

저 팽가 가주 팽일강마저도, 초격(初格)은 탈백도를 즐겨 택
했다.

그토록 빠른 칼날이 몸에 닿아 살을 가르지 못했다.

일월의 육신(肉身)엔 금강(金剛)이 담겼다. 찔러도 뚫리지 않
고, 베어도 잘리지 않았다. 그들의 권법은 태도의 간격을 초월
했고, 그들의 장각(掌脚)은 뼈와 살을 쉽게 부쉈다.

파괴력의 불평등이 탈백도를 위축시켰다.

물러나 겨우 공격을 떨쳤다.

공격 일변의 탈백 쾌도가 방어에 쓰였다. 근근이 위태로웠다.

"언가다!"

"창권(槍拳)이 왔다!"

파라라라락! 터텅!

옷자락 휘날리는 소리와 함께, 난전에 한 남자가 가세했다.

진주 언가는 권법 명가로 궁시창검(弓矢槍劍)의 형이 유명하
며, 두 손 권장으로 십팔반병기 모두를 아우른다는 언가권 비
전백타를 보유했다.

창권이라 불린 권사는 키가 크고 몸놀림이 호쾌하여 말 탄 장수처럼 보였다.

붉은 겉옷에 소매가 넓었다.

바람이 옷깃에 빨려들면, 일권이 창날처럼 적의 몸을 뚫었다.

백면뢰 가면무인 네 명을 달리며 격살하고 곧장 일월과 팽가의 격전에 몸을 던졌다.

꽈꽝! 쩌엉!

이 대 이가 삼 대 이가 되었다.

언가의 권사는 과감했다.

이곳은 비무장이 아니라 수성전의 한복판이었다. 숫자에 연연할 때가 아니라 전력을 다할 때였다. 그가 권장을 뻗자 균형이 맞춰졌다. 탈백의 쾌공에 단단함이 더해졌다.

전권 역장이 소용돌이처럼 몰아쳤다.

보통 무인들은 접근조차 할 수 없었다.

일월의 강자들을 멈춰 세웠지만, 한 번 밀린 전세는 회복되지 않았다. 적들이 계속 밀고 들어왔다.

꽈광! 쩌어어엉!

설상가상으로 탈백도 한 자루가 부러져 버렸다.

일월의 권격은 금강석 송곳 같았다.

반토막 태도는 다섯 합도 버티지 못했다. 일월의 각법이 팽가도객의 정강이를 분질렀다. 도객의 몸이 휘청 기울어졌다.

주먹이 머리 쪽으로 꽂혀왔다. 엄청나게 빨랐다.

다른 하나 탈백도도, 언가의 창권도 닿지 못한다. 몸을 숙이려는데 이미 일권 궤도가 사선(死線)을 잡았다. 어떻게 움직여도 죽는다. 피할 수 없었다.

"웃차!"

도객의 몸이 뒤쪽으로 확 잡아당겨졌다.

권격이 아슬아슬하게 얼굴을 스쳤다. 권압에 귀가 찢기고 고막이 터졌다.

도객이 몸이 내동댕이쳐졌다.

땅바닥을 구르는 그의 앞으로, 용도(龍刀)가 웅혼한 파공성을 냈다.

콰아아아아! 콰직!

쩡, 소리가 아니었다.

근육을 자르고 뼈가 쪼개졌다.

일월의 팔뚝이 하늘로 치솟았다.

"발도각주!"

"막야흔!!"

무인들이 소리쳤다.

용도 칼자루를 휘어잡고, 앞으로 뛰어든다.

그가 웃었다.

"그래, 내 이름이 그거다."

환호하라.

함성을 질러라.

그는 원래부터 그렇게 살았다.

사람들의 경악과 흥분으로 자신을 증명하는 역전의 칼잡이였다.

퍼억!

하늘 향해 칼이 오르고 땅을 향해 피가 튀었다.

군웅들의 눈이 커졌다.

거친 마의가 갈라지고, 금강 같던 근육에서 핏물이 샘솟았다.

그들, 일월도 놀랐다. 크게 치뜬 눈에 이글거리는 눈동자가 충격의 횃불을 담았다.

막야흔이 양손으로 칼자루를 잡았다.

용도가 울었다.

홍룡의 뼈로 빚은 도신(刀身)은 보통 짐승의 골도(骨刀)와 달리 무거웠다. 철검 같은 묵직함에, 은은한 황홍(黃紅)의 색채가 흘렀다.

얼굴에는 없던 도상이 네 줄기 더해졌고, 손등과 손목에도 도흔(刀痕)이 생겼다.

팽가의 네 번째 호걸이라며 사걸(四傑)이라 칭했지만, 젊은 얼굴 늙은이는 전혀 호협(豪俠)하지 않았다. 그 요괴는 죽음의 사걸(死傑)이었다.

살아남은 게 용한 살의(殺意)를 감당하며, 마천(魔天)을 활짝 열었다.

칼을 휘둘렀다.

용음이 천지를 쪼갰다.

콰가각!

일월의 머리가 양단(兩斷)되었다.

명도(名刀)가 아니라 신도(神刀)의 절삭력을 지녔다. 막야혼이 일월을 죽이고 몸을 돌렸다.

탈백의 도객이 놀라고 창권의 권사가 놀랐다.

일월은 놀란 것 같아 보이지 않았다.

굳게 입을 닫고, 두 눈을 불처럼 번뜩이며 권장을 휘둘렀다.

도객가 권사가 튕겨 나왔다.

막야혼은 기다리지 않았다.

두 사람 사이로 거칠게 치고 나갔다.

스가각! 촤아아악!

피보라가 일었다.

사선으로 가르는 도격에 가슴 베인 일월이 덜컥 밀려났다.

푸우욱!

용음 없이, 은밀한 죽음처럼 사선으로 찔렀다.

용도가 일월의 복부를 관통했다.

"……!!"

일월의 입이 벌어졌다.

신음성을 억지로 누르고, 이가 악물렸다.

막야혼은 농민처럼 그을린 그의 얼굴에서 절대의 불굴(不屈)을 보았다.

"잘 싸웠다."

오래전 언젠가처럼.

막야혼이 말했다.

일보 빠르게 물러나며 칼을 뽑았다.

쇄액! 스각!

잡아당긴 결을 따라 쳐올려 목을 날렸다.

그게 낫다.

적으로 만났을 뿐, 이 놈들은 진짜다.

칼 박힌 복부에 내장이 잘리면 최악의 고통에 시달린다. 단호한 죽음을 선물했다.

일월의 몸체가 땅으로 무너졌다.

막야혼이 몸을 돌렸다.

와아아아아아!

함성이 이어졌다.

믿기지 않는 광경이었다.

탈백도 도객보다, 진주 언가 권사가 더 불신했다.

오가면서 봤던 자다.

언사가 거칠고 행동이 단정치 않았기에 존중할 수 없어 가까이하지 않았다.

진짜 고수가 아니라 생각했다.

틀렸다.

그가 막야혼에게 질문 아닌 질문을 했다.

"당신, 이렇게 강했소?"

"감사는 이쪽 집안 사야 늙은이에게 하쇼."

피식 웃었다.

막야혼도 대답 아닌 대답으로 응했다.

이 자의 시선을 알고 있었다. 늦게라도 진가를 알아봤음 된 거다.

중요한 건 그딴 게 아니었다.

예전 같으면 이렇게 이기지 못했다.

팽사야가 찢어놓은 눈 밑 상처가 욱신거렸다.

사람마다 자신에게 맞는 가르침이 있다.

막야혼에겐 팽사야가 공야천성보다 더 좋은 스승이었다. 잘 가르치는 스승인지는 알 수 없었다. 팽사야는 진심으로 그를 죽이려 했다. 막야혼은 팽가도와 싸우며 진정한 도객이 되었다.

"아직 적이 많소."

탈백도 팽가 도객이 다리가 부러진 동료를 챙기며 언가 권사에게 말했다.

언가의 창권도 자신의 실책을 알았다.

이미 막야혼은 적들에 뛰어들어 긴 칼을 휘두르고 있었다. 하얀 가면이 잘려 나가고, 붉은 선혈이 날았다. 흐름이 급격하게 바뀌었다. 무인들의 사기가 충천했다.

시가지 거리를 뛰어 적성도 도객들과 언가 권사들이 가세했다.

적들이 대로에서 밀려나왔다.

함정 지대로 밀어붙여 한 번 더 기세를 꺾었다. 적들의 움직임이 어지러워졌다. 목창에 꿰어 죽는 자와 함정에 빠져 죽는 자들이 나왔다. 도망치는 자들이 생겨났다. 순식간이었다. 얼마 남지 않은 적들을 성문 밖으로 몰아내는 데 성공했다.

무거운 성문을 닫고 새 빗장을 내올 때였다.

"남벽에 일월입니다!!"

"이색(異色)도 있습니다!!"

"남문이 뚫렸습니다!"

이겨도 끝이 아니었다.

종이 울렸다. 다급한 음성들이 서둘러 사위를 누볐다.

"씨벌."

고단한 수성전이다.

여길 막으면 저쪽이 열린다.

막야혼이 칼을 고쳐 쥐고, 몸을 날렸다. 다른 고수들도 빠르게 땅을 박찼다.

"불명의 무력 부대가 나타났습니다!"

"남문 밖입니다!"

다른 경고성이 연이어 들려왔다.

호시들이 어지럽게 날았다.

사태 파악이 어려우니 일단 서둘러 와달라는 신호였다.

도시 절반을 주파하여, 먼 거리를 달렸다.

와아아아! 채챙! 채채채채챙!

싸움 소리가 요란했다.

격전이 한창이었다.

다급히 달려온 그들은, 의외의 광경을 목도했다.

성내와 성외, 양측에서 밀어붙인다.

남문 앞에도 방책과 함정 지대가 있었다. 그곳에 가둬진 것은 수성 무인들이 아니라 적들이었다.

둘러싸, 격살했다.

일월의 평인은 이미 죽어 있었다.

팽가의 탈백도 연성자들이 다 모였다. 그들이 합공하여 일월을 죽였다. 그들 중에는 팽중광도 있었다.

적들이 무참히 죽어나갔다.

함정이 핏물로 채워졌다.

바깥쪽에서 치고 들어오는 이들이 강했다. 피부 검은자들이 많았다. 그들은 완만하게 휘어진 남만의 칼을 들고 있었다. 칼을 휘두를 때마다 파공음이 거셌다.

"쌍. 괜히 뛰었잖아."

아니다.

뛰어오길 잘했다.

반가운 마음을 표현하려면, 함께 칼질하는 것이 최고였다.

한달음에 전장으로 몸을 날렸다.

이름 앞에 붙는 또 하나의 이름.

저들이 그의 이름을 완전케 한다.

막야흔은 칼을 들고, 발도각과 합류했다. 발도각주의 귀환
이었다.

＊　　　　＊　　　　＊

막야흔이 하북에서 활약하고, 엽단평이 산서에서 싸울 때,
비룡각은 오기룡을 필두로 하여 사천 땅을 내달리고 있었다.

옛 구룡보 터 근역에서 구룡보 잔당 아닌 적들과 일전을 벌
였다.

신마맹 가면들 몇몇이 사파 무리를 이끌고 있었다. 숫자가
제법 많았다. 백오십 비룡각 무인의 한 배 반을 넘었다. 놈
들은 하나같이 드러낸 팔뚝에 세 마리 뱀 문신을 했다. 삼사
회(三蛇會)라 하여 돈 되는 일이라면 무슨 짓이든 하는, 오래
된 좌도 사파였다.

"엇? 당신은?"

오기룡을 알아보는 놈이 있었다.

구룡보 무공을 썼다. 오기룡은 반가워하지 않았다.

콰직!

단파각 일격으로 뱀 문신한 팔뚝을 분질렀다.

"사, 살려주십시오."

놈은 땅을 기면서 목숨을 구걸했다.

부러지지 않은 쪽 손에는 틈만 보이면 찔러낼 비수를 감추고 있었다. 두 눈에 악기(惡氣)가 선명했다. 구룡보의 멸문 이래 악업을 일삼아 온 세월이 만면에 가득했다.

퍼억!

더 듣지 않았다.

관승이 언월도를 내려쳐 놈을 죽였다.

놈은 구룡보 출신이지만, 구룡보가 아니었다.

참룡대회전으로 구룡보는 완전히 무너졌다. 그 이후 이들 삼사회에 몸 담은 모양이었다.

묘한 사권(蛇拳)을 쓰는 녹색 가면들을 죽였다.

비룡각 무인들이 구주창왕의 창술을 몰아쳐 적들을 섬멸했다.

전투가 끝난 후, 인근 산에서 야숙을 했다.

사천 산야엔 특별한 초목의 향이 있었다.

오기룡, 관승, 왕호저에겐 무척이나 익숙한 냄새였다. 참룡방 시절이 생각났다. 세월 지나 다시 이 땅을 밟고 싸우니, 감회가 남달랐다. 싸워야 할 적들이 셀 수 없었고, 앞날은 밝지 않았다. 그 시절로 돌아간 기분이었다.

"다음은 어디냐?"

오기룡이 물었다.

"아미로 갑시다."

"아미는 왜 또?"

"본산 공격을 위해 적들이 운집하고 있답니다."

"그것들은 지겹지도 않나?"

오기룡이 눈살을 찌푸렸다. 마음이 얼굴에 그대로 드러났다.

"명명창의 기재가 하나 더 출도한 모양입니다."

대답하는 관승은 근엄하여 무표정했다.

"구파에서 이상한 거 기어 나오는 게 하루 이틀이야? 싹을 자르자고 본산을 쳐? 왜 그렇게 못 괴롭혀 안달이냐고."

"안 갈 겁니까?"

관승이 오기룡의 역정을 반문으로 일축했다.

"가자, 그래, 가."

오기룡이 고개를 설레설레 저었다. 그러다가 다시 한쪽 눈썹을 치켜올리며 물었다.

"그런데 걔네들은 왜 안 보이냐?"

"누구요?"

"표범 놈, 까만 애들. 어디 갔어? 불안하게."

"어젯밤 보고 안 받았소이까?"

"못 들었는데?"

오기룡의 대답에 관승은 아예 입을 다물어 버렸다. 흑단 같은 미염이 움찔 떨렸다.

"야밤에 나다닐 땐 말씀 좀 주고 나가십쇼. 형님이 저번에도 말씀드렸습니다만."

왕호저가 끼어들어 수습했다.

오기륭이 언성을 높였다.

"너는 쟤만 형님이고, 나는 형님 아니냐? 왜 내가 니네들 눈치 보며 나다녀야 하는 거냐?"

"고립, 유도, 기습, 각개격파. 청성 적하진인이 단독행동 중에 죽다 살아난 것이 저번 달입니다."

관승이 다시 입을 열었다. 준엄했다.

"아니, 여, 여기, 뒤에 야산에서 용각(龍脚) 구결을 좀 정리했건만, 그걸 가지고!"

"야산은 무슨. 구룡보에 다녀온 거 아닙니까?"

"…엉? 따라왔었어?"

"아니외다. 거긴 대체 왜 간 겁니까."

"사람이 없으니까 갔다. 비인부전 절기를 보는 사람 없는 곳에서 연마해야지, 다 있는 데서 하랴?"

"보는 데서 하십시오, 형님. 완성 못 해서 보여주기 싫은 거 다 알고 있소이다. 혼자 다니다 죽으면 묻어줄 사람도 없소. 다른 곳도 아니고 구룡보에서 객사는 좀 아니지 않소이까?"

관승의 말은 청룡굉화창처럼 묵직했다.

오기륭은 아무 말도 하지 못했다.

관승은 구룡보 폐허가 어떠했으나 묻지 않았다. 왕호저도 마찬가지였다.

그것은 그저 지나가 버린 과거였다.

관승과 왕호저는 참룡방 그때를 넘어, 천하를 향해 한 발 두 발 제대로 걷고 있었다.

오기룡 또한 그러려고 했다.

하지만 쉽지 않았다.

쓸데없는 감상이란 사실을 잘 알았다.

그런데 어쩌랴. 그가 그런 남자인 것을.

무공을 정리하여 창안한 각법의 이름에도 용(龍)을 붙였다. 비룡(飛龍)이 아니라 구룡(九龍)의 용이었다. 그는 강해지고 있었지만, 아무래도 초인(超人)이 되기는 힘들 것 같았다. 나이를 먹어도 기억과 감정에 잘 휘둘렸다. 게다가, 그 사실이 스스로 싫지 않았다. 오래전 그를 구한 소년이 하늘의 용이 되는 동안, 그는 신룡(神龍)의 별호를 먼저 얻었음에도 점점 더 평범한 사람이 되고 있었다.

관승은 오기룡의 상념을 가만히 바라보았다.

그들은 둘 다 충분히 나이 들었고, 서로를 이해할 줄 알았다.

관승의 표정이 조금 누그러졌다.

"그리고, 효마는 청성 쪽으로 보냈소이다."

그렇게만 말했다.

"청성?"

오기룡이 퍼뜩 정신을 차렸다. 그리고 다시 물었다.

"거긴 장익이 갔잖아?"

관승은 너무나도 인간적이기에 미덥지 않은 형님과 전술을 논하고 싶지 않았다.

그가 입을 다물었다.

왕호저가 눈치가 있어 다행이었다.

"익이는 청성 본산 방어에 힘을 보탤 겁니다. 성도 인근에 신마, 성혈의 암습부대가 잠행 중이랍니다. 형님이 말씀하신 적하를 비롯, 명숙들이 여럿 당했습니다."

"위험하지 않나?"

왕호저의 말에 오기룡이 의구심을 표했다.

암습에는 암습으로 대응한다.

그런 일이라면 물론, 효마와 라고족 암살부대가 적격이다.

다만 문제는 옥황의 상제력이었다. 미래를 보는 이상, 역으로 당할 수 있기 때문이었다.

"양 군사의 지시입니다. 억제력이 중요하다더군요."

왕호저가 그 한마디로 설명을 끝냈다.

오기룡은 완벽히 이해하지 못했지만 양 군사 세 글자로 수긍했다.

상제력의 대응에 대해서는 적벽을 떠나기 직전 작전회의를 통해 양무의가 언질을 준 바가 있었다.

양무의는 옥황의 예지력에 한계가 있다고 보았다.

그것이 대전제였다.

집중하여 처리할 수 있는 사안의 개수에는 누구라도 한계가 있기 마련이다. 일반적으로 영리한 사람이 두세 가지 일을 한꺼번에 처리할 수 있다고 한다면, 더 뛰어난 이는 대여섯 가지 일도 동시에 해결할 수 있을 것이다. 그 이상은 이제 천재의 영역이다. 다만 어떠한 천재라도, 스무 가지, 서른 가지 일을 완벽하게 통제한다는 것은 불가능한 일이었다.

무림의 전투란, 하나의 전장에서라도 고려해야 할 요소들이 한두 개가 아니었다. 그런 전투가 전국에서 동시다발적으로 벌어지고 있었다.

옥황은 신마맹의 모든 전투를 통제할 수 없었다.

통제할 수 '없게' 만들어야 했다.

그래서 그들은 계속 싸워야 했다. 효마는 그러므로 억제력이 될 수 있다. 옥황이 암습부대를 잃기 싫다면, 청성산과 성도를 주목해야 한다.

그때 비룡각은 아미산에 집결한 적들을 공격할 것이다.

그때 발도각은 대명성을 방어할 것이며, 그때 청천각은 태원부에서 싸울 것이다.

싸움의 흐름이 하나로 이어지면 안 된다.

사천 대란은 한 줄기 강물처럼 흘렀다. 그 때문에 청성, 아미, 당문, 정파 삼대 세력이 극심한 피해를 입었다.

흐름이 나눠져야 했다.

변수가 너무 많아져 신산(神算)으로도 가늠하지 못할 만큼 부하가 걸려야 했다.

그래서 적벽을 나와 천하로 흩어졌다.

상제력의 과부하를 유도하기 위함이다.

하지만, 옥황의 능력 한계는 불명이었다.

의협비룡회만으로는 부족할 수 있다. 구파를 비롯한 명문
(名門)들이 일어나 또 다른 흐름을 만들어야 했다.

오기륭은 그걸 위해 사천 땅에 왔다.

아미산으로 향했다.

수려한 산세를 보기 전에, 적들이 많다는 것을 먼저 알았
다. 넘실대는 적들의 기세는 대군의 군기(軍氣)와 같았다.

적들의 수는 백 단위가 아니었다.

보이는 것만 일천이 넘었다.

사천 삼파에 억압되어 있던 무인들이 이리도 많았던가.

오래 이어졌던 평화의 진실성을 재고해 보게 만들 만한 숫
자였다.

삼대 세력과 적을 진 문파들만 있지 않았다.

적진은 한데 뭉쳐 있는 것처럼 보였지만, 그 와중에도 위계
와 파벌의 구분이 명확해 보였다. 사파 무리로만 이루어진 것
이 아니었다. 중도를 걷던 문파들, 일부 정도 문파들까지 가담
해 있었다.

이 사실이 의미하는 바는 뚜렷했다.

약육강식의 생존법칙에 따른다.

살아남기 위해서라면 뭐든지 할 수 있다. 도의(道義)가 무너
진 세계다. 의협(義俠)이 사라져 가는 천하였다.

"저거부터 치우자."

오기륭이 말했다.

아미산 기슭, 우거진 초목들 사이로 한 무리의 적측 무인들이 보였다. 수백 명이었다.

"너무 많지 않습니까?"

왕호저가 반문했다.

"언제는 아니었냐?"

오기륭이 반문에 반문했다.

왕호저가 창대를 휘어잡았다. 그도 새 창을 받았다. 용린호창(龍鱗虎槍)이라 했다. 왕호저가 웃었다.

"옛날 생각나는군요."

"그리 옛날도 아니다."

관승이 대답하며 홍룡의 용아(龍兒)로 벼린 화룡언월도를 들었다.

화룡언월도, 용린호창, 용아사모, 용각금표창의 화룡사대신창은 늦게 완성되었다. 그들이 적벽에서 나올 때, 당철민도 함께 떠났다. 그때 받았다.

잡을 때부터 손에 익었다.

무기의 장식은 화려하지 않았지만, 날에 서린 빛은 예사롭지 않았다.

두 자루 신창(神槍)이 앞에 섰다.

"돌격!!"

관승이 소리쳤다.

오기룡은 선봉 지휘를 관승에게 온전히 맡겼다.

그보다 관승이 더 잘했다.

오기룡은 대인(對人) 격투가 어울리는 무인이었다. 관승의
돌파를 저지할 만한 고수가 나타나면 그가 나서야 했다. 관승
의 바로 뒤를 달리며 뛰어나갈 순간을 가늠했다.

콰직! 콰과광!

기습이었다.

적들의 대응이 빠르지 않았다.

몇몇 전투와 달랐다.

적들은 그들의 급습을 전혀 예상치 못한 것 같았다.

적들이 무참히 쓰러졌다. 덥고 습한 풀숲이 순식간에 선혈
로 뒤덮였다.

"계속 전진하라!"

관승이 웅혼한 목소리로 명령했다.

전 참룡방 삼인과 비룡각 무인들이 용을 죽이는 철검처럼
적들의 중앙을 쪼갰다.

"적습이다!"

"맞서 싸워라!!"

적들이 소리치며 검도장창을 치켜올렸다.

허나 관승과 왕호저는 엄청나게 강했다. 그들은 많이 싸

웠다. 싸우는 만큼 강해졌다. 나날이 강대해지는 기세에, 신병(神兵)까지 얻었다.

막을 수 있는 이가 없었다.

오기룡이 이색(異色) 가면을 발견하고 뛰쳐나가려고 하면, 관승이 선두에서 달려가는 그대로 적 고수의 몸을 박살 내버렸다.

"방심하지 마라!"

왕호저가 소리쳤다.

그들은 거듭된 싸움으로 알고 있었다.

신마맹은 그냥 밀리지 않는다.

초전(初戰)에 승기를 잡으면, 반드시라고 해도 무방할 만큼 격한 반격이 돌아왔다. 지금 이렇게 돌파가 가능한 것조차도 함정일 수 있다.

"승."

"압니다!"

오기룡은 지략가가 아니었지만, 더 깊이 들어가면 안 된다고 느꼈다.

"선회!"

관승이 내력 담아 소리쳤다.

그가 돌격 방향을 꺾었다. 비룡각 무인들이 즉각 반응하여 방향을 틀었다. 왕호저가 꺾은 모서리에 자리 잡고 연환창으로 적들을 꿰뚫었다.

오기룡은 출수를 많이 하지 않았다.

그래도 됐다.

오기룡은 무공이 높았고, 창술무인들은 살상력이 높았다.

이런 급습은 흐름에 맡기는 것으로 충분했다.

"옵니다!"

"후열은 내가 가마!"

적측에서고 고수들이 나섰다.

관승이 선두에서 적을 뚫고, 왕호저가 허리에서 비룡각 무
인들을 보호했다. 오기룡이 뒤쪽으로 몸을 날렸다. 후미 쪽으
로 강한 살기 세 개가 빠르게 접근했다. 검은 바탕에 황색 점
이 박힌 이색의 가면들이었다.

타닥! 빠악! 퍼어어억!

오기룡이 가볍게 나아가 무겁게 찼다. 앞으로 차는 승천각
단 일격에 황점흑면의 머리가 박살 나 흩어졌다.

황점흑면의 고수들이 움찔, 대경했다.

오기룡은 그 순간도 놓치지 않았다.

쐐액! 푸화악!

발도각 일격이 강철도 참격 같았다. 팔과 허리가 일격에 동
강났다. 엄청난 위력이었다.

삼 대 일 난전이랄 것도 없었다.

순식간에 둘을 죽여 일대일이 되었다. 오기룡은 그마저도
일합에 끝냈다.

백오십 비룡각 무인들이 반원을 그리며 숲으로 빠져나갔다.

숲 길 가득히 적들의 시체가 나뒹굴었다.

오기룡은 후열을 따라가며 경계심을 풀지 않았다.

성공적인 기습이라는 사실이 오히려 불안했다.

그때였다.

"아미타!"

기슭 저편 아미산 산로(山路)에서 강렬한 불호가 터졌다. 백명 내가 고수가 한꺼번에 일으키는 불호 일갈이었다. 쩌렁쩌렁한 일성에 초목이 흔들렸다.

"복호승이다!"

"아미파가 내려온다!!"

"맞서 싸워라!! 신마(神魔)가 우리와 함께한다!!"

사파 무리들 사이에서 다급한 경호성이 난마로 터져 나왔다.

복호승들의 기세는 엄청났다.

참고 참았던 분노를 터뜨리듯, 아미 불문 무공이 높은 아미 계곡의 폭포수처럼 무섭게 쏟아져 내렸다.

비룡각 무인들의 선공에 이어, 복호승을 필두로 한 아미 무승(武僧)들이 적 전면을 분쇄했다. 항마도와 명명창이 백주의 아미성산에 피를 뿌렸다.

내리쬐는 양광에 핏물의 붉은색이 선명했다.

아미기슭에 지옥도가 펼쳐졌다.

"우리도 다시 가자."

오기룡이 말했다.

일찍 잡은 승기(勝氣)가 불길했다. 그렇다고, 지금 뒤돌아 퇴각할 수는 없었다. 들어가서 싸워야 한다. 오기룡은 그렇게 느꼈다.

"비룡각!"

관승이 소리쳤다.

비룡각 무인들이 일제히 창을 세웠다.

"다시 돌파하여 아미파를 돕는다!"

그들이 다시 뛰었다.

달리며 적들을 죽였다. 저 멀리 아미파 선두에 강력한 창술을 뿜내는 무승이 보였다. 주위에 막강한 힘이 몰아친다. 아미 명명창의 화신, 신창(神槍) 보광이었다.

'저건가?'

오기룡은 몸을 날리며 생각했다.

창술역장을 만든 이는 보광호승 하나가 아니었다.

그 조금 뒤편에 소년과도 같은 무승이 창을 내치고 있었다. 체구는 크지 않은데, 어디서 저런 발경이 일어나나 모르겠다.

대단한 창술이다.

파르라니 깎은 머리에 눈매가 보도처럼 날카롭다.

넘치는 재능이 경이롭다. 어린 나이에 문파의 참극을 들으며, 열지 말아야 할 나이에 살계를 열었다. 불법경전 대신 살상무공을 손에 쥐어야 하는 비운의 세대다.

감탄과 함께 나아가는데, 순간 등줄기가 오싹해졌다.

오기룡이 덜컥, 의족을 땅에 박고 고개를 돌렸다.

먼 곳, 저 멀리 뒤편이다.

산기슭, 높은 나무에 올라서는 자가 있다. 금빛으로 빛이 났다.

소리를 들었다.

"냐하하하하하하!"

잊을 수 없는 웃음소리였다.

오기룡만 들은 것이 아니었다.

의협비룡회는 금색 원숭이의 친근하지 못한 웃음소리를 절대적인 위협으로 기억했다.

이상하다 생각했다.

그 불안감의 정체가 저 놈일 줄은 몰랐다.

제천대성은 그처럼 난데없이 나타났다.

그러니까 비룡각이 밀고 들어갈 수 있었던 것이다. 옥황은 이곳을 보고 있지 않다. 제천대성이 있는 이상, 볼 필요가 없다고 여긴 것이다.

원숭이가 나무에서 훌쩍 뛰어내렸다.

풀숲 사이로 번지는 금색 진기가 대낮에도 선명했다.

멀어 보여도 가깝다. 금빛은 엄청나게 빨랐다.

퍼어엉!

금빛 파도가 몰아쳤다.

"제천대성이다! 대비하라!"

왕호저가 큰 소리로 비룡각을 일깨웠다.

비룡각 무인들의 손아귀에 힘이 들어갔다.

콰콰광!

폭음이 터졌다.

땅이 흔들리는 것 같았다.

줄기줄기 뻗어나오는 금색 기파에 선두 쪽 비룡각 무인들이 움찔 몸을 굳혔다.

복호승을 비롯한 아미파 무승들이 하늘 위로 튕겨 오르고 있었다.

화탄이라도 터진 것 같다.

폭발에 휘말린 것 같은 광경이었다. 실로 비현실적이었다.

이 시대의 절대고수는, 그야말로 상식을 파괴하는 힘을 지니고 있었다.

겪어본 적 없는 일들이 각지에서 벌어졌다.

제천대성이 그중 하나다.

제천대성이 존재함은 하나의 현상과도 같았다. 재해가 사람의 형태로 빚어져 불가능한 사건을 현실로 만들었다. 지금 저 모습이 그러했다.

터엉! 콰광!

복호승이 펑 하고 튕겨 나와 기슭의 산비탈을 굴렀다.

명명창이 수숫대처럼 부러졌다. 항마도가 종잇장처럼 찢어졌다.

"이요오옵!"

폭음 사이로 요란한 기합성이 들려왔다.

풀숲과 신마맹 무인들에 가려 잘 보이지 않음에도, 무슨 일이 벌어지고 있는지 훤히 알 수 있었다. 아미파 전열이 순식간에 무너졌다. 몰아치던 기세가 단숨에 반 토막이 났다. 아미파의 기가 꺾인 만큼 신마맹과 사파 무리들이 힘을 얻었다. 군기(軍氣)가 다시 일어났다. 사기가 치솟았다.

꽈광!

제천대성은 무인지경으로 밀고 들어갔다.

아미파는 속수무책이었다.

신마맹까지 제천대성의 뒤를 따라 진격하며 쓰러진 무승들을 죽였다.

급전직하다.

비룡각 무인들마저 기세가 죽었다. 승기가 날아가고 있었다. 신마(神魔)와 사도(邪道)의 무리들은 여전한 대군(大軍)이었다. 갑작스레 거대해 보였다.

"정신 차려!"

오기륭이 일갈했다.

패배의 극복은 언제라도 쉽지 않다.

관승도, 왕호저도 제천대성에게 당한 적이 있었다.

오기륭은 졌다고 생각하지 않았다.

진심으로 맞서 싸운 적이 없다. 검존과 겨루는 와중에 갑자기 끼어들어 딛고 선 땅을 무너뜨렸을 뿐이다.

오기룡은 불패의 신룡이었다.

"우리가 막는다."

그가 말했다.

저벽, 의족으로 땅 밟는 소리에 힘이 실렸다.

관승과 왕호저가 신병을 쥐고 그의 위에 섰다. 참룡의 투지가 일어났다.

관승이 오른손으로 화룡언월도를 고쳐 쥐었다.

오기룡은 이렇다.

한없이 못 미더운 형님인데, 진짜 강적을 만나면 사람이 달라진다.

관승이 걸어가며 소리쳤다.

"비룡각! 직선 돌파!"

오기룡과 관승이 앞으로 달려 나갔다.

왕호저가 그 뒤를 따르며 덧붙였다.

"제천대성까지다! 목표에 다다르면 물러서서 아미파를 돕는다!"

비룡각 무인들이 일제히 우렁차게 답하며 창을 들었다.

반원으로 산개했던 대열이 한 줄로 모아졌다.

일직선으로 찌른다.

참룡방 삼인이 창날이 되고, 비룡각 무인들이 창봉이 되었다.

퍼버벅! 쫘아아앙!

그들이 적진 한가운데로 파고들었다.

무섭도록 빨랐다.

양측면 반격이 들어오기 전에 치고 나가 돌격했다. 산기슭 굴곡진 언덕을 따라 키 큰 수풀을 짓밟고, 적들을 꿰뚫었다.

오기룡은 모처럼 선두에 나서 호쾌하게 땅을 차고 적들의 몸을 부쉈다.

양측의 화창(火槍)들이 강력했다.

금빛의 파동이 순식간에 가까워졌다.

퍼어어억!

가면이 날아가고, 선혈이 뿌려졌다.

적 시체들 사이로 승려들의 시신이 발치에 걸렸다.

쓰러진 아미파 무승들이 보였다. 경계에 다 왔다. 아미의 신마의 격렬한 전장이 이 앞이다. 그 너머엔 강대한 금색의 역장이 넘실거렸다.

쫘광!

적을 뚫었다.

마침내, 휘황한 금광이 눈앞을 채웠다.

제천대성이 금색의 장봉(長棒)을 휘두르고 있었다. 넘어진 무승들이 즐비했다.

쩡!

충격파가 터졌다.

흔들리며 튕겨 나가는 이는 보광이었다.

신창(神槍)은 난신(亂神)의 힘을 이겨내지 못했다. 보광의 얼굴은 벌써 창백했고, 입가엔 한 줄기 선혈마저 흘러내리고 있었다.

보광의 기파는 놀랍도록 강력했다.

굴욕의 세월을 인고하며 갈고 닦은 창날은 신창(神槍)의 별호가 과하지 않았다. 유망한 젊은 고수 수준을 진즉에 초월했다. 창봉을 끌어당기고 다시 바로 잡는 자세에서 대가(大家)의 무력이 넘쳐흘렀다.

그저 상대가 나빴을 뿐이다.

제천대성이 사뿐 뒤로 뛰며 금고봉을 휘둘렀다. 놀러 나온 듯 여유 있었다. 제천대성이 다시 튀어나갔다.

텅, 땅을 박찬다 싶었더니 벌써 보광의 눈앞이다. 여의봉 금색의 잔영이 화려했다. 보광이 연환창으로 방어를 시도했다. 명명창과 금고봉이 허공에서 얽혔다. 공력의 싸움이 아니라 초식 운용의 겨룸이다. 깊고도 깊음 배움의 경지가 그 안에 있었다.

쩽!

단말마 충돌음이 날카로웠다.

보광의 상체가 빨려들듯 밑으로 내려왔다. 여의봉이 위로 솟구쳤다가 보광의 뒷목으로 날아들었다. 금빛은 화려하면서 단단했다.

오기륭, 관승, 왕호저가 동시에 몸을 날렸다.

늦었다.

이 거리를 찰나에 좁히진 못한다.

쩌어엉!

먼저 들어온 창날이 있었다.

작은 무승의 명명창이었다.

여의봉이 옆으로 비껴 나가 아슬아슬하게 보광의 어깨를 스쳤다. 무승의 손아귀에선 선혈이 터졌다.

무승은 가까이서 보니 더 어려 보였다.

약관을 확실히 넘지 않았다. 무승이라기엔 소년승이다.

일격을 막는 것만으로도 버겁다. 금고봉의 찍는 힘을 버티지 못했으면 그의 창날이 보광의 등줄기를 후볐을 것이다. 흘려내지 못하여 억지로 잡았다. 소년승의 팔뚝이 부들부들 떨렸다.

그게 용하다. 이 시대 무림의 어떤 십대 소년도 제천대성의 여의금고봉을 받아내긴 힘들 것이다. 제천대성이 웃었다.

"제법이구나! 냐하하!"

펄쩍 뛰어 몸을 돌렸다.

한발 앞서 치고 들어간 것은 화룡언월도였다. 관승의 선공이다. 금고봉과 언월도가 격렬하게 부딪쳤다.

쩌어엉!

금고봉이 빛살처럼 움직였다. 제천대성은 예측불허다. 반격 방향이 이상하다. 금빛 광영이 보광 쪽으로 뻗어나갔다.

따아앙!

왕호저가 안쪽으로 치고 들어가 호심(護心)의 창으로 아미의 두 무승을 보호했다.

그가 방어다.

일컬어 위왕호장이라 하였다.

호저는 범과 같은 장수(虎將)이며, 주군을 지키는 신장(護將)이었다.

그가 호안(虎眼)을 불처럼 부릅뜨고, 창날을 대호의 발톱처럼 세웠으니, 불패의 용퇴(勇腿)가 운장의 용아(龍牙) 타넘는다.

신룡의 진가가 여의금고 제천대성 앞에 단호히 드러났다.

쩌어어어어엉!

각법과 봉법이 대충돌을 일으켰다.

금광의 광파가 사위를 휩쓴다.

불패신룡 오기룡의 발끝이 여의봉을 밀어냈다. 제천대성이 뒤로 뛰어 한 바퀴 재주를 넘었다. 오기룡이 땅에 내려서 상체를 세우고 제천대성을 보았다.

보광을 볼 겨를이 없었다.

일단 구했으니 된 거다.

통성명도, 인사도 지금은 아니다.

제천대성의 존재는 생각의 분산을 허용하지 않았다.

"왔어? 이거 보통이 아니네!"

말투가 엉망진창이어도 그러했다.

제천대성이 히죽거리며 세 사람을 휘 둘러보았다. 여의봉을 휘리릭 돌리더니, 허리춤에 끼었다. 손가락을 들어 관승을 가리켰다.

"관우! 삼국영웅의 행차로다! 그렇다… 면!"

제천대성이 이번엔 손가락으로 경박스레 오기룡을 가리켰다.

"아저씨가 유비 역이구나! 맞다, 맞어! 그런데, 장비는 어디 갔어?"

혼자 좋다고 냐하하하, 박장대소를 한다.

오기룡이 대답했다.

"끼워 맞추지 마라. 나는 유비가 아니고, 승도 관우가 아니다."

"왜 아니야! 딱이구만!!"

"아니지. 네 놈이 손오공이 아니듯"

오기룡의 말에 무거운 의미가 실렸다.

이죽대던 웃음이 딱 멈췄다.

제천대성이 은근한 어조로 되물었다. 말투 변화가 귀신 들린 사람처럼 괴이했다.

"들킨 거야?"

"그래. 네 놈은 흉내조차 가짜다."

오기룡이 단언했다.

제천대성이 움찔했다.

전신을 둘러친 금빛에 불길한 기운이 서렸다.

원숭이는 화가 났다. 애써 숨겨 온 비밀이 만천하에 드러난 것처럼 분노했다.

"놀러 왔는데 안되겠네."

장난기로 가득했던 몸짓에 폭력적인 마기(魔氣)가 실렸다. 화려하여 신비롭던 금광이 음험하고 요사롭게 변화했다.

"그때 그놈 아니다. 지지 않아."

오기룡이 말했다.

관승과 왕호저에게 하는 말이었다.

그들도 알았다.

오기룡은 승부사였다. 항상 그랬다. 오기룡은 어떻게든 동료를 살렸다. 어떻게든 사지에서 도망쳤다.

구룡보는 이길 수 없는 상대였다.

구룡보는 대문파로 성장해 있었고, 사천 삼대 세력의 비호를 받았다. 뒤에는 신마맹과 단심맹이 있었다.

사람을 모았다. 공동파를 친구 삼았다. 알지도 못한 채 숭무련의 기재와 손잡았다.

단운룡을 끌어들였다.

의협문이 나타나, 참룡(斬龍)의 대회전을 열었다.

오기룡은, 인연으로 이겼다.

그뿐이 아니다.

오기룡은 직접 싸워 이길 줄도 알았다. 굴하지 않고 성장

하는 무인이었다.

불패가 지지 않는다고 말했다.

신룡이 제천대성을 가짜라고 말했다.

관승이 그를 믿었다.

왕호저가 그를 믿었다.

오기룡이 몸을 날렸다.

관승이 옆을, 왕호저가 뒤를 받쳤다.

촤아악! 쩌정!

오기룡은 처음부터 전력을 다했다. 족도(足刀), 참격의 각법이 제천대성의 목줄기를 사선으로 그었다.

여의봉이 어김없이 튀어나와 참격의 경파를 부쉈다.

꽈광!

언월도가 솟아나와 폭출하는 금광을 물리쳤다. 제천대성이 무서운 속도로 몸을 돌려 금고봉을 곧게 찔렀다. 금선(金線)이 뚜렷하게 일어났다. 오기룡의 머리가 그 끝에 있었다.

쩌어어어엉!

금빛 직선사를 막은 것은 호심창이었다. 창날을 감싼 홍룡의 비늘에서 불꽃이 튀었다.

관승과 왕호저 사이에서, 오기룡이 오른발로 진각을 밟았다.

철신(鐵神)의 다리가 거룡(巨龍)의 꼬리처럼 휘둘러졌다. 철신각은 주력(呪力)을 흡수하지 않아도, 신병(神兵)의 강도를 지녔다. 강맹한 일격이 제천대성의 몸체를 향해 짓쳐 나갔다.

꽈아아아앙!

금파(金派)가 일어난다.

경력이 초목을 휩쓸고, 풀밭을 흙밭으로 뒤집었다.

풀색과 흙색의 구름이 휘몰아쳤다.

그 안에서 세 고수와 한 고수의 공부가 격렬히 충돌했다.

꽈아아아아앙!

폭발이 일어났다. 금광의 파도가 다시 한번 사위를 휩쓸었다.

『천잠비룡포』 22권에서 계속…